JULIA CORBIN

Die Bestimmung des Bösen

JULIA CORBIN

DIE BESTIMMUNG DES BÖSEN

THRILLER

DIANA

Der Verlag weist ausdrücklich darauf hin, dass im Text enthaltene externe Links vom Verlag nur bis zum Zeitpunkt der Buchveröffentlichung eingesehen werden konnten. Auf spätere Veränderungen hat der Verlag keinerlei Einfluss. Eine Haftung des Verlags ist daher ausgeschlossen.

FSC
www.fsc.org
MIX
Papier aus verantwortungsvollen Quellen
FSC® C014496

Verlagsgruppe Random House FSC® N001967

2. Auflage
Originalausgabe 06/2017

Neumarkter Straße 28, 81673 München
Dieses Werk wurde vermittelt durch die Literarische Agentur
Thomas Schlück GmbH, 30827 Garbsen
Umschlaggestaltung: t.mutzenbach design, München
Umschlagmotive: © David Koschek/artshock; Shutterstock
Satz: Leingärtner, Nabburg
Druck und Bindung: GGP Media GmbH, Pößneck
Printed in Germany

ISBN 978-3-453-35934-5

www.diana-verlag.de
Dieses Buch ist auch als E-Book lieferbar

Do you not see
how necessary a world of pains and troubles is
to school an intelligence and make it a soul?

JOHN KEATS

1

London vor 23 Jahren

»Daddy, wo gehen wir hin?«

Das magere Mädchen mit den regengrauen Augen klammerte sich an den Mann, der sie aus ihrem Kinderbett hob und ins Treppenhaus eilte. Die Farbe blätterte von den Wänden, schmieriger Dreck färbte die Ecken. Wie jede Nacht dröhnte Musik aus der Wohnung nebenan. Harte Beats zu einer noch härteren Stimme, doch das Kind nahm es kaum wahr. Zu vertraut waren der Lärm, das Geschrei und der süßliche Geruch nach Hasch und Feuchtigkeit. Sie drehte ihren Kopf, spähte über die Schulter ihres Vaters nach ihrer Mutter, die ihnen mit einer schweren Tasche um die Schultern und einen Koffer hinter sich herziehend mühsam folgte. Ein Hosenbein ihres Lieblingspyjamas – der mit den rosa Ponys darauf – hing heraus und schleifte über den Boden.

Sie hasteten die Treppe hinunter, begleitet vom Kratzen des Koffers auf dem Steinboden. Als die Eisentür zur Tiefgarage aufging, fing das Mädchen an zu weinen. Gerade noch hatte sie von ihrem Geburtstag geträumt, von Kuchen mit klebrigem Zuckerguss. Nun fand sie sich im grellen Licht und Surren der Leuchtstoffröhren wieder. Sie hörte das angestrengte Keuchen ihrer Mutter, die unterdrückte Panik in der Stimme ihres Vaters, als er sie zur Eile antrieb. Roch die Angst, den Geruch zu vieler Zigaretten und spürte seinen kratzigen Bart an ihrer Wange.

Er setzte sie hinten in ihrem verbeulten Auto ab, schnallte sie an und gab ihr einen Kuss. »Keine Angst, Lil'Bee. Daddy ist da.« Sie sah ihn an, den Riesen, der sie so leicht in die Luft werfen konnte, dessen Hände sie sanft kitzelten, wenn sie abends im Bett lag. Sie wollte ihm glauben.

Hinter ihr hörte sie ihre Mutter rufen, gefolgt von einem Ruck, als der Koffer ins Fahrzeug gewuchtet wurde. Das Garagentor setzte sich mit einem kreischenden Geräusch in Bewegung. Ihr Vater fluchte, zog ihre Mutter mit sich. Sie sah sie diskutieren, sich anschreien, bis sich ihre Mutter plötzlich in seine Arme warf. Er umklammerte sie, presste sie an sich. Dann rannte sie zurück zum Auto; ihr blauer Seidenrock flatterte unordentlich um ihre Beine. Sie setzte sich neben das Mädchen auf den Rücksitz, vergrub ihren Kopf in ihren Haaren.

»Wir wollten es besser machen.« Ihre Stimme brach. Sie sah sie mit tränennassen Augen an. In diesem Moment bekam das Mädchen wirklich Angst.

»Mommy, bleib bei mir!«, schrie sie so laut ein achtjähriges Mädchen es konnte.

»Ich kann nicht, mein Schatz. Mommy hat dich lieb. Mach du einmal alles anders.« Sie beugte sich vor, strich ihr liebevoll über die Wange, wischte die Tränen weg und gab ihr einen Kuss. »Ich liebe dich so sehr. Du bist das Beste, was ich je zustande gebracht habe.«

Dann war sie verschwunden, ersetzt durch die dunkle Gestalt ihres Vaters. Auch seine Augen waren feucht, und wenn sie nicht schon halb verrückt vor Angst gewesen wäre, hätte dieser Anblick sie in Panik versetzt. Ihr Daddy, der immer genau wusste, was zu tun war, erschien so hilflos.

Ein Quietschen erklang in ihrem Rücken, aus der Richtung des Tores, und plötzlich war es hell, schrecklich hell. Gehetzt blickte ihr Vater über seine Schulter, dann wandte er sich ihr erneut zu. »Wir spielen jetzt ein Spiel«, sagte er ernst.

Sie nickte. Alles, wenn sie nur davonfahren würden. Raus aus dieser Tiefgarage, an einen Ort, an dem Mommy und Daddy sich nicht anschrien, wo sie wieder stark waren und nicht voller Angst.

»Schließ die Augen, Lil'Bee.«

Sie gehorchte, am ganzen Körper zitternd, umklammerte dabei seinen Arm. Das Licht war so grell, dass es sie selbst durch ihre Augenlider hindurch blendete.

»Nun zähl langsam bis hundert. Das kannst du doch?«

Sie nickte erneut.

»Versprich mir, nicht zu schummeln.«

»Okay. Und was passiert dann?«, presste sie mit vom Schluchzen rauer Kehle hervor.

Stimmen drangen zu ihnen, aus derselben Richtung, aus der auch das Licht kam.

»Dann sind wir an einem besseren Ort.«

»Es ist so weit«, hörte sie ihre Mutter vor der Autotür sagen. Sie klang plötzlich ganz ruhig.

Das Mädchen nahm die Antwort ihres Vaters nicht wahr, spürte nur seine weichen Lippen und den kratzigen Bart, als er ihr einen Kuss gab. »Ich liebe dich, Lil'Bee.« Dann war er fort.

Sie begann zu zählen.

1 … 2 … 3 …

Da waren aufgeregte Stimmen.

4 … 5 … 6 …

Die Stimmen wurden lauter, fordernder.

Das Mädchen presste die Augen fest zusammen, drückte sich tief in ihren Sitz.

7 … 8 … 9 … 10 … 11 …

Ein dröhnender Knall.

Das Mädchen wimmerte.

12 …

Noch mehr Rufe. Schreie.

13 … 14 … 15 … 16 … 17 … 18 …

Eine Serie von Geräuschen, die sie an ein Feuerwerk erinnerten.

19 … 20 …

Stille.

21 …

Hastige Schritte.

Sie kam bis 49, dann war da eine weiche Hand. »Bist du verletzt?« Eine fremde, sanfte Stimme. Trotzdem kniff sie die Augen weiter zusammen.

73 … 74 … 75 … 76 … 77 … 78 … 79 …

Sie hatte es ihrem Vater versprochen. Sie wollte an diesen besseren Ort, wollte nicht zurückgelassen werden. Sie zählte verbissen weiter. Auch als noch zwei Fremde kamen, sie abschnallten und aus dem Auto hoben.

96 … 97 … 98 … 99 …

100.

Sie öffnete die Augen. Und die Welt war eine andere.

2

Heute

Der Geruch nach feuchtem Stein, Mäusekot und Schimmel kroch wie ein übel riechender Schleim über ihre Nase in die Mundhöhle. Sie wollte ausspucken, um den widerwärtigen Geschmack loszuwerden, doch ein dickes Klebeband verschloss ihre Lippen, verschluckte den Schrei, der in ihrem Inneren aufbrandete, als sie sich erinnerte:

Aufwachen im Dunkeln. Ein Albtraum? Das Herz rast, der Atem hechelt. Schritte? Oder nur ein Tier auf dem Dach? Der Griff nach dem Lichtschalter fährt ins Leere. Was? Wo ist die Lampe? Jäh ein Gewicht auf dem Brustkorb. Hände, die sie niederdrücken. Keine Luft. Angst. O Gott, solche Angst. Strampeln. Brennen in der Lunge. Die Bewegungen erlahmen. Schwärze.

Ihr umnebelter Verstand versuchte zu analysieren, was mit ihr geschehen war, suchte das Unfassbare zu begreifen. Anni, schoss es ihr durch den Kopf. Was war mit ihrer Tochter? Erst vor zwei Wochen, kurz nach ihrem ersten Geburtstag, hatte ihr Mann sie dazu überredet, die Kleine endlich in ihrem eigenen Zimmer schlafen zu lassen, nur noch über ein Babyfon mit ihr verbunden. Mehr Zweisamkeit, Fernsehen im Bett und Lesen, solange sie wollte – traumhaft –, aber sie hatte es nicht so recht genießen können. Rabenmutter, flüsterte ihr eine altbekannte Stimme zu. Das erste Mal war sie in Erscheinung getreten, als sie nach sechs Monaten wieder angefangen hatte, als Steuerfachgehilfin in Teilzeit zu arbeiten. Jeden Morgen, wenn sie Anni zur Oma brachte, raunte es in ihrem Kopf. Wann immer die Erschöpfung sie zu lähmen drohte und sie sich an die sorglosen Zeiten vor der Geburt zurückerinnerte, schlugen die Schuldgefühle zu. Sollte eine Mutter denn nicht ihr ganzes Glück in ihrem Kind finden?

Plötzlich tasteten Finger kühl und irgendwie sachlich über ihren Körper. Sie wollte sich wehren, aber ihre Hände waren mit Klebeband auf den Rücken gefesselt, die Füße aneinandergebunden. Fest und unnachgiebig verhinderte es jede Gegenwehr. Sie wand sich im Griff des Unbekannten, während sich Tränen in den ebenfalls mit Klebeband verschlossenen Augen sammelten. Die Finger verschwanden. Stille. Dann ein reißendes Geräusch aus einigen Metern Entfernung, gefolgt von einem gedämpften Stöhnen.

O Gott. Wie viele waren noch hier?

Schließlich ein Scharren, als würde ein Körper über den Boden geschleift.

Schlagartig war er wieder da. Sie konnte nicht sagen, woher sie wusste, dass es ein Mann war, aber sie war sich dessen ebenso sicher wie der Tatsache, dass sie ihre Tochter niemals wiedersehen würde. Nie mehr Annis glucksendes Lachen, kein Milchbrei und Birnenmus.

Er beugte sich über sie. Sein saurer Atem blies ihr in den Nacken. Dann zerschnitt er das Klebeband an ihren Füßen, packte sie an den Haaren und zerrte sie auf die Beine. Sie bekam nicht genug Luft, versuchte panisch durch die verklebten Lippen einzuatmen.

Sei eine gute Mutter, sagte sie sich, und kämpfe. Anni braucht dich. Sie riss sich los, ignorierte das Brennen der ausgerissenen Haarbüschel, taumelte blind nach vorne. Doch sie kam nicht weit. Ein heftiger Schlag ins Gesicht warf sie nieder. Er meinte es ernst. Todernst. Er packte sie am Nacken, führte sie einige Schritte vorwärts, bevor sie stehen blieben. Dann klirrte es – ein helles, metallisches Geräusch, wie von den Klammern, mit denen man Christbaumkugeln aufhängt. Letzte Weihnachten war Anni noch zu klein gewesen, um an den Vorbereitungen teilzunehmen, dieses Jahr wollten sie alles zusammen machen: einen Tannenbaum schmücken, Lebkuchen und Plätzchen backen und das ganze Haus mit selbst gebastelter Weihnachtsdekoration überladen.

Bitte, flehte sie ihren Mann in Gedanken an, was auch immer mit mir geschieht, lass unsere Tochter ein richtiges Weihnachtsfest erleben.

Eine Drahtschlinge wurde um ihren Hals gelegt, dünn und kalt. O bitte! Nein!

Dann ein heftiger Ruck an dem Klebeband über Augen und Mund. Es nahm Fetzen der empfindlichen Haut und ihre Wimpern mit. Feurige Wellen des Schmerzes schossen durch ihre Nervenbahnen.

Sie hörte erneut einen unterdrückten Schrei in ihrer Nähe. Eindeutig eine Frau. Dann blendete sie ein grelles Licht, das von allen Seiten zu kommen schien. Sie zuckte zurück, woraufhin die Schlinge sich tiefer in ihr Fleisch schnitt. Voller Angst blieb sie bewegungslos sitzen. Sie hatte nie zu den Mutigen gehört.

Wieder das Geräusch von Klebeband, das von Haut abgerissen wurde. Ein heiserer Schmerzensschrei, in dem so verzweifelte Hilflosigkeit mitschwang, dass es sie bis in ihr Innerstes erschütterte.

»Susie«, krächzte eine raue Stimme. Eine Stimme, die ihr vertraut war, die sie ihr ganzes Leben begleitet hatte. Mit der sie gelacht, geweint, gestritten, diskutiert und sich versöhnt hatte.

Das Licht erlosch bis auf eine einzelne, flackernde Glühbirne an der Decke, und nach einigen Sekunden sah sie sie. Oder zumindest das, was von ihrer besten Freundin übrig war. Sie kauerte wenige Meter von ihr entfernt auf dem kahlen Zementboden. Der nackte Körper von Dreck besudelt. Das Haar klebte in dunklen Strähnen an ihrem von Panik entstellten Gesicht. Ihre zerschnittenen Finger krampften wie bei einem Epileptiker. Susann musste für einen Moment die brennenden Augen schließen, als sie sah, wie eine dicke schwarze Spinne langsam über die Brüste ihrer Freundin kroch, einen Bogen um ihre hellbraunen Brustwarzen zog. Ihre Freundin nahm es nicht wahr. Sie starrte sie aus blutunterlaufenen Augen an, murmelte fortwährend. »Nein, nicht Susie. Nein. Nur nicht sie.«

Dann zwang Susann sich, ihren Blick auf den Hals ihrer Freundin zu richten, auf die feine Drahtschlinge, die sich wie bei ihr selbst tief ins Fleisch grub.

Der Draht kam von der Decke, erlaubte es ihr gerade so aufrecht zu sitzen. Sobald sie sich auch nur ein Stück bewegte, ließ er neue Ströme von Blut heraussickern.

Susann zuckte reflexartig nach vorne, wollte ihrer Freundin zu Hilfe eilen, da spürte sie einen schneidenden Schmerz. Der Draht an ihrem eigenen Hals biss unbarmherzig in ihr Fleisch. »Nein!« Ihr Schrei wurde von den Wänden zurückgeworfen.

3

Nur für einen Augenblick erwog Alexis Hall, Erste Kriminalhauptkommissarin, das erbarmungslose Klingeln ihres Handys zu ignorieren, das Gerät womöglich aus dem Fenster zu werfen. Es war Sonntag, und nach der Flasche Wein, die sie gestern geleert hatte, um die Albträume zu vertreiben, dröhnte ihr Schädel. Diese Träume verfolgten sie seit ihrer Jugend, gewährten ihr kaum eine ruhige Nacht, und seit dem Tod ihrer Adoptivmutter war es so schlimm geworden wie nie zuvor. Sie wagte es in letzter Zeit kaum die Augen zu schließen und verbrachte die Tage übermüdet und mit heftigen Kopfschmerzen.

Mit halb offenen Augen entzifferte sie die verschwommenen Leuchtziffern auf ihrem Wecker: 3:45 Uhr. Sie ahnte, was ihr bevorstand. Sich aus dem gemütlichen Bett schälen, zitternd Kleidung überwerfen, um in das kalte Auto zu steigen und darauf zu warten, dass der Motor warm genug wurde, damit die Heizung ihren Dienst tun konnte. Und das alles nur, um mit einer neuen Gräueltat konfrontiert zu werden. Was auch immer sie erwarten mochte, um die Uhrzeit konnte es nichts Gutes sein.

Mit vom Schlaf belegter Stimme meldete sie sich, genoss die Sekunde der Ruhe, nachdem das schrille Klingeln verstummt war.

»Ich bin in zehn Minuten bei dir«, drang die scheußlich muntere Stimme von Kriminalhauptkommissar Oliver Zagorny an ihr Ohr. »Keine Stöckelschuhe, es wird matschig.«

Bevor sie antworten konnte, hatte er bereits aufgelegt. Typisch Oliver. Vermutlich war seine Art zu telefonieren einer der Gründe, warum er mal wieder Single war.

Welche Frau mochte es schon, wenn der Freund mitten im Gespräch, ohne eine Antwort abzuwarten, auflegte?

Wie Alexis liebte er das Landleben und hatte sich tief in den Odenwald zurückgezogen. Er lebte auf einem kleinen Hof, direkt an einem Bach, wo er seinen eigenen Salat und Kartoffeln anbaute. Zudem beherbergte er drei Hunde und vier Katzen – allesamt tierische Waisen, die er bei sich aufgenommen hatte, als er dabei war, die Morde an ihren ehemaligen Besitzern zu untersuchen. Alexis wohnte nicht weit entfernt in Peterstal, einem winzigen Ort im Odenwald, offiziell noch ein Teil von Heidelberg. Hier konnte sie sich vom Gelärme der Stadt, den Verbrechen und dem Chaos erholen, benötigte dafür aber eine gute halbe Stunde, bis sie an ihrem Arbeitsplatz in Mannheim war.

Sie stieg aus dem Bett, schlüpfte in ihre Hausschuhe, die sie wegen ihrer kleinen Füße in der Kinderabteilung kaufen musste, und ging nach unten in die Küche, wo sie Kaffee aufsetzte. Während die Maschine arbeitete, putzte sie sich die Zähne, richtete ihre blonde Kurzhaarfrisur und zog sich an. Nach einem Blick aus dem Fenster entschloss sie sich, auf Wimperntusche zu verzichten. Bei dem strömenden Regen würde sie ansonsten innerhalb von Minuten wie ein Pandabär aussehen.

Sie war gerade fertig und stand mit einem Glas Wasser und einem Aspirin am Spülbecken, als die Scheinwerfer eines herannahenden Autos aufleuchteten. Rasch schluckte sie die Tablette, ging in die Diele und öffnete die Tür, um sie einen Spalt offen stehen zu lassen, bevor sie zwei Tassen Kaffee einschenkte.

Oliver kannte sie gut genug, um direkt die Küche anzusteuern und eine dampfende Tasse entgegenzunehmen. »Fairtrade?«, fragte er nach dem ersten Schluck.

»Klar«, log Alexis. Sie war zu müde für einen neuerlichen Vortrag über die Ausbeutung brasilianischer Kaffeebauern. Kritisch musterte sie ihn. Er trug Gummistiefel, Armeehose und eine dunkelgrüne Öljacke, gekrönt von einem Hut mit breiter Regenkrempe, unter dem sein immer weiter nach hinten weichender Haaransatz nicht so auffiel. »Brechen wir zu einer Urwaldexpedition auf?«

Er blickte an sich herab. »Dicht dran. Zwei Leichen auf der Reißinsel.« Alexis' Kater Aaron trollte sich in die Küche, und Oliver bückte sich, um ihn hinter den Ohren zu kraulen.

Sie verzog das Gesicht zu einer Grimasse. »Ich hoffe, das ist kein Trick, um mich endlich dahin zu bekommen.« Seit Jahren versuchte er sie davon zu überzeugen, mit ihr das direkt bei Mannheim gelegene Naturschutzgebiet zu besuchen, in dem seltene Vögel brüteten. Doch so gerne sie auch außerhalb der Stadt lebte, war sie kein Mensch für Spaziergänge im Wald, Vogelbeobachtung und alles, was mit direkter Konfrontation mit wilder Natur und mangelndem Komfort zu tun hatte.

»Wenn du mir nicht glaubst, übernehme ich die Leitung in dem Fall. Die Chefin hat sicher vollstes Verständnis.« Oliver grinste.

»So weit kommt es noch.« Sie leerte ihren Kaffeebecher, zog ein paar Trekkingschuhe und eine dicke Jacke an. Ersatzkleidung benötigte sie nicht – sie hatte immer welche im Büro.

Normalerweise hätte sie bevorzugt, mit ihrem eigenen Auto zu fahren. In ihrem übermüdeten Zustand genoss sie es jedoch, auf der freien Autobahn die Augen zu schließen und in einen Halbschlaf zu gleiten.

Irgendwann holperte der Wagen über eine Bodenwelle und riss sie aus ihrem Dämmerzustand. Nach einem Augenblick der Orientierungslosigkeit realisierte sie, dass sie sich dem Rhein näherten.

»Tatsächlich die Reißinsel«, stellte sie fest. »Wie hat der Kerl die Leichen nur dahin gebracht?«

»Vielleicht hat er einen Schlüssel für die Schranken. Um die Jahreszeit ist nachts nicht viel los, und ein Auto, das ohne Licht fährt, fällt nicht auf.«

Immerhin ein Ansatzpunkt, auch wenn damit sämtliche Jäger, Förster, Fischer und eine ganze Reihe Gemeindemitarbeiter infrage kamen.

Langsam ergriff sie die fiebrige Erwartung, die sie jedes Mal bei einem neuen Fall packte. Wenn alles offen war und sich noch keinerlei Zweifel darüber aufgetan hatten, ob man den Täter schnappen würde.

»Wie geht es Lene?«, fragte sie, um das erneute Schweigen zu brechen.

»Sie wird ihrer Mutter immer ähnlicher.«

»Ist das gut oder schlecht?« Sie hatte seine Exfrau nie gemocht und den Kopf darüber geschüttelt, dass ein intelligenter Mann wie ihr Partner auf endlos lange Beine und blondiertes Haar hereingefallen war. Das einzig Gute, das aus dieser Beziehung hervorgegangen war, war seine Tochter.

Er lachte trocken. »Schlecht, zumindest in diesem Fall. Sie will Weihnachten jetzt doch lieber mit ihr verbringen. Skifahren in den Rocky Mountains – da kann ich nicht mithalten.«

»Das tut mir leid«, sagte sie aufrichtig und verfluchte

seine Ex erneut für das miese Spiel, das sie mit ihm trieb. Sie liebte alles, was teuer war, hatte sich schon wenige Jahre nach der Hochzeit nicht mehr mit dem Gehalt eines Polizisten zufriedengegeben und sich einem Banker an den Hals geworfen. Zu Olivers Kummer hatte sie das Sorgerecht für ihre gemeinsame Tochter erhalten und drängte ihn nach und nach aus ihrem Leben.

»Wo zum Teufel bringst du mich nur hin?«, fragte sie, als sie in einen schmalen Weg einbogen.

»Die Leichen liegen mitten auf der Insel in der Hartholzaue in Rheinnähe. Momentan sind wir noch in dem angrenzenden Waldpark – wärst du mal mit mir hierhergekommen, wüsstest du das. Die Reißinsel liegt in einer Rheinschleife und wird von dem Bellenkrappen begrenzt, einem schmalen Rheinarm, wodurch eine Art Halbinsel entsteht. Hier brüten sogar Eisvögel«, schwärmte Oliver und setzte zu einem Ornithologievortrag an, der erst endete, als vor ihnen das Blaulicht von Polizeiautos auftauchte. Sie warfen ihr gespenstisches Leuchten auf die Weiden, die am Wegrand wuchsen. Die Fahrzeuge sperrten den Parkplatz vor dem Strandbad ab, das an die Reißinsel grenzte.

Alexis und Oliver zeigten zwei Beamten ihre Dienstausweise, die daraufhin erleichtert nickten. Vermutlich warteten sie auf das Auftauchen der Journalisten und den Kampf, den sie dann ausfechten mussten, um sie vom Leichenfundort fernzuhalten. Bei so einem unübersichtlichen Gelände, das im Halbdunkeln des anbrechenden Tages lag, keine leichte Aufgabe.

»Da vorne kommt eine Schranke – anschließend fahren Sie links auf eine unbefestigte Straße, der Sie in den Wald hinein folgen, bis Sie auf die anderen Fahrzeuge stoßen«, beschrieb der eine Polizist in das offene Fenster von Olivers Auto gebeugt.

Sie fuhren weiter über den feuchten, beinahe sumpfartigen Boden. Wann immer die Scheinwerfer in den Wald strahlten, leuchteten ganze Wasserflächen auf, zum Teil durchbrochen von umgestürzten Bäumen. Über weite Flächen wuchsen die Pflanzen direkt aus dem Wasser, wodurch Alexis sich in eine urzeitliche Welt zurückversetzt fühlte. Selbst der Weg wurde matschig, und als der Schlamm bis zur Heckscheibe hochspritzte, freute sie sich, nicht mit ihrem eigenen Auto gefahren zu sein.

Endlich tauchten die Blau- und Flutlichter auf, die die Welt dem Geheimnisvollen entrissen und in die nackte Realität mit ihren Analysegeräten und Vorschriften zurückholten.

Sie waren kaum ausgestiegen, da kam ihnen auch schon Matt Volkers entgegen, ein untersetzter Endfünfziger mit weißem Ziegenbart, der bereits im Dienst gewesen war, als sie frisch von der Hochschule kam. Wie üblich wanderte sein Blick mit kaum verhüllter Missbilligung über sie hinweg, um bei Oliver hängen zu bleiben. Volkers war kein schlechter Kerl, aber von der alten Schule. In seinen Augen sorgten Frauen für Unruhe in den Rängen der Polizei, lenkten die Männer ab und brachten sie damit in Gefahr. Zu gerne stützte er sich dabei auf die körperliche Überlegenheit männlicher Beamter, wobei er geflissentlich ignorierte, dass er seinen Zenit selbst schon lange überschritten hatte. Zudem hegte er eine Abneigung gegen Homosexuelle, Punks, Goths und alles, was nicht in sein Schema eines 08/15-Bürgers passte. Sein vorurteilsvolles Verhalten gegenüber Kollegen hatte ihm bereits eine Degradierung eingebracht, die ihn noch verbitterter werden ließ. Die meisten seiner Kollegen sehnten die Zeit seiner Pensionierung herbei, doch trotz allem wusste Alexis ihn in ihrem Team zu schätzen. Er war zuverlässig, pflichtbewusst, scharfsinnig und immer zur Stelle, wenn man ihn brauchte. »Die Leichen befinden sich im Wasser. Kein schöner Anblick. Die Spurensicherung ist fast durch, und der Tod wurde ebenfalls bescheinigt.«

»Männlich oder weiblich?«, fragte Alexis.

Volkers hob eine Augenbraue. »Zwei Frauen. Wir haben einige Streifenbeamte losgeschickt, um das Gebiet abzusuchen, nicht dass der Irre hier noch mehr abgeladen hat.« Er hatte zwar ihre Frage beantwortet, sah dabei aber nur Oliver an.

Am schlimmsten sind die, die ganz genau wissen, wie gut sie sind, dachte Alexis, während sie den Männern zum Fundort folgte. Bei ihrer geringen Größe kein einfaches Unterfangen. Manchmal glaubte sie, bis zu den Knöcheln im Morast zu versinken.

»Welcher Staatsanwalt wurde uns zugeteilt?«, erkundigte sie sich.

»Milbrecht.«

Alexis presste die Lippen aufeinander, während sie gleichzeitig einer großen Pfütze auswich, bis sie mit einem Blick auf die vor ihr liegende geschlossene Wasserfläche einen Seufzer ausstieß und in das schlammige Wasser trat.

Die toten Frauen mochten Ende zwanzig sein. Schwierig zu sagen bei dem Zustand, in dem sie sich befanden.

4

Die Frauen saßen einander im knöcheltiefen Wasser gegenüber, nur mit Slips bekleidet. Ihre Rücken lehnten an zwei dicht nebeneinander stehenden Bäumen, und die Beine waren ineinander verschränkt, wie beim Liebesspiel. Die Münder klafften weit auf, die Köpfe ruhten jeweils auf der Schulter der anderen, als wenn sie sich zum Kuss vorbeugten. So verdeckten sie den verstümmelten Hals der jeweils anderen. Die Haut war an dieser Stelle regelrecht abgeschält worden, und das rohe Fleisch lag offen. Maden suhlten sich in der Wunde. Die Augenhöhlen waren leer; Lippen und Ohren waren weggefressen.

Alexis beugte sich vor und entdeckte bei einer der Frauen in der Brust ein kleines Loch. Oliver spähte über ihre Schulter. »Eine Schusswunde?«

Sie wartete mit einer Antwort, bis sie auch die andere Leiche untersucht hatte. »Offenbar hat der Täter nur die eine Frau erschossen. Bei der anderen kann ich kein Einschussloch sehen.« Sie fasste die Tote mit ihrer behandschuhten Hand unterm Kinn und hob den Kopf etwas an. »Der hat sich Zeit gelassen«, murmelte Alexis nach einem Blick auf die punktförmigen Einblutungen in der zarten Haut der Augenpartie. Wären die Augen noch vorhanden, hätte man auch in ihnen die sogenannten Petechien gesehen – ein Hinweis auf einen langsamen Tod durch Erdrosselung oder Ersticken.

Sie trat einen Schritt zurück, um das Szenario erneut auf sich wirken zu lassen. Sie brauchte keinen Rechtsmediziner, um zu wissen, dass die Frauen nicht erst seit ein paar Tagen hier lagen. »Wissen wir bereits etwas über die Opfer?«

Volkers schüttelte den Kopf. »Ihre Identität konnte bisher nicht geklärt werden. Der Mann, der sie gefunden hat, kennt sie nicht.«

Alexis horchte auf. »Wer war das? Ist er noch hier?«

»Nein, hat sich die Seele aus dem Leib gekotzt und wurde auf Anraten des Notarztes von zwei Kollegen nach Hause gebracht.« Er blätterte in seinem Notizbuch. »Lothar Ochs.«

Oliver lachte trocken auf. »Mit dem Namen hatte er sicher keine einfache Jugend.«

Volkers runzelte missbilligend die Stirn. »Er arbeitet als Fleischkontrolleur im FVZ, dem Fleischversorgungszentrum, also im Schlachthof. In seiner Freizeit untersucht er Fledermäuse. Deshalb war er nachts hier unterwegs.«

»In einem schlechten Krimi hätten wir damit wohl unseren Verdächtigen«, sagte Alexis.

»Dann muss der Kerl aber ein herausragender Schauspieler sein, so grün, wie der im Gesicht war. Dachte mir noch, dass er einen schwachen Magen hat für jemanden, der im Schlachthof arbeitet.«

Alexis nickte. Sie glaubte auch nicht, dass es so einfach sein würde. »Fällt dir etwas auf?«, fragte sie Oliver und deutete auf die Frauen.

»Außer dass wir es mit einem kranken Schwein zu tun haben?«

»Sie sind vollkommen unterschiedlich. Die eine hat grellrot gefärbte Haare und ist mollig, die andere zierlich und braunhaarig.«

»Na und?«, fragte Volkers unbeeindruckt.

»Es gibt zwei Möglichkeiten«, erklärte Alexis. »Entweder kannte der Täter die beiden Opfer und ermordete sie aus persönlichen Gründen, oder er wählte sie nach

Kriterien aus, die nicht mit ihrem Aussehen zusammenhängen.«

Oliver nickte. »Viele Serienkiller stehen auf einen bestimmten Typ. Andere dagegen wählen nach weniger offensichtlichen Gesichtspunkten aus, wie der Zodiac-Killer, der in erster Linie junge Pärchen ermordete.«

»Und was bringt uns diese Erkenntnis?« Volkers fasste sich scharf einatmend an seinen Rücken und dehnte sich mit schmerzerfülltem Gesicht. Sie ignorierte die Frage und ging den Fundort in großem Bogen ab, während die Kriminaltechniker weiterhin Spuren sicherten. »Die Frauen wurden nicht hier getötet?«, fragte sie.

»Laut Spurensicherung nicht. Der Drecksack muss sie hierhergebracht haben.«

»Ganz schön weit, um zwei Leichen zu tragen.«

»Vielleicht hat er einen Schlüssel für die Schranken und das Tor.«

»Daran haben wir auch schon gedacht, aber trotzdem betreibt er damit immer noch einigen Aufwand. Wenn er sie nur loswerden wollte, hätte er sie in einem leichter zugänglichen Waldstück ablegen oder einfach im Fluss versenken können.«

»Dann glaubst du, dass dieser Ort eine besondere Bedeutung für ihn hat?«, fragte Oliver.

»Oder er wohnt in der Nähe, hat möglicherweise ganz offiziell Zugang zu dem Gebiet und wollte jederzeit heimlich zu ihnen zurückkehren können. Das soll Norden entscheiden.« Dr. Wolfgang Norden war Psychologe und beriet sie regelmäßig bei schwierigen Fällen. Beim Anblick der Leichen war Alexis sofort klar, dass sie seine Hilfe benötigen würden. Das trug nicht die Handschrift eines Anfängers oder sprach für eine Handlung im Affekt.

Nein, sie spürte, dass sie es mit jemandem zu tun hatten, der Spaß am Töten hatte. Und so jemand würde nicht so schnell damit aufhören.

Bei dem Gedanken an die vor ihr liegende Jagd, das Messen mit einem anderen Geist, überkam sie ein Gefühl der Vorfreude, und sie fragte sich, ob etwas mit ihr nicht stimmte. Sollte sie nicht vor Mitleid und Ekel niedergeschmettert sein, anstatt diese unheilige Hochstimmung zu empfinden? »Wir brauchen Hellstern«, sagte sie leise.

5

Karen Hellstern war eine Biologin, die sich auf Käfer und Fliegen spezialisiert hatte und die Polizei regelmäßig als öffentlich bestellte und vereidigte Sachverständige bei Mordfällen beriet, bei denen der Todeszeitpunkt vom Rechtsmediziner nur noch schwer einzuschätzen war. Sie untersuchte sowohl sterbliche Überreste als auch die Tat- und Fundorte auf sämtliche biologische Spuren, ob es Käfer, Fliegen oder Blumensamen waren. Durch bestimmte Insektenarten, die sie an Leichen fand, ließ sich dann beispielsweise feststellen, wo ein Opfer ermordet wurde und ob Todes- und Fundort voneinander abwichen. Das Alter von Maden an den Toten gab ihr Aufschluss darüber, wie lange ein Mensch schon tot sein musste. Durch ihre weitreichende Einbindung kam es dabei immer wieder zu Konflikten mit der Rechtsmedizin.

»Wurde bereits verständigt«, antwortete Volkers zu ihrer Überraschung.

In dem Moment hörte sie das typische Knattern von Karens altem VW-Bus, von dem der himmelblaue Lack abblätterte, und niemand wusste, wie er den letzten TÜV bestanden hatte. Nur wenige Minuten später stapfte die Biologin mit klobigen Gummistiefeln, die ihr bis über die Oberschenkel reichten, an den Fundort. Eingehüllt in einen dicken Parka, unter dessen Kapuze ihre vorwitzigen rotblonden Locken hervorschauten.

Alexis erwischte sich zum ersten Mal an diesem Tag bei einem aufrichtigen Lächeln. Sie war mit Karen und ihrer jüngeren Schwester Louise seit der Schulzeit befreundet. Als Karen zum Studium nach Kiel zog, verloren sie sich zwar aus den Augen, nahmen aber wieder Kontakt auf, als Karen nach Heidelberg zurückkehrte und seither neben ihrer Anstellung an der Universität als Beraterin für die Mannheimer Polizei tätig war. Inzwischen war sie zu einer engen Vertrauten geworden.

Die Polizisten und Mitarbeiter der Kriminaltechnik vor Ort grüßten sie kurz, wandten sich dann aber wieder ihrer Arbeit zu. Die Zeiten, in denen »die Käferfrau« – ein Spitzname, den sie nicht mehr los wurde – wie ein seltenes Ausstellungsstück begafft wurde, waren vorbei. Inzwischen hatte man sich an sie gewöhnt, und seit ein Täter überführt werden konnte, nachdem sie den Mageninhalt einer Stechmücke, die in dessen Auto entdeckt worden war, analysiert und dabei die DNA des Opfers nachgewiesen hatte, zollte man ihr Respekt.

»Was haben wir denn hier?«, rief sie mit ihrer hellen, fast schon zu hohen Stimme. Sie war einer der wenigen Menschen, die voller Enthusiasmus an einen Fundort stürmten, sich nicht von den Gerüchen nach Fäulnis und

Verwesung oder gelben Sekreten, grüner Haut und schwarz verfärbten Gliedmaßen beirren ließen.

»Zwei Leichen, weiblich, teils unter Wasser, eine vermutlich erschossen.«

»Hat Dürrast sie bereits gesehen?«

Oliver schnaubte. »Um diese Zeit? Du erwartest doch nicht ernsthaft, dass er hierherkommt?«

Karl Dürrast war Rechtsmediziner, und im Gegensatz zu einigen Kollegen legte er keinen Wert darauf, eine Leiche vor Ort zu untersuchen. Ihm genügte die erste Begegnung in seinem sterilen, sorgfältig organisierten Obduktionssaal, indem er als alleiniger Herrscher auftrat.

»Seid ihr so weit fertig?«

»Wir müssen noch die Umgebung absuchen, also halte dich an den abgesteckten Weg«, rief Volkers ihr nicht gerade freundlich zu, aber sie ignorierte sein Gehabe – Alexis war sich nicht sicher, ob sie seinen unfreundlichen Ton überhaupt bemerkte, so konzentriert war sie auf ihre Arbeit.

Als Karen ohne zu zögern in das knöcheltiefe Wasser watete, verkniff Alexis sich die Warnung, dass die Leichen kein schöner Anblick seien. Wenn man eine Biologin zurate zog, war es das selten.

Für Anfang Oktober herrschten milde Temperaturen, und so waren die Fliegen, Käfer und Maden schon zugegen, um sich an dem scheinbar nur für sie angerichteten Festmahl gütlich zu tun. Kaum vorstellbar, dass das fahle, aufgedunsene Fleisch zu zwei Menschen gehörte, die vor nicht allzu langer Zeit noch lebendig gewesen waren; jede ihr persönliches Leben gehabt hatte. Jetzt saßen sie in dem braunen Wasser, in dem sich allerlei Getier wand, an ihrer Haut nagte und Fangmasken voller Zähne in ihr Gewebe schlug. Alexis' Freundin ging vor der ersten Leiche in die Knie. An ihrem Spezialgürtel klimperten die Schraubgläser und Probenbehälter. Während sie sich ein paar Handschuhe anzog, sah sie zu Alexis hinüber, die sie aus ein paar Metern Abstand beobachtete. »Die Strahler waren nicht hilfreich, aber das habe ich euch oft genug gesagt. Durch das grelle Licht und die Hitze verkriechen sich viele Tiere, und manche Käfer fliegen davon. Sobald die Leichen abtransportiert wurden, werde ich Fallen aufstellen, um noch ein paar Insekten zu fangen – eventuell gibt es eine auffällige Verteilung der Arten.«

Alexis lehnte sich gegen einen Baumstamm und wappnete sich für den Vortrag, der nun folgen würde. Karen lehrte als Privatdozentin an der Universität Heidelberg, und das Referieren lag ihr im Blut, sodass sie während ihrer Arbeit fortwährend redete. Ein junger Polizist, scheinbar frisch von der Hochschule, beobachtete sie gebannt, während sie zuerst mit einem weißen Becher, der an einem langen Stab befestigt war, ins Wasser dippte und ihren Fang in ein Schraubglas gab. »Leider ist nahezu nichts über nekrophage Wasserlebewesen bekannt – ich werde dennoch eine Probe untersuchen.«

»Nekro … was?«, fragte Oliver. Wie immer war er völlig fasziniert von ihrer Arbeit, fast ebenso wie der junge Mann.

»Nekrophage Lebewesen. Das sind Organismen, die sich von sich zersetzendem Gewebe, also Aas, ernähren.« Sie zog eine Pinzette aus ihrem Gürtel, umfasste mit der anderen Hand den Kopf der Toten und zog vorsichtig Maden aus den leeren Augenhöhlen. Den Vorgang wiederholte sie an der Nase und dem Hals, der nur noch aus von Maden durchsetztem, gräulichem Fleisch bestand. »Ihr wisst vermutlich bereits, dass das Gebiet nicht dauerhaft überflutet ist?«, fragte Karen und blickte auf.

Alexis schüttelte den Kopf. »Nein, woran erkennst du das?«

»Ich fange in dieser Gegend öfters Käfer. Wir befinden uns im Überflutungsgebiet des Rheins. Bei Hochwasser kann das gesamte Areal geflutet werden, und auch kräftiger Regen sorgt für die ein oder andere Überschwemmung.«

»Dann hat der Täter sie eventuell abgeladen, als hier noch kein Wasser war?«

»Möglich. Ohne den Zeitpunkt, zu dem die Leichen herausgebracht wurden, den Pegeldaten und den Niederschlagswerten kann ich es nicht mit Gewissheit sagen. Sie liegen ja nicht erst seit zwei Stunden hier.«

Plötzlich durchzuckte der Blitz einer Kamera in schneller Folge die Dunkelheit. Alexis vermutete zunächst einen übereifrigen Mitarbeiter der Spurensicherung, der für seine Aufzeichnungen noch Material benötigte. Doch dann sah sie auf und entdeckte eine vertraute Gestalt nur wenige Meter entfernt an einen Baumstamm gelehnt. »Erik«, entfuhr es ihr.

Oliver folgte ihrem Blick, und als er die Person erkannte, runzelte er die Stirn. »Darf ich mich um ihn kümmern? Ich würde ihn zu gerne in Gewahrsam nehmen.« Er lächelte wie im Scherz, aber Alexis wusste, dass er es durchaus ernst meinte. Die beiden Männer hatten sich vom ersten Moment an nicht leiden können und suchten nur nach einer Gelegenheit, sich das Leben gegenseitig schwer zu machen.

»Das ist meine Angelegenheit«, erwiderte sie knapp.

»Wie du meinst.« Oliver wandte sich erneut Karen zu und folgte interessiert ihren Untersuchungen. In diesem Moment hätte auch Alexis sich lieber weiter ihrer Arbeit gewidmet, als sich mit dem Mann auseinanderzusetzen, von dem sie einst gedacht hatte, ihn lieben zu können.

6

»Wie zum Teufel bist du hier reingekommen?«, fuhr sie ihn an.

Er stieß sich vom Baum ab und stellte sich direkt vor sie, wodurch er noch größer und breiter wirkte, als er ohnehin schon war. Wenn sie nicht gewusst hätte, dass er Reporter war, hätte sie ihn ohne Weiteres für einen professionellen Sportler gehalten. Die Flutlichter ließen seine braunen Augen fast honigfarben wirken, und sein blondes, kurzes Haar sah zerzauster aus als sonst. »Du kennst mich – Beziehungen sind in meinem Job alles.« Er lächelte sie entwaffnend an – genau dieses Lächeln hatte ihr vor einigen Monaten so gefallen, als sie sich im Alten Dorn, einem Brauhaus, in dem sich die Polizisten regelmäßig trafen, das erste Mal begegnet waren.

Sie wollte ihn nicht merken lassen, wie sehr sie seine Gegenwart verunsicherte. Oliver hatte sie gewarnt, dass es keine gute Idee war, sich auf einen Aasgeier, wie er Journalisten nannte, einzulassen. Sie hatte natürlich nicht auf ihn gehört, und so hatte das Unglück seinen Lauf genommen.

Erst kam die kurze vorbehaltlose Phase der Verliebtheit, dann die erste Verunsicherung. Die Art, wie er sich ständig ein wenig unruhig durch die Haare strich und keine Gelegenheit ausließ, um sein Spiegelbild zu kontrollieren. Die ständigen WhatsApp-Nachrichten und Anrufe, die ihr vermutlich nur sein Interesse vermitteln sollten, bei ihr aber das Gefühl auslösten, überwacht zu werden. Sie wusste, dass es nur Kleinigkeiten waren, trotzdem machte er sie irgendwie nervös. So begann sie, sich von ihm zu distanzieren. Seither fragte sie sich, ob sie zu kritisch war, einfach ungeeignet für eine Beziehung. Jede andere Frau wäre begeistert gewesen, einen derart gut aussehenden, weltgewandten und gebildeten Mann zu finden, während sie das klärende Gespräch vor sich hinausschob. War sie dabei, einen Fehler zu machen, oder war es richtig, auf ihren Instinkt zu hören?

»Gib mir deine Kamera, damit ich die Bilder löschen kann.« Er ignorierte ihre Worte, streckte eine Hand aus und strich ihr eine Strähne aus der Stirn. »Ich hätte dich gerne zu der Beerdigung begleitet.«

Bei der Erinnerung an den Tod ihrer Adoptivmutter zuckte sie zusammen. Plötzlicher Herztod. Ohne Vorwarnung war sie beim Einkaufen zusammengebrochen. Sie hatte ein so großes Loch in Alexis' Leben hinterlassen, dass sie nicht glaubte, es jemals füllen zu können. »Es war besser so. Mein Vater kann schwierig sein.«

»Kommst du halbwegs zurecht?«

Sie nickte stumm. Was sollte sie auch sagen? Dass sie nicht wusste, wie es weitergehen sollte? Ihre Adoptivmutter hatte die Familie zusammengehalten, war ihr Anker gewesen, der sie immer wieder aus den Untiefen des Lebens gezogen hatte.

Erik sah sie zärtlich an. »Soll ich dich morgen Abend zum Essen abholen? Dann können wir über alles sprechen.«

»Um zwanzig Uhr?« Damit blieben ihr noch etwas mehr als sechsunddreißig Stunden, um sich zu einer endgültigen Entscheidung durchzuringen. »Jetzt solltest du aber gehen.«

»Verrat mir wenigstens, was passiert ist. Du darfst dafür das Restaurant aussuchen.« Er zwinkerte ihr zu. »Ihr gebt doch später ohnehin eine Pressekonferenz.«

»Und du weißt ganz genau, dass wir erst kurz vorher festlegen, was an die Öffentlichkeit gelangen darf und was nicht.«

»Dass es zwei Leichen sind, ist kein Geheimnis. Frauen?«

Sie seufzte. »Gib mir endlich die Kamera, dann bekommst du eine Antwort.«

»So energisch gleich«, grinste er und reichte ihr seine Canon.

»Erspar mir deine Chauvi-Kommentare«, erwiderte sie und löschte seine Aufnahmen. »Es sind zwei weibliche Opfer, beide wurden hier abgeladen. Sie müssen schon eine Weile draußen liegen. Mehr kann ich dir zu diesem Zeitpunkt nicht sagen, und nun verschwinde, bevor ich mir Ärger einhandle.«

»In Ordnung. Aber irgendwann müsst ihr die Journalisten eh ranlassen.« Er hauchte ihr einen Kuss auf die Lippen, nahm seine Kamera und wandte sich zum Gehen. Alexis winkte nach einem Streifenpolizisten, der ihn bis zu seinem Auto begleiten sollte, damit er nicht noch einmal unerlaubt Fotos schoss. Es fühlte sich seltsam an, ihn so zu behandeln, doch es musste sein.

Sie starrte ihm noch eine Weile hinterher, bis sie

Olivers Räuspern in die Realität zurückholte. Sie ging noch einmal zu den Leichen.

»Soll das das Einschussloch sein?« Karen deutete auf ein kreisrundes Loch von etwa zwei Zentimetern Durchmesser in der grünlich verfärbten Haut.

Volkers nickte. »Dürrast wird das Geschoss für uns sichern.«

»Ich bezweifle, dass er etwas finden wird.« Sie leuchtete mit einer kleinen Maglite hinein. »Das ist die Brutkammer eines Käfers.«

Der junge Polizist wurde schlagartig blass, und Alexis hielt sich bereit, um ihn notfalls schnell wegzubringen, damit er nicht den Fundort verunreinigte. Es wäre nicht das erste Mal, dass ein Frischling seinen Mageninhalt auf wichtigen Beweisen verteilte.

»Du meinst, dass sich da ein Tier hineingefressen hat?«, fragte Oliver.

»Bevor ich das mit Sicherheit sagen kann, muss ich während der Obduktion die Eier oder eventuell adulten Organismen in der Höhlung sichern, aber es gibt verschiedene Arten, die infrage kommen. Oft sind es *Nicrophorus,* auch Totengräber genannt, die als Pärchen kleines Aas vergraben. Anschließend legt das Weibchen neben den Kadaver ihre Eier. Die geschlüpften Käferlarven fressen sich dann ins Innere. Sind die Überreste jedoch zu groß, wie in diesem Fall, fressen die erwachsenen Tiere eine Höhle direkt in den Körper und verteidigen diese gegen andere Käfer.«

»Danke für diese appetitlichen Informationen. Kannst du uns auch mehr über die mögliche Todesursache der Frauen sagen?«

»Das Besondere ist, dass der Hals zersetzt wurde.« Sie

machte sich mit der Pinzette ans Werk und holte hinter einem Wirbel eine knapp einen Zentimeter bemessende Made hervor. »Die Art kann ich ohne Mikroskop nicht bestimmen, doch Fliegen legen ihre Eier bevorzugt an Körperöffnungen oder weiche Körperteile, wie die Augen. Der Hals ist keines von beidem. Warum wurde er also als primäres Ziel ausgewählt?«

»Weil sie dort verletzt war«, sagte Alexis leise.

Karen nickte zufrieden, als wäre sie eine ihrer Studentinnen. »Genau. Wunden ziehen sie ebenso sehr an, fast noch mehr, da einige Arten frisches Blut bevorzugen.«

»Dann wurde ihr die Kehle durchgeschnitten?«, fragte Oliver.

»Mag sein. Es kann aber auch eine oberflächliche Verletzung gewesen sein.«

Die ersten Töne von Elvis' *King Creole* erklangen und verkündeten, dass Alexis eine SMS erhalten hatte. Rasch holte sie ihr Handy hervor und stellte fest, dass ihr Empfang zwischen nicht vorhanden und einem mageren Balken schwankte. Das erklärte die vier Anrufe, bei denen nur ihre Mailbox angesprungen war. Sie las die Nachricht, registrierte die Uhrzeit und runzelte die Stirn. Die Zeit war schneller vergangen, als sie erwartet hatte. »Wir müssen gleich los«, sagte sie leise zu Oliver. »Heute Morgen soll die Pressekonferenz stattfinden, und die Chefin will vorher ein Update.« Dann wandte sie sich an Karen. »Kannst du mir eine kurze Zusammenfassung geben?«

Die Biologin nickte, ohne von ihrer Arbeit aufzusehen. »Meiner ersten Einschätzung nach wurden die Leichen hier deponiert, als es noch heiß und trocken war, wodurch die Körper zu schnell austrockneten, um den Maden als Nahrung zu dienen. Dann setzte die Überflutung ein, wodurch das nun unter Wasser liegende Gewebe aufgeweicht wurde und damit erneut dem Tierfraß ausgesetzt war. Da ich Tönnchen gefunden habe …«

Sie holte ein Glas hervor und hielt es ihnen entgegen. Darin lagen winzige, etwas längliche, rötlichbraune Zylinder. »Das sind sogenannte Tönnchenpuppen. Sobald Fliegenlarven ein gewisses Alter erreicht haben, verpuppen sie sich, und aus diesen Tönnchen schlüpfen dann die Imagines, also die erwachsenen Tiere. Je nach Art unterscheidet sich der Zeitraum, den sie vom Schlupf bis zur Verpuppung benötigen, wodurch ich nach Bestimmung der Arten und unter Berücksichtigung der Witterungsverhältnisse den Todeszeitpunkt weiter eingrenzen kann. Momentan würde ich sagen, dass die Leichen hier seit mindestens einer Woche liegen.«

»Und das alles können Sie nur anhand der Krabbeltiere und der Umgebung erkennen?«, fragte der junge Polizist mit hörbarer Skepsis.

»Das und noch viel mehr, wenn ich erst mit meinen Untersuchungen fertig bin.« Sie richtete sich auf, sammelte ihre Probengläser ein und sah die umstehenden Leute an.

»Sorgt bitte dafür, dass niemand den Leichensack öffnet, solange ich nicht da bin, um herausfliegende und krabbelnde Insekten einzusammeln. Zudem wäre ich gerne bei der Obduktion dabei.«

7

Der Morgen war nicht mehr ganz frisch, als sie in Mannheim eintrafen. Die Straßen füllten sich mit Studenten, die zur nahe gelegenen Universität strömten.

Alexis streckte sich, als sie aus dem Auto stieg, spürte das Blut kribbelnd in ihre Fingerspitzen fließen. Sie unterdrückte ein Gähnen, massierte ihren Nacken und folgte Oliver zu dem alten Steingebäude mit den hohen bogenförmigen, im unteren Stockwerk vergitterten Fenstern. Von der Hauptstraße aus wirkte sie nicht sehr groß, aber die Polizeistation nahm einen gesamten Häuserblock ein und verfügte über eine eigene Tiefgarage.

»Ich habe ein schlechtes Gefühl bei der Sache«, sagte Oliver und stieß die mit Ornamenten und fremdartigen Fratzen verzierte zweiflügelige Metalltür auf.

»Das sagst du immer«, antwortete Alexis, wobei sie sich eingestehen musste, dass sie ähnlich empfand. Sie hegte keinen Zweifel, dass das erst der Anfang war, und damit würde es zu einem großen Fall werden, der viel Aufmerksamkeit mit sich brachte. Der damit einhergehende Druck war etwas, das selbst erfahrene Polizisten überfordern konnte, und sie fühlte sich nicht im Vollbesitz ihrer Kräfte. Sie hatten gerade den Aufzug betreten, da klingelte Alexis' Handy. Ihre Chefin, Martina Dolce, die ihren Nachnamen der Heirat mit einem Italiener verdankte. Die Kriminaloberrätin war eine knallharte Ermittlerin, die bis zu ihrer Beförderung eine der höchsten Aufklärungsquoten aufzuweisen hatte. Zudem war sie eine überzeugte Frauenrechtlerin, die sich ihren Rang bei der Polizei hart erkämpft hatte. Sie kleidete sich bewusst unattraktiv, um keine Gerüchte aufkommen zu lassen, dass sie ihren Aufstieg nur ihrem Aussehen verdankte.

»Was kann ich für Sie tun?«, fragte Alexis.

»Besprechung in fünfzehn Minuten im Artcine, Saal 3.« Damit hatte sie auch schon wieder aufgelegt.

»Wo treffen wir uns dieses Mal?«, seufzte Oliver. Dolce mochte eine herausragende Ermittlerin und Führungskraft sein, aber sie hatte eine entscheidende Macke: Seit einer ihrer Fälle geplatzt war, weil man Wanzen in ihrem Büro und sämtlichen Besprechungsräumen versteckt hatte, weigerte sie sich, wichtige Zusammenkünfte an den üblichen Orten abzuhalten. Stattdessen trafen sie sich jedes Mal woanders, ob es eine abgelegene Bäckerei, eine verschlafene Seitenstraße oder sogar ein Schlachthof war – sie nutzten selten einen Ort mehrfach. Nur ihrem Ruf hatte sie es zu verdanken, dass alle, selbst die Staatsanwaltschaft, bei diesem Spiel mitmachten.

»Das alte Kino nebenan.«

»Ich möchte nicht wissen, woher sie die Schlüssel dazu hat«, murmelte er.

Sie gingen an ihrem Büro, das im zweiten Stock lag, vorbei und holten ihre Unterlagen.

Das Kino lag direkt neben der Polizeistation und stand seit mittlerweile fünf Jahren leer. Damals hatte nicht weit entfernt ein moderner Filmpalast eröffnet, und das Stück Mannheimer Geschichte hatte nicht mit der neuen Technik mithalten können. Als sie den mit Marmor ausgelegten Eingangsbereich durch die gläserne Drehtür betraten, überkam Alexis ein wehmütiges Gefühl beim Anblick der abblätternden Farben und mit Plastikfolie abgedeckten Schalter und Snackautomaten. In diesem Kino hatte sie ihren ersten Kuss bekommen.

Es gab insgesamt nur vier Säle, sodass sie den dritten schnell fanden, in dem Dolce auf sie wartete. Sie wanderte ungeduldig vor der Leinwand auf und ab. »Klären Sie mich bitte auf, während wir auf Milbrecht und Norden warten.«

Die Tür öffnete sich, und der Staatsanwalt Per Milbrecht trat ein. Sofort schien es, als würde sich die Umgebung um einige Grad abkühlen. Wie immer trug er einen tadellos sitzenden Anzug, und sein langsam ergrauendes Haar war streng mit Gel zurückgekämmt. Ihm folgten Volkers und sein Partner Bauwart.

»Dann können wir ja anfangen«, stellte Dolce fest, während sich alle einen Sitz in der ersten Reihe suchten.

Alexis stand auf und fasste die bisherigen Erkenntnisse zu den beiden toten Frauen, ihrem ungewöhnlichen Fundort und ihrem Zustand zusammen. »Wir müssen als Erstes klären, ob wir eine SoKo benötigen«, schloss sie ihre Ausführungen.

»Dazu möchte ich Dr. Nordens erste Einschätzung hören«, antwortete Milbrecht. »Können wir davon ausgehen, dass es sich beim vorliegenden Fall um eine Einzeltat handelt?«

Der Psychologe schüttelte den Kopf. »Das halte ich für ausgeschlossen. Auch wenn der Obduktionsbericht noch nicht vorliegt, scheint mir die Tat sorgfältig geplant und ausgeübt. Wer das erste Mal mordet, ist üblicherweise spätestens nach der Tat zu aufgeregt, um fehlerfrei zu agieren.« Er nahm einen Schluck aus der Wasserflasche, die er mitgebracht hatte. »Das Arrangieren der Leichen deutet obendrein darauf hin, dass es dem Delinquenten wichtig war, wie die Leichen gefunden werden.«

»Also könnten wir es aus Ihrer Sicht mit einem Serientäter zu tun haben?«, vergewisserte sich Alexis, obwohl sie schon vor Stunden zu demselben Schluss gekommen war.

»Aller Wahrscheinlichkeit nach. Statistisch gesehen handelt es sich bei dem Täter um einen Mann. Das Bloßstellen der Opfer und ihre erotische Pose sprechen dafür. Viel mehr kann ich nicht sagen, solange mir der Obduktionsbericht nicht vorliegt. Außer dass es sich vermutlich um einen organisierten, intelligenten Menschen handeln muss, der nicht aus dem Affekt heraus gehandelt hat. Ansonsten hätten wir mehr Spuren gefunden, und auch die Wahl des Ablageortes spricht für eine geplante Tat.«

»Sind es seine ersten Morde?«

»Das halte ich für unwahrscheinlich. Ersttaten erfolgen oft im Affekt, und die zeitgleiche Entführung und Ermordung von zwei Frauen ist äußerst risikoreich und kompliziert. Deutlich wahrscheinlicher ist es, dass er sich langsam herangewagt hat. Allerdings müssen seine bisherigen Opfer dabei nicht unbedingt zu Tode gekommen sein. Er könnte auch an Tieren geübt haben.«

Ein Aspekt, an den sich Alexis nie würde gewöhnen können, war, dass es oft mehrerer Opfer bedurfte, damit sich erste Muster abzeichneten und sie Ermittlungsfortschritte aufweisen konnten. Es erschien ihr krank, dass sie dadurch Nutzen aus dem Tod unschuldiger Menschen zogen.

»Dann halten wir fest«, sagte Milbrecht, »dass wir uns auf weitere Leichen einstellen müssen, sollten wir ihn nicht bald schnappen. Wir benötigen also tatsächlich eine Sonderkommission.«

»Ich werde alles Notwendige veranlassen, allerdings stellen uns die Räumlichkeiten vor ein Problem. Die einzigen größeren Räume werden momentan renoviert«, sagte Dolce. »Ich kenne jedoch den Besitzer des Kinos und er würde es uns zur Verfügung stellen. Im oberen Stock befinden sich einige Büros, die Säle eignen sich für größere Besprechungen, und es liegt direkt neben dem Präsidium.«

Alle starrten sie einen Moment fassungslos an. Es war üblich, dass SoKos in Gemeindesäle oder Landratsämter ausgelagert wurden, doch ein ausgedientes Kino wäre eine Neuheit.

»Es hätte immerhin den Vorteil, dass wir nur ins Nachbargebäude gehen müssten, um zu den Arrestzellen und Verhörräumen zu gelangen«, meldete sich Bauwart zum ersten Mal zu Wort.

»Sehr unkonventionell, aber einverstanden – insofern ihr Bekannter die notwendigen Unterlagen unterzeichnet und keinerlei Entschädigung verlangt«, sagte Milbrecht schließlich.

»Dann bleibt nur noch die Frage, wer die Leitung übernimmt«, sagte die Dezernatsleiterin. »Ich schlage Hall vor. Sie verfügt über ausreichend Erfahrung und ist sicher im Umgang mit den Medien.« Was sie dabei nicht laut aussprach, war die Tatsache, dass eine weibliche Ermittlungsleiterin für gute Publicity sorgen würde. Es gab keine bessere Werbung als junge, unverbrauchte Frauengesichter.

Milbrecht sah Alexis mit unverhohlener Skepsis an. Sie war jung für ihren Dienstgrad und die Verantwortung, die man ihr da übertragen wollte. »Ich dachte da eher an Bauwart«, antwortete er schließlich. »Sein Dienstalter ist höher, und es wäre eine gute Gelegenheit für ihn, sich zu beweisen.«

Deshalb war er also hier. Alexis starrte ihren Kollegen mit einer Mischung aus Verblüffung und Enttäuschung an. Nie hätte sie vermutet, in ihm einen Konkurrenten zu haben. Ihre Blicke trafen sich über den Raum hinweg, bis er verlegen zu Boden sah. »Hall war am Tatort. Das wäre unüblich«, stellte sich Dolce auf ihre Seite.

»Bei einem Fall wie diesem sollten wir uns gut überlegen, wem wir die Verantwortung übertragen, und hier gilt nicht zwangsläufig, dass der- oder diejenige am besten geeignet ist, der als Erster vor Ort war«, entgegnete Milbrecht.

»Haben Sie etwas an meiner Arbeit auszusetzen?«, fragte Alexis.

»Sie wissen ebenso gut wie ich, dass dem nicht so ist, aber Sie weisen noch nicht das entsprechende Dienstalter auf, und die Leitung einer großen SoKo erwartet einiges an Härte.«

»Das lassen Sie meine Sorge sein«, stellte Alexis klar.

»Dann ist es entschieden«, beendete Dolce die Diskussion. Norden verfolgte stumm das Geschehen, als begutachtete er ein interessantes soziales Experiment.

Die notwendigen Papiere wurden unterzeichnet, die Größe der SoKo und die zugeteilten Beamten festgelegt. Zudem gingen genauere Anweisungen an die KT für die Analyse des am Fundort gesicherten Materials.

Mit einem Blick auf die Uhr verabschiedete sich Alexis. Sie musste zur Gerichtsmedizin, um der Obduktion der Leichen beizuwohnen. Nicht eine ihrer liebsten Tätigkeiten, aber notwendig, wenn sie kein Detail verpassen wollte.

»Was sollte denn diese Nummer von Bauwart?«, fragte Oliver, als sie durch den Eingangsbereich nach draußen gingen. »Will er nun auch die Karriereleiter emporklettern?«

Alexis zuckte mit den Schultern. »Seit seine Frau schwanger ist, spinnt er etwas rum.«

»Das ist noch lange keine Entschuldigung dafür, einer Kollegin so in den Rücken zu fallen. Er hat das doch garantiert vorher mit Milbrecht abgesprochen.«

»Wie auch immer.« Alexis hatte keine Lust, sich weiter über ihren Kollegen zu ärgern. »Ich habe die Leitung, und darauf möchte ich mich konzentrieren.«

8

Karen fuhr direkt aus ihrem Labor, in dem sie nur hastig die gesammelten Proben verstaut hatte, zum Institut für Rechtsmedizin in der Heidelberger Innenstadt. Während sie sich durch den von Sonntagsfahrern geprägten Verkehr kämpfte, rief sie beim Inhaber der Metzgerei Gresser an und bestellte bei ihm drei Jungschweine, die sie am Nachmittag abholen würde, um sie am Leichenfundort auszulegen. Das Fleisch der Schweine, das in seiner Zusammensetzung dem des Menschen ähnelte, würde Insekten anlocken. Durch regelmäßige Kontrollen würde Karen dadurch den zeitlichen Ablauf der Besiedlung und Zersetzung der Kadaver in diesem speziellen Gebiet rekonstruieren können. Dadurch würde es ihr möglich sein, den Zeitpunkt, zu dem die Leichen auf die Reißinsel gebracht wurden, bis auf wenige Stunden genau zu bestimmen. Diese aufwendige Untersuchung war notwendig, da sich die Artenverteilung der Insekten von Gebiet zu Gebiet stark unterschied.

Kaum betrat Karen die überheizten Vorräume der Gerichtsmedizin, traten ihr Schweißperlen auf die Stirn. Draußen herrschte ein dunstiger Oktobertag, an dem die Menschen mit verschlossenen Mienen ihren Geschäften nachgingen und selbst die Touristen, verwöhnt vom sonnigen Wetter der letzten Tage, lieber in Cafés und Wirtschaften saßen, anstatt sich das Heidelberger Schloss oder den Marstallhof anzusehen. Schon bald würde sich der Verkehr auf den Neckarbrücken stauen, das allabendliche Hupkonzert beginnen, begleitet vom Klingeln und Fluchen der unzähligen Radfahrer, die sich rücksichtslos ihren Weg an den festsitzenden Autos vorbei bahnten. Karen hingegen unterdrückte das Ekelgefühl, das sie bei dem Schwall warmer Luft verspürte, der ihr entgegenschlug, und ging in den Keller, in dem die Obduktionssäle lagen. Glücklicherweise war es hier kühler.

Erleichtert stellte sie fest, dass man mit der Obduktion auf sie gewartet hatte. Sie schlüpfte in einen OP-Kittel, verknotete die Schnüre im Rücken, streifte sich Papierüberzieher über ihre Stiefel und zog sich zwei Paar Einweghandschuhe an – bei der Arbeit mit Pinzetten und Skalpellen verringerte die doppelte Schicht das Risiko einer Infektion, falls sie aus Versehen abrutschte. Auf Mentholsalbe verzichtete sie. So widerlich die Ausdünstungen auch sein mochten, gaben sie ihr doch oft hilfreiche Informationen. Frische Leichen beispielsweise verströmten einen an ranzige Butter erinnernden Geruch, und manche Käfer und Maden sorgten mit ihren Ausscheidungen dabei für ihre ganz eigene Note. Sie spähte durch die Trennscheibe in den Sektionssaal, und ihr Blick traf sich mit dem von Alexis, unter deren Nase eine dicke Schicht Mentholsalbe zu erkennen war. Der Blick ihrer Freundin schien sie anzuflehen, sie da rauszuholen, auch wenn sie sich ihr Unbehagen ansonsten nicht anmerken ließ. Neben ihr stand Oliver mit gefasstem Gesicht. Karen erinnerte sich noch genau an einen naturwissenschaftlichen Sommerkurs, den sie gemeinsam während der Schulzeit besucht hatten. Sie aus Begeisterung für Biologie und Alexis, weil ihr Vater, ein angesehener Wissenschaftler, es so beschlossen hatte. Eines ihrer Projekte war es gewesen, die Zersetzung einer toten Maus zu beobachten, und während es bei ihr die Grundlagen für ihr Interesse an der Kriminalbiologie legte, gehörte Alexis zu den Kindern, die sich würgend hinter dem nächsten Baum übergaben, um anschließend mit schamrotem Gesicht zur Gruppe zurückzukehren. Umso größer war Karens Überraschung, als sie die äußerliche Ungerührtheit bei ihrer Freundin bemerkte, als sie Jahre später das erste Mal gemeinsam einer Obduktion beiwohnten. Aber eigentlich hätte es sie nicht verwundern sollen. Alexis war noch nie bereit gewesen, sich irgendwelche Schwächen einzuräumen, und obwohl Karen diese Willensstärke bewunderte, erschreckte ihre Härte sie manchmal.

Als Karen den Raum betrat, wurde sie von Dürrast wie ein seltenes Insekt beäugt, von dem er nicht wusste, ob es giftig war oder nicht. »Dann können wir ja anfangen.« In seiner Stimme schwang klar der Vorwurf mit, dass sie seine Zeit verschwendet habe. Doch Karen blieb unbeeindruckt. Bei den Wölfen galten die lauten, aggressiven Tiere als die schwächsten und nahmen oft eine niedrige Position in der Rangfolge ein. Bei den Menschen war es nach Karens Erfahrung nicht viel anders.

Gemeinsam mit seinem Assistenten Konradis holte er den ersten Leichensack aus einer der Kühlkammern auf der Rückseite des Saals und legte ihn auf den mittleren der drei Obduktionstische. Karen ignorierte Dürrasts irritierten Blick, als sie neben ihn trat und ihre leeren Probengefäße auf einen Rollwagen stellte. Sie stahl ihm die Show, und dafür würde er sie büßen lassen.

»Ich bitte darum, den Raum geschlossen zu halten, wenn wir den Sack öffnen. Als wechselwarme Tiere, die ihre Körpertemperatur im Gegensatz zu uns nicht selbst regulieren können, mögen Insekten keine Kälte. Was auch immer also noch lebt, wird vermutlich versuchen zu entkommen.«

Der Assistent rollte den Tablettwagen mit den fein säuberlich sortierten Instrumenten heran und richtete die Lampen aus. In der Zwischenzeit legte sie ein feinmaschiges Netz über den Leichensack und öffnete ihn ein Stück, sodass sie direkt in das verstümmelte Gesicht der rothaarigen Frau blickte. Es traf sie wie ein Schlag. Hier im unbarmherzigen Licht der Untersuchungslampe vermochte sie nicht zu verdrängen, dass es sich um einen Menschen handelte und nicht nur das Substrat, auf dem sich so viele faszinierende Geschöpfe tummelten. Sie wandte sich ab, gab vor, nach einem bestimmten Gefäß zu suchen, während sie sich sammelte. Schließlich fühlte sie sich gewappnet, sich erneut dem grausigen Anblick zu stellen, und bemerkte, dass sich inzwischen tatsächlich einige Käfer in dem Netz verfangen hatten. Auf den ersten Blick entdeckte sie nichts Außergewöhnliches, ein *Dermestes lardarius* und zwei *Nicrophorus,* die sie im Labor genauer bestimmen musste. Beides typische aasfressende Käfer, die an fast jeder älteren Leiche anzutreffen waren und nach und nach die Fliegen und ihre Larven, die ebenfalls auf ihrem Speiseplan standen, verdrängen würden.

»Sind Sie fertig?« Dürrast trat neben sie und versuchte das Netz wegzuziehen. Sie griff rasch zu und hinderte ihn daran.

»Wenn es so weit ist, sage ich Ihnen Bescheid. Sie können gerne die andere Leiche vorbereiten, dann kann ich mich anschließend direkt um sie kümmern.«

Der Gerichtsmediziner setzte zu einem Protest an. Die Empörung darüber, das Sagen in seinem eigenen Obduktionssaal zu verlieren, stand ihm ins Gesicht geschrieben, doch Alexis schritt ein und gab ihm keine Gelegenheit, eine Diskussion anzuzetteln. »Sehr gut, wir benötigen die Ergebnisse so schnell wie möglich.«

Karen schenkte ihr ein kurzes Lächeln, während sie den Sack weiter öffnete und sorgfältig die Käfer von dem Netz absammelte und in kleinen Schraubgläsern unterbrachte. Schließlich gab sie sich mit ihrer Ausbeute zufrieden.

Nun wandte sie sich dem vermeintlichen Einschussloch zu, nahm eine lange Pinzette und bat Konradis, die Höhlung für sie auszuleuchten. Sie spähte hinein, schob die Pinzette langsam in das Loch. Feine Schweißperlen bildeten sich auf ihrer Stirn. Nach einigen vergeblichen Versuchen zog sie das Werkzeug zurück und präsentierte zufrieden ein winziges Ei, das sie ebenfalls in einem Gefäß verstaute. »Damit steht fest, dass es kein Einschussloch ist. Das endgültige Ergebnis schicke ich, sobald ich die Art bestimmt habe.« Sie beugte sich erneut über den Körper und wiederholte den Vorgang, bis sie mehrere Eier gesammelt hatte. »Ich bin fürs Erste fertig«, sagte sie und wollte sich gerade abwenden, als etwas sie stutzen ließ. Sie beugte sich dichter über die Frau, strich die trotz des Drecks weiterhin feuerrot leuchtenden Haare auseinander, griff nach etwas und ließ es in ihre Handfläche fallen. »Das ist ja interessant.«

9

Das Surren der Neonröhren zerrte an Alexis' Nerven, und der Geruch der Mentholsalbe, der sich mit dem Verwesungsgestank vermischte, verursachte bei ihr ein Pochen in den Schläfen, das sich schon bald zu ausgewachsenen Kopfschmerzen steigern würde. Selbst Olivers sonst so unerschütterliches Gemüt hatte sich seit dem Fund der Leichen getrübt, und seine Hände fuhren nervös durch seine Haare. Nun starrten sie jedoch mit einer Mischung aus Ekel und Faszination auf Karens Handfläche, in der eine riesige, dunkelbraune und offensichtlich tote Spinne lag.

»Na super, noch mehr Insekten«, murmelte Bauwart.

»Spinnen sind keine Insekten«, berichtigte Karen ihn. »Sie haben acht Beine statt sechs und sind eher mit den Krebsen verwandt.«

Bauwart wischte sich über seine schweißglänzende Glatze und stierte sie missmutig an. »Wenn Sie diese Viecher so toll finden, können Sie gerne bei mir vorbeikommen. In meinem Keller gibt es mehr als genug.«

Karen musterte ihn. Sie hatte noch nie mit Bauwart zusammengearbeitet, aber er wirkte wie jemand, der gerade so eine normale Obduktion überstand. Sobald allerdings Käfer aus Leichensäcken herausflogen oder Maden aus Augenhöhlen quollen, gaben bei Menschen wie ihm die Beine nach. Er wäre nicht der Erste, der sie nach so einem Erlebnis mied, da man gerne ihr die Schuld für das Versagen der Nerven gab. Das war bedeutend einfacher, als sich die eigene Schwäche einzugestehen.

Sie ging zu einem Stereomikroskop und legte das Tier in einer Petrischale unter die Linse. »Genau das ist der Punkt. Auf den ersten Blick würde ich sagen, dass es sich um eine Große Winkelspinne, *Tegenaria atrica,* handelt.« Sie betrachtete die Spinne eine Weile schweigend, schob sie dabei mit der Pinzette hin und her. In der Zwischenzeit fing Konradis damit an, die Leiche auszuziehen und zu waschen, während Dürrast etwas vor sich hin murmelte und in seinem angrenzenden Büro verschwand.

»Meine erste Vermutung dürfte richtig sein«, stellte Karen schließlich fest. »Ihre Beine sind einfarbig. *Tegenaria picta* lässt sich aufgrund ihrer enormen Größe ausschließen, und für *Tegenaria agrestis* ist sie zu hell. Mit Sicherheit kann ich das allerdings erst sagen, wenn ich sie im Labor seziert habe.«

»Dann ist das eine seltene Spinnenart?«, fragte Alexis und strich sich eine kurze Strähne ihres blonden Haares aus der Stirn.

Karen schüttelte den Kopf. »Eben nicht. Sie ist weitverbreitet und vermutlich jedem von uns schon über den Weg gelaufen.«

»Und wie hilft uns das?«

»Man nennt sie nicht ohne Grund auch Kellerspinne«, antwortete Karen. »Sie hat es gerne trocken, und das Überflutungsgebiet des Rheins gehört nicht zu ihren bevorzugten Aufenthaltsgebieten.«

»Und da man davon ausgehen kann, dass eine Frau nicht unbemerkt mit einer derart großen Spinne im Haar herumlaufen würde, beweist es also, dass sie in einem Keller ermordet wurde«, schlussfolgerte Alexis.

Die Biologin gab etwas Alkohol in ein Plastikschraubglas mit blauem Deckel und legte die Spinne hinein. »Sie muss nicht zwangsweise dort ermordet worden sein, aber in jedem Fall muss sich ihr Körper dort befunden haben, bevor sie im Schutzgebiet abgelegt wurde. Ein Schuppen oder verlassenes Gebäude kommen ebenfalls infrage. Zumindest war es keine Stadtwohnung – dort findet man sie eher selten.«

Karen ging zu dem anderen Leichensack und breitete auch da ihr Netz aus, bevor sie den Reißverschluss öffnete. Dürrast schien regelrecht darauf gelauert zu haben, denn er kam sofort herbei und baute sich vor dem Obduktionstisch mit der ersten Toten auf, die inzwischen vollständig entkleidet war. Das Blut und der Schlamm waren abgewaschen, Blätter und kleinere Zweige aus dem Haar gekämmt und für die Kriminaltechnik in einem Plastikbeutel aufgefangen worden. Nun lag sie auf dem Rücken, die Arme seitlich ausgestreckt, während Konradis ihre Fingernägel reinigte und den herausgekratzten Schmutz ebenfalls auffing. In den Laboren würde man versuchen, Hautpartikel, Blut oder andere Spuren zu finden, die eventuell vom Täter stammen könnten.

Alexis ging zu der Plastikwanne, in der die zerschnittene und noch immer nasse Unterwäsche des zweiten Opfers lag, griff nach einer langen Pinzette und hob den Slip hoch. Edler dunkelblauer Seidenstoff mit aufwendigen Verzierungen, Spitze und kleinen eingearbeiteten Glassteinen. Sie suchte nach einem Etikett. Wie sie erwartet hatte, handelte es sich um einen Hersteller von Luxusdessous. Die Wäsche der ersten Toten war dagegen aus deutlich billigeren Materialien gefertigt, dafür allerdings in schriller Farbe. Das passte zu den rot gefärbten Haaren, dachte Alexis.

Im Licht der Untersuchungslampe wirkte die Leiche wie eine aufgeschwemmte Wachsfigur, bei der man vergessen hatte, der Haut einen lebendigen Farbton zu verleihen. Die Verwesung hatte bereits begonnen; zuerst im Darm, dem Ort, an dem die meisten Bakterien leben. Während sich die Mikroorganismen durch das Gewebe fraßen, produzierten sie Gase, die nun den Bauch der Frau aufblähten, sodass sie aussah, als sei sie schwanger. Nachdem Erde und Schmutz von der Toten heruntergewaschen worden waren, traten unzählige weitere Verletzungen zum Vorschein. Abschürfungen und Schnitte an den Fingerkuppen und inneren Handflächen ließen darauf schließen, dass die Opfer versucht hatten, sich zu befreien. Was Alexis' Aufmerksamkeit besonders erregte, waren die Totenflecke. Das Blut hatte sich in den Beinen gestaut, sie unter der aufgequollenen Haut blau zurückgelassen – ein Hinweis darauf, dass sie aufrecht gestorben und so für mehrere Stunden verblieben war, bis ihr Mörder sie fortgebracht hatte. »Starb sie etwa im Stehen?« Sie deutete auf die Füße, von denen sich die Haut durch den Aufenthalt im Wasser ablöste. Auch wenn es in dem schlechten Zustand des Gewebes nur schwer zu erkennen war, fiel dennoch auf, dass die Sohlen nicht verfärbt und vor allem auch die Überreste der Zehen weiß waren. Dieses Phänomen war in der Regel einfach zu erklären. Das Blut und andere Körperflüssigkeiten mögen zwar der Schwerkraft folgen, doch an den Stellen, an denen der Körper aufliegt, ist der Druck auf das Gewebe zu groß, sodass sich helle Flecken ergeben, die eine genaue Deutung der Position des Toten ermöglichen.

Dürrast trat neben sie und hob ein Bein an. Nun war er in seinem Element und vergaß für einen Augenblick, dass ihm schon wieder jemand in seine Arbeit gepfuscht hatte. »Tatsächlich. Das ist in der Tat außergewöhnlich. Falls sie im Stehen gestorben ist, muss sie etwas aufrecht gehalten haben.« Während er mit der Obduktion begann, beobachtete Alexis jeden seiner Schritte. Er bemerkte ebenfalls die Petechien in den Überresten der Augenlider, der Mundschleimhaut und sogar in der Gesichtshaut. »Dieser Fall wird immer interessanter«, sagte er. »Diese Stauungsblutungen treten unter anderem durch den Anstieg des Drucks in den Kapillaren bei einer Strangulation auf. Die Totenflecke sprechen aber dafür, dass das Opfer direkt nach seinem Tod stand und erst später an den Fundort gebracht wurde. Sollte sich der Befund der Strangulation bestätigen, muss der Täter sie irgendwie in eine stehende Position gebracht beziehungsweise sie dort gehalten haben.«

»Könnte es nicht auch sein, dass sie mit einem Seil erhängt wurde, das dann ausleierte und sie dadurch nach ihrem Tod so weit absank, dass ihre Füße den Boden berührten und die weißen Flecken entstanden?«

Der Rechtsmediziner schüttelte den Kopf. »Diese Todesart lässt sich bereits ausschließen. Beim Erhängen mit freier Suspension, also ohne Bodenberührung, bilden sich keine Petechien, da es zu einer Kompression zervikaler Arterien kommt. Ich kann allerdings mit Sicherheit sagen, dass diese Frau seit mindestens sechs Tagen tot ist.« Er öffnete den Mund der Leiche und deutete auf ihre

Zähne, deren Ansatz pink verfärbt war. »Das ist das Pink-Teeth-Phänomen. Laut einer Studie von Wyk dauert es mindestens sechs Tage, bis sich der Zahnansatz pink verfärbt. Es kann ein weiterer Hinweis auf Strangulation sein, auch wenn die Meinungen dazu auseinandergehen.«

Karen trat vor. »Ich habe davon gelesen, aber nie gehofft, das Phänomen eines Tages selbst sehen zu dürfen.«

»Und wodurch wird es verursacht?«, fragte Oliver.

Es war Dürrast, der antwortete. »In den Zähnen befindet sich die Pulpa, auch Zahnmark genannt. Nach dem Tod zersetzen sich die darin befindlichen roten Blutkörperchen, das Hämoglobin wird gespalten und eine Substanz namens Hämosiderin freigesetzt. Dieses dringt in die Dentinkanälchen ein, die das Zahnbein durchziehen, und färben den Zahn auf die charakteristische Weise.«

Nachdem der Körper schließlich mit einem V-Schnitt geöffnet worden war und die inneren Organe zum Wiegen und zur weiteren Untersuchung in Schalen lagen, stieß Dürrast einen leisen Pfiff aus. »Die Todesursache dürfte endgültig geklärt sein.«

10

Neugierig trat Alexis näher und blickte ihm über die Schulter.

»Sehen Sie hier?« Der Rechtsmediziner deutete auf einen Wirbel der freigelegten Lendenwirbelsäule, über den sich quer ein dunkelrotes, leicht bläuliches Band zog. »Das ist eine Einblutung in das *Ligamentum longitudinale anterius,* auch Simonsche Blutung genannt und ein eindeutiger Hinweis auf einen Erstickungstod. Die Leber und die Milz waren leider bereits zu stark zersetzt, um die Diagnose zu stützen, aber die Todesursache werde ich so im Bericht festhalten.«

Alexis nickte, auch wenn sie aufgrund der Todesflecken Schwierigkeiten hatte, sich den genauen Ablauf des Erstickungstodes vorzustellen. Wieso hatte die Frau gestanden?

Als Dürrast die Oberhaut von den Füßen abzog, die sich durch den Aufenthalt im Wasser gelöst hatte, wurde ihr schlecht. Sie mochte sich an den Anblick und Geruch der Toten gewöhnt haben, doch dies ging zu weit.

Schließlich wandten sie sich der zweiten Leiche zu – einer deutlich zierlicheren Frau, eher unscheinbar mit hellbraunen Haaren, die nun ebenfalls gesäubert auf dem sterilen Edelstahltisch lag.

Alexis fiel sofort auf, dass bei ihr die Totenflecken nicht nur in den Füßen zu finden waren, sondern sich auf der Seite und Rückseite der Beine bis zum Gesäß zogen und dort ebenfalls die weißen Bereiche vorlagen, die die Auflagestellen markierten. Sie versuchte sich auszumalen, welche Haltung das Opfer bei seinem Tod eingenommen haben musste, und runzelte die Stirn. »Hat sie auf dem Boden gesessen?«

Der Rechtsmediziner sah sie verärgert an, untersuchte dann jedoch die dunklen Flecken und stimmte ihr zu.

Sie betrachtete den Hals der Frau, der ebenso von Maden zerfressen war wie bei der Rothaarigen. Wie passte das zusammen? Erdrosselung im Sitzen?

Alexis bemerkte eine Verfärbung am rechten Handgelenk der Frau. Sie zögerte, die Tote zu berühren, musste sich zuerst sammeln und wäre dennoch beinahe zusammengezuckt, als sie die kalte Haut unter ihren Fingern spürte. Sie beugte sich vor. Da klebte tatsächlich etwas. »Haben Sie das gesehen?«, wandte sie sich an den Rechtsmediziner.

Dürrast nickte. »Eine Probe ist bereits auf dem Weg ins Labor. Ich bin mir jedoch ziemlich sicher, dass es sich um Spuren von Klebeband handelt.«

»Dann war sie gefesselt?«

»Davon kann man ausgehen.« Er ging zu der anderen Toten und hob deren Arm an. Dort waren ebenfalls die Rückstände zu sehen und dazu noch eine oberflächliche Abschürfung und bläuliche Verfärbung der Haut. »Das sind eindeutig Fesselspuren. Die Füße befanden sich zu lange im Wasser, um dort verwertbare Hinweise zu finden.«

Nicht wirklich überraschend, doch dann fiel Alexis etwas anderes auf. Über den kompletten Arm der Frau zog sich eine Tätowierung, die unter dem Schmutz zuvor nicht zu sehen gewesen war. Auf den ersten Blick wirkte sie wie ein riesiges, buntes Molekül, das sich in seiner chemischen Struktur wie eine Schlange um ihren Arm wickelte. »Kannst du davon bitte ein Foto machen?«, bat sie Oliver und deutete auf das Muster.

»Wer ist denn so bekloppt, sich einen DNA-Strang auf den Arm tätowieren zu lassen?«, fragte er.

»Das ist keine DNA«, sagte Alexis und betrachtete die Tätowierung genauer. Auf den ersten Blick sah es wie eine typische Doppelhelix aus, wie man sie aus dem Schulbuch kannte, nur dass sie auf einer Seite mit einer Art Schleife abschloss.

Nun trat auch Karen näher, die die Zeit genutzt hatte,

um ihre Proben zu beschriften. »Du hast recht«, bestätigte sie. »Das ist RNA.« Sie fuhr über das Rückgrat der schraubenförmigen Doppelhelix. »RNA unterscheidet sich nur in wenigen Punkten von DNA. Bei dem Zucker, der das Phosphatrückgrat bildet, handelt es sich um Ribose, und eine der Basen, die die beiden Einzelstränge miteinander verbinden, wird durch Uracil ersetzt.«

»Und wozu ist dieses Ding gut?«, fragte Bauwart, der offensichtlich weder Interesse noch Ahnung von dem Thema hatte.

»Im Körper übernimmt sie wichtige Aufgaben«, erläuterte Alexis. »Unter anderem kann sie als Enzym dienen und ist Bestandteil zahlreicher Stoffwechselvorgänge. Es gibt sogar eine Theorie, nach der sich das heutige Leben aus einer auf RNA basierenden Vorstufe entwickelt hat. Lange bevor die DNA entstand.«

»Das Besondere an der Tätowierung ist jedoch, dass RNA normalerweise nicht wie DNA als Doppelhelix vorliegt, sondern als einzelner Strang.« Karen nahm einen Zettel und schrieb einen Teil der Basenfolge von der Haut ab, bis sie ein langes Band hatte – **CCUAGC**UGAUUAGAC**GCUAGG** –, wobei sie die jeweils ersten und letzten sechs Buchstaben hervorhob. »In der Doppelhelix verbinden sich die Basen miteinander, um die Einzelstränge zusammenzufügen. Sie bilden diese bunten Linien, die man im Inneren der Helix auf Abbildungen immer sieht. Bei der Tätowierung handelt es sich jedoch um eine sogenannte Haarnadelstruktur. C steht für die Base Cytosin, welche sich mit dem G, dem Guanin, paart. Uracil, das U, lagert sich an das Adenin, das A. Wie ihr sehen könnt …« Sie bog das Blatt, sodass die beiden fett untermalten Buchstabenfolgen nebeneinander zu liegen kamen.

»Wenn man die Basen entsprechend aneinanderlegt, können sie sich miteinander verbinden, nur der mittlere Teil passt nicht. Dadurch erhält man bildlich gesprochen eine Haarnadel – ein Band, an dessen Ende eine Schleife aus nicht gepaarten Basen sitzt.« Sie hielt das Papier so, dass alle es sehen konnten, und selbst Bauwart schien ihren Ausführungen folgen zu können.

»Unsere unbekannte Tote hat wohl eine Vorliebe für Biologie«, bemerkte Oliver.

»Oder sie gehört zu denen, die sich ihre Tattoos rein nach der Optik aussuchen«, sagte Bauwart. »Neulich kam ein Bericht im Fernsehen, in dem sie Leute mit tätowierten asiatischen Schriftzeichen nach deren Bedeutung gefragt haben. Viele kannten sie nicht oder hatten sogar das falsche Symbol in ihre Haut geritzt.«

»Das kann ich mir in diesem Fall nicht vorstellen. Dazu ist es zu speziell«, entgegnete Oliver.

»Wie auch immer.« Karen packte die Proben in ihre Tasche und schlang sie sich um die Schulter. »Ich habe alles, was ich benötige, und muss ins Labor.« Sie winkte zum Abschied in die Runde, bevor Alexis sie zur Tür brachte und gemeinsam mit ihr in den Nebenraum ging. Dort befreite sie sich von den Papierüberziehern, Handschuhen und Kittel und warf sie in den Müllbehälter.

»Ruf mich an, sobald du neue Infos hast«, sagte Alexis. »Vor allem die genaue Bestimmung des Todeszeitpunkts ist momentan wichtig.«

Karen zwinkerte ihr zu. »Ich mache das nicht zum ersten Mal.«

»Tut mir leid, ich weiß. Es ist nur so …« Sie hob die Arme und ließ sie kraftlos fallen. »Ich befürchte, dass es nicht bei den beiden Frauen bleiben wird.«

»Ein Serienkiller?«

»Es ist zu früh, um das mit Sicherheit sagen zu können, aber mir erscheint das alles zu geplant, zu sorgfältig ausgeführt, um eine spontane Tat zu sein. Wir haben keinen Hinweis auf die Identität der Opfer, keine Spuren vom Täter, und für eine Strafaktion von Frauenhändlern oder einer kriminellen Organisation ist es zu aufwendig und wenig prominent. Wozu sich die Mühe machen, die Leichen so zu platzieren, wenn sie eventuell nie gefunden werden? So schreckt man keine Leute ab.«

Karen wusch sich die Hände und holte anschließend eine kleine Dose Creme aus ihrer Handtasche. »Ich beeile mich. Meine andere Arbeit kann ich für einige Tage zurückstellen. Aber nun sollte ich schleunigst ins Labor, und ich muss noch ein paar Schweine abholen.«

»Dann stellst du heute Fallen auf?« Alexis hatte sie bei ihrer ersten gemeinsamen Ermittlung zum Einsammeln der Proben begleitet und beschlossen, das nicht nochmals zu tun. Schweinefleisch, das sieben Tage der Sommerhitze ausgesetzt war, verströmte einen Geruch, der jede Leiche wie in eine Parfümwolke gehüllt erscheinen ließ.

»Genau.« Karen lehnte an der Wand und musterte sie kritisch. »Wie geht es dir? Ich habe dich seit der Beerdigung nicht gesehen.«

Alexis wusch ebenfalls ihre Hände. »Sie fehlt mir. Gestern habe ich ihre Nummer gewählt, und erst beim Klingeln fiel mir ein, dass sie nicht mehr da ist.«

»Sie war eine großartige Frau. Und Kaspar? Wie geht er mit der Situation um?«

»Er redet sehr wenig mit mir. Seine Haushälterin behauptet, dass er kaum noch nach Hause kommt. Selbst am Samstag war er in seinem Labor. Wir wollten einige

Papiere durchgehen, die er unterzeichnen muss, aber er war nicht da.« Sie schüttelte den Kopf. Ihre Adoptivmutter war ein ordentlicher Mensch gewesen, verantwortlich für sämtlichen Papierkram, der ihren Mann gnadenlos überforderte. In dieser Hinsicht, wenn auch in kaum einer anderen, entsprach Kaspar Hall dem Bild des schusseligen Wissenschaftlers. Von nun an würde sie sich darum kümmern müssen, wurde Alexis mit einem Mal bewusst.

»Gib ihm etwas Zeit. Und dir selbst auch.« Karen trat auf sie zu, nahm sie in den Arm. Zuerst verspannte sich Alexis, dann gestattete sie sich, den Kopf an die Schulter ihrer Freundin zu lehnen.

»Danke«, flüsterte sie. So standen sie Minuten, bis sich Alexis ausreichend gesammelt hatte. Ihre Gedanken waren dennoch bei ihrem Adoptivvater. Er war mit ganzer Seele Forscher. Seit Beginn seiner beruflichen Laufbahn als Wissenschaftler hatte ihn die Frage beschäftigt, ob Menschen böse geboren werden oder erst durch Umwelteinflüsse vom rechten Weg abkamen. Kein Wunder, dass er sich dazu entschloss, Alexis zu adoptieren.

Später widmete er sich zuerst dem Medizinstudium und anschließend der Humangenetik, wo er rasch internationale Anerkennung erlangte. Vor einigen Jahren war ihm dann endlich der Durchbruch gelungen. Er war maßgeblich an der Erforschung des sogenannten *kill:gens* beteiligt. Ein Gen, das die Mehrheit der verurteilten Mörder trug, aber nur bei einem geringen Anteil der normalen Bevölkerung auftrat. Träger des *kill:gen* zeigten eine stark erhöhte Gewaltbereitschaft, wenn sie sozialer Isolierung oder Ausgrenzung ausgesetzt waren. Verursacht wurde dies von einem Protein, das im Gehirn Rezeptoren blockierte, wodurch die natürliche Hemmschwelle, andere Menschen zu verletzen, herabgesetzt wurde.

»Ich muss los, Süße«, sagte Karen mit einem entschuldigenden Lächeln, kontrollierte den Sitz ihrer Locken im Spiegel und rief ihr im Hinausgehen zu, dass sie demnächst mal wieder einen Kaffee zusammen trinken sollten.

11

London vor 25 Jahren

Das Mädchen hielt mit der in einem pinkfarbenen Fäustling steckenden Hand den Arm ihrer Mutter umklammert, während sie aus dem Fenster des Busses starrte. Sie fuhren an einer Geschäftszeile vorbei, und ihre Augen weiteten sich beim Anblick des riesigen Tannenbaums, der vor einem Kaufhaus stand. Die Glasfront reflektierte die Lichter. So viele Farben. So viele Menschen. Und sie lächelten, manche lachten sogar.

Die Kleine presste nachdenklich die Lippen aufeinander. Warum waren die Erwachsenen so fröhlich? Bisher hatte sie gedacht, dass nur Kinder lachten, und deshalb beschlossen, niemals erwachsen zu werden.

Der Bus machte eine Vollbremsung, und sie streckte reflexartig ihre Arme nach vorne, um sich an der Lehne abzufangen. Der Busfahrer hupte und schrie einem Mann hinterher. Es dauerte einen Moment, bis sie begriff, dass er bei Rot über die Ampel gegangen war.

»Das ist doch gegen das Gesetz«, sagte sie verblüfft und

umklammerte den Arm ihrer Mutter fester. An dieser Stelle war der Stoff des Mantels bereits abgenutzt. »Kommt der Mann jetzt ins Gefängnis?«

Ihre Mutter sah aus ihren wunderschönen Augen auf sie hinunter und strich sanft über ihre Wangen. »Vielleicht erwischen sie ihn nicht.«

Das Mädchen grübelte darüber nach, bis sie vor dem Theater ausstiegen. Sie hatte so lange gebettelt, bis ihre Eltern endlich zugestimmt hatten, mit ihr ins Little Angle Theatre zu gehen, um *Die Schneekönigin* anzusehen. Sie hatte die ganze Nacht vor Aufregung nicht geschlafen.

Zuerst gingen sie jedoch in die St. Mary's Church. Mutter bestand darauf, dass sie sich in die erste Reihe setzten und ein Gebet sprachen. Die Kleine war so zappelig, dass sie sich nicht konzentrieren konnte. Nachdem ihre Mutter sie scharf zurechtgewiesen hatte, kniff sie einfach die Augen zusammen und versuchte so lange die Luft anzuhalten, bis sie endlich wieder aufstehen durfte.

Draußen brach die Sonne zwischen den Wolken hervor, und der Wind rauschte in den Bäumen, während sie zum Theater liefen. Im ersten Schuljahr hatte sie es mit ihrer Klasse besucht, und sie träumte noch immer von den bunten Puppen. Als sie das niedrige Backsteinhaus mit der weiß gerahmten Tür entdeckte, riss sie sich los und versuchte die Worte zu entziffern, die auf dem ebenfalls weißen Banner standen.

Ihre Mutter ergriff kommentarlos ihre Hand, dann gingen sie gemeinsam hinein und blieben an einem Kassenschalter stehen. Das Mädchen war von den farbenfrohen Plakaten an den Wänden so abgelenkt, dass sie nur aus den Augenwinkeln beobachtete, wie ihre Mutter ihren Geldbeutel öffnete und der alten Frau an der Kasse eine Plastikkarte gab. Sie wurde ungeduldig. Das dauerte alles viel zu lange.

Die Frau zog die Karte mehrfach durch einen schwarzen Kasten und schüttelte den Kopf.

Die Stimme ihrer Mutter wurde lauter. Unwillkürlich zog sie ihren Kopf ein. Die Frau hob abwehrend die Hände, gab die Karte zurück. Inzwischen hatte sich eine Schlange mit Eltern und ihren Kindern gebildet, die dem Geschehen gebannt folgten.

Ihre Mutter deutete auf ihre Tochter, sprach mit einem Mal flehend auf die Kassiererin ein. Schließlich stieß sie ein paar harsche Worte aus, packte ihr Kind am Arm und zerrte es nach draußen. »Heute gibt es keine Vorstellung.«

Das Mädchen versuchte sich loszureißen. »Ich will aber *Die Schneekönigin* sehen.« Empört sah sie, wie ein kleiner Junge im Vorstellungsraum verschwand.

»Ein anderes Mal. Sie wollen uns nicht reinlassen.«

Das Mädchen wand sich aus dem festen Griff der Mutter, rannte zurück zur Tür, während Passanten sich zu ihnen umdrehten. Der Türgriff war zu hoch, sodass die Mutter sie an der Stelle einholte, kurzerhand hochhob und das tobende Mädchen ein paar Meter in den Schatten eines Baumes trug. Dort setzte sie sie ab. »Wir sehen uns *Die Schneekönigin* an. Nur nicht heute.«

»Du hast es versprochen.«

»Ich weiß.«

Plötzlich sah das Mädchen erschrocken die Tränen in den Augen ihrer Mutter und fing auch an zu weinen. Das hatte der schönste Tag ihres Lebens werden sollen. Stimmte etwas nicht mit ihr? Warum durfte sie nicht zu den anderen Kindern?

Sie weinte noch immer, als sie zu Hause ankamen. Ein

hohes Gebäude mit grauer Fassade, deren vergitterte Fenster das Mädchen an ein Gefängnis erinnerten.

Wie immer zählte sie die Stufen, während sie durch das Treppenhaus nach oben stiegen. 83. Allmählich ging ihr Schluchzen in ein leises Schniefen über.

Mutter öffnete die Wohnungstür, schob sie in den schmalen, dunklen Flur und blieb wie angewurzelt stehen. Seltsame Geräusche kamen aus dem Schlafzimmer. Das Mädchen spürte, wie die Hand ihrer Mutter zitterte, und bekam Angst.

»Geh in dein Zimmer.«

Das Mädchen zögerte, doch ein Blick in das steinharte Gesicht erstickte alle Widerworte, sodass sie fast schon in ihr Zimmer rannte und sich im Bett versteckte.

Sie hörte die Stimmen ihrer Eltern, die sich anschrien. Es war anders als sonst, da war noch eine Frau, die plötzlich einen schrillen Schrei ausstieß, der abrupt verstummte. Trotz ihrer Angst stand das Mädchen auf und schlich nach draußen. Die Stimmen ihrer Eltern waren nun leiser, aber die Anspannung in ihnen übertrug sich auf das Mädchen. Da kam ihr Vater aus dem Schlafzimmer, sah sie auf dem Gang und war in wenigen Schritten bei ihr. Sie warf sich in seine Arme, suchte Zuflucht an seiner breiten Brust.

Er strich ihr sanft über die Wange. »Geh zurück in dein Zimmer, Lil'Bee.«

»Ich habe Angst.«

Er drückte sie fest an sich, umfasste ihren Kopf mit seiner riesigen Hand. Er roch anders. Ein seltsamer Geruch mischte sich unter den vertrauten Tabakduft, erinnerte sie an Nasenbluten. Sie atmete tief ein. Da war noch etwas anderes. Ein Duft, ein unbekanntes Parfüm, das sie an fremde Frauen mit grellroten Mündern denken ließ.

Er brachte das kleine Mädchen zurück in ihr Zimmer und legte sie in ihr Bett. »Bleib hier. Ich komme gleich, um dir vorzulesen.« Er drückte ihr einen Kuss auf die Stirn, dann verschwand er. Erst jetzt fielen dem Mädchen die dunkelroten Abdrücke auf, die seine Hände auf ihrem Kleid hinterlassen hatten.

12

Alexis und Oliver saßen in ihrem Lieblingscafé, aßen American Cheesecake und schlürften Cappuccino. Das zweistöckige Gebäude lag zwar nicht in unmittelbarer Nähe ihrer Dienststelle, doch sie boten Fairtrade-Produkte an, womit sie bei Alexis' Partner bereits gewonnen hatten. Und sie musste zugeben, dass die Torten und Kuchen in diesem Café zu den besten gehörten, die sie je gekostet hatte.

Zuvor hatte sie noch bei der Kriminaltechnik angerufen, aber dort konnte man ihr nur mitteilen, dass man aufgrund des langen Aufenthaltes im Wasser keine Fingerabdrücke an den Toten hatte finden können. Die Analyse des gesammelten Materials würde mehrere Tage beanspruchen. Auch die restlichen Ermittlungen liefen nur schleppend an – die meisten Beamten befanden sich in ihrem wohlverdienten Wochenende und würden erst am Montag wieder zur Verfügung stehen. Trotzdem setzte Alexis eine junge Polizistin darauf an, die Vermisstenfälle der letzten Wochen zu durchforsten. Ohne Fingerabdrücke würde dies zwar lange dauern, aber immer noch schneller gehen, als wenn sie auf das Ergebnis der DNA- oder Zahnanalyse warteten.

»Nicht identifizierte Leichen sind mit das Schlimmste«, stellte Oliver zwischen zwei Bissen Kuchen fest. »Da draußen sind Menschen, die auf Nachricht warten, die sie aus der Ungewissheit befreit, und wir können ihnen nicht helfen.«

»Mir geht das Tattoo nicht aus dem Kopf«, sagte Alexis. »Wer würde sich denn eine Haarnadelstruktur quer über den Arm tätowieren lassen?«

»Gibt genug Spinner auf der Welt, die sich ihre naturgegebene Haut verschandeln.«

Alexis rollte die Augen. »Es geht um das Motiv. Ich glaube, dass sie Biologin war, eine ziemlich gute oder zumindest begeisterte.«

Oliver nickte nachdenklich. »Da könntest du recht haben, aber weißt du, wie viele hier in der Gegend arbeiten? Neben unzähligen kleinen Firmen und Einrichtungen haben wir noch die Uni Heidelberg, das DKZ, EMBL, das Max-Planck-Institut und die BASF.«

Sie unterbrachen das Gespräch, als ihre Bedienung, vermutlich eine Studentin, die ihre Haare zu einem Pferdeschwanz zurückgebunden trug und etwas zu viel Makeup aufgelegt hatte, sich erkundigte, ob sie ihnen noch etwas bringen konnte. Oliver bestellte einen Espresso und sah der Kellnerin hinterher, während sie mit aufreizendem Hüftschwung zur Treppe ging.

Alexis schüttelte den Kopf. »Sie ist zu jung für dich.«

Er zuckte mit den Schultern. »Man wird doch schauen dürfen.«

»Sie wird nicht an der Uni gewesen sein«, lenkte sie das Thema erneut auf den Fall. »Für eine Professorin ist sie zu jung, und alle anderen verdienen nicht genug, um sich solch edle Unterwäsche leisten zu können, wie unsere Unbekannte sie getragen hat.«

»Außer sie hat sich einen reichen Mann geangelt.« Unbewusst ballte er seine Hand zur Faust. »Das passiert öfter, als man denkt.«

»Lassen wir die Option mal außen vor. Eventuell hat sie also für ein größeres Unternehmen gearbeitet und dort in einer höheren Position.«

Oliver zuckte mit den Schultern. »Das hilft uns an einem Sonntag auch nicht weiter, da werden wir wohl kaum jemanden erreichen.«

»Versuchen können wir es. Manche Versuchsreihen laufen über mehrere Tage und können nicht einfach unterbrochen werden, ebenso müssen Tiere versorgt werden. Irgendjemand wird schon da sein.«

»Weißt du, wie viele Firmen das sind?«

»Es ist unser bester Anhaltspunkt. Solange wir nicht wissen, wer unsere Opfer sind, werden wir in den Ermittlungen nicht weiterkommen.«

Oliver seufzte, ließ es sich aber nicht nehmen, seinen Kuchen und den gerade vor ihm abgestellten Espresso zu genießen, bevor sie sich auf den Weg zu ihrem inzwischen behelfsmäßig eingerichteten neuen Hauptquartier machten. Im oberen Stock des ehemaligen Kinos gab es tatsächlich einige geräumige Büros, und auf dem Gang eilten eifrige Techniker hin und her, um Drucker, Faxgeräte und Telefone anzuschließen. Auf dem Treppenabsatz entdeckte sie eine Reihe von gerahmten Kinoplakaten, die achtlos in die Ecke gestellt worden waren. Sie wusste, dass sie nur Zeit schinden wollte, als sie diese durchblätterte. Die vor ihr liegende Aufgabe erinnerte sie zu sehr an ihre Vergangenheit, an Dinge, die sie vergessen wollte.

Dann stieß sie einen leisen Freudenschrei aus. Unter den Bildern befand sich tatsächlich ein altes Kinoplakat von dem Elvis-Film *Mein Leben ist Rhythmus*. Sie wischte den Staub ab und kontrollierte den Rahmen. »Das hängen wir im Büro auf.«

»Ich nehme das hier.« Oliver nahm ein schwarz gerahmtes Plakat von *Chucky – Die Mörderpuppe*. Die rechte, obere Ecke hatte einen kleinen Sprung, und es war staubig, ansonsten sah es aus wie neu.

»Was für eine Arbeitsatmosphäre«, seufzte Alexis. »Überwacht von einer messerschwingenden Puppe.«

»Unsere Variante von Motivationsbild.« Oliver lachte und klemmte es sich unter den Arm.

Sie teilten sich mit Bauwart und Volkers einen Raum, in dem es bis auf einen Drucker und einen alten Schreibtisch noch keine Einrichtungsgegenstände gab. Dafür hatten sie ein großes Panoramafenster, das einen ansehnlichen Blick auf die vor ihnen liegende Straße gewährte.

Im Büro angekommen holte Alexis ihr Tablet hervor und suchte im Internet nach im Umkreis ansässigen Firmen, die Biologen beschäftigten, und erstellte eine Liste. Eine Firma ließ sie dabei bewusst aus. Sie wollte nicht, dass Oliver dort anrief, und würde sie selbst nur kontaktieren, falls alle anderen Optionen ausgeschöpft waren.

Schließlich teilten sie die Unternehmen unter sich auf und begannen die Liste abzutelefonieren. Nach einer knappen Stunde gaben sie ohne Ergebnis auf. Die eine Hälfte vermisste keinen Mitarbeiter, und bei der anderen ging niemand ran. Frustriert starrte sie ihr Telefon an. Sie würde nun ein Versprechen, das sie sich selbst gegeben hatte, brechen müssen, und eine Nummer wählen, die sie zu gerne aus ihrem Gedächtnis verbannt hätte.

13

Dana küsste ihren Bruder auf die Wange und sah auf ihre zarte, blond gelockte Nichte hinab, die sich schüchtern an seinem Bein festklammerte. Die lauten Geräusche des Straßenfestes waren zu viel für die Vierjährige. Sie kniete vor ihr nieder und holte einen Stoffteddy aus ihrer Handtasche. Sofort leuchteten die Kinderaugen auf, und Dana vergaß die kleine Ansprache zum Auf-den-Vater-Hören und Brav-ins-Bett-Gehen, sobald sie zu Hause sein würde, die sie sich im Kopf zurechtgelegt hatte. Sie drückte dem Mädchen das Stofftier in die winzigen Händchen. »Pass gut auf ihn auf, und wenn ich am Samstag zu Besuch komme, trinken wir Tee in deiner Puppenstube, ja?«

Den Teddy mit der einen Hand an die schmale Brust gedrückt, die andere am Hosenbein ihres Vaters, nickte Sophie.

»Bekomme ich einen Abschiedskuss?«

Nun presste sie auch noch das Gesicht an das Bein von ihrem Vater, woraufhin er sie auf den Arm nahm und ihr liebevoll eine Locke nach hinten strich. In das tiefe Gefühl der Zuneigung mischte sich ein Stich der Eifersucht. Wie gerne wäre sie selbst Mutter. Zumindest konnte sie ihre Nichte nach Strich und Faden verwöhnen.

»Gib Tante Dana ein Bussi«, sagte ihr Bruder, und in der Sicherheit seiner Arme streckte das Mädchen nun tatsächlich die runden Ärmchen nach ihr aus.

Sie küsste ihre kleine Nichte, strich ihr noch einmal über die weiche Kinderwange und verabschiedete sich. Im Getümmel der Menge zückte sie ihr Smartphone und kontrollierte ihre Nachrichten. Noch vor wenigen Wochen hatte sie für diese Geräte nicht viel übrig gehabt, doch nun, da sie das Onlinedating für sich entdeckt hatte, versank sie immer mehr in der vernetzten Welt von Youtube, Facebook, Twitter und wie nicht all die Namen der kleinen Ablenkungen vom Alltag lauteten. Dazu gesellte sich seit Kurzem das Datingportal ERomance.

Sie öffnete eine Nachricht von Mark Lier: *Bin früher von der Geschäftsreise zurück – ein Termin wurde abgesagt. Würde dich gerne treffen.*

Danas Herz setzte einen Schlag aus, bevor es dann umso schneller pochte, als wolle es das Versäumte nachholen. Mark war einer ihrer Favoriten – fünf Jahre älter als sie, IT-Berater bei SAP und interessierte sich ebenso wie sie für die 50er-Jahre. Sie antwortete schnell: *Ich bin noch bei Freunden, aber ab 20 Uhr hätte ich Zeit.*

Das mit den Freunden war zwar eine glatte Lüge, aber sie fürchtete, dass er das Interesse an ihr verlieren könnte, wenn sie ihm verriet, dass sie den Abend normalerweise mit einer DVD hätte ausklingen lassen. Stumm schüttelte sie den Kopf über ihr eigenes Verhalten. Wie sie früher auf Frauen herabgesehen hatte, die irgendwelche Datingregeln befolgten, und nun erwischte sie sich selbst dabei.

Mark Lier: *Sollen wir essen gehen?*

Dana: *Asiatisch?*

Mark Lier: *Kennst du den »Goldenen Drachen«?*

Dana lächelte. Das war eines ihrer liebsten Restaurants. Also fast so etwas wie heimisches Terrain und somit perfekt für ein erstes Date.

Dana: *20:30 im Restaurant?*

Mark Lier: *lftsatty! cyl!*

Sie seufzte und fragte sich nun doch, ob das eine gute Idee war mit dem Date. Dann suchte sie auf einer Seite, die sie sich extra abgespeichert hatte, nach einer Erläuterung für die Abkürzungen. Lftsatty – Looking forward to see and talk to you. Cyl – See you later.

Sie wählte eine passende Erwiderung, um ihre Unerfahrenheit mit Abkürzungen in Kurznachrichten nicht zu zeigen. Während sie auf die Straßenbahn wartete, rief sie Kirsten, ihre beste Freundin, an. Sie hatten sich vor drei Jahren in der Arbeit kennengelernt und sofort verstanden, so gut, dass es manchmal fast unheimlich war – als wären sie eineiige Zwillinge.

Zu ihrer Überraschung ging sie nicht ans Handy, und auch zu Hause nahm keiner ab. Nun gut, vielleicht machten sie einen Familienausflug, dachte sie und quetschte sich in die Straßenbahn. Ihr blieb nicht viel Zeit.

Als die Bahn anfuhr, blickte sie zur Haltestelle zurück und entdeckte einen hochgewachsenen, in einen schwarzen Mantel gehüllten Mann, der einen tief ins Gesicht gezogenen Hut trug. Für einen Moment glaubte sie, er würde sie direkt anblicken, doch dann wandte er sich ab, und wenige Minuten später hatte sie diesen Vorfall bereits wieder vergessen.

Ihre Wohnung war nicht sehr beeindruckend – im Grunde nur ein Zimmer, von dem sie immerhin durch eine zweiflügelige Tür ihren Schlafbereich abtrennen konnte.

Die meiste Zeit ließ sie diese Verbindung offen, so wirkte die kleine Wohnung geräumiger. Sie schenkte sich ein Glas Wein ein, um sich ein wenig Mut für den kommenden Abend anzutrinken, legte Musik auf und sprang unter die Dusche.

Der Dampf stieg auf und bedeckte die Wände der Duschkabine mit einem feinen Schleier, währenddessen sang Adele mit aller Inbrunst, zu der eine Frau fähig war, von verlorener Liebe und erlöschender Hoffnung. Nicht gerade die beste Untermalung bei der Vorbereitung auf ein Date, aber Dana mochte die tiefe und leidenschaftliche Stimme, die ihr immer wieder unter die Haut ging. Da hörte sie ein ungewohntes Geräusch, fast wie ein Kratzen. Sie versuchte sich darauf zu konzentrieren, aber mit der Musik im Hintergrund konnte sie es nicht genau einordnen.

Sie wischte über die Seitenwand der Duschkabine und spähte nach draußen. Hatte sie ihre Eingangstür verriegelt? Normalerweise achtete sie darauf, doch heute war sie so in Eile und aufgeregt gewesen. Mit einem Mal war ihr Wohlgefühl, das die heiße Dusche ihr verschafft hatte, verschwunden. Sie spülte sich schnell das Shampoo aus den Haaren, wickelte sich in ein Handtuch, schlang ein weiteres als Turban um die nassen Haare und trat auf den schmalen Flur hinaus, der Küche, Bad und das Wohnzimmer miteinander verband. Niemand zu sehen. Sie ging zur Haustür und fand sie geschlossen vor, allerdings hatte sie tatsächlich vergessen, den Riegel vorzulegen. Vorsorglich holte sie es nach, schaltete die Musik für einen Moment aus und lauschte. Stille. Kein fremdes Geräusch. Sie zuckte mit den Schultern. Vielleicht hatte nur einer der Nachbarn seine Möbel verrückt. Zurück im Bad cremte sie sich sorgfältig mit einer parfümierten Lotion ein, die sie für besondere Anlässe aufbewahrt hatte.

Anschließend föhnte sie sich die Haare, legte schnellere Musik auf und tanzte in ihr Schlafzimmer, bis sie vor ihrem Kleiderschrank stehen blieb. Was sollte sie anziehen? Sie betrachtete sich im seitlich angebrachten Spiegel. Sie hatte die letzten Tage Diät gehalten, sodass ihr Bauch straff und flach war. Heute konnte sie es sich erlauben, ein hautenges Kleid zu tragen. Vielleicht das rote? Nein, das war zu aufreizend. Schließlich entschied sie sich für ein nachtblaues, das am Oberkörper eng anlag und so ihre schmale Taille zur Geltung brachte, während es weit um die Oberschenkel schwang und ihre Figur weiblich erscheinen ließ.

Erneut nahm sie ein nicht zu bestimmendes Geräusch wahr. Irgendwie konnte sie das in ihr aufsteigende Gefühl des Unwohlseins nicht mehr mit Musik und Vorfreude übertönen. Als sie sich umdrehte, lag das Wohnzimmer verlassen vor ihr. Trotzdem glaubte sie zu spüren, wie jemand sie beobachtete. Langsam schlich sie zu ihrer Anlage und schaltete die Musik aus. Stille. Sie ging ihre Wohnung ab und entdeckte, dass ihr Küchenfenster offen stand. Hatte sie tatsächlich vergessen, es zu schließen?

In dem Moment spürte sie deutlich, dass sie nicht mehr alleine in ihrer Wohnung war.

14

Karens Labor befand sich im Keller des biologischen Instituts im Neuenheimer Feld. Viele Dozenten weigerten sich, in den unterirdischen Räumen zu arbeiten, aber ihr gefiel die Abgeschiedenheit und die Tatsache, dass sich niemand über den Geruch ihrer Proben beschwerte.

Ihr Bereich befand sich am Ende eines dunkelblau gefliesten Ganges, an dessen Seiten ausrangierte Tische und Stühle lagerten, auf denen sich Kartons mit neuen Pipettenspitzen, Eppendorfgefäßen und allerlei anderem Laborbedarf stapelten.

Zuerst betrat sie ihr winziges Büro, das ursprünglich eine Abstellkammer gewesen war und gerade genug Platz für einen Schreibtisch, zwei Bürostühle und ein paar Bücherregale bot. Sie lud dort ihre Jacke und Handtasche ab, bevor sie sich den Laborkittel überstreifte, die Gefäße mit den gesammelten Insekten nahm und in ihr Labor ging, das nicht viel größer war, aber immerhin über einen Laborabzug und einen Chemikalienschrank verfügte.

Nun kam der Aspekt ihrer Arbeit als Kriminalbiologin, der ihr am wenigsten zusagte. Sie stellte die eifrig in ihren Gefängnissen herumkrabbelnden Käfer und Larven unter den Abzug, zog sich Einweghandschuhe an und begann Essigsäureethylester auf kleine Wattebauschkügelchen zu tropfen. Anschließend gab sie sie in die Behälter und verschloss sie sorgfältig. Der austretende Dampf würde die Tiere innerhalb kürzester Zeit töten, ohne die Bestimmung durch eine Verhärtung des Gewebes zu erschweren. Doch auch wenn sie wusste, dass die Tiere mit ihrem kaum ausgeprägten Nervensystem keine Todesangst verspüren konnten, tat es ihr jedes Mal leid.

Nach dieser unschönen Arbeit ging sie erneut in ihr Büro, fand eine Mitteilung vom Metzger auf ihrer Handymailbox, dass sie die Schweine abholen konnte, woraufhin sie nur noch schnell eine Akte mit dem aktuellen Fall anlegte und dort ihr Protokoll mit den Informationen zu Ort und Zeitpunkt der Fänge abheftete. Sie packte alles zusammen, um abermals zur Reißinsel zu fahren. Bevor sie aufbrach, kontrollierte sie im Nebenraum ihre Zucht von *Tribolium castaneum,* dem Rotbraunen Reismehlkäfer, an dem sie neben ihrer Dozententätigkeit forschte. Sie beschäftigte sich mit der Frage, wie es möglich ist, dass Insekten zwar ebenso wie Menschen nur über eine einzige DNA verfügen, sich dennoch zu zwei verschiedenen Organismen entwickeln können. Zuerst die Larve und dann während der Metamorphose in die Imago. Damit arbeitete sie in einem Teilgebiet der Entwicklungsbiologie, das für die moderne Medizin an neuer Bedeutung gewann. Für Karen hatte es schon immer zu den faszinierendsten Phänomenen gehört, dass aus einer einzigen befruchteten Eizelle ein komplexer Organismus entstehen kann. Woher wissen die Zellen, dass sie sich zu Muskelgewebe, Leber, Haut oder Nervensträngen entwickeln sollen? Wie kann das alles von ein und derselben DNA gesteuert werden? Gerade in Hinsicht auf die Zucht von Organen und Haut bestand vonseiten der Medizin Interesse an den Forschungsergebnissen. Zudem ergaben sich ständig neue Anwendungsgebiete, wie die Zucht synthetischen Fleisches, das nicht nur einen großen Beitrag zum Tierschutz leisten, sondern auch einen Ansatz zur Lösung der Nahrungsmittelknappheit auf der Welt bieten könnte.

Zu ihrer Freude stellte sie fest, dass ihre studentische

Hilfskraft – eine Biologiestudentin im 7. Semester – die Tiere bereits versorgt hatte. Beruhigt schloss sie den Raum ab, nahm noch eine Kiste mit Probegefäßen, Einmachgläsern und einer kleinen Schaufel mit und machte sich auf den Weg zum Metzger. Sein Geschäft lag im Stadtteil Handschuhsheim in einer schmalen Seitenstraße, bei der sie jedes Mal betete, dass ihr kein Auto entgegenkommen würde. Über dem Eingang hing ein sauber geputztes Schild, auf dem ein pausbäckiges, grinsendes Schwein über dem Namen der Metzgerei prangte. Sie wunderte sich erneut über die Werbung und fragte sich, was sie einem eigentlich mitteilen wollte. Dass die Tiere sich über ihr Schicksal, als Würste und Koteletts zu enden, freuten?

Nachdem sie rückwärts auf den leeren Kundenparkplatz gefahren war, half ihr der übergewichtige Metzger beim Einladen. Sie nahm zusätzlich gemischtes Gehacktes mit, das vom Vortag übrig geblieben war, um damit ihre Käferfallen zu bestücken. Dann bedankte sie sich bei Herrn Gresser, dass er für sie den Laden an einem Sonntag aufgeschlossen hatte. Vor Jahren hatte er ihr angeboten, sie auch am Wochenende zu versorgen, da Morde sich leider nicht auf die Wochentage beschränkten. Seither erzählte der Metzger jedem, der es wissen wollte oder auch nicht, dass er die Polizei bei ihrer Arbeit unterstützte.

Sie beeilte sich, zurück zum Fundort der Leichen zu gelangen, was mit dem aufkommenden Nachmittagsverkehr und den Sonntagsfahrern nicht leicht war.

Inzwischen lag das Waldstück verlassen vor ihr, und sie musste von dem Schrankenschlüssel Gebrauch machen. Der Waldweg war matschig und von den zahlreichen Autos aufgewühlt, sodass sie nur hoffen konnte, nicht stecken zu bleiben. Sie mochte die Natur und den Wald, doch als sie sich dem Leichenfundort näherte, wirkte er nur düster und in seiner Abgeschiedenheit unheimlich. Selbst die Mitarbeiter der Spurensicherung und die Polizisten waren abgezogen. Nur die Bänder, die den Fundort absperrten, zeugten von dem Verbrechen, das hier stattgefunden hatte oder besser gesagt, dessen Ergebnis man hier abgeladen hatte – sorgfältig arrangiert, wie ein Künstler bei einer Ausstellung seiner neuesten Werke. Als sie ausstieg, schloss sie einen Moment die Augen, genoss die leichte Brise, die durch ihr Haar fuhr, die Stille, die nur von gelegentlichem Knacken im Unterholz und einzelnen Vogelstimmen unterbrochen wurde, und den Geruch des Waldes, dessen erdigen Duft sie mit Leben in seiner ursprünglichsten Form verband. Dieses Mal glaubte sie jedoch, dass die Luft ebenfalls die Ausdünstungen von Tod und Verwesung mit sich brachten. Sie strich sich über die Arme, auf denen sich eine Gänsehaut bildete. Der Wald hatte seine Reinheit, seine Unschuld verloren, und etwas Böses hatte in ihm Einzug gehalten.

Sie schnalzte mit der Zunge, vertrieb die düsteren Gedanken und ging das Gebiet ab, machte sich Notizen über etwaige Orte, an denen sie die Jungschweine auslegen könnte, um eine Vielzahl verschiedener Tiere anzulocken. Dabei würde sie versuchen, so viele Informationen wie möglich über das Habitat zu sammeln. Im Anschluss daran vergrub sie in regelmäßigem Abstand die Einmachgläser, sodass ihre Kanten bündig mit dem Erdreich abschlossen, und platzierte jeweils ein Stück Gehacktes darin.

Sie hatte es vor allem auf die aasfressenden Käfer abgesehen, und die meisten Arten ließen sich sehr gut mit

Fleisch anlocken. Sie würden, angezogen von dem Geruch, in das Glas fallen und dann nicht mehr herauskommen. Eine einfache, aber effektive Methode. Zudem würden Fliegen ebenfalls angelockt werden und ihre Eier dort ablegen.

Nachdem sie die ersten Gläser vergraben hatte, hörte sie nicht weit entfernt ein Knacken im Unterholz. Hektisch sah sie sich um. Der Gedanke, der Mörder könne wie in einem einfallslosen Krimi an den Tatort zurückgekehrt sein, brachte ihre Haut zum Kribbeln. Sie hielt den Atem an und lauschte. Nur die Geräusche des Waldes waren zu hören. Sie wartete einen Moment, dann stand sie auf und vergrub das nächste Glas. Inzwischen schmerzte ihr Rücken von der gebeugten Haltung, und ihre Arme taten weh. Die Erde war feucht, schwer und fest, wodurch das Ausheben der Löcher, auch wenn sie nur klein waren, zu einer schweißtreibenden Arbeit ausartete. Und das war erst der Anfang. Nachdem sie die Käferfallen ausgebracht hatte, würde sie die Schweinekadaver tragen müssen.

Da wurden ihre Gedanken erneut unterbrochen; dieses Mal glaubte sie Schritte auf dem weichen Waldboden zu hören. Als sie sich umsah, musste sie geblendet die Augen zusammenkneifen, da die tief stehende Sonne in diesem Moment zwischen den Wolken hervorbrach. Sie hielt ihre Hand schützend vor die Augen und sah sich um. Nichts. Sie drehte sich im Kreis, angespannt wie eine Gazelle vor dem Sprung. Eine Bewegung hinter einem Baum. Eine große, dunkle Gestalt verbarg sich im Halbdunkel des Waldes und starrte sie an.

15

»Irgendwann musst du mich einen Artikel über dich schreiben lassen«, sagte Erik und löste sich von dem Baum, an dem er gelehnt hatte.

»Du hast mich erschreckt«, antwortete Karen und spürte ihr Herz unter ihrer auf die Brust gelegten Hand schnell pochen. »Was machst du hier?«

Er hob seine Canon EOS 70D an, um die sie ihn zutiefst beneidete. Für ihre Arbeit als Kriminalbiologin musste sie oft Tiere und Gelände fotografieren, und mit den Jahren hatte sich dabei eine gewisse Begeisterung für Fotografie entwickelt. Allerdings lag diese Kamera außerhalb ihres Budgets, und solange ihre alte Nikon noch ihren Dienst verrichtete, konnte sie keine Forschungsgelder darauf verschwenden.

»Ich brauche ein paar Bilder von dem Fundort der Leichen, und nachdem Alex mich heute Morgen verscheucht hat, muss ich jetzt welche machen.« Seine Mundwinkel sanken bei diesen Worten ein Stück hinab, gaben ihm einen leicht verbitterten Anstrich.

»Das ist ihr Job«, sagte sie. »Das weißt du.« Sie war sich nicht sicher, was sie von ihm hielt. Er war gut aussehend, erfolgreich und bemühte sich um Alexis, aber in ihren Augen passten die beiden nicht zusammen. Irgendetwas fehlte. Die Beziehung wirkte auf sie wie Zuckerwatte, von außen rosarot, aber ohne echte Substanz. »Ich weiß. Es ist nur …« Er zuckte mit den Schultern und seufzte. »Vermutlich sollte ich es dir gegenüber nicht ansprechen, doch ich habe seit einigen Tagen den Eindruck, dass sie mir aus dem Weg geht.«

»Sie hat nach dem Tod ihrer Mutter einfach viel um

die Ohren.« Sie versuchte ihn zu beruhigen, obwohl sie selbst nicht glaubte, dass Alexis' abweisendes Verhalten Erik gegenüber allein am Tod ihrer Adoptivmutter lag. »Rede am besten mit ihr.«

»Du hast recht. Wir sind morgen verabredet.«

»Ich wünsche dir viel Glück.« Es überraschte sie, dass sie diese Worte ernst meinte. Trotz ihrer Zweifel war Erik ein netter Kerl, und was auch immer zwischen ihm und ihrer Freundin vor sich ging, er verdiente die Wahrheit.

»Wenn du schon mal hier bist …«, setzte sie grinsend an. »Wärst du so lieb, mir beim Tragen zu helfen?« Aus gutem Grund verschwieg sie, dass er ihr helfen sollte, drei Kadaver von Jungschweinen aus ihrem VW-Bus zu hieven – sie hatte die Erfahrung gemacht, dass viele Männer zwar gerne Fleisch aßen, mit toten Tieren jedoch ihre Probleme hatten.

»Unter einer Bedingung.«

Sie hob eine Augenbraue.

»Ich bekomme meinen Artikel.«

Sie seufzte. »Einverstanden, aber erst, wenn wir mit dem Fall durch sind, und ich darf ihn vor Veröffentlichung lesen.«

»Abgemacht.«

Erik stellte sich nicht annähernd so zimperlich an, wie Karen erwartet hatte. Nachdem sie ihm ihr Vorhaben kurz erklärt hatte, ergriff er ein Tier nach dem anderen, ohne mit der Wimper zu zucken, am Gelenk knapp oberhalb der Klauen und schleppte sie an die Stellen im Wasser, die sie zuvor ausgesucht hatte. Am Ende betrachtete sie zufrieden das Ergebnis. Sie war gespannt auf die Resultate. Von nun an würde sie jeden Tag vorbeikommen, Fotos machen und einzelne Proben einsammeln. Das war das Schöne an ihrer Arbeit – sie betrieb zugleich Forschung, während sie an den Ermittlungen mitarbeitete.

Sie verabschiedete sich, während Erik zurückblieb, um die Bilder zu machen, für die er herausgefahren war. Karen packte ihre Sachen zusammen, was in ihrem Fall bedeutete, dass sie alles auf den zerkratzten Boden im Heck stellte und ihre Regenjacke achtlos darüberwarf.

Kaum saß sie in ihrem VW-Bus, klingelte ihr Handy. Louise. Ihre Schwester. Als sie abnahm, hörte sie nicht viel mehr als ein Rauschen. »So ein Mist«, fluchte sie. Kein Empfang.

Sie ließ den Motor an und machte sich auf den holprigen Weg runter von der Reißinsel.

Sobald sie den Ort erreicht hatte, parkte Karen in einer Seitenstraße und rief ihre Schwester zurück.

»Hey, Süße«, wurde sie auch sogleich überschwänglich begrüßt. »Habe ich dich mal wieder aus deinem Labor hervorgezerrt?«

»Dieses Mal war es Feldarbeit.« Karen hatte nicht vor, ihrer Schwester auf die Nase zu binden, dass sie wieder bei den Ermittlungen zu einem Mordfall mitarbeitete. Louise war der Beruf ihrer Schwester sowieso ein Rätsel. Allein bei dem Gedanken, dass Karen sich nicht nur mit Insekten beschäftigte, sondern auch mit Untersuchungen, bei denen sich die Tierchen auf Leichen befanden, wurde ihr übel. »Markus muss morgen zu einem Geschäftsessen – sollen wir uns treffen? Ich vermisse dich.«

Schuldbewusst dachte Karen daran, dass es eigentlich an ihr gewesen wäre, sich zu melden, aber sie stand kurz vor einem Durchbruch bei ihren Forschungen und hatte ihre Familie mal wieder sträflich vernachlässigt. »Sollen wir bei mir kochen? Ich habe auf dem Wochenmarkt tolle Pasta gekauft.«

»Klingt nach einem Plan. Ich bin dann gegen 19 Uhr bei dir. Hab dich lieb, Schwesterchen.«

»Ich dich auch.«

Nachdem sie noch ihre E-Mails überflogen hatte, legte Karen ihr Smartphone zur Seite. Sie freute sich auf den Abend – ihre Schwester war zugleich eine enge Freundin, und ein wenig Klatsch und Tratsch hatten schon immer geholfen, um Stress abzubauen. Zudem wollte sie ihre Schwester endlich mal wiedersehen und nicht immer nur ihre Stimme am Telefon hören. So würde sie ihr ansehen, ob es ihr wirklich besser ging. Sie hatte sich erst vor Kurzem von einer schweren Depression erholt.

16

Hektisch blickte Dana auf ihre Uhr. Sie würde zu spät kommen und das beim ersten Date. Nachdem sie den Verursacher der unheimlichen Geräusche entdeckt hatte, hatte sie sich erst einmal wieder beruhigen müssen. Snarl, der Kater ihrer Nachbarin, hatte sich offenbar in ihre Wohnung verirrt. Sie hatte ab und an auf den Kater aufgepasst, wenn seine Besitzerin verreist war, vermutlich wollte er ihr nur einen kleinen Besuch abstatten. Als ihr Herz wieder gemäßigter schlug, fing sie das Tier ein und brachte es nach nebenan. Danach machte sie sich auf den Weg zu ihrem Date.

Als Dana im Restaurant ankam, stellte sie zu ihrer

Überraschung fest, dass sie trotz ihrer Verspätung noch vor Mark eingetroffen war. Normalerweise hätte sie seine Unpünktlichkeit geärgert, doch heute freute sie sich, da sie so Gelegenheit hatte, sich in die Toilettenräume zu flüchten und ihre Haare zu richten. Anschließend bestellte sie ein Glas Wein und aß ein paar der auf dem Tisch bereitgestellten Krabbenchips, um ihren Magen zu beruhigen.

Eine knappe Stunde später, in der sie unzählige Male ihr Handy überprüft hatte, musste sie sich eingestehen, dass sie versetzt worden war. Sie kämpfte um eine gelassene Miene, als sie nach der Rechnung verlangte, bezahlte und nach draußen eilte, um dem mitleidigen Blick des Kellners zu entgehen. Als die Tür des Restaurants hinter ihr zufiel, stiegen ihr Tränen der Wut und Enttäuschung in die Augen. Sie wusste jetzt schon, wie der Abend weitergehen würde. Sie würde ihr schönes dunkelblaues Kleid gegen einen gemütlichen Schlafanzug eintauschen, sich mit einer Wärmflasche auf die Couch legen und bei einem seichten Film einschlafen.

Wie ärgerlich, dass ihr Auto ausgerechnet heute in die Werkstatt musste – dabei war die letzte Inspektion keine zwei Monate her. Sie schlug den Kragen ihres Mantels hoch, um sich vor den heftigen Windböen zu schützen, als sie zur Straßenbahn ging.

Das Lichtermeer der Stadt zog am Fenster der Straßenbahn vorbei. Von der Haltestelle aus hatte sie einen zehnminütigen Fußweg vor sich – wenn sie nicht die Abkürzung an einer Fabrikhalle vorbei nahm, sogar fünfzehn Minuten. Fünf Minuten eher konnte sie sich zu Hause verschanzen, wenn sie sich den Umweg an der Hauptstraße sparte. Das Klackern ihrer Schuhe auf dem

Asphalt war das einzige Geräusch, das sie vernahm. Ihre Gedanken kehrten zurück zu dem geplatzten Date. So viel zu den Versprechungen der Datingplattformen, für jeden den passenden Partner zu finden. 86 Prozent Übereinstimmung der Interessen bei ihr und Mark – dass sie nicht lachte.

Sie folgte dem schmalen Weg, bis sie auf Höhe der Lagerhalle war, an deren Ecken jeweils eine schwächliche Lampe leuchtete. Der Weg führte dicht an der hinteren Ecke der Halle vorbei, wo er um eine Kurve bog und im Dunkeln verschwand.

Sie passierte die Ecke. Wie schon Hunderte Male. Und dann passierte es.

Schneller als sie sich auch nur umwenden hätte können, packte sie jemand, der deutlich größer und stärker war als sie, am Nacken und drückte ihr ein Tuch auf den Mund. Sie atmete einen süßlichen Geruch ein, versuchte zu schreien, aber der Stoff unterdrückte jeden Laut.

Sie wand sich in den Armen ihres Angreifers, erinnerte sich an einen Trick aus dem Selbstverteidigungskurs, den sie vor einigen Jahren besucht hatte, und ließ sich plötzlich nach hinten fallen. Der Mann geriet zwar kurz ins Taumeln, aber nicht lange genug, als dass sie sich hätte losreißen können. Stattdessen fasste er sie fester, drückte das Tuch noch dichter auf Nase und Mund. Alles verschwamm vor ihren Augen. Nein! Bitte nicht!, waren ihre letzten Gedanken, bevor die Dunkelheit sie umschloss.

17

Alexis saß auf der Couch, massierte ihren schmerzenden Nacken und hielt ihr Handy in der Hand. Es war inzwischen später Abend, und das langsame Anlaufen der Ermittlungen setzte ihr mehr zu, als sie sich eingestehen wollte. Sie blickte auf ein Foto ihrer Adoptivmutter, das sie in einem schlichten Holzrahmen auf der Kommode stehen hatte. Es war ein heißer Sommertag am Steinhuder Meer gewesen, als das Bild aufgenommen worden war. Maria war noch jung gewesen und voller Leben. Sie lachte offen in die Kamera. Eine norddeutsche Schönheit, die es aus Liebe in den Süden verschlagen hatte. O Gott, wie sie ihr fehlte. Sie wünschte sich nichts mehr, als sie anrufen zu können, ihre sanfte Stimme zu hören, die ihr die Ängste und Selbstzweifel nahm. Stattdessen stand ihr das Telefonat bevor, das sie den ganzen Tag vor sich hergeschoben hatte. AZRE – Advanced Zygotic Research & Engineering – war eine internationale Biotechnologiefirma mit Hauptsitz in London, deren Sitz in einem kleinen Ort bei Speyer von dem Bruder ihres Adoptivvaters, Magnus Hall, geleitet wurde.

Sie erinnerte sich an die Zeit, als er ihr näher gestanden hatte als ihr Adoptivvater. Sein tiefes Lachen war regelmäßig durch ihr Haus gehallt, und wann immer er auf sie aufgepasst hatte, schauten sie gemeinsam Western, und sie durfte lange aufbleiben. Obwohl er um ihre Herkunft wusste, gab er ihr nie das Gefühl, etwas anderes zu sein als seine geliebte Nichte. Selbst seine Heirat und die Geburt seines Sohnes, Phillip, änderten nichts an ihrem engen Verhältnis bis zu dem schicksalhaften Tag, an dem ein Teil ihrer Welt zerbrach.

Es war ein herrlicher Sommerabend, den beide Familien bei Magnus verbrachten, grillten und lachten. Nach dem Essen gingen die Frauen in die Küche, und die Männer verkrochen sich in das Arbeitszimmer ihres Onkels, um über einen umstrittenen Fachartikel zu diskutieren. Alexis war vierzehn Jahre alt und saß mit einem Buch, *Der Friedhof der Kuscheltiere* von Stephen King, auf der Terrasse. Sie war unglaublich stolz, dass man ihr erlaubte, den Roman für Erwachsene zu lesen, und versank in der Geschichte, wobei sie geschickt zu verbergen wusste, wie sehr sie die Handlung erschreckte. Sie war so vertieft, dass sie nicht aufpasste, als sie ihr Glas mit Orangenlimonade auf dem Tisch abstellte, nur die Kante erwischte und die süße Flüssigkeit auf ihre neue Hose schwappte. Erschrocken sah sie an sich herunter. Der Fleck stach auf dem weißen Stoff hervor. Sie wollte nicht in die Küche gehen, um den Fleck herauszuwaschen, damit ihre Mutter und ihre Tante sie nicht schimpften. Deshalb beschloss sie, zum Teich zu gehen, um dort den Schaden zu beheben. Eine Hecke umsäumte die kleine Wasserstelle, deren einziger Zugang aus einem eisernen, fast schon kitschigen Rosenbogen bestand. Sie stand unter dem von Efeu überwucherten Ungetüm, als sie bemerkte, dass etwas nicht stimmte. Es dauerte, bis ihr Verstand erfasste, was ihre Augen längst gesehen hatten. Das Gitter, das den Teich abgedeckt hatte, war verrückt. Nicht viel, aber so, dass am Ende des Teiches ein guter Meter des dunklen Wassers ohne das Gitter darüber frei lag. Und dort schwamm etwas zwischen den Pflanzen. Sie schrie auf, stürzte nach vorne, griff mit beiden Händen ins Wasser. Nach dem nach unten gedrehten nassen Körper ihres kleinen Cousins. Sie hob ihn hoch, registrierte, wie schwer so ein kleiner

Junge war, wenn er leblos in ihren Armen lag, und taumelte auf das Haus zu.

Auf halbem Weg kamen sie ihr entgegen und entrissen ihr den toten Jungen. Seit diesem Moment sah ihr Onkel sie mit andern Augen. Offiziell wurde Phillips Tod als Unfall eingestuft, auch wenn niemals geklärt wurde, wieso das Gitter verschoben war. Dass Magnus seine Antwort gefunden hatte, bemerkte Alexis erst bei der Beerdigung, als es zum Streit kam, weil ihr Onkel sie nicht dabeihaben wollte. Kaspar und er schlossen sich in seinem Arbeitszimmer ein, und das Gebrüll der beiden Männer hallte durch das ganze Haus. Ihre Tante schien nichts mitzubekommen. Sie starrte den ganzen Tag ins Nichts. Der Tod ihres Sohnes hatte ihr alle Lebenskraft geraubt. Alexis begegnete sie mit Gleichgültigkeit. Es war, als drängen keine Gefühle mehr zu ihr durch.

Bis heute war sich Alexis nicht sicher, wem Magnus mehr zürnte – ihr, weil er glaubte, sie sei schuld am Tod seines einzigen Kindes, oder ihrem Adoptivvater, weil er die Brut des Bösen, wie er sie nannte, in die Familie gebracht hatte.

Zuerst hoffte sie, er würde, nachdem der erste Schmerz abgeflaut war, wieder zur Vernunft kommen, doch die Jahre belehrten sie eines Besseren. Wann immer sie sich über den Weg liefen, sah sie die Wut und Verachtung in seinen Augen. Auch Kaspar verzieh er niemals.

Sie streckte sich, spürte das Blut in ihre Gliedmaßen zurückfließen und ergriff das Telefon. Sie musste es hinter sich bringen. Sie hätte es Oliver erledigen lassen können oder einer Kollegin, aber das würde aufgrund ihres gemeinsamen Nachnamens Fragen aufwerfen, die sie nicht beantworten wollte.

Bereits nach dem ersten Klingeln nahm er ab und kam, nachdem sie ihren Namen genannt hatte, ohne Begrüßung direkt zur Sache. »Was willst du?«

Am liebsten hätte Alexis sofort wieder aufgelegt, aber sie biss die Zähne zusammen. Hier ging es nicht um sie. »Es ist dienstlich. Ich muss wissen, ob eine eurer Mitarbeiterinnen vermisst wird.«

»Und deshalb rufst du mich um diese Uhrzeit noch an? Was soll das?«

»Ich kann dir keine Details nennen, aber …«

»Dann wird es dir nichts ausmachen, morgen in meinem Büro vorbeizukommen«, unterbrach er sie. »Am besten mit den entsprechenden Beschlüssen.«

»Es geht nur um eine einfache Auskunft.«

»Die ich dir morgen geben werde. Ich habe nicht im Kopf, wer gerade im Urlaub, krankgemeldet oder vielleicht nicht aufgetaucht ist. Wir haben mehrere Hundert Mitarbeiter.«

Alexis schnaubte laut. »Du weißt über alles Bescheid, was in deiner Firma vor sich geht.« Sie zwang sich zu einem ruhigeren Tonfall. »Magnus, hör zu, es geht hier nicht um uns, sondern um unschuldige Menschen, die unsere Hilfe brauchen.«

»Morgen.« Damit legte er auf, und Alexis schleuderte das Telefon auf die Couch. Er hatte sich kein Stück verändert. Wenn er ihr das Leben schwer machen konnte, würde er jede Gelegenheit dazu nutzen.

Sie stand auf, um Holz hereinzuholen, nahm einen großen Weidenkorb und ging durch die Hintertür nach draußen.

Ihr Garten grenzte an den Wald, der hintere Teil überschattet von hohen Fichten, in denen sich im Frühjahr die Eichhörnchen stritten und zu deren Füßen sie ihr Holz lagerte. Sie legte den Lichtschalter an der Hauswand neben der Tür um, sodass eine Reihe von Lampen entlang des Holzzaunes, den die vorherigen Bewohner für ihre beiden Border Collies gezogen hatten, aufleuchteten.

Sie füllte den Weidenkorb und schleppte ihn schließlich nach drinnen, wo sie mithilfe von etwas Papier und ein paar Streichhölzern ein knisterndes Feuer in Gang setzte. Anschließend ging sie zu ihrem Kühlschrank, um sich eine Portion Amarena-Eiscreme zu holen. Kaum hatte sie sich eine Schale genommen, sah sie, wie Eriks dunkelblauer Mercedes vorfuhr und auf der Straße parkte. Sie waren doch erst morgen verabredet?

18

Alexis runzelte die Stirn, stellte das Eis in den Gefrierschrank und öffnete die Tür. Ihre Reaktion auf seinen unangekündigten Besuch sagte ihr alles. Hätte sie sich nicht freuen sollen? Dementsprechend unterkühlt fiel ihre Begrüßung aus.

»Wir müssen reden«, sagte sie. Sie würde es nicht fertigbringen, ihm heute Abend etwas vorzuspielen, nur um Zeit zu gewinnen. Zeit, die an ihren Gefühlen nichts ändern würde.

»Deshalb bin ich hier. Steht der Weißwein, den ich Mittwoch mitgebracht habe, noch im Kühlschrank?«

Sie nickte, er verschwand in der Küche, während sie in den Wohnbereich ging, sich auf die Couch setzte und die

Füße unter sich zog. Sie hörte das Klappern der Schranktüren und das Klirren der Gläser im Nebenraum. Erik kannte sich bei ihr aus, hatte in den vergangenen Wochen ihren Herd fast öfter benutzt als sie selbst. Waren sie es vielleicht zu schnell angegangen? Sie schüttelte gedankenversunken den Kopf.

Er setzte sich neben sie, lehnte sich zurück. Sie sah ihm an, dass er sich bemühte, gelassen zu wirken, aber er war nervös. »Du bist seit ein paar Tagen so abweisend. Vereinnahmt dich der aktuelle Fall?«

»Das ist es nicht.« Sie senkte den Blick, spürte, wie sich ein Kloß in ihrem Hals bildete. Da lebte man mehr als drei Jahrzehnte, lernte aber nie, mit so einer Situation umzugehen. Den ganzen Tag hatte sie daran gedacht, sich Worte zurechtgelegt und sich ihren Zweifeln hingegeben. Machte sie gerade einen Fehler? Warum fühlte sie sich in seiner Gegenwart niemals wirklich entspannt? Lag es an ihr? Litt sie tatsächlich unter einer Art Bindungsangst und ergriff die Flucht, sobald es ernst wurde?

Das folgende Gespräch war eines der unangenehmsten in ihrem Leben. Die Mischung aus Zorn und Trauer, die sie in seinen Augen sah, machten es ihr noch schwerer auszusprechen, was gesagt werden musste. Einmal wäre sie beinahe vor der aufblitzenden Wut in seinen Augen zurückgezuckt. »Du machst Schluss? Du mit mir?« Er sprang von der Couch auf.

Sie sah ihn schweigend an, wartete, bis er nicht mehr wie ein eingesperrter Tiger auf und ab wanderte.

»Was soll ich sagen?«, fragte sie ihn. »Ich weiß doch auch nicht, was mit mir los ist.«

Es kostete Alexis viel Kraft, um aufzustehen und sich Erik gegenüberzustellen. Ihre Blicke trafen sich für einen

Moment, bevor Alexis den Kopf Richtung Boden sinken ließ. »Das war es also«, flüsterte er.

Sie nickte stumm. Brachte keinen Ton mehr heraus.

Noch während sie ihn nach draußen begleitete, fing das Zittern an. Zuerst war es nur innerlich, als wenn ihre Organe auf einer holprigen Straße durchgeschüttelt würden. Dann setzte es sich in ihren Fingerspitzen fort. Nachdem sie die Tür hinter ihm geschlossen hatte, bebte sie am ganzen Körper. Sie sank zu Boden. Tränen rannen ihr über das Gesicht. Was hatte sie da gerade getan? Eine echte Chance auf Glück weggeworfen? Was war nur los mit ihr? Warum konnte sie ihn nicht lieben? Warum erloschen ihre Gefühle ebenso schnell, wie sie gekommen waren? Sie bekam kaum Luft, überkreuzte die Arme, stützte sie auf den Knien ab und legte ihren Kopf darauf, während sie sich auf ihre Atmung konzentrierte. Das Schlimmste war, dass sie nicht sagen konnte, woran es lag. Erik hatte nichts falsch gemacht. Er hatte sich immer wie ein Gentleman verhalten, er war zuvorkommend gewesen, hatte einfach ehrliches Interesse an ihr gezeigt. Aber irgendwie reichte es nicht. Es reichte nie. In ihrer längsten Beziehung hatte sie ein Jahr durchgehalten, aber auch nur, weil er aufgrund seines Studiums für ein Semester ins Ausland musste. Die Distanz hatte ihr Raum zum Atmen gelassen, sie stand weniger unter Druck. Doch das war Jahre her, und so sehr sie sich in einsamen Nächten einen Mann an ihre Seite wünschte, so unfähig fühlte sie sich, eine langfristige Beziehung zu führen.

Sobald sie wieder Luft bekam, rappelte sie sich auf, ging in die Küche und holte sich das vorher zurückgestellte Eis. Dann rollte sie sich in eine Decke gehüllt auf der Couch vor dem Kamin zusammen. Nicht zum ersten

Mal nahm sie sich vor, sich nie wieder auf einen Mann einzulassen. Ein paar One-Night-Stands vielleicht, aber nichts Ernsthaftes. Sie war es leid, gebrochene Herzen hinter sich zu lassen. Die Schmerzen, die sie verursacht hatte, genügten für mehrere Leben. War das ihre Art zu töten? Sie rammte niemandem ein Messer in die Brust. Stattdessen verwendete sie eine gefährlichere Waffe: die Liebe. Nicht umsonst nannte man manche Frauen männermordend.

Sie hörte das Klappern der Katzenklappe, und kurz darauf kam ihr Kater Aaron zu ihr, rollte sich auf ihrem Bauch zusammen und fing an zu schnurren, während sie ihm durch das weiche Fell strich. Wenigstens um ihn konnte sie sich kümmern. Eigentlich war sie ein Hundemensch, hatte aber wegen ihres Berufs nicht genug Zeit, um sich einen zu halten. Katzen hatten sie nie gemocht. Wann immer sie eine streichelte, hatte sie es mit Kratzern bezahlt. Doch dann, an einem verregneten Morgen im Mai, sie hatte gerade erst das Haus bezogen, erkundete sie die Umgebung beim Joggen. Sie kam an einer verlassenen Lagerhalle vorbei, vor der ein alter, rostiger Container stand. Sie hatte ihn fast passiert, als sie ein klägliches Maunzen hörte. Als sie den Deckel öffnete, schlug ihr eine Welle bestialischen Gestanks entgegen, gefolgt von einem Schwarm Fliegen. Unter dem üblichen unangenehmen Müllgeruch lag etwas anderes, das ihr viel zu vertraut war. Der Gestank von verwesendem Fleisch.

Da lagen sie in einer Box, achtlos weggeworfen, als wären sie weniger Wert als eine Pfandflasche: vier Kätzchen. In einem grau melierten Pelz sah sie bereits fette weiße Maden, die in der Feuchtigkeit und Wärme prächtig gediehen. Nur eines der Kätzchen hielt sich noch am Leben und maunzte noch einmal auf, als das trübe Tageslicht ihm entgegenflutete. Seine ganze Kraft lag in diesem Ruf nach seiner Mutter, nach Rettung. Daraufhin sackte es regelrecht in sich zusammen. Alexis unterdrückte ein Würgen und konzentrierte sich auf den Zorn, der in ihr aufwallte, als sie sich ausmalte, wie die Tiere gelitten haben mussten. Was für ein kurzes, grausames Leben.

Behutsam nahm sie das überlebende Tier auf den Arm. Kaum mehr als ein Haufen Fell und Knochen. Sie öffnete ihre Jacke und schob es, den Gestank, der von ihm ausging, ignorierend, darunter. Erschüttert hörte sie es leise schnurren, während es seinen Kopf auf ihr Herz presste, als wolle es sich vergewissern, dass da nun jemand war, der sich um es kümmerte.

Sie brachte ihn zu einem Tierarzt und päppelte ihn mühsam auf. Seither lebte Aaron bei ihr.

19

Der Hauptsitz von AZRE befand sich in der Nähe von Speyer neben einer kleinen Ortschaft, der die Anwesenheit des Biotechnologiekonzerns zu ungewohntem Reichtum verholfen hatte. Vor zwanzig Jahren bestand Vildermühle aus ein paar Höfen und alten Mietshäusern, die am Rand eines winzigen Wäldchens standen. Nun fanden sich hochmoderne Häuser direkt neben dem gewaltigen Areal des Konzerns, die AZRE ihren Mitarbeitern für geringe Mieten überließ. Von den ursprünglichen Anwohnern lebte kaum noch einer da. AZRE hatte die umliegenden

Felder für unerhörte Summen aufgekauft, um dort ihre Produkte zu testen oder um neue Sportanlagen zu schaffen, damit die Angestellten in ihren Pausen eine Stunde schwimmen oder nach der Arbeit in modernste Fitnessräume gehen konnten.

Einzig der inzwischen 80-jährige Franz Forchter trieb jeden Morgen seine Kühe auf die Weide und wurde damit zur unfreiwilligen Attraktion der Ortschaft. Kein Kind, das nicht schon bei seinen Tieren Kuhschubsen versucht oder fasziniert den Schweinen beim Suhlen zugesehen hatte. Mit der Zeit hatte sich Forchter mit dieser besonderen Stellung in der Gemeinde angefreundet. Die Aufmerksamkeit tat ihm nach dem Tod seiner Frau und dem Auswandern seines einzigen Sohnes gut. Er betrachtete es als seine Aufgabe, den Kindern dieser auf Hochtechnologie getrimmten Biologen und Chemiker die Natur und das einfachere Leben nahezubringen.

Jedenfalls kannte er inzwischen nahezu jeden Mitarbeiter – zumindest vom Sehen her – und beobachtete deshalb den fremden Wagen umso misstrauischer, der sich über die Landstraße der Anlage näherte. Der Mann und die Frau, die darin saßen, wirkten nicht wie typische Kunden von AZRE. Das gibt Ärger, dachte Forchter und steuerte seinen Trecker hinter dem Wagen her, um zu sehen, ob sie wirklich auf das Gelände des Biotechnologiekonzerns fuhren. Er arbeitete ohnehin mehr zum Zeitvertreib, als dass er es wegen des Geldes getan hätte. Martha und er waren immer sparsam gewesen, sodass er nun ein gutes Auskommen hatte. Aber er genoss das Gefühl, etwas zu erschaffen, und er mochte es zu sehen, wie die Pflanzen gediehen und die Tiere heranwuchsen.

Die Neuankömmlinge lenkten ihr Fahrzeug durch das breite Tor auf das Gelände und parkten wie selbstverständlich vor dem Haupteingang.

Er beobachtete, wie die blonde Frau, der er nicht viel abgewinnen konnte – er mochte diese kurzhaarigen Emanzen nicht sonderlich – und der Ökotyp aus dem Auto stiegen.

Forchter konnte nicht sagen weshalb, doch er besaß einen guten Instinkt, und dieser sagte ihm, dass es sich bei den beiden um Bullen handelte. Und dabei hatte er in seinem Leben nie viel mit der Polizei zu tun gehabt.

Alexis stand mit gemischten Gefühlen vor dem Haupteingang von AZRE, der mit seinen übergroßen gläsernen Flügeltüren, in die das Firmenlogo in dezentem Silber geprägt worden war, einschüchternd auf die meisten Menschen wirkte. Das Gebäude war nicht hoch, nur vier Stockwerke, dafür aber weitläufig und auf drei vom kuppelförmigen Zentrum ausgehende Flügel verteilt, die jeder in einer anderen Farbe – Blau, Grün und Rot – gestrichen waren.

Oliver sah Alexis von der Seite an. Er kannte sie gut genug, um ihre Anspannung zu bemerken, deshalb hatte sie ihn auch nicht mitnehmen wollen, aber er weigerte sich, sie alleine fahren zu lassen. Zu sehr interessierte es ihn, eine Biotechfirma von innen zu sehen. Sie wusste, dass sie ihm spätestens jetzt hätte erzählen sollen, dass sie gleich auf ihren Onkel treffen würden, aber sie brachte es nicht fertig. Die bevorstehende Begegnung wühlte all die alten Bilder von ihrem toten Cousin wieder auf, die Schuldgefühle, die sie verspürt hatte, weil sie nicht mit ihm gespielt, sondern ihn sich selbst überlassen hatte, den

Zweifel in den Augen ihres Adoptivvaters und den Hass in denen von Magnus.

Der Druck, unter dem sie nach dem Unfall damals stand, wurde so stark, dass sie kurzzeitig tatsächlich glaubte, schuld zu sein. Bilder tauchten in ihrem Kopf auf, wie sie das Gitter zur Seite schob und den Jungen in das Wasser stieß. Streiche, die ihr Gehirn ihr spielte, wie der Psychologe, den sie bis zu ihrem achtzehnten Lebensjahr besucht hatte, versicherte. Die Zweifel blieben, und nun kehrte alles mit einer Lebendigkeit zurück, als wäre es erst gestern geschehen.

Sie holte tief Luft, trat einen Schritt nach vorne, woraufhin die Tür automatisch und völlig lautlos aufschwang. Die Empfangshalle erwartete sie steril und kalt, ganz in dunklen Tönen gehalten. In der Mitte stand die Empfangstheke aus schwarzem, blank poliertem Stein. Die Lichter der dahinterliegenden Aufzugsschächte sprangen munter von einer Zahl zur nächsten, kündeten von dem regen Treiben im Rest des Gebäudes, während der Eingang in Grabesstille gehüllt war.

Eine hochgewachsene Brünette mit dunkel geschminkten Rehaugen, hohen Wangenknochen und einem mageren Körper, der durch ein eng anliegendes Kleid hervorgehoben wurde, begrüßte sie mit einem aufgesetzten Lächeln. »Was kann ich für Sie tun?«

Sie zeigten ihre Dienstmarken, und Alexis verlangte mit dem Geschäftsführer zu sprechen, wobei sie sorgsam darauf achtete, Magnus' Namen nicht zu erwähnen.

Die Empfangsdame, die laut Schild Carla Becker hieß, griff zum Telefon, führte ein kurzes Gespräch und lächelte sie dabei dienstbeflissen an. Nachdem sie etwas in ihren Computer getippt hatte, überreichte sie ihnen zwei

Chipkarten. »Mit dieser Karte aktivieren Sie den Fahrstuhl und können in den dritten Stock hinauffahren. Sie werden dort erwartet.«

20

London vor 26 Jahren

Sie war mit dem Kopf im Schoß von ihrer Mutter eingeschlafen, während die Hände ihr sanft durch das Haar gefahren waren. In den Armen hatte sie ihre Schmusedecke gehalten.

Sie wusste nicht, wie sie in ihr Bett gekommen war, als sie im Licht der Schlumpfinenlampe erwachte. Mama hatte sie ihr zu Weihnachten geschenkt, weil sie Angst im Dunkeln hatte, und ihr Vater schaute jeden Abend unter ihr Bett, um sicherzugehen, dass dort keine Monster waren. Hatte er es auch dieses Mal getan?

Sie hielt den Atem an und drückte ihre Decke fester an sich. Sie wagte nicht, einen Laut von sich zu geben. Was, wenn sie so das Monster auf sich aufmerksam machen würde? Sie hörte ein scharrendes Geräusch, glaubte einen Schatten an der Wand vorbeihuschen zu sehen.

Aufgeregte Stimmen erklangen im Flur. Ihre Eltern waren da, die sichere Zuflucht vor dem Monster unter dem Bett. Sie zögerte, einen Fuß auf den Boden zu setzen. Würde das Ungeheuer sie packen? Sie kaute auf ihrer Unterlippe.

Ihre Mutter lachte schrill, es klang fast wie ein Kreischen.

Schließlich nahm sie all ihren Mut zusammen. Sie musste es nur bis zu ihrem Vater schaffen, dann war sie in Sicherheit. Sie sprang auf, rannte, ohne sich umzudrehen, aus dem Zimmer und blieb auf dem Flur stehen. Ihre Eltern standen vor dem Bad und küssten sich. Aber nicht so wie sonst. Es sah fast so aus, als würden sie miteinander ringen. Ihre Mutter entdeckte sie und stieß einen leisen Schrei aus. Ihre Kleidung war mit roten Flecken übersät, ebenso ihre Hände. Hatte ihre Mutter so spät abends noch gemalt? Spontan wallte Zorn in dem Mädchen auf, als sie daran dachte, dass sie immer Ärger bekam, wenn sie sich mit Farbe bekleckerte.

Ihr Vater trug hingegen nur eine Unterhose, und Wasser tropfte aus seinen Haaren. Er kam auf sie zu, während Mutter im Bad verschwand.

Er nahm sie auf den Arm. »Was machst du denn hier?«

»Da ist ein Monster unter meinem Bett.«

»Unsinn.« Er küsste sie auf die Stirn. »Ich habe doch nachgesehen, da ist nichts.«

Sie griff nach seinen nassen Haarsträhnen. »Sicher?«

»Ganz sicher, aber weißt du was?« Er trug sie in ihr enges Wohnzimmer, in dem sich eine kleine Kochnische befand. Es roch noch immer nach dem Kohl vom Abendessen. »Ich werde noch einmal ganz sichergehen.« Er setzte sie auf der Couch ab und ging in ihr Zimmer.

Das Mädchen fühlte sich verloren, hörte im Bad das Wasser rauschen und die vertrauten Geräusche aus dem Haus, in dem die Menschen niemals zu schlafen schienen. Da erregte etwas ihre Aufmerksamkeit. Auf dem niedrigen Tisch lagen weiße Blumen. Sie hatte selten etwas so Schönes gesehen. Sie wollte sie anfassen, hüpfte von der

Couch und nahm eine in die Hand. Sie hatte ganz zarte Blütenblätter mit einem pastellgelben Inneren. Da entdeckte sie auch auf deren Rückseite einen roten Farbspritzer.

In dem Moment kam ihr Vater zurück und eilte auf sie zu. »Was machst du da?« Er nahm ihr die Blumen ab, hob sie hoch und sah sie ernst an. »Vergiss, was du heute Nacht gesehen hast.«

»Aber die Blumen sind so schön.«

»Sie bringen nur Unglück.«

21

Die Aufzugtür öffnete sich, und eine in die Jahre gekommene Frau mit rundlichen Wangen, schlaffem Kinn, aus deren Gesicht funkelnd blaue Augen hervorstachen, stand hinter ihrem Schreibtisch auf. »Alex!« Sie eilte auf sie zu und zog sie in die Arme.

»Friedel«, murmelte Alexis, überrascht von der Freude, die sie beim Anblick der Assistentin ihres Onkels verspürte. Sie hatte nicht erwartet, dass sie noch hier arbeitete. Früher hatte sie fast mit zur Familie gehört, und es hatte lange gedauert, bis sie verstanden hatte, dass sie mit »Tante Friedel« nicht wirklich verwandt war. Nach dem Tod ihres Cousins hatte sie die Sekretärin nicht wiedergesehen. Sie sah zu Oliver, dem die Überraschung ins Gesicht geschrieben stand. Ihre Hoffnung, dass das distanzierte Verhalten von Magnus ihre verwandtschaftliche Beziehung verbergen würde, fiel in sich zusammen. Jetzt wusste sie nicht, was sie mehr fürchtete. Das Gespräch mit Magnus oder das mit Oliver.

»Hübsch siehst du aus.« Sie umfasste Alexis' Schultern und betrachtete sie von allen Seiten. »Ganz wie deine Mutter.«

Bei diesen Worten zuckte sie zusammen. Sie würde sich nie an diese Floskel gewöhnen. Sie sah ihrer Mutter tatsächlich verblüffend ähnlich, ihrer leiblichen und nicht der Frau, die sie aufgezogen hatte. Doch davon wusste Friedel nichts.

Der Empfangsbereich trug eindeutig ihre Handschrift. Viele Blumen mit roten und weißen Blüten, die unter UV-Lampen und ihrer liebevollen Pflege gediehen und dem Raum den Flair eines Miniaturdschungels verliehen. Dazu in hellem Holz getäfelte Wände, ein robuster weinroter Teppich und eine Sitzecke im Vintagestil.

Als das Telefon mit dem bemerkenswerten Klingelton *The Imperial March* aus Star Wars erklang, löste sich Friedel von ihr, ging die paar Schritte zum Schreibtisch und nahm ab. Bei Olivers verdutztem Gesichtsausdruck musste Alexis lächeln. Die ältliche Frau war seit dem Erscheinen der Filme ein Fan. Mit ihr hatte sie das erste Mal Star Wars gesehen. Später hatten sie zusammen den Todesstern aus Lego nachgebaut und waren dann zu richtigen Modellen übergegangen. Sie fragte sich, ob der Millennium-Falke noch immer in ihrem Wohnzimmer hing.

Friedel runzelte verärgert die Stirn, während sie einen Bleistift zwischen ihren Fingern hin- und herrollte. Schließlich legte sie mit einem »Ich schicke sie rein« auf und wandte sich ihnen zu. »Magnus hat es eilig. Ihr sollt gleich zu ihm kommen. Geht einfach durch die Tür.« Sie deutete auf eine Doppelflügeltür, gleichfalls aus hellem Holz, die sich links neben dem Schreibtisch befand. Sie nickte Alexis aufmunternd zu, dann setzte sie sich an ihren Platz und nahm sich mit einem Seufzen einen Stapel Akten vor.

Die Tür schwang lautlos auf. Ordnung stand bei Magnus an erster Stelle, das spiegelte sich in seinem Arbeitsraum wider. Er hatte den kompletten oberen Teil der Kuppel für sich beansprucht, wobei der Empfangsraum und der Aufzug in dessen Mitte lagen und von außen an eine dunkle, viereckige Säule erinnerte, an dessen Wand kostbare Bilder hingen. Die Außenwand bestand aus LC-Glas, das auf Knopfdruck lichtundurchlässig wurde. Eine teure Spielerei, ganz nach Magnus' Geschmack.

Die eine Hälfte seines Reichs war geschmackvoll mit schlichten, aber eleganten Möbeln aus schwarzem Leder und Chrom eingerichtet. Hier und da standen Andenken von seinen zahlreichen Reisen. Ein bemalter Holzelefant aus Indien, eine Vase aus China, kunstvolle Teller aus Marokko und sein größter Schatz: das Fell eines weißen Tigers. Fotos und persönliche Gegenstände fehlten. Die andere Hälfte war nur durch eine Luftschleuse zu erreichen, über deren Tür der Warnhinweis *Biologische Schutzstufe 3* in grellroter Schrift prangte. Gefolgt von einer langen Liste an Sicherheitsvorschriften.

Alexis wusste, dass biologische Labors in vier Sicherheitsstufen unterteilt werden, wobei die erste die harmloseste ist, bei der nur einfache hygienische Regeln zu beachten sind, wie das Waschen der Hände und das Verbot, darin zu essen oder zu trinken.

Labors der Schutzstufe 4 gab es dagegen weltweit selten, und in Europa existierten nur eine Handvoll. In ihnen wurde an den kritischsten Erregern, wie dem Ebola- oder Lassa-Virus, geforscht.

Alexis musste sich eingestehen, dass sie die Neugier packte, an was ihr Onkel arbeitete, dass er über ein eigenes Labor der Stufe 3 verfügte. Früher hatte er ebenso wie ihr Adoptivvater an der »Genetik des Bösen« gearbeitet, aber dafür reichte die Sicherheitsstufe 2 völlig aus.

»Hallo, Alex«, sagte Magnus und stand hinter seinem Schreibtisch auf. Wie sein jüngerer Bruder war er hochgewachsen, hielt sich trotz seines Alters aufrecht und war mit seinen breiten Schultern und dem maßgeschneiderten dunklen Anzug eine beeindruckende Erscheinung. Sein stechender Blick durchbohrte sie, und innerhalb einer Sekunde wusste sie, dass er die Vergangenheit niemals würde ruhen können lassen. Er musterte Oliver von oben bis unten, sezierte ihn förmlich mit seinem Blick, kräuselte die Lippen beim Anblick seiner lässigen Kleidung und bedachte ihn mit nicht mehr Freundlichkeit als seine Nichte. »Und Sie sind?«

Oliver zückte seinen Dienstausweis und stellte sich knapp vor. Sein Kiefer war angespannt, und sie wusste, dass er innerlich brodelte. Unfreundlichkeit war etwas, auf das er empfindlich reagierte.

Magnus hingegen hielt sich nicht mit höflichen Floskeln auf. »Was willst du?«

»Wie ich gestern bereits sagte, benötigen wir Informationen über deine Angestellten, genauer gesagt muss ich wissen, ob eine Frau vermisst wird.«

»Worum geht es?«

»Bei einer unbekannten Toten gibt es Hinweise, dass es sich um jemanden handeln könnte, der im biologischen Bereich tätig ist.« Oliver warf ihr einen verwunderten

Blick ob ihrer Ehrlichkeit zu, aber sie kannte Magnus. Ohne Offenheit von ihrer Seite würden sie auf Granit beißen. Das hatte er gestern zur Genüge vorgeführt.

»Gibt es ein Foto?«

»Nein, die Leiche befindet sich in einem schlechten Zustand.«

»Wieso sollte sie ausgerechnet hier arbeiten?«

»Wir haben bereits andere Institute und Firmen angerufen.«

»Aha, dann bin ich also die letzte Wahl.«

»Überrascht?«, rutschte es ihr über die Lippen, doch er ignorierte ihren Kommentar, ergriff den Telefonhörer und drückte eine Taste.

»Ich persönlich kann euch nicht helfen, aber meine Personalabteilung.«

22

Nach einem kurzen Telefonat schickte Magnus sie direkt zu Gitta Krause, seiner Personalchefin, die ihr Büro in einem anderen Gebäudeflügel hatte. Die Verabschiedung fiel ebenso knapp aus wie das gesamte Gespräch. Als sie die Tür hinter sich schloss, fühlte sie sich, als wäre sie wieder ein kleines Mädchen. Mit einer Umarmung verabschiedete sie sich von Friedel. Alexis war sich nicht sicher, ob sie sich wünschte, sie wiederzusehen oder nicht. Sie vermisste sie, doch ihr Anblick wühlte zu viele Erinnerungen und längst vergessene Emotionen auf.

Im Hinausgehen ergriff Friedel ihren Arm und hielt

sie zurück. Die ältere Frau beugte sich vor und flüsterte ihr zu: »Gib nicht auf, irgendwann wird er erkennen, dass du ihm immer noch viel bedeutest.«

Sie senkte den Kopf. »Ich brauche ihn nicht.«

»Aber er dich. Er weiß es nur nicht.«

Alexis verzichtete auf eine Antwort und folgte Oliver nach draußen. Kaum waren sie ein paar Schritte gegangen, blieb ihr Partner stehen. »Spinnst du, mir nicht zu sagen, dass du mit dem Chef von AZRE verwandt bist?«

Sie starrte ihn einen Moment stumm an. »Es tut mir leid.« Die Kränkung stand ihm ins Gesicht geschrieben. »Er ist mein Onkel, aber wir haben seit Jahren keinen Kontakt.«

»Was ist vorgefallen?«

»Familienangelegenheit.«

»Wir ermitteln hier«, sagte Oliver mit ungewohnter Schärfe. »Da musst du mich über alle Details im Bilde halten.«

»Vertrau mir. Was passiert ist, liegt lange zurück und hat nichts mit unserem Fall zu tun.« Wie sollte sie ihm auch erklären, was geschehen war, warum ihr eigener Onkel sie für ein Monster hielt?

»Mehr hast du mir nicht zu sagen?«

Eine Tür öffnete sich am anderen Ende des Ganges. »Nicht jetzt.« Sie sah ihm an, dass ihre Verschlossenheit ihn verletzte. Er vertraute ihr alles an, und sie fühlte sich nicht zum ersten Mal schuldig, so viel vor ihm zu verbergen.

Die Büros der Verwaltung lagen im grünen Flügel des Komplexes, nur durch einen der frei schwebenden, gläsernen Verbindungsgänge zu erreichen.

Während sie durch die Glasröhre schritten, zeigte sich auf seinem Gesicht eine Mischung aus Faszination und Empörung über den verschwenderischen Luxus des Gebäudes. An der futuristischen und sterilen Erscheinung des Gebäudes änderte auch der Naturteich nichts, der direkt unter ihren Füßen lag. »Ich kann das nicht einfach auf sich beruhen lassen«, setzte er schließlich an. »So wie er sich dir gegenüber verhalten hat – das kann doch nicht nur ein kleiner Zwist in der Familie sein.«

»Ich will nicht darüber sprechen. Es ist Teil einer Vergangenheit, an die ich nicht erinnert werden möchte.«

»Und warum sind wir dann hier? Warum hast du nicht mich oder Bauwart fahren lassen?«

»Weil ich naiv und dumm bin«, seufzte sie. Sie verstand sich selbst nicht. Hätte sie einen anderen Beamten geschickt, wäre ihr diese Begegnung erspart geblieben. Warum war sie hier? Hatte sie tatsächlich darauf gehofft, Magnus würde auch nur den kleinsten Schritt auf sie zugehen?

Er sah sie von der Seite an. »Das ist das Letzte, was mir zu dir einfallen würde.«

Sie lachte bitter. »Vielleicht kennst du mich nicht gut genug.«

»Wundert dich das?«, fragte er und schüttelte den Kopf. »Du bist so verschlossen wie der Keuschheitsgürtel einer Jungfer. Weißt du, manchmal machst du mir fast schon Angst mit all deinen Geheimnissen.«

Wie viel Angst würde er erst bekommen, wenn er die Wahrheit kannte? »Ich behalte manche Dinge einfach gerne für mich.«

»Wir sind Partner. Wie soll ich dir vertrauen, wenn du mich nicht an dich heranlässt?«

Sie packte ihn am Arm, zwang ihn dazu, sich zu ihr umzudrehen. »Sag so etwas nicht. Du kannst dich auf mich verlassen.« Doch die eigene Unsicherheit schwang in ihrer Stimme mit und machte seine Zweifel nur größer.

Schweigend gingen sie weiter. Nicht mehr wie Partner, die einander das Leben anvertrauten, sondern fast wie Fremde, die nur zufällig demselben Weg folgten.

Auf die Frage, ob eine der Mitarbeiterinnen in den letzten Tagen nicht zur Arbeit erschienen sei, bildete sich auf der Stirn der Personalchefin eine steile Falte. »Ist etwas vorgefallen?«

»Dazu darf ich im Moment nichts sagen«, erwiderte Alexis mit einem freundlichen, aber bestimmten Lächeln.

Frau Krause zögerte kurz, dann richtete sie ihre Aufmerksamkeit auf ihre beiden LCD-Monitore. Ihre langen, hellblau lackierten Fingernägel klackten, als sie etwas in die Tastatur tippte. »Frau Dr. Romy Ehrich ist bisher nicht erschienen.«

»Vergangene Woche war sie da?«, fragte Oliver. Der Todeszeitpunkt lag vor dem Wochenende, womit sie über ein gutes Ausschlusskriterium verfügten.

Die junge Frau schüttelte den Kopf. »Sie hatte Urlaub. Zwei Wochen. Heute wäre ihr erster Arbeitstag.«

Konnte es so einfach sein? Alexis spürte, wie ihre innerliche Anspannung zunahm. »Sind noch andere Mitarbeiter im Urlaub?«

Erneutes Klicken und ein Blick auf den linken Bildschirm. »Zwei Mitarbeiterinnen ab heute und einer seit vierzehn Tagen. Wir erwarten ihn kommenden Montag zurück.«

Diese Personen schieden aus. Blieb nur die Erstgenannte. »Haben Sie ein Foto von Frau Ehrich?«

»In der Personalakte.« Frau Krause stand auf, ging zu einem großen Metallschrank und holte eine Mappe hervor. Sie zeigte ihnen ein Bild von einer eher unscheinbaren Frau Ende zwanzig mit hellbraunen Haaren, die zu einem Pferdeschwanz zurückgebunden waren, einem zarten Gesicht mit vollen Lippen. Streng, aber doch weiblich.

Oliver sah Alexis an und nickte unmerklich. Das könnte sie sein.

»Können Sie mir davon eine Kopie machen? Steht in ihren Akten, ob sie verheiratet ist? Und wissen Sie zufällig, ob sie eine Tätowierung hat?«

Nun wurde die Personalchefin blass. »Warum stellen Sie diese Fragen? Ist ihr etwas zugestoßen?« Schließlich blickte sie erneut konzentriert in die Akten. »Verheiratet mit Dominik Ehrich, geborene Horn.« Sie sah sie erneut an, ihre vorherige Fröhlichkeit war wie weggewischt. Alexis bemerkte eine Schachtel Mentholzigaretten, die in einer offenen Schublade lag. Würde sie nach draußen eilen, um sich eine mit zitternden Händen anzustecken, sobald sie sie verließen? Manche Dinge veränderten Menschen und ihre Wahrnehmung der Welt für immer. Der gewaltsame Tod einer Bekannten gehörte zu den Ereignissen, die die Macht dazu hatten. So etwas erschütterte das eigene Sicherheitsempfinden.

»Über eine Tätowierung weiß ich nichts. Am besten fragen Sie in ihrer Abteilung nach.«

»Als was ist sie bei Ihnen angestellt?«

»Sie arbeitet seit einem guten Jahr als Postdoc in Dr. Kirns Forschungsgruppe.«

»Was ist ein Postdoc?«, erkundigte sich Oliver.

»Eine befristete Anstellung, die nach der Promotion an

einer Universität oder einem Forschungsinstitut angenommen wird. Wer als Wissenschaftler arbeiten möchte, eventuell eine Professur oder die Leitung einer Arbeitsgruppe anstrebt, muss im Grunde diesen Weg beschreiten.«

»Dann hat sie also Ambitionen als Wissenschaftlerin?«, hakte er nach.

»Ich gehe davon aus. Keiner tut sich die Arbeitszeiten an, wenn er es nicht zu etwas bringen will.« Nachdem sie ihnen den Weg zu Dr. Kirns Abteilung beschrieben und eine Kopie der Akte gegeben hatte, verabschiedeten sie sich von der Frau, die sie mit einer Mischung aus Erleichterung und Sorge gehen sah. Draußen sahen sie sich an. »Sollen wir ihren Kollegen einen Besuch abstatten oder gleich zu ihrem Zuhause fahren?«, fragte Alexis.

»Wenn wir schon hier sind, können wir uns genauso gut in ihrem Arbeitsumfeld umsehen. Zudem wird es einfacher, mit dem Ehemann zu sprechen, wenn wir sie bereits identifiziert haben.«

23

Während sie den farbigen Hinweisschildern durch die Gänge folgten, studierte Alexis die Personalakte. »Sie scheint sehr ehrgeizig zu sein. Hervorragende Noten, Studium und Doktorarbeit in Rekordgeschwindigkeit, und sie hat bereits mehrere wissenschaftliche Arbeiten veröffentlicht.«

»Da kann es schnell passieren, dass man sich Feinde macht.«

Alexis dachte an das Foto der jungen Frau aus der Personalakte. Sie wirkte so harmlos, irgendwie undenkbar, dass jemand ihr Böses wollte. Schließlich standen sie vor einer Glastür, auf der das Firmenlogo und ein schlichter Schriftzug prangten.

Arbeitsgruppe Dr. rer. nat. Kirn

In-vitro-Toxicology

Sicherheitsbereich – Betriebsanweisungen beachten!

»Nettes Willkommensschild«, murmelte Oliver und zog seine Chipkarte durch den kleinen Kartenleser auf der rechten Seite, woraufhin das Lämpchen grün aufleuchtete und die Tür automatisch aufschwang. Dahinter befand sich ein gefliester Gang, von dem mehrere Türen abzweigten, bevor er in einer weiteren Glastür mündete, die in den Laborbereich führte. Sie klopften an der Tür des Gruppenleiters, doch nichts rührte sich. Sie versuchten es an der Labortür, doch die war durch ein elektronisches Zahlenschloss gesichert, neben dem ein Schild mit allerlei Furcht einflößenden Symbolen und der Überschrift *Betriebsanweisungen arbeitsbereichsbezogen nach § 12(1)BioStoffV und § 7 Gen TG* hing. Darunter befand sich eine Liste von Anweisungen und zu befolgenden Sicherheitsmaßnahmen.

Alexis spähte durch das kleine Fenster in der Tür und sah einen riesigen, quadratischen Raum, an dessen Wänden sich Kühlschränke mit gläsernen Fronten, Laborabzüge und Chemikalienschränke befanden. Dazwischen lagen Arbeitsplätze, auf denen sich Boxen mit Pipettenspitzen, Zentrifugen und Laborjournale stapelten. In der Mitte gab es einen weiteren Arbeitsbereich mit Spülbecken,

Müllbehältern und Wannen für wiederverwertbare Gerätschaften wie Reagenzgläser. Es herrschte reges Treiben, fast alle Plätze waren belegt, und die zum großen Teil noch recht jungen Wissenschaftler bereiteten ihre Versuche vor, reinigten ihre Arbeitsplätze oder machten sich Notizen zu ihren Ergebnissen.

Endlich wurden sie von einer hochgewachsenen Brünetten mit langen, schlanken Gliedern, spitzer Nase und unreiner Haut entdeckt. Sie zog ihre Handschuhe aus, warf sie in den Müll, öffnete die Tür einen Spalt und sah sie fragend an.

Zum wiederholten Mal zückten sie ihre Dienstausweise und erklärten, dass sie auf der Suche nach Dr. Kirn seien.

»Einen Moment bitte.« Sie ging zurück ins Labor, holte sechs kleine Eppendorfgefäße aus einer Zentrifuge, stellte sie in den Kühlschrank und kam dann mit einem zerfledderten Notizbuch unter den Arm geklemmt zurück. Bevor sie das Labor verließ, zog sie ihren Kittel aus, auf den der Name Sarah Polzin in grünem Garn gestickt war, und wechselte die Schuhe. Ihre Hand zuckte, als sie zu sprechen ansetzte. »Vielleicht befindet er sich im Gemeinschaftsbüro.« Sie führte sie in einen ebenfalls mit Kartenleser gesicherten Raum, der fast genauso groß wie das Labor war, aber im Gegensatz dazu sehr chaotisch wirkte. Überall stapelten sich Bücher und Ausdrucke, ein Flipchart stand mitten im Raum, und auf unzähligen Monitoren zeigten sich Tabellen, Texte und Molekülstrukturen. Genie und Wahnsinn schienen in diesem Raum nah beieinanderzuliegen.

Ein junger Mann mit langen, zurückgebundenen Haaren sah kurz auf, konzentrierte sich dann gleich wieder darauf, Notizen aus seinem Laborjournal auf den Computer zu übertragen. »Tut mir leid, hier ist er auch nicht. Ich kann ihm einen Zettel hinlegen, dass er hierherkommt, sobald er zurück ist.«

»Das wäre sehr freundlich.«

Während sie warteten, sah sich Alexis ein wenig um, versuchte zu erfassen, an was hier gearbeitet wurde, musste sich dann jedoch eingestehen, dass ihre Kenntnisse aus dem mittlerweile ein paar Jahre zurückliegenden Grundstudium, das sie gegen den Willen ihres Adoptivvaters nach einem Semester abgebrochen hatte, dazu nicht ausreichten.

Nachdem Frau Polzin zurück war, erkundigte sie sich nach der Arbeit, der hier nachgegangen wurde. »Ich bin nur eine BTA, also eine Biologisch-technische Assistentin. Dr. Kirn kann es Ihnen besser erklären.«

»Wir sind nur Laien.« Alexis lächelte. »Und neugierig.«

Erneut zuckten die Hände der Frau nervös. »Wir arbeiten an der Entwicklung von Zelllinien, die irgendwann Tierversuche ersetzen können, um die Toxizität von Chemikalien festzustellen.«

»Ich hätte nicht gedacht, dass ein Konzern daran Interesse hat«, sagte Oliver.

Die BTA schmunzelte. »Das geht vielen so, aber weder Wissenschaftler noch Konzernchefs sind zwangsweise gefühlskalte Monster. Zudem darf man den immensen Kostenfaktor nicht vergessen. Versuchstiere benötigen Pflege, eigenes Personal und Platz.«

»Und deswegen züchten sie hier menschliche Zellen?«

»Nein, wir arbeiten in erster Linie mit Stammzelllinien von Mäusen. Es laufen allerdings auch Testreihen mit pflanzlichen Stammzellen. Sie dienen vor allem der Untersuchung von Pestiziden und Fungiziden.«

»Frau Dr. Ehrich arbeitet ebenfalls an diesem Thema?«

»Ja, sie erforscht Stammzelllinien, die von transgenen Mäusen gewonnen werden, bezüglich ihrer Eignung zur Untersuchung von DNT.« Sie ratterte diesen Satz mit geübter Gleichgültigkeit herunter. Als sie ihre verständnislosen Blicke sah, erläuterte sie weiter: »Vereinfacht ausgedrückt, kann man menschliche Gene in das Genom von Mäusen einbauen, wodurch dann die entsprechenden Proteine erzeugt werden. Dadurch kann man die Rolle von spezifischen Genen bei verschiedenen Krankheiten ermitteln. Die Stammzellen dieser Tiere können dazu verwendet werden, den Einfluss bestimmter Chemikalien auf die Entwicklung des Nervensystems – auf Englisch Developmental Neurotoxicity oder kurz DNT – zu untersuchen.«

»Sind sie befreundet?«

Polzin schüttelte den Kopf. »Sie bleibt meistens für sich. Ist ihr etwas zugestoßen? Sie ist heute nicht zur Arbeit erschienen. Das sieht ihr nicht ähnlich.«

»War sie mit jemandem in der Arbeitsgruppe befreundet?«

Sie zögerte, ihre Augen flackerten. Nach kurzem Zögern setzte sie zu sprechen an, unterbrach sich, um schließlich den Kopf zu schütteln. »Mir ist nichts bekannt.«

Alexis drang nicht weiter in sie. Solange sie nicht mit Sicherheit wussten, dass es sich bei Romy Ehrich um das Opfer handelte, bestand dazu keine Veranlassung. Als Dr. Kirn sich nach über einer halben Stunde noch immer nicht hatte blicken lassen, beschlossen Alexis und Oliver, ihre Ermittlungen bei AZRE vorerst zu beenden. Die

BTA sah ihnen mit unverkennbarer Erleichterung hinterher, als sie sich verabschiedeten, nachdem Alexis ihr eine Visitenkarte in die Hand gedrückt hatte. »Rufen Sie mich an, wenn Ihnen noch etwas einfällt.«

Zurück im Auto rief sie in der Zentrale an und bat um Informationen zu der Biologin. Fünf Minuten später wusste sie, dass Dr. Romy Ehrich mit ihrem Ehemann in Mannheim gelebt hatte und seit vorletztem Samstag als vermisst gemeldet war. »Das muss unsere Tote sein«, sagte sie. »Lass uns den Mann befragen.«

Oliver startete kommentarlos den Motor. Für die nächsten Minuten beschränkte sich ihre Kommunikation ausschließlich auf den Fall, aber dann wurden seine Gesichtszüge wieder weicher, und Alexis hoffte, dass zwischen ihnen beiden bald wieder die alte freundschaftliche Stimmung herrschen würde.

24

Fuhr man durch Mannheim, konnte man schnell den Eindruck gewinnen, sich in einer der hässlichsten Städte Deutschlands zu befinden. Die als Planstadt angelegte Innenstadt, der Mannheim den Beinamen Quadratestadt verdankte, verwirrte trotz ihres scheinbar logischen Aufbaus jeden Neuankömmling. Selbst alteingesessenen Mannheimern fiel es oft schwer, sich in den als Gitter angelegten und mit B1 oder L2 benannten Straßen zurechtzufinden. Der Dreck in den Straßen und die alles beherrschende Industrie schreckten auch den letzten Optimisten ab. Doch wenn man genauer hinsah, entdeckte man die schönen Seiten, wie die St.-Sebastian-Kirche, die Anfang des 18. Jahrhunderts errichtet worden war und zusammen mit dem alten Rathaus einen beeindruckenden barocken Doppelbau darstellte. Dessen Besonderheit lag nicht in der Architektur, sondern in dem 23-stimmigen Glockenspiel, das in der Turmlaterne untergebracht war. Dreimal am Tag erklang es und spielte dabei eines von sechsunddreißig Liedern. Und dann gab es noch Stadtteile wie Wallstadt mit seinen beiden Seen, dem Wasserturm, den vielen Feldern und Fachwerkhäusern, die den Menschen einen Rückzugsort vom Trubel der Großstadt boten.

Hier hatte Romy Ehrich zusammen mit ihrem Mann in einem modernen Mehrfamilienhaus mit Solardach gelebt, direkt neben einem Wasserlauf und nur wenige Minuten Fußweg vom Vogelstangsee entfernt. Als sie klingelten, wurde der Vorhang des zur Linken der Tür befindlichen Fensters zur Seite geschoben. Alexis sah das spitze Gesicht einer alten Frau zu ihnen rüberschielen. Endlich erklang der Summer, und sie gingen durch einen hellen, sehr sauberen Treppenaufgang in den zweiten Stock, während Alexis unten eine Tür aufgehen, sich aber nicht wieder schließen hörte. Sie malte sich aus, wie die Frau in Kittelschürze ihnen hinterherstarrte und lauschte. Dann konzentrierte sie sich auf das, was sie dem Mann der Verstorbenen gleich sagen wollte. Sie hatte damit gerechnet, ihn auf seiner Arbeitsstelle aufsuchen zu müssen – in ihren Augen der schlimmste Ort, um jemandem die Nachricht vom Tod eines Angehörigen zu überbringen. Herr Ehrich hatte sich jedoch sein Büro zu Hause eingerichtet. Er trug eine graue Jogginghose und ein

Shirt mit der Aufschrift *I'm not a Nerd, I'm just smarter than you!,* unter dem sich ein kleiner Bauch abzeichnete. Ohne den Dreitagebart und die ungekämmten Haare hätte er nicht schlecht ausgesehen, aber so wirkte er wie der übernächtigte Schatten des Mannes, der er vor nicht allzu langer Zeit gewesen sein musste. »Wer sind Sie?«, fragte er und musterte die beiden Beamten vor ihm gründlich.

Sie stellten sich kurz vor, woraufhin seine Schultern schlaff nach unten sackten. »Kommen Sie rein.« Er ließ die Tür offen stehen, vergewisserte sich nicht, ob sie ihm folgten, sondern schlurfte mit hängendem Kopf in das zur Rechten gelegene Wohnzimmer.

Alexis und Oliver sahen einander verwundert an. Ihr Auftauchen schien den Mann nicht zu überraschen, fast war es, als hätte er sie erwartet. Der Wohnbereich wurde von einem riesigen Flachbildfernseher, mehreren Spielekonsolen, einem selbst gebauten Schreibtisch, der eine komplette Wand einnahm, und allerlei anderen technischen Spielereien dominiert. Neben einem hohen Regal, in dem sich die Hüllen von diversen Spielen aneinanderreihten, lag ein alter Pudel in einem Körbchen, der träge ein Auge öffnete, um die Neuankömmlinge zu mustern, nur um es sogleich wieder unter zufriedenem Schmatzen zu schließen. Die Möbel waren abgenutzt, aber gepflegt, und insgesamt wirkte es wie das Zuhause von zwei Menschen, die schon lange miteinander lebten.

Alexis warf einen Blick auf die beiden Bildschirme auf dem Schreibtisch und sah auf der einen Seite einen komplexen Editor mit Quellcode und auf der anderen ein Musikprogramm und eine Webseite, die für ein neues Computerspiel warb. Herr Ehrich schaltete die beiden

Monitore aus, bevor er sich auf die cremefarbene Couch setzte.

Sie zogen sich zwei Stühle von dem kleinen Esstisch heran, der direkt neben dem Durchgang zur Küche stand, und setzten sich ihm gegenüber.

»Haben Sie Romy gefunden?«, fragte er, wobei er Augenkontakt vermied. »Möchten Sie etwas trinken?«, fuhr er fort, als wolle er Zeit schinden, bevor er mit der Wahrheit konfrontiert wurde. Er deutete auf die Küche, in der sich das Geschirr und zahlreiche leere Pizzakartons stapelten. Nur die sorgfältig beschrifteten Gewürzgläser, Kräutertöpfe und gehäkelten Topflappen zeugten davon, dass normalerweise eine weibliche Hand für Ordnung sorgte.

»Zuerst eine Frage: Hat Ihre Frau eine Tätowierung?«

Der Kehlkopf des Mannes zuckte heftig. »Über dem rechten Arm – eine Haarnadelstruktur.«

Alexis spürte, wie sich ein schwerer Klumpen in ihrem Magen bildete, der die kurze Freude, das Opfer identifiziert zu haben, verdrängte. Nun bekam die unbekannte Tote ein Gesicht, ein Leben, das so plötzlich geendet hatte, Menschen, die um sie trauerten, Träume, die sich nie für sie erfüllen würden. Alexis rief sich zurück, sie wollte keine Gefühle aufkommen lassen. Sie musste Distanz bewahren.

Ehrich hörte zusammengesunken zu, als Alexis ihm mit leiser Stimme und ohne Details erklärte, wie man seine Frau gefunden hatte. Bei jedem ihrer Worte schien er zu schrumpfen, bis er abrupt aufstand, in die Küche ging und direkt aus dem Hahn trank. Er wischte sich verlegen über die Augen, als er zu ihnen zurückkehrte. »Darf ich sie sehen?«

»Selbstverständlich.« Sie beugte sich vor, fing seinen Blick auf. »Ich will Ihnen aber davon abraten. Sie war bereits einige Zeit tot, bevor sie gefunden wurde. Behalten Sie sie so in Erinnerung, wie sie zu Lebzeiten war.«

Er stand erneut auf, holte aus einem Fach auf seiner Seite des Schreibtischs eine Packung Zigaretten. »Stört es Sie?«, fragte er, während er sich eine herausholte und ansteckte. »Sie dachte, ich habe aufgehört, aber ab und an hab ich mir noch eine gegönnt. Wenn sie das wüsste …« Seine Stimme brach.

»Fühlen Sie sich in der Lage, uns einige Fragen zu beantworten, damit wir uns ein besseres Bild von Ihrer Frau machen können?«

Er nickte, schritt unruhig im Raum auf und ab.

»Wann haben Sie sie das letzte Mal gesehen?«

Seine Antwort kam ohne Nachdenken. »Am Mittwoch, den Vierundzwanzigsten, als sie morgens zur Arbeit ging. Nachmittags hat sie angerufen, um mir zu sagen, dass es spät werden würde. Irgendeine Versuchsreihe, die wiederholt werden musste. Ich war wütend, wir wollten eigentlich ins Kino. Sie kam an dem Abend nicht nach Hause.«

»Haben Sie sie nicht als vermisst gemeldet?«

Er lachte bitter auf. »Natürlich. Ich bin gleich am nächsten Tag zur Polizei, aber da sagte man mir, dass sie eine erwachsene Frau sei und vermutlich nur bei einer Freundin, um mir nach unserem Streit eins auszuwischen. Erst zwei Tage später hörten sie mich an, und nun ist sie tot.«

Alexis bemühte sich, sich ihre Betroffenheit nicht anmerken zu lassen. Solche Fälle waren für die Polizei schwierig. Offiziell galt man nur als vermisst, wenn zu dem plötzlichen Verschwinden auch Hinweise auf eine Gefahr für Leib und Leben existierten. Ansonsten waren den Behörden die Hände gebunden, da jeder Erwachsene, der sich im Vollbesitz seiner körperlichen und geistigen Kräfte befindet, selbst entscheiden darf, wo er sich aufhält und wem er darüber Mitteilung macht. In den meisten Fällen tauchten die verschwundenen Personen dann auch tatsächlich wieder auf. »Hatten Sie die Auseinandersetzung wegen des ausgefallenen Kinobesuchs?«

»Nein, aber wegen etwas fast genauso Belanglosem. Romy wollte umziehen, da wir beide planten, ein Kind zu bekommen.« Er sog heftig an seiner Zigarette. »Ich fand es übertrieben, sich etwas Neues zu suchen, solange sie nicht einmal schwanger war. Warum sollten wir schon mehr Miete zahlen, wenn wir doch noch immer zu zweit waren? Aber so war sie, immer am Planen, immer einen Schritt voraus. Daraufhin warf sie mir vor, dass ich gar kein Kind wolle …«

Alexis nickte. Das klang nach einem typischen Beziehungsstreit. Sie nahm ein Bild von dem Beistelltisch an der Couch. Es zeigte eine fröhlich lachende Romy mit ihren Eltern und einem etwas seltsam wirkenden jungen Mann, der als Einziger eine dunkle Sonnenbrille trug und ein wenig abseits von den anderen stand.

»Ihre Familie«, sagte Ehrich. »Mein Gott, wie soll ich ihnen das nur erklären?«

»Das können wir für Sie übernehmen«, bot Alexis an.

»Nein.« Er drückte seine Zigarette in einem Glas aus, das auf dem Schreibtisch gestanden hatte, nur um sich sogleich die nächste anzuzünden. »Das muss ich machen. Sie wohnen nicht weit weg – in Ludwigshafen.«

Sie sah auf seine zitternden Hände. »Haben Sie jemanden, der Sie fahren kann? Verzeihen Sie meine Direktheit, aber Sie sollten jetzt nicht hinter dem Steuer sitzen.«

»Ich kann einen Kumpel anrufen.«

»Wir haben nur noch wenige Fragen, dann haben Sie es überstanden. Was für ein Mensch war sie?«

»Meine absolute Traumfrau. Sie oder keine, dachte ich, als ich sie bei dem Gildentreffen unserer EVE Online Gilde das erste Mal sah. Zockerbraut, hübsch, clever und warmherzig. Kein Gekeife mehr, wenn man mal vor dem PC sitzt, keine verständnislosen Blicke, wenn man von Quellcodes spricht.«

Oliver sah ihn mit hochgezogenen Augenbrauen an, und mit dem untrüglichen Instinkt eines Menschen, der sich wegen seiner Interessen schon oft der Verachtung anderer gegenübergesehen hatte, verteidigte sich Ehrich: »Es ist ein Hobby, verdammt noch mal. Manche Menschen hocken jeden Abend vor der Glotze, da sagt niemand was. Wir haben zusammen gespielt. Zumindest haben wir etwas gemeinsam erlebt, wenn auch in einer virtuellen Welt. Was ist daran so verkehrt?«

Alexis hob beschwichtigend die Hand. »Nichts. Hatte sie Feinde?«

»Keinen einzigen. Sie war zu allen freundlich, immer hilfsbereit, aber viel zu schüchtern, um sich in den Vordergrund zu drängen.«

»Wir haben gehört, dass sie sehr ehrgeizig war. Ist sie bei der Arbeit vielleicht jemandem auf die Füße getreten?«

»Ihr ging es nur um die Forschung und nicht darum, Anerkennung zu erlangen. Wenn es im Labor hoch herging, ist sie auch länger geblieben, um den anderen auszuhelfen, hat nie mit ihren Ideen hinter dem Berg gehalten. Alle mochten sie.«

»Ist Ihnen in letzter Zeit irgendetwas an Ihrer Frau aufgefallen, oder gab es irgendwelche ungewöhnlichen Vorkommnisse?«

»Sie musste oft lange arbeiten, vor allem kurz vor ihrem Urlaub, aber ich war in der Woche zuvor in Hamburg. Ich arbeite als Programmierer. Drei Wochen von zu Hause und eine in der Firma. Ihre beste Freundin Bianca übernachtet dann oft hier, aber sie ist ebenfalls verschwunden. Ihr Freund ist ein Penner, es hat ihn nicht interessiert, er meinte, die beiden wollten wohl ein paar Tage unter Frauen sein.«

Oliver und Alexis wechselten einen überraschten Blick. »Seit wann?«

»Ich weiß es nicht genau. Vermutlich am selben Tag oder den darauf.«

Alexis machte sich eine Notiz, dass sie sich diesen Kerl genauer anschauen wollte.

»Und sie ist bisher nicht wieder aufgetaucht?«

Er schüttelte den Kopf. »Nicht dass ich wüsste. Ich rufe sie jeden Tag an, aber es geht niemand ans Telefon, und das Handy ist ausgeschaltet.«

»Hat sie Familie?«

»Weit weg, bei Leipzig. Sie haben kaum Kontakt.«

»Ist …«, setzte er an. »Ist sie ebenfalls tot?«

»Es wurde eine weibliche Leiche neben der Ihrer Frau gefunden. Mehr wissen wir momentan nicht. Können Sie mir eine kurze Beschreibung, den vollen Namen und die Adresse der Freundin Ihrer Frau geben? Und bitte auch die ihres Freundes.«

»Bianca, Bianca Winkler. Und Patrick Masel.« Er kritzelte die Namen und Adressen auf einen Zettel. »Bianca ist etwa eins fünfundsechzig, rundlich, schulterlange Haare. Das letzte Mal, als ich sie gesehen habe, waren sie feuerrot gefärbt. Sie hat einen Friseur- und Kosmetiksalon. Legt viel Wert auf ihr Äußeres. Ist sie das?«

»Wir können es ohne einen DNA-Vergleich oder ihren Zahnstatus nicht mit Sicherheit sagen, aber die Beschreibung trifft zu. Ich muss Sie allerdings bitten, diese Information für sich zu behalten, bis wir ihre Angehörigen informiert und nötigenfalls Hilfe bereitgestellt haben.«

»Ich kenne ihre Familie eh nicht, und mit Patrick gebe ich mich freiwillig nicht ab.« Er schüttelte den Kopf. Der Schock stand ihm ins Gesicht geschrieben. »Ich fasse es nicht. Sie waren unzertrennlich, bereits als ich sie kennenlernte. Wie Feuer und Wasser, aber sie ergänzten sich. Bianca schaffte es immer, Romy aus ihrem Labor zu zerren und sie unter Leute zu bringen.« Er fuhr sich mit den Händen durch die Haare. »Sie brauchen DNA, um ihre Identität festzustellen?«

Alexis nickte.

»Sie hat eine Zahnbürste hier. Genügt das?«

»Das wäre sehr gut. Dürfen wir sie mitnehmen?« Sie holte aus ihrer Manteltasche einen Beweisbeutel und folgte ihm in das weiß geflieste Bad mit Badewanne und einem grellroten Duschvorhang. Romy war offensichtlich nicht eitel gewesen. Sie sah kaum Schminksachen und fast ebenso viele Pflegeprodukte für Männer wie für Frauen. Nur in einer Ecke stand ein Bastkörbchen, liebevoll mit Moosgummibuchstaben beschriftet, das Bianca gehörte. Dort fanden sich Nagellacke in allen Farben, Lippenstifte, Puder und eine ganze Palette an Lidschatten.

Ehrich öffnete den Spiegelschrank und holte eine gelbe Zahnbürste heraus, die er direkt in den Beutel fallen ließ, den Alexis hinhielt. »Vielen Dank«, sagte sie. »Das beschleunigt die Identifizierung erheblich.«

Nachdem Alexis sich versichert hatte, dass Ehrich wirklich einen Freund anrufen würde, verabschiedeten sie sich und gingen schweigend die Treppe hinunter. Sie erreichten gerade den Ausgang, als sich neben ihnen die Tür öffnete und die alte Frau, die zuvor aus dem Fenster gespäht hatte, hinauskam. Sie war so schnell erschienen, dass sich Alexis sicher war, dass sie in ihrer Wohnung auf sie gelauert hatte. Sie trug tatsächlich eine Kittelschürze aus blau geblümtem Stoff, Pantoffeln und roch nach gekochten Kartoffeln und Suppenfleisch. »Sie sind von der Polizei, ja?«, fragte sie mit kratziger Stimme.

Auch wenn sie sich selbst keine solch neugierigen Nachbarn wünschte, wusste Alexis, dass Menschen wie sie oft hilfreich sein konnten. Deshalb schenkte sie ihr ein Lächeln, spähte dabei verstohlen auf das Namensschild neben der Türklingel. »In der Tat, Frau Linder. Wie können wir Ihnen behilflich sein?«

»So wahr mir Gott helfe, wenn die Ehrich tot ist, dann hat ihr Mann die Hände im Spiel.«

25

»Warum glauben Sie, dass ihr etwas zugestoßen ist?«

»Man hört so einiges, wenn man aufpasst.« Sie kicherte. »Wissen Sie, seit mein Mann Friedhelm tot ist, Gott sei seiner Seele gnädig, hab ich nicht viel zu tun. Es ist aber auch eine Schande mit den Ärzten. Da hat man nur ein Grummeln im Bauch, und kaum haben einen die Weißkittel in den Fingern, liegt man unter der Erde.«

»Was haben Sie über Dr. Ehrich gehört?«, unterbrach Oliver ihren Redeschwall.

Sie rümpfte die Nase. »Sie ist verschwunden, und wenn dann Kriminalkommissare auftauchen, kann man sich denken, was passiert ist.« Sie klopfte sich mit einem knochigen Zeigefinger gegen die Stirn. »Ich mag zwar alt sein, aber nicht schwer von Begriff.«

»Wie kommen Sie auf die Idee, dass ihr Mann an ihrem Verschwinden Schuld trägt?«

»War doch zu erwarten, wenn man so lebt wie die. Das kommt davon, wenn man Frauen Flausen in den Kopf setzt und sie studieren und sich Doktor schimpfen lässt. Anstatt zu Hause zu bleiben und eine Familie zu gründen, träumte sie von Karriere und Selbstfindung. Nichts treibt einem schneller diese Ideen aus als eine Schar Kinder am Rockzipfel. Aber dieser Ehrich hat sie ständig alleine gelassen, und mit den Kindern klappte es auch nicht. Kein Wunder, dass das junge Ding sich da anderweitig umgeschaut hat.« Sie verstummte, sah die Polizisten gespannt an und genoss die Aufmerksamkeit.

Schließlich durchbrach Oliver das Schweigen. »Was meinen Sie damit genau?«

»Sie hatte eine Affäre. Immer wenn ihr Mann weg war, kam er abends vorbei und ging erst wieder am nächsten Morgen.«

Alexis sah sie betroffen an. Das warf ein ganz anderes Licht auf die Situation. »Können Sie diese Person beschreiben?«

»Meine Augen sind nicht mehr so gut, und er trug eine Kapuze, selbst wenn es warm war. Aber er war groß, sicher eins achtzig und schlank.«

»Vielen Dank«, antwortete Oliver. »Dürfen wir Ihnen einen Beamten vorbeischicken, der Ihre Aussage aufnimmt?«

Sie grinste und entblößte ihr gelb verfärbtes künstliches Gebiss. »Ich mache ihm gerne eine Tasse Tee.«

Während Oliver fuhr, rief Alexis in der Zentrale an und schickte einen jungen Polizisten zur Zeugin. Ihr tat der Beamte ein wenig leid, aber zumindest würde sich die alte Frau für kurze Zeit wieder wichtig vorkommen. Anschließend ordnete sie eine Überprüfung des Ehemanns, seiner Frau und von Bianca Winkler an sowie des Umfelds der beiden Opfer. Vielleicht würde sich durch die Profile bereits ein weiterer Hinweis ergeben. Mit den Vorwürfen der Nachbarin würde sie Ehrich erst konfrontieren, wenn sie mehr in der Hand hatten als den Klatsch, den eine alte Frau verbreitete. Ein weiterer Anruf ging beim Staatsanwalt ein, um die erforderlichen Dokumente zu erlangen, um die DNA der Zahnbürste zu untersuchen. Dann kontrollierte sie ihre E-Mails und öffnete eine von der Gerichtsmedizin mit einer schockierenden Nachricht: Romy Ehrich war in der dritten Woche schwanger gewesen.

»Zusammen mit dem Gerücht um die Affäre ist das eine brisante Mischung«, stellte Oliver fest.

»Nur wer ist ausgerastet? Die Affäre oder ihr Mann?«

Mit einem letzten Anruf kündigte sie Karen ihr Kommen an, um ihr die Zahnbürste zu bringen. Wegen der Überlastung des LKA hatte ihr Labor die Genehmigung erhalten, auch DNA-Analysen für sie vorzunehmen.

Oliver parkte in der Tiefgarage des Präsidiums. Bevor sie das Gebäude betraten, hielten sie an einem Imbiss und holten sich Kaffee, Pommes und ein Exemplar des *Mannheimer Tageblattes* mit der reißerischen Überschrift *Frauenmorde in Mannheim*. Alexis ignorierte das ungute Gefühl, das in ihr aufkeimte. Erik schrieb für diese Zeitung.

Sie bezahlten und gingen nach draußen an einen der Stehtische, um sich ohne ungebetene Zuhörer zu unterhalten.

»Was denkst du von diesem Ehrich?«, fragte sie Oliver, während sie den Zeitungsartikel überflog. Es war kühl, und sie fröstelte im Wind. Von der Überschrift abgesehen, war der Artikel sachlich gehalten und fasste nur die offiziellen Angaben zusammen. Sie hoffte, dass Erik sich nach ihrer Trennung professionell verhalten würde. Einen Journalisten, der einen persönlichen Groll gegen sie hegte, konnte sie nicht gebrauchen. Und sie hörte bereits, wie Oliver ihr sagte, dass er sie gewarnt hatte.

Sie sah ihm an, dass er noch immer verletzt war.

»Ich bin mir nicht sicher. Er könnte ausgerastet sein, als er von der Affäre erfuhr. Vielleicht hatten sie auch eine Ménage-à-trois mit dieser Bianca, oder er wollte schon immer ausprobieren, wie es in echt ist, jemanden umzubringen und nicht nur am Computer. Aber irgendwie glaube ich nicht, dass er das Zeug dazu hat.«

»Wir sollten ihn nicht unterschätzen.« Sie erinnerte sich an einen ihrer ersten Fälle. In einem leer stehenden Haus war die Leiche einer jungen Frau gefunden worden. Die Haustür war aufgebrochen, die Hälfte der Schränke durchwühlt. Es sprach alles für einen Einbruch, bei dem der Täter überrascht worden war. Der Ehemann rief die Polizei, nachdem er von einer Firmenfeier zurückgekommen war. Seine Frau hatte ihn begleitet, dann war ihr übel geworden, und sie war ohne ihn nach Hause gefahren. Während der Vernehmung weinte er ununterbrochen, wobei er das Bild seiner Frau umklammerte. Der toxikologische Befund brachte keine Auffälligkeiten, aber dem Gerichtsmediziner fiel ein seltsamer Geruch beim Mageninhalt auf. Weitere Untersuchungen ergaben, dass sie mit einem Medikament vergiftet worden war, das Übelkeit und Schwindelgefühle verursachte. Somit wurde aus dem misslungenen Einbruch plötzlich geplanter Mord, und schon bald stellte sich heraus, dass der Mann sich zwischendurch von der Feier weggestohlen hatte, um seine Frau umzubringen. Seither gab Alexis nicht mehr viel auf die Beteuerungen von Angehörigen.

Nachdem sie aufgegessen hatten, gingen sie zu dem ehemaligen Kino, das nun ihr Hauptquartier war. Über dem Eingang hing noch immer der Leuchtkasten und kündete von den letzten Filmen, die es gezeigt hatte. Der Anblick stimmte sie irgendwie traurig.

Sie stiegen gerade die Stufen hinauf, die von den unzähligen Besuchern abgewetzt waren, als Dolces Stimme von unten heraufklang. »Hall, haben Sie einen Moment Zeit?«

Alexis drehte sich um und nickte ihrer Chefin zu. »Ich komme.« Dann wandte sie sich an Oliver. »Kannst du dich darum kümmern, dass Dürrast die Leiche von Romy Ehrich noch mal auf Spermaspuren oder Hinweise auf Geschlechtsverkehr untersucht?«

»Klar, Boss.«

Alexis war sich nicht sicher, ob die knappe Antwort ein Scherz war oder nicht, doch bevor sie nachfragen konnte, war Oliver schon verschwunden. Mit einem leisen Seufzer ging sie die Treppe wieder hinunter. Dolce führte sie in den verwaisten Vorführraum des kleinsten Kinosaals, in dem noch immer der Projektor mit eingespanntem Band stand.

»Sie haben die Frauen identifiziert?«

Alexis gab ihr eine knappe Zusammenfassung ihrer Erkenntnisse.

»Glauben Sie, dass der Ehemann der Mörder ist? Ich werde Sie nicht auf Ihre Aussage festnageln, sondern möchte nur Ihren ersten Eindruck wissen.«

»Ich traue ihm keinen Mord zu. Allerdings gibt es die Möglichkeit, dass seine Frau von einem anderen Mann schwanger gewesen sein könnte.«

»Da können die besten Männer ausrasten«, sagte Dolce nachdenklich und strich sich über das dunkle Haar, in das sich das erste Grau mischte. »Gute Arbeit. Es ist das erste Mal, dass Sie die Leitung in so einem großen Fall haben, und Sie schlagen sich gut.«

»Danke«, erwiderte Alexis. »Ich werde Sie nicht enttäuschen.« Sie zögerte einen Moment, erwog, ihr von ihrem Onkel zu erzählen. Die Dienstvorschrift verlangte es, und dann bestand die Möglichkeit, dass Dolce sie von dem Fall abzog. Sie rang mit sich, dann entschied sie sich zu schweigen. Er stand nicht unter Verdacht, das gab ihr etwas Spielraum.

»Das erwarte ich auch nicht.«

26

Heidelberg vor 18 Jahren

»Sie verdient die Wahrheit«, sagte Kaspar.

»Als wenn dich das interessieren würde. Dir geht es immer nur um deine Forschung.«

Alexis kniff bei diesen Worten die Augen zusammen. Sie saß auf dem Treppenabsatz, verborgen vor den Augen ihrer Adoptiveltern, deren Gespräch sie belauschte.

»Sie ist ein Teenager. Sie wird uns ohnehin bald fragen.«

»Wir müssen ihr nicht antworten. Ich habe Angst um mein Mädchen. Was denkst du, könnte das Wissen um ihre Herkunft bei ihr anrichten?« Die Stimme ihrer Adoptivmutter zitterte.

»Vielleicht hilft es ihr auch, die richtigen Entscheidungen zu treffen.«

Alexis hatte den Anfang des Streits verpasst und konnte nur raten, dass sie von ihren leiblichen Eltern sprachen. Sie wusste, dass sie adoptiert worden war, weil diese gestorben waren. Sie hatten ein Verbrechen begangen und waren auf der Flucht erschossen worden.

»Traust du ihr so wenig? Du und deine verdammten Experimente!«

»Ich will mir nur nicht vorwerfen, nicht alles versucht zu haben, um sie auf den richtigen Weg zu bringen.«

»Aber nicht so. Versprich mir, dass du ihr nichts sagst.«

Kaspars Antwort hörte Alexis nicht mehr, da es an der Tür klingelte und sie schleunigst von der Treppe in ihr Zimmer verschwinden musste.

Nun saß sie auf ihrem Bett, starrte die Poster an und wünschte sich in eine Zeit zurück, in der Kaspar nur ihr

Adoptivvater war, der stundenlang mit ihr spielte, immer ein gutes Wort für sie hatte. Dieser Mann war nach und nach verschwunden. Ersetzt von dem Wissenschaftler, der jeden ihrer Schritte kritisch beobachtete.

Sie fragte sich, was ihre Adoptiveltern ihr verheimlichten. Alexis hatte sich nie Gedanken darüber gemacht, was genau ihre Eltern verbrochen hatten, wollte es gar nicht wissen, und wenn sie doch mal nachgefragt hatte, hatten ihre Adoptiveltern ihr nur ausweichend geantwortet. So hatte sie ihren leiblichen Eltern insgeheim ein wildes, romantisches Leben wie von Bonnie und Clyde angedichtet. Dieses Bild begann nun zu bröckeln.

Schließlich siegte ihre Neugierde, und sie ging die Treppen hinunter, um sich an den Computer zu setzen, der in einem kleinen Raum neben dem Wohnzimmer stand. Erst seit wenigen Monaten hatten sie Internet, und sie war noch immer von dieser digitalen Welt fasziniert.

Ihre Adoptiveltern waren von Freunden zum Essen abgeholt worden und würden frühestens in zwei Stunden zurück sein.

Kaspar hatte sich kurz nach dem Tod von Alexis' Eltern in London aufgehalten und erfuhr von ihrem Schicksal. Für einen Mediziner, der sein Leben der genetischen Entschlüsselung des Bösen gewidmet hatte, hatte sich für ihn mit der Adoption von Alexis die Möglichkeit geboten, zwei Probleme auf einen Schlag zu lösen: seiner Frau den lang gehegten Kinderwunsch zu erfüllen, während er zugleich seine Forschungen außerhalb der streng reglementierten Laborumgebung weiter vorantreiben konnte.

Sie setzte sich an den Computer und wählte sich mit dem Modem ins Internet ein. Die hohen Töne, die von einem Roboter hätten kommen können, hallten durch das stille Haus. Endlich hatte sie eine Verbindung und wartete ungeduldig, bis sich die Seite der Suchmaschine aufgebaut hatte. Sie gab die Namen Sarah und Loyd Fannon ein. Es dauerte eine gefühlte Ewigkeit, bis die Suchergebnisse angezeigt wurden. Sie überflog die angezeigten Links, bis einer ihre Aufmerksamkeit erregte. *Encyclopedia of murderers*. Darunter standen die Namen ihrer Eltern.

Ihr erster Impuls war einfach aufzustehen, den Computer auszuschalten und zu versuchen, das Wort zu vergessen, das sich seit diesem Moment für immer in sie eingebrannt haben würde. Mörder?

Sie hatten nicht einfach nur eine Bank ausgeraubt oder Autos gestohlen. Ihre Hände und Füße wurden kalt und fühlten sich taub an.

Dann klickte sie auf den Link. Sie musste es wissen.

Zuerst tauchte die Überschrift auf: *Ironcrown Killer*. Eine Reihe von Bildern baute sich auf, die ihre Eltern zeigten. Sie sahen anders aus, als sie sie in Erinnerung hatte. Irgendwie härter, ohne ein Lächeln auf den Lippen.

Sie las den Text und folgte den eingebetteten Links zu Zeitungsartikeln. Zu wissen, dass die Eltern Verbrecher waren, war eine Sache. Dass sie Mörder gewesen sein sollen, etwas komplett anderes. Serienkiller. Sechs Opfer, keines hatte überlebt, und als sie gefasst wurden, begingen sie Selbstmord. Rannten Hand in Hand mit gezückten Waffen auf den Ring aus Polizisten zu und starben im Kugelhagel.

Das erste Opfer war eine Prostituierte gewesen, mit der ihr Vater offensichtlich heimlich eine Affäre gehabt hatte. Man vermutete, dass ihn seine Frau mit ihr erwischt hatte und die Situation dann eskaliert war. Die anderen Opfer schienen willkürlich ausgewählt. Manche in der eigenen Wohnung getötet, andere in irgendwelchen Gassen.

Es hatte den beiden nicht genügt, die Frauen umzubringen. Am Ende schlugen sie ihnen Nägel in die Schädel, um die ihre Mutter weiße Anemonen wand. Eine Tatsache, der sie den Namen Ironcrown Killer verdankten.

Alexis wurde es schwindelig. Sie rappelte sich auf, rannte zur Toilette und erbrach sich. Sie sackte auf dem Badezimmerteppich zusammen und rollte sich ein.

27

Alexis saß auf einem Hocker mit Rollen und beobachtete Karen, wie sie etwa drei Millimeter lange, bräunliche Puppen mithilfe eines Siebes vom Brutsubstrat befreite, spülte und anschließend in einem Mörser zusammen mit einem Trennmedium zerstampfte, bis sie eine homogene, schleimige Masse erhielt, die sie dann mit etwas Wasser verdünnte. »Du weißt schon, dass dein Job ziemlich eklig ist?«

Ihre Freundin lachte. »Alles Gewöhnungssache.«

»Wie lange brauchst du noch?« Alexis wippte mit den Füßen und versuchte sich ihre Ungeduld nicht anmerken zu lassen. Sobald Ruhe einkehrte, bestand die Gefahr, dass ihre Selbstzweifel wieder aufkamen. In den letzten Stunden war zu viel geschehen. Die Trennung von Erik, die

Begegnung mit Magnus und die seit einem Vorfall vor zwei Wochen immer stärker werdenden Albträume. Mit einem Schauder dachte sie an den milden Septembertag zurück, an dem die Wolken von einem rauen Wind über den Himmel gepeitscht worden waren. Sie und ihr Kollege Martin Bauwart hatten endlich den Mörder einer einundzwanzigjährigen Tänzerin in seinem Versteck über einer zwielichtigen Spelunke aufgetrieben, und da geschah es. Martin war an dem Tag nicht ganz auf dem Damm, seine Frau, im siebten Monat mit Zwillingen schwanger, war bis zur Geburt ans Bett gefesselt. Seither fühlte er sich mit dem Haushalt und der Pflege seiner Frau überfordert, und die Sorge um die Babys zog tiefe Furchen in seine sonst so glatte Haut. So passierte es, dass sich der Verdächtige von Bauwart losriss und Alexis dabei ins Gesicht schlug. Nicht zurückhaltend, nein, er hatte alle Kraft in diesen einen Hieb gesetzt. Der Drecksack war angetrunken, und so hatte sie ihn nach einem Schlag in seinen fetten Wanst und einem unbeholfenen Versuch der Gegenwehr seinerseits, bei der sie seinen Arm ergreifen und auf den Rücken drehen konnte, überwältigt. Und dann kam der Moment. Der Kerl befand sich vollkommen in ihrer Gewalt, keuchte vor Schmerzen, weil sie seinen Arm mehr verdrehte, als es eigentlich nötig war, und doch reichte es ihr noch nicht. Ihre Wange pulsierte, der Schädel dröhnte. Sie wollte es ihm heimzahlen. Ihm wehtun. Und da gab etwas in ihr nach. Sie holte aus und trat ihm von hinten mit aller Kraft zwischen die Beine. Sein Gewinsel, wie er zu Boden sackte und sich krümmte, sich wand wie ein Aal auf dem Trockenen, gaben ihr eine ungeahnte Befriedigung.

Martin verlor natürlich kein Wort über den Vorfall. In

seinen Augen konnte jeder mal ausrasten, aber Alexis sah das anders. Sie war nicht wie andere Menschen. Sie konnte es sich nicht leisten, die Kontrolle zu verlieren, nicht bei ihrer Familiengeschichte.

Sie überlegte, Karen heute Abend zu sich einzuladen, sich ihr anzuvertrauen, ihr vielleicht sogar von ihren leiblichen Eltern zu erzählen und wie seltsam sie sich in letzter Zeit fühlte. Bisher hatte sie selbst ihrer besten Freundin nur von der Adoption erzählt, aber nichts von den Umständen, die zu dieser geführt hatten.

»Lass mich die Proben noch in die Zentrifuge stellen, dann kümmere ich mich um das DNA-Profil von der Zahnbürste.« Sie deutete auf einen mit einem Vorhängeschloss versehenen Minikühlschrank auf einer Arbeitsfläche. »Da warten bereits die Vergleichsproben auf ihren Einsatz.« Sie nahm eine blaue Pipettenspitze, setzte sie auf eine Mikropipette und verteilte die Lösung gleichmäßig auf eine Reihe von Eppendorfgefäßen. »Habt ihr schon irgendwelche Hinweise?«

Alexis fasste knapp zusammen, was sie herausgefunden hatten, woraufhin Karen überrascht eine Augenbraue hob. »Ausgerechnet AZRE? Da ist doch dein Onkel der Boss, oder nicht? Du hast mir nie erzählt, worum es bei eurem Streit ging.«

»Hast du neue Erkenntnisse?«, wechselte Alexis schnell das Thema.

»Sogar etwas recht Interessantes.« Sie nickte in Richtung eines Stereomikroskops. »Sieh dir die Made an.«

Mit leichtem Widerwillen rollte Alexis zu dem Tisch hinüber. Karen hatte ihr im Laufe der Zusammenarbeit genug erklärt, dass sie einigermaßen einordnen konnte, was sie da sah. Eine gelbliche, kopf- und beinlose Fliegenmade mit spitz zulaufendem Hinterteil. Nach ihrer Einschätzung am Ende des Larvenstadiums, vermutlich nach der zweiten Häutung. Die Mundwerkzeuge mit zangenartigen Mundhaken waren gut zu erkennen, ebenso wie die Stigmen am Körperende. Dabei handelte es sich um den Ein- und Ausgang in ein verzweigtes System aus Einstülpungen der Haut, die kleine Röhren bildeten, die Tracheen. Im Gegensatz zu größeren Tieren genügte bei Insekten die sogenannte Hautatmung, die zum Teil durch Tracheen optimiert wurde, deshalb besaßen sie keine Lungen. Bei den Fliegenlarven lagen die Stigmen am Körperende, damit ihr Vorderteil tief in das Nahrungssubstrat eindringen konnte, ohne zu ersticken oder das Risiko einzugehen, dass sie verstopften.

»Ich gehe davon aus, dass es sich dabei um *Musca domestica,* also die Stubenfliege handelt. Mit Sicherheit weiß ich es erst, wenn ich die DNA analysiert habe. Wusstest du eigentlich, dass es Forschungsansätze gibt, bei denen die Larven dieser Fliege als Ersatz für Fischmehl bei der Tierfütterung eingesetzt werden? Als Nahrung für sie würde das Blut aus den Schlachtereien dienen. Wenn sie groß genug sind, könnte man sie zu Tiernahrung verarbeiten. Eine wirklich interessante Idee, die der Überfischung der Ozeane entgegenwirken könnte. Findest du den Gedanken nicht auch abartig, dass einige Fische nur gefangen werden, um sie an Hühner zu verfüttern, während die einheimische Bevölkerung verhungert, weil ihnen ihre Lebensgrundlage entzogen wird?«

Alexis räusperte sich und tippte auf die Arbeitsplatte. Nicht noch ein Vortrag, dachte sie und war froh, dass Oliver nicht da war, der gleich mit eingesetzt hätte.

»Schon gut«, murmelte Karen. »Die Spinne habe ich

inzwischen endgültig als Kellerspinne identifiziert und gehe davon aus, dass sie vor etwa zehn Tagen starb.« Sie zögerte. »Das ist nicht offiziell, aber … Warte einen Moment.« Sie schloss die Eppendorfgefäße, stellte sie in eine Zentrifuge und startete diese. Dann wechselte sie die Handschuhe und kam zu ihr hinüber. »Mir sind zwei Dinge aufgefallen. Zum einen kommt die Stubenfliege für gewöhnlich nicht auf der Reißinsel vor – aber auch da muss ich auf eine Bestätigung durch meine ausgelegten Fallen warten.«

»Also ein weiterer Beweis, dass sie an einem anderen Ort ermordet wurden.«

»Besser sogar. Im Gegensatz zur Schmeißfliege legt diese Art ihre Eier nur auf Leichen ab, bei denen bereits die Verwesung eingesetzt hat.«

»Also etwa zwei Tage nach dem Tod?«

»Genau. Das wirklich Bemerkenswerte ist allerdings, dass ich diese Maden ausschließlich auf der Leiche von Bianca Winkler gefunden habe und keine auf Romy Ehrich.«

»Sie müssen also an unterschiedlichen Orten oder zu unterschiedlichen Zeiten gestorben sein«, schlussfolgerte Alexis.

»Da die Maden auf Romy insgesamt weniger weit entwickelt sind, tippe ich auf verschiedene Zeitpunkte. Immerhin habe ich die Spinne bei Romy gefunden. Ich persönlich halte es für unwahrscheinlich, dass er die beiden an unterschiedlichen Orten umbringt, sie dort aufbewahrt, um sie anschließend am selben Ort abzuladen. Bei Romy gehe ich davon aus, dass sie vor sieben oder acht Tagen starb.«

Alexis schüttelte den Kopf. »Das wird immer seltsamer.«

Sie schnappte sich Stift und Blatt und erstellte eine Zeitlinie. »Laut ihrem Mann wurde Romy am Mittwoch vor zwei Wochen entführt, Bianca am Tag darauf. Laut deinen vorläufigen Ergebnissen starb Romy aber erst vier Tage später, also am Sonntag, während ihre Freundin schon am Samstag ermordet wurde. Warum behält er sie so lange? Wir haben keine Hinweise auf Vergewaltigung gefunden. Und warum stirbt Bianca vor Romy, obwohl sie als Zweite entführt wurde?«

»Vielleicht ist doch dieser Dominik Ehrich unser Täter? Er könnte ausgerastet sein, als er von der Affäre erfuhr, und nahm die beiden Frauen gefangen. Vielleicht half Bianca ihrer Freundin beim Vertuschen des Fremdgehens, sodass sich seine Wut auch gegen sie richtete, oder sie war einfach zur falschen Zeit am falschen Ort. Dann wurde ihm die Ausweglosigkeit seiner Situation klar, und er tötete Bianca, um sein Verbrechen zu verschleiern. Bei Romy kostete es ihn mehr Überwindung, immerhin war sie seine Frau, deshalb ließ er sie länger am Leben.«

Alexis runzelte die Stirn und verschränkte ihre Finger ineinander. »Das wäre eine Theorie. Aber wie passt das mit der Strangulation zusammen und den Totenflecken an unterschiedlichen Stellen?« Sie nahm einen Stift und drehte ihn zwischen ihren Handflächen. »Bianca wurde als Zweite entführt, starb als Erstes und hat Totenflecken, die dafür sprechen, dass sie im Stehen starb oder zumindest in dieser Position gelagert wurde. Romy hingegen verschwand als Erste, starb nach ihrer Freundin und das offenbar im Sitzen. Was, wenn der Täter sie fesselt und um ihren Hals Schlingen aus Draht, vielleicht auch einer Art Angelschnur legt? Romy durfte sitzen und hielt deshalb länger durch, während Bianca stehen musste, wodurch ihre Kräfte schneller nachließen und sie sich selbst erhängte.«

»Manchmal beneide ich dich um dein schlaues Köpfchen. Das würde alles erklären.«

»Ich muss dann los und mit Dürrast sprechen. Wenn er es bestätigt, wissen wir, dass der Mörder noch perverser ist, als wir dachten. Vielen Dank. Du hast mir schon deutlich weitergeholfen.« Alexis wandte sich zum Gehen.

»Nicht so schnell«, sagte Karen. »Wie läuft es mit Erik? Ich habe ihn gestern auf der Reißinsel getroffen.«

»Was hat er denn dort gemacht?«

»Fotos für seinen Artikel. Er wirkte besorgt.«

Alexis setzte sich wieder und blickte starr durch das Mikroskop, um ihrem Blick auszuweichen. »Ich habe mich von ihm getrennt.«

»Warum hast du das getan?« Karen hielt mitten in der Bewegung inne. »Er wirkt doch ganz vielversprechend.«

»Was gibt es da zu sagen?« Sie stand auf, ging in Richtung Tür.

»Du wirst dich wohl kaum spontan und grundlos dazu entschlossen haben, eure Beziehung zu beenden.«

»Ich weiß es ja auch nicht. Irgendwie habe ich mich nicht wohlgefühlt in seiner Nähe. Es war, als würde er etwas von mir erwarten, das ich ihm nicht geben kann.«

»Das klingt für mich eher so, als würdest du vor einer festen Bindung davonlaufen.«

Alexis zuckte zusammen. »Mag sein. Ich glaube, ich habe gerade keinen Kopf für einen Mann.«

»Du musst wissen, was du tust. Vielleicht war Erik wirklich nicht der Richtige für dich. Vergiss nur nicht, dass wir nicht jünger werden.«

Alexis sah ihre Freundin überrascht an. »Seit wann machst du dir darüber Gedanken?«

Karen öffnete das Schloss an dem Minikühlschrank und holte einige Gefäße heraus. »Seit der Sache mit Louises Baby. Man denkt immer, man hat alle Zeit der Welt, und dann geschieht so etwas, und auf einmal ist alles anders.«

Vor knapp zwei Jahren war Louise schwanger gewesen. Alles hatte bestens ausgesehen, bis kurz nach der Geburt die ersten Symptome auftraten. Zuerst weigerte sich Jonas zu trinken, dann wollte er nicht mehr aufhören zu schreien, bis die Krampfanfälle begannen. Zwei Wochen später war er tot – gestorben an Leuzinose, die wegen eines sekundären Infekts nicht rechtzeitig erkannt worden war. Eine seltene Erbkrankheit, die autosomal-rezessiv vererbt und wegen des süßlichen Geruchs des Urins der kranken Kinder auch Ahornsirupkrankheit genannt wird. Das bedeutet, dass beide Elternteile das defekte Gen in sich tragen müssen, damit ihr Nachwuchs mit einem Risiko von eins zu vier diese Krankheit erbt.

Louise hatte der Tod ihres kleinen Jungen vollkommen aus der Bahn geworfen. Ein Kind zu verlieren war schlimm genug, aber sie gab sich die Schuld daran – immerhin hatte sie das Gen an Jonas weitergegeben, und das Wissen, dass jede neuerliche Schwangerschaft das Risiko barg, ein krankes Kind zu gebären, war für sie unerträglich. Selbst ihre Ehe wäre beinahe zerbrochen, doch die Liebe der beiden war stark genug, um diese Krise zu überstehen. So sah es jedenfalls aus. »Wie geht es ihr?«, fragte Alexis.

»Ich bin mir nicht sicher, aber sie besucht mich heute

Abend. Komm doch auch. Sie würde sich freuen, dich wiederzusehen.«

Alexis zögerte, doch Karen ließ keine Widerworte gelten. »Um zwanzig Uhr bei mir. Wir müssen auch noch ein Leben neben der Arbeit haben.«

Kurze Zeit später verabschiedete sie sich und verbrachte den Rest des Tages mit der Koordination des Teams und der Auswertung der gesammelten Daten. Nach den Überstunden der letzten Tage beschloss sie an diesem Tag früher nach Hause zu gehen und dort die Akten zu lesen und den Papierkram zu erledigen. Alle hatten ihre Aufgaben, und sie konnte sich auf ihre Leute verlassen.

Auf dem Heimweg kämpfte sie sich durch den obligatorischen Stau an der Neckarstraße, danach gingen die letzten Meter bis zu ihrem Haus schnell. Sie parkte ihr Auto, einen schwarzen Alfa Romeo MiTo, den sie sich vor zwei Jahren gegönnt hatte, unter dem Carport und eilte quer über die Wiese ihres Vorgartens, um den ersten Regentropfen, die auf den Asphalt platschten, zu entkommen. Sie schloss die Tür des alten zweistöckigen Hauses auf. Es war ein einfaches, kastenförmiges Gebilde mit einem moosbewachsenen Dach. Gleichwohl liebte sie die Lage in einer stillen Seitenstraße, direkt am Waldrand und durch zwei hohe Fichten vor den Augen neugieriger Nachbarn verborgen. Ihr eigenes kleines Reich, fernab vom Rest der Menschheit.

Sie ließ ihren Schlüssel auf die Ablage fallen, warf ihre Jacke achtlos in die Garderobe, verfuhr mit ihren dunklen Lederstiefeln ebenso lieblos, bevor sie in die Küche ging, die die Vorbesitzer in einem akuten Anfall von Geschmacksverirrung in einem tiefen Violett gefliest hatten.

Zumindest die schneeweißen Schränke und der moderne Induktionsherd darin gefielen ihr. Sie legte die Akten auf den Küchentisch, goss sich ein Glas Rotwein ein, setzte sich dann auf einen Stuhl und blätterte durch die Unterlagen.

Sie war so in die Arbeit vertieft, dass sie erschrocken hochfuhr, als ihr Handy klingelte. Unbekannte Nummer. »Hall«, meldete sie sich.

»Sarah Polzin«, antwortete eine Frau. »Erinnern Sie sich an mich? Ich arbeite für AZRE, und Sie sagten mir, dass ich Sie anrufen soll, falls mir etwas einfällt.«

»Selbstverständlich«, versicherte sie. »Ist Ihnen noch ein Detail eingefallen?«

»Versprechen Sie mir, nicht zu verraten, woher Sie diese Information haben?«

Die Sorge in ihrer Stimme ließ Alexis aufhorchen. »Dafür kann ich garantieren. Ohne Ihre Einwilligung wird nichts festgehalten, und Ihr Name bleibt grundsätzlich außen vor.«

»Dr. Kirn hatte eine Affäre mit Romy.«

Alexis war einige Sekunden still, bevor sie fragte: »Sind Sie sich dessen sicher?«

»Gerüchte darüber kursierten schon länger, aber vor etwa drei Wochen habe ich sie im Pausenraum gesehen, wie sie sich küssten.«

Nachdenklich runzelte Alexis die Stirn. Sie musste der Nachbarin ein Bild von diesem Kirn zeigen.

»Haben Sie eine Vermutung, wann die Beziehung begann?«

»Leider nicht, und ich weiß auch nicht, ob es überhaupt noch aktuell war.«

Nachdem sie Frau Polzin erneut versichert hatte, ihren

Namen aus den Ermittlungen herauszuhalten, beendete Alexis das Telefonat. Sie legte das Handy zur Seite, lehnte sich zurück und zog die Beine an. Eine Affäre. Nun hatte sie die Bestätigung. Sie machte sich eine Notiz, dass sie Dr. Kirn und den Ehemann am nächsten Tag genauer unter die Lupe nehmen lassen musste. Zwei Menschen mit einem möglichen Motiv, falls Kirn in einer Beziehung lebte, gleich drei.

28

Karen hatte den Nachmittag damit verbracht, die DNA aus den Zellen, die sie an der Zahnbürste gefunden hatte, zu extrahieren. Zuerst hatte sie die Zellen mithilfe von Schallwellen zerstört, um an die Erbsubstanz zu gelangen. Ein Vorgang, den man als Zelllyse bezeichnet.

Anschließend löste sie die Membranen auf, die die Zellen voneinander abgrenzten, aber auch in deren Inneren die verschiedenen Organellen umhüllten. Im Anschluss daran entfernte sie mithilfe von Proteasen und RNasen die Proteine und RNA. Proteasen erfüllen im Körper vielfältige Aufgaben. Manche bauen Proteine ab, die nicht mehr benötigt werden, oder sorgen dafür, dass diese an den richtigen Ort gelangen. Nach diesem Schritt reinigte sie die DNA von den verwendeten Detergenzien, Proteinen und anderen Chemikalien.

Während sie zu ihrer Zentrifuge ging, um die Probe zu entnehmen, sah sie mit einem besorgten Seitenblick auf die Uhr. Es war bereits spät, und sie musste noch einkaufen. Sie hoffte nur, dass sie sich nicht erneut bei ihrer Schwester für ihre Verspätung würde entschuldigen müssen, aber sie wollte die PCR über Nacht laufen lassen, um Alexis am nächsten Vormittag sagen zu können, ob es sich bei dem Opfer tatsächlich um Bianca Winkler handelte.

Karen hörte das Telefon im Nebenraum klingeln, seufzte und stellte ihre Proben ab, bevor sie hinüberging. Es wurde immer später.

»Ich wollte nur sichergehen, dass du unsere Verabredung nicht vergessen hast«, erklang Louises von dem Geräusch fahrender Autos überlagerte Stimme.

»Natürlich nicht, aber …«

»Nein«, unterbrach sie ihre Schwester. »Ich will es gar nicht hören. Ich muss mit dir etwas Wichtiges besprechen, also sei ausnahmsweise mal da.«

Karen setzte zu einer harschen Antwort an, besann sich aber. Sie hatte recht. In den letzten Wochen hatte sie sich regelrecht in ihrem Labor verkrochen. »Ich wollte nur sagen, dass ich eventuell zehn Minuten später komme. Geh einfach schon rein und mach es dir gemütlich. Ich muss nur ein paar Sachen einkaufen.«

Louise lachte erleichtert. »Ach so. Ich habe etwas Zeit. Soll ich den Supermarkt übernehmen? Dann kann ich gleich einen vernünftigen Wein besorgen.«

Karen willigte nur zu gerne ein und ging, nachdem sie die Einkaufsliste durchgegeben hatte, mit einem Gefühl der Erleichterung zurück an die Arbeit. Eine halbe Stunde gewonnen. Genug Zeit, um die PCR anzusetzen. Die Polymerasekettenreaktion war seit ihrer Entwicklung in der Mitte der 80er-Jahre eine der am häufigsten verwendeten Techniken in der Biologie. Sie ermöglichte es, innerhalb weniger Stunden größere Mengen eines Gens oder einer bestimmten DNA-Sequenz herzustellen. Dabei wird zuerst die DNA erhitzt, sodass sich der Doppelstrang aufspaltet. Dadurch kann sich der sogenannte Primer an die DNA anlagern. Der Primer dient zum einen als Ansatzpunkt für die Polymerase, ein Enzym, das die DNA vervielfältigt, und zum anderen legt er durch seine Sequenz fest, welcher Bereich der DNA kopiert wird, wodurch man konkrete Gene auswählen kann. Nachdem der Primer sich angelagert hat, bindet sich daran die Polymerase und beginnt den gewünschten Abschnitt zu duplizieren. Am Ende erhält man zwei Moleküle, mit denen der Vorgang wiederholt wird, womit die Menge an DNA exponentiell wächst.

Sie bereitete die Probe vor und stellte sie in den Thermocycler, ein Gerät, das in programmierbaren Intervallen den gewünschten Zyklus aus Erwärmung und Abkühlung erzeugte. Die Technik war inzwischen so weit fortgeschritten, dass man nur noch eine einzelne Zelle brauchte, um eine PCR durchzuführen. Man konnte sogar 40 000 Jahre alte DNA untersuchen.

Mit einem erleichterten Seufzen schloss sie die Klappe, wartete, bis das Programm anlief, bevor sie ihre Handschuhe auszog und im Hinausgehen das Licht ausschaltete. Wenn sie Glück hatte, blieb ihr noch genug Zeit für eine Dusche, bevor es zum gemütlichen Teil des Abends überging. Zumindest hoffte sie, dass es angenehm werden würde.

29

»Steig auf den Stuhl«, drang erneut diese schreckliche Stimme an ihr Ohr.

Dana zitterte am ganzen Leib, umschlang ihren Oberkörper mit den Armen und spürte dabei ihre Rippen seitlich hervortreten. Sie war so stolz darauf gewesen, die paar Kilos abgenommen zu haben, aber nun fühlte sie sich dadurch noch nackter und entblößter. Mehr Fleisch auf den Knochen würde die Distanz zu diesem Ungeheuer vergrößern, aber da war nichts – nur das Skelett, kaum verhüllt von ihrer durchscheinenden Haut. Er stieß sie vorwärts, woraufhin sie ins Stolpern geriet, instinktiv ihre Arme nach vorne streckte und eine Stuhllehne zu fassen bekam. Er hatte ihr die Augen verbunden, und sie konnte die Anwesenheit einer Lampe nur erahnen. Sie hörte einzig die tropfenden Geräusche von Wasser, das Surren von Fliegen und nahm den kalten Geruch eines alten Gemäuers wahr.

Sie dachte an nichts mehr, als sie mit der Drahtschlinge um den Hals den Stuhl erklomm. Sie wusste, dass sie sterben würde, und hoffte nur, dass es nicht zu lange dauern würde. Ein neues Geräusch erfüllte plötzlich ihre Welt. Ein helles Klimpern, das sie nicht einzuordnen wusste. Es klang gläsern, aber zugleich auch wieder fremd, fast etwas scheppernd. Noch während sie sich darauf konzentrierte, wurde unvermittelt der Stuhl unter ihr weggestoßen. Sie bestand nur noch aus Schmerz. Der Draht schnitt tief in ihr Fleisch. Schlimmer jedoch war die Pein in ihren Füßen, in die sich unzählige Glassplitter bohrten.

Immer wieder richtete sie sich auf, um den Schmerzen an ihrem Hals zu entgehen, nur um sogleich zusammenzusacken, sobald ein Glasstück in eine neue Stelle ihres Fleisches vordrang. Ein Splitter steckte genau im Ansatz ihres großen Zehs – es fühlte sich an, als wäre dieser halb abgetrennt. So vollführte sie einen Tanz der Leiden und der Qual, immer auf der Suche nach einer Erleichterung, die sich aber nicht einstellte. Erst viel später übermannte sie die Erschöpfung und trug sie in ein Zwischenreich zwischen Wachen und Ohnmacht, in dem sie für einige Momente Ruhe fand.

»Dana, bitte, sag etwas«, hörte sie ein Schluchzen. Zuerst konnte sie die Stimme nicht einordnen. Sie wusste, dass sie sie kennen sollte, aber alles war so verschwommen, so weit entfernt, ihre Vergangenheit wie ausgelöscht, von der Brutalität der Gegenwart verschlungen.

»Kirsten«, wisperte sie schließlich, als ihre Erinnerungen zurückkehrten, und ein neuer Krampf durchlief ihren Körper, als sie begriff, dass ihre Freundin sich ebenfalls in den Händen des Wahnsinnigen befand. Doch durch die Bewegung kehrten auch die Schmerzen mit neuer Wucht zurück, und sie wand sich erneut in dem verdrehten Tanz, der ihre Suche nach einem Ende ihrer Qual begleitete. Kurz erwog sie, sich einfach fallen zu lassen, den Draht seinen Zweck erfüllen zu lassen und damit dieser Welt zu entkommen, aber noch hatte sie nicht den Mut für diesen Schritt. Sie wollte leben.

30

Das Wasser für die Nudeln kochte bereits, und der Rucola für die Tomaten-Sojasahnesoße lag würzig duftend und frisch gewaschen in einem Sieb, als Louise mit den Einkäufen eintraf. »Schwesterchen«, rief sie, um ihr sogleich in die Arme zu fallen. »Ich habe dich vermisst!«

So verschieden sie auch waren – Louise war vier Jahre jünger, blond, hochgewachsen und langbeinig –, Karen war mit ihren kurzen Locken und der androgynen Figur eher der unscheinbare Typ. Sie war etwas nüchtern, konnte nie genug Wissen in sich aufsaugen, während Louise lieber von einer Party zur anderen gezogen war und unzählige Männerherzen gebrochen hatte, bis es Markus gelungen war, sie zu zähmen. Seither lebte sie als glückliche Ehefrau, die ihren Mann vergötterte und sich nichts sehnlicher wünschte, als ihr Glück durch ein Kind zu komplettieren.

»Ich dich auch. Die Arbeit wird irgendwie nie weniger.«

»Und dann halst du dir noch zusätzlich diese Mordfälle auf.« Sie schüttelte den Kopf. »Ich werde nie verstehen, wieso du dich ausgerechnet mit Leichen beschäftigen musst. Ich kann gar nicht schnell genug vergessen, was für grausame Dinge um mich herum geschehen.« Unbewusst fuhren ihre Hände über ihren flachen Bauch.

Sie gingen in die Küche, und Louise überreichte ihr eine Flasche Riesling, der zwar nicht optimal zum Essen passte, aber ihrer beider Lieblingswein war.

Während sie veganen Käse aus der Einkaufstüte holte, raspelte und die Nudeln aufsetzte, erzählte ihr Louise von ihrer Arbeit in der Bäckerei. »Wie geht es eigentlich Alexis? Verkraftet sie den Tod ihrer Mutter?«

»Deshalb habe ich sie heute Abend auch eingeladen. Ich hoffe, das ist in Ordnung.«

»Natürlich. Ich freue mich, sie wiederzusehen. Allerdings ist da etwas, das ich gerne vorher noch mit dir besprechen möchte.«

Karen musterte sie unauffällig, suchte nach Anzeichen, dass ihre Depressionen zurückgekehrt waren, aber sie schien sich tatsächlich gefangen zu haben. Das lange, blonde Haar war gewissenhaft nach hinten gebunden, die grasgrünen Augen, die die Schwestern gemeinsam hatten, glitzerten fröhlich, und ihre vor einigen Monaten noch eingefallenen Wangen waren rund und sanft gerötet. Karen wunderte sich über die schnelle Wandlung. In den letzten Wochen hatte sie sich mit erstaunlicher Geschwindigkeit erholt und strahlte eine neue Zuversicht aus. Irgendwie war ihr diese rasante Genesung unheimlich. Sie wirkte tatsächlich so glücklich wie lange nicht mehr. Hatte sie den Schicksalsschlag wirklich verkraftet?

Louise musste ihre Gedanken gelesen haben und lachte. »Keine Angst, mir geht es wirklich gut.« Ihre Miene verdüsterte sich. »Es geht allerdings um diese schreckliche Krankheit.«

Karen hielt in den Vorbereitungen inne und stellte sich neben ihre Schwester. »Ist alles in Ordnung?«

»Mach dir nicht ständig Sorgen um mich.« Louise gab ihr einen Kuss auf die Wange. »Ich habe dich schrecklich lieb, aber das muss aufhören. Es geht nur um eine Studie, auf die mein Arzt mich hingewiesen hat. Dabei wollen sie Erbkrankheiten erforschen und Möglichkeiten finden, Paaren wie Markus und mir zu helfen.«

»Du willst wieder schwanger werden?«

»Früher oder später. Wir wissen nur noch nicht, welcher Weg der richtige für uns ist.«

Karen war unsicher, was sie davon halten sollte. Sie wusste, dass ihre Schwester sich nichts sehnlicher wünschte, als ein Kind zu haben, aber sie fürchtete, was geschehen würde, sollte es erneut zu Komplikationen kommen. Louise mochte im Moment stark wirken, aber Karen bezweifelte, dass ihre Schwester einen erneuten Schicksalsschlag verkraften könnte. »Du brauchst dafür doch nicht meinen Segen. Ich werde dich immer unterstützen.«

»Ich weiß.« Louises Augen schimmerten feucht. »Ich brauche nur deine Hilfe beim Ausfüllen der Formulare. Manche Sachen verstehe ich nicht, und sie fragen auch nach Verwandten, ob bei ihnen das Gen ebenfalls nachgewiesen wurde. Ich brauche deine Unterschrift, um dich dort anzugeben.«

»Natürlich helfe ich dir.« Karen war erleichtert, dass es vorerst nur um die Teilnahme an einer Studie ging. Sie ging zum Herd und rührte die Nudeln um. »Dann schieß los.«

Louise holte einen dicken Fragebogen hervor. Das meiste hatte sie bereits ausgefüllt – einschließlich der Frage, ob sie plante, weitere Kinder zu bekommen. Es waren nur wenige Punkte, die viele medizinische Fachbegriffe enthielten, bei denen Karen ihr helfen musste, sodass sie fertig waren, als es an der Tür klingelte. Louise eilte zur Tür, um Alexis einzulassen, die ebenfalls eine Flasche Wein mitgebracht hatte. »Gut siehst du aus«, sagte sie und hauchte ihr einen Kuss auf die Wange.

»Das Kompliment würde ich gerne zurückgeben«, erwiderte Louise. »Aber du siehst schrecklich müde aus.«

»Das bin ich auch. Der Fall macht mir zu schaffen. Gleich zwei Frauen und der Täter ist noch auf freiem Fuß.«

»Typisch für mein Schwesterherz«, murmelte Louise.

Karen zuckte zusammen.

»Was meinst du?«

»Sie hat mit keinem Wort erwähnt, dass ihr aktuell an einem Mordfall arbeitet. Behandelt mich, als wäre ich aus Zucker.«

»Sie liebt dich halt.« Alexis' und Karens Blicke trafen sich, und sie nickten einander in stummem Einverständnis zu.

»Ich weiß, aber ich bin es leid, dass mich alle mit Samthandschuhen anfassen. Ich bin über das, was geschehen ist, hinweg, und es wird Zeit, dass ihr die Sorge um mich auch hinter euch lasst.« Abrupt hielt sie inne. Sie biss sich auf die Unterlippe. »Tut mir leid. Ich hab es einfach satt, allen ständig versichern zu müssen, dass es mir gut geht.«

»Gib uns etwas Zeit«, sagte Karen und nahm ihre Schwester in die Arme. »Du bist meine Schwester, und ich möchte, dass es dir gut geht.«

»Schon gut.« Auf Louises Wangen breitete sich eine leichte Röte aus. »Arbeitet ihr an diesem Fall, der heute in den Schlagzeilen war?«

Karen versteifte sich. Das war ein Thema, bei dem sie regelmäßig in Streit gerieten. Sie war froh, als Alexis einsprang.

»Ja, und wir haben sogar schon eine Spur.«

Sie sah ihre Freundin überrascht an, und sie nickte ihr zu. Hoffentlich würde es sich als hilfreich erweisen, damit sie den Wahnsinnigen schnell aus dem Verkehr ziehen konnten.

»Kein Wunder, dass ihr euch so gut versteht. Ihr teilt die Faszination für den Tod.«

»So würde ich das nicht nennen«, entgegnete Karen. »Aber irgendjemand muss diesen Job machen. Wenn niemand da ist, um Mörder zu fangen, wer soll sie dann aufhalten?«

»Trotzdem ist es eher Männersache.«

Sie nahm einen Schluck von dem Wein, setzte sich und verteilte die Nudeln.

Von da an wandte sich das Gespräch unverfänglicheren Themen zu, während sie das Essen genossen und anschließend die Küche aufräumten, bevor sie sich ins Wohnzimmer zurückzogen und es sich auf der Couch bequem machten.

31

Zurück in ihrem Haus schaltete Alexis den Fernseher ein und zappte durch die Sender, bis sie eine Nachrichtensendung fand. Sie mochte das Rauschen des Fernsehers im Hintergrund. Die Stille erinnerte sie nur zu sehr daran, wie einsam sie war.

Dann stellte sie sich unter die Dusche und genoss das heiße Wasser, das ihre Haut rot färbte und die Verspannungen mit sich nahm. Anschließend schlüpfte sie in eine Jogginghose und ein gemütliches T-Shirt, kämmte ihre kurzen blonden Haare, die dringend einen neuen Schnitt benötigten, und ging zurück ins Wohnzimmer. Genervt stellte sie fest, dass sie Holz holen musste. Also machte sie sich mit dem Korb auf den Weg zum Holzlager. Die Sonne war untergegangen, nur ein letztes Glimmen hinter der Wolkendecke war zu erkennen. Alexis setzte den Korb ab, zog Handschuhe an und griff nach den ersten Scheiten. Beim Herausholen zerriss sie ein weiß schimmerndes Spinnennetz, in dem sich zahlreiche tote Insekten und anderer Unrat befanden. Wie ein klebriger Schleier legte es sich über das Holz. So wollte sie es nicht mit hineinnehmen, also nahm sie einen Zweig und versuchte die klebrigen Fäden so gut wie möglich zu entfernen. Da erlosch plötzlich das Licht, und sie fand sich in der Dunkelheit wieder.

Alexis blinzelte, um sich an die Dunkelheit zu gewöhnen. Zuerst dachte sie, der Strom wäre ausgefallen, dann sah sie, dass in den Nachbarhäusern noch Licht brannte, und auch aus ihren Wohnzimmerfenstern drang der helle Schein von Lampen. »Nur ein Kurzschluss«, versuchte sie sich zu beruhigen, doch es gelang ihr nicht. Normalerweise war sie froh, wenn sie ihre Dienstwaffe nicht bei sich tragen musste. Im Gegensatz zu ihren Kollegen war sie für jeden Tag dankbar, an dem sie sie sicher verwahrt im Schließfach lassen konnte, aber hier alleine im Dunkeln des Waldes fühlte sie sich mit einem Mal angreifbar, verletzlich. Das Ironische an ihrer Beziehung zu Schusswaffen war die Tatsache, dass sie ein Talent im Umgang mit ihnen hatte. Bei jeder Schießübung schloss sie mit Bestnote ab, ohne übermäßig viel zu trainieren. Den Vorschlag, in einen Schützenverein zu gehen oder bei polizeiinternen Wettbewerben teilzunehmen, hatte sie abgelehnt. Mit Pistolen konnte man töten. Ihre Eltern hatte sie so verloren. Neun Kugeln im Leib ihres Vaters, sechs bei ihrer Mutter. Sie konnte im

Umgang mit tödlichen Waffen kein harmloses Vergnügen sehen.

Sie atmete tief durch und ging auf ihr hell erleuchtetes Haus zu. Mach dich nicht lächerlich, schalt sie sich. Eine herausgesprungene Sicherung war noch lange kein Anlass zur Panik. Der viele Regen der letzten Tage hatte vielleicht Nässe an Orte dringen lassen, an denen sie nichts zu suchen hatte.

Da erklang ein Knacken in ihrem Rücken, direkt aus dem Wald. Hastig drehte sie sich um, starrte in die Dunkelheit. Sie kniff die Augen zusammen, doch sie konnte nichts erkennen. Noch ein Geräusch, dieses Mal zu ihrer Linken. Langsam ging sie rückwärts, während sie einen schmalen Holzscheit aus dem Korb nahm. Besser als nichts. Die folgenden Meter schienen sich ewig hinzuziehen. Stets wandte sie den Kopf und schloss ihre leicht zitternden Hände um ihre provisorische Waffe. Sie bemühte sich um eine ruhige Atmung, aber ihre Nasenflügel bebten wie die Schnurrhaare einer Spitzmaus, die eine Katze gewittert hatte. Beinahe wäre sie über die Treppe, die zur Terrasse hinaufführte, gestolpert. Endlich. Das Haus. Einen bangen Moment blieb sie stehen, wartete, bis ihr Herzschlag sich beruhigte, bevor sie zur Terrassentür schlich. Ihr Blick fiel auf den Lichtschalter an der Hauswand. Er war umgelegt. Jemand war hier gewesen. Sie betätigte ihn, und sofort ging das Licht wieder an. Erneut ließ sie ihren Blick über den Waldrand schweifen, ohne etwas zu entdecken.

Sie überprüfte jeden einzelnen Raum im Haus, verriegelte sorgfältig die Türen und Fenster, bevor sie ins Wohnzimmer ging. Lange verließ sie das ungute Gefühl nicht, dass sie nicht alleine war, dass jemand da draußen lauerte und sie beobachtete. Bisher hatte es sie nie gestört, dass an ihren Fenstern keine Rollläden waren. Die Nachbarn waren weit genug entfernt, sodass niemand hineinsehen konnte. Nun wünschte sie sich jedoch, dass es anders herum wäre. Die Nachbarn näher und Rollläden an ihren Fenstern. Alles, um die Außenwelt und Menschen in Rufweite auszusperren.

32

Der Morgen begann mit einem Coffee to go und einem erschreckenden Mangel an guten Nachrichten. Weder Dürrast noch die KT hatten Neuigkeiten. Nur Karen rief an, um sie zu informieren, dass sich die Vermutung, dass es sich bei dem zweiten Opfer um Bianca Winkler handelte, bestätigt habe. Sie fläzte sich in ihren Bürostuhl und spürte, wie ihre Augenlider schwer wurden. In der letzten Nacht hatte sie kaum Ruhe gefunden. In den kurzen Schlafphasen hatten sie Albträume geplagt, ausgelöst von dem seltsamen Ereignis in ihrem Garten. Sie erinnerte sich nur noch schemenhaft an Augen in der Dunkelheit, scharfe Messer und Blut. So viel Blut. Und kaum etwas davon war ihr eigenes gewesen.

Sie gähnte. Die Stille setzte ihr zu. Oliver war in der IT-Abteilung, und Bauwart war zusammen mit Volkers erneut zu Ehrichs Nachbarin gefahren, um ihr das Bild von Dr. Kirn zu zeigen.

Sie sah zu Olivers Schreibtisch, auf dem bereits das übliche Chaos herrschte. Wie schaffte er es nur, alles in seiner Umgebung in kürzester Zeit in diesen Zustand zu versetzen? Nicht dass Oliver ein Chaot war oder den Überblick über seine Unterlagen verlor, es herrschte vielmehr ein nur für ihn durchschaubares System auf seinem Schreibtisch.

Endlich kam er zurück.

»Neuigkeiten von der Front?«, fragte Alexis.

»Nicht viel. Ich habe einige Informationen über diesen Kirn eingezogen. Er scheint sauber zu sein – nur ein paar Strafzettel wegen zu schnellen Fahrens. Er wuchs bei Lyon auf, zog mit seinen Eltern nach Paris, als er zehn Jahre alt war. Dann studierte er Biologie, reiste umher und nahm einige befristete Arbeitsstellen im Ausland an, bis er bei deinem Onkel landete und dort eine Art Bilderbuchkarriere hinlegte.«

»Scheint eine normale Wissenschaftskarriere zu sein.«

»Für mich klingt er fast zu sauber. Und da er im Ausland aufgewachsen und Jahre dort gelebt hat, könnte es Dinge geben, die wir noch nicht von ihm wissen.«

»Mag sein, aber ich glaube nicht, dass wir da viel finden werden, vielleicht ein paar Jugendsünden. Magnus ist überaus streng und korrekt. Niemals würde er einen Straftäter einstellen.«

»Ich dachte, du hast ihn lange nicht mehr gesehen?«

»Ja, aber er ist wie früher.«

»Ich bezweifle, dass du das nach den wenigen Minuten beurteilen kannst.«

Alexis seufzte. »Lass uns nicht streiten. Ich stimme dir ja zu, dass wir ihn im Auge behalten sollten. Allerdings aus einem anderen Grund.« Daraufhin berichtete sie ihm von dem Anruf von Sarah Polzin von AZRE. »Ich bin mir nicht sicher, was ich davon halten soll. Sie könnte ihre ganz eigenen Motive haben, ihn anzuschwärzen.«

Oliver sah sie für einen Moment schweigend an. »Wie auch immer. Wir sollten uns auf den Weg zu ihm machen.«

Sie schüttelte den Kopf. »Ich habe Bauwart und Volkers zur Nachbarin geschickt. Die Infos möchte ich erst abwarten. Außerdem will ich zuerst mit dem Lebensgefährten von Bianca Winkler sprechen. Je mehr wir vorab wissen, desto leichter werden wir uns tun, die Wahrheit herauszubekommen. Und wir sollten den Ehemann nicht vergessen.«

»Du hältst diesen Ehrich für den Täter?«

Sie grinste. »Du weißt doch, der Ehemann ist immer der Mörder.«

»Das sollte ich mir für den Fall merken, dass Fiona etwas zustößt.« Er seufzte. »Aber warum wurde dann auch die Freundin ermordet?«

»Vielleicht, weil sie etwas wusste, ihn auf frischer Tat ertappte oder um seine Frau möglichst noch mehr zu quälen, wenn sie dabei zusehen muss, wie ihre Freundin stirbt.« Alexis rieb sich die Schläfen, hinter denen es wieder anfing zu pochen, und nahm noch einen Schluck Kaffee. Dann berichtete sie ihm von ihrer Vermutung über die Todesumstände der Frauen – beide mit Schlingen um den Hals, die eine sitzend, die andere stehend. »Dürrast hat bestätigt, dass es sich so abgespielt haben könnte. Ich glaube ja selbst nicht, dass es so einfach ist und wir mit dem Mann den Täter haben, dafür ist das alles zu kalkuliert, aber irgendwo müssen wir anfangen.«

»Ich habe ihn bereits überprüft. Ein paar kleinere Drogendelikte, hauptsächlich Hasch. Die Vorfälle liegen allerdings schon einige Jahre zurück.«

»Wie ein Drogensüchtiger wirkte er nicht auf mich.«

»Dito. Dann also los.« Er nahm seine Jacke von der Stuhllehne und warf sie sich über die Schulter.

»Moment, ich muss Volkers und Bauwart zu den Eltern der Toten schicken. Ich möchte die Vernehmung des Umfelds möglichst heute abschließen. Hoffentlich geht mal einer von ihnen an sein Handy.«

»Wenn man vom Teufel spricht.« Die Tür öffnete sich, und die beiden Beamten betraten den Raum.

»Gut, dass ihr kommt«, begrüßte sie die Männer mit einem Lächeln. »Was hat die Nachbarin gesagt?«

»Zu viel«, brummte Bauwart.

Sein Partner nickte grimmig. »Uns da hinzuschicken grenzt an Amtsmissbrauch.«

»Wir haben's kapiert«, bremste Oliver ihn. »Hat sie Kirn identifiziert?«

»Nein, aber auch nicht ausgeschlossen. Von der Statur her könnte er es sein.«

»Gut«, sagte Alexis. »Wir müssen das nähere Umfeld der Opfer in Augenschein nehmen. Ihr könnt euch um die Eltern und den Friseursalon kümmern, Oliver und ich nehmen uns den Freund von Frau Winkler und AZRE vor.«

»Du meinst die Firma deines Onkels?«, entgegnete Volkers schnippisch. »Wann hattest du gedacht, uns diese Information zukommen zu lassen?«

»Ich wüsste nicht, was das mit dem Fall zu tun hat.«

»Wie wäre es mit Befangenheit? Hast du noch mehr solche Geheimnisse?«

Wenn du wüsstest, dachte Alexis, und ihre alte Furcht, dass die Vergangenheit ihrer Eltern ans Licht kommen könnte, grub sich mit scharfen Krallen an die Oberfläche. »Magnus Hall ist kein Verdächtiger, nur zufällig der Arbeitgeber eines Opfers. Sollte er in das Zentrum der Ermittlungen rücken, werde ich natürlich die Konsequenzen ziehen. Woher wisst ihr überhaupt davon?«

Volkers schnaubte. »Lenk nicht ab. Hätte ich so etwas gemacht, wäre ein Disziplinarverfahren fällig.«

Bauwart legte ihm eine Hand auf die Schulter. »Nun komm mal wieder runter. Es wäre nett gewesen, wenn sie es uns gesagt hätte, aber noch sehe ich keinen Verstoß gegen die Dienstvorschriften. Du hättest uns das doch sicher noch mitgeteilt, nicht wahr, Alex?«

Sie weigerte sich nachzugeben und zu einer offensichtlichen Notlüge zu greifen. »Wenn es für den Fall relevant geworden wäre.« Sie sah zu Oliver hinüber. »Lass uns gehen. Es gibt Wichtigeres, als das hier auszudiskutieren.«

Sie schwiegen, bis sie das Gebäude verlassen hatten und das Auto ansteuerten. Oliver setzte sich wie üblich hinter das Lenkrad.

»Wenn die beiden nur halb so gut wären, Informationen über Verdächtige herauszufinden, dann wäre der Fall längst gelöst.«

Oliver zuckte zusammen und starrte auf die Fahrbahn.

»Was ist?«, fragte Alexis.

Er holte tief Luft. »Ich habe es ihnen gesagt, tut mir leid. Es ist mir gestern so rausgerutscht, als wir im Alten Dorn saßen.«

Zuerst wollte sie zu einer harschen Erwiderung ansetzen, aber dann besann sie sich eines Besseren. Er hatte ihr verziehen, dass sie ihm nichts von ihrer Verwandtschaft zu Magnus erzählt hatte. Da stand es ihr nicht zu, sich über so eine Kleinigkeit aufzuregen. »Früher oder später wäre es ohnehin herausgekommen.«

»Du bist nicht sauer?«

»Du kannst es mit einem Stück Kuchen und einer Tasse Kaffee wiedergutmachen.«

»Dann wissen wir ja, wo wir unsere Pause verbringen werden«, grinste Oliver.

Patrick Masel wohnte in einem heruntergekommenen Haus in Neckarstadt-West. Die Tür zum Treppenhaus war nicht verriegelt, die Steintreppe wies zahlreiche Risse auf, und auf den Wänden prangten Graffiti von Möchtegernkünstlern. Dagegen bot die Wohnung eine positive Überraschung, ebenso wie Masel. Beide sehr gepflegt, ordentlich und mit einer klaren Vorliebe für das Moderne. Nur seine rot geäderten Augen brachen die Perfektion. Alexis und Oliver stellten sich vor.

»Sie sind wegen Bianca hier.« Er deutete in den hellen Flur, an dessen Wänden großformatige Drucke hingen. »Kommen Sie rein.«

Er führte sie in ein kleines Wohnzimmer mit Couch, Fernseher und einem großen Terrarium, in dem eine Vogelspinne hauste. »Das ist Lissy«, erklärte Masel. »Biancas Liebling. Sie hat sie zum achtzehnten Geburtstag bekommen.«

»Ein schönes Tier«, sagte Alexis und musste unwillkürlich an Erik denken, der panische Angst vor Spinnen hatte, und fühlte plötzlich wieder diese Leere in sich. »Ich wusste nicht, dass sie so alt werden können.«

»Die Weibchen schon. Weit über zwanzig Jahre. Ich werde mich um sie kümmern. Bianca hätte es so gewollt. Ihre Großtante ist dazu nicht mehr in der Lage.« Tränen traten in seine Augen, und er wandte sich verlegen ab. »Nehmen Sie Platz. Kann ich Ihnen etwas anbieten?«

»Nein, danke«, lehnte Alexis ab. »Wie bleiben auch nicht lange.«

»Gibt es bereits Neuigkeiten?«

»Tut mir leid. Zu laufenden Ermittlungen dürfen wir nichts sagen. Ist Ihnen in den letzten Wochen etwas aufgefallen?«

»Es war alles wie immer.«

»Hegte niemand einen Groll gegen Frau Winkler?«

Masel zögerte. »Nichts Nennenswertes.«

»Jeder Hinweis könnte hilfreich für uns sein.«

Er seufzte. »Nun gut. Romys Mann kam mit ihr nicht so gut klar. Er hielt sie für einen schlechten Einfluss. Die beiden sind … Entschuldigung.« Er schluckte schwer. »… waren so gegensätzlich, Romy die Ruhigere und Bianca eine Partymaus. Er wollte am liebsten das Heimchen am Herd und war tierisch eifersüchtig. Er wusste, dass Romy eigentlich eine Nummer zu groß für ihn war. Megaintelligent und, wenn sie sich mal herausgeputzt hat, eine kleine Schönheit.«

»Herr Ehrich behauptet, dass Sie sich geweigert haben, sie als vermisst zu melden.«

»Das wundert mich nicht. Der Mistkerl versucht immer, mir etwas anzuhängen und mich und Bianca auseinanderzubringen, wenn er schon nicht die Freundschaft der beiden zerstören kann.«

»Dann waren Sie bei der Polizei?«

»Ja, aber man hat mich wieder weggeschickt, da sie nicht lange genug weg war und wir nicht zusammenleben. Ich sollte eine Verwandte schicken, aber die einzige, die sie hat, ist halb senil, und ich wollte sie nicht noch mehr belasten. Deshalb habe ich erst mal abgewartet und alle Krankenhäuser angerufen. Sie können da gerne nachfragen.«

»Das werden wir«, sagte Alexis, um seine Reaktion zu testen, aber er blieb entspannt. Entweder war er ein verdammt guter Lügner, oder er sagte die Wahrheit.

»Ich wollte es diese Woche erneut bei der Polizei versuchen, aber da wurde ich bereits darüber informiert, dass sie …« Seine Stimme zitterte, als er mitten im Satz abbrach.

Oliver stellte abschließend einige Fragen, bevor sie sich verabschiedeten.

»Was denkst du?«, fragte er, nachdem sie wieder im Auto saßen.

»Klingt, als hätte dieser Ehrich durchaus ein Motiv, den beiden etwas anzutun, falls er das mit der Affäre herausgefunden hat. Einer lügt jedenfalls.«

»Traust du ihm so eine Tat zu?«

»Nicht wirklich, aber man weiß ja nie, was die Menschen so alles vor einem verbergen. Mich stört vielmehr die professionelle Herangehensweise. Das sieht nicht nach einer Tat im Affekt aus.«

»Wir drehen uns im Kreis. Ein Verdächtiger nach dem anderen, aber niemand Greifbares.« Er sah sie an. »Du siehst echt scheiße aus. Schlecht geschlafen?«

»Danke«, murmelte Alexis trocken.

»Wofür hat man einen Partner, wenn nicht, um die Wahrheit gesagt zu bekommen?«, grinste er.

»Ich schlafe zurzeit nicht genug, und mein Schädel brummt ständig.«

»Erik?«

»Lass uns das Thema wechseln. In letzter Zeit ist einfach viel passiert.«

»Wir sollten mal wieder einen trinken gehen, damit du auf andere Gedanken kommst.«

»Dann hast du mir verziehen?«

»Tue ich das nicht immer?«

Sie umarmte ihn, fand einen Moment Trost in seiner Nähe. »Ich habe mich von Erik getrennt«, sagte sie leise.

Er schob sie ein Stück von sich und sah ihr in die Augen. »Er war ohnehin nicht der Richtige.«

»Und wann werde ich diesen Traumprinzen finden?«

»Ist das so wichtig? Du kannst das Leben auch so genießen.«

»Das sagt sich so leicht. Du hast das volle Programm bereits hinter dir.«

»Und was hat es mir gebracht?«, fragte er leise.

»Tut mir leid.« Sie lehnte den Kopf zurück und schloss die Augen. »Ich habe einfach das Gefühl, niemals irgendwo wirklich hinzugehören, nie anzukommen.«

»O Mann«, lachte Oliver plötzlich. »Sieh uns nur mal an. Zwei alte Griesgrame. Lass uns zu AZRE fahren und uns auf dem Weg dahin Kaffee und irgendwas Süßes holen.«

»Deal.«

»Mit etwas Zucker im Blut bist du vielleicht in der Lage, ein paar Infos aus diesem Dr. Kirn herauszuholen.«

33

Nach einem kurzen Gespräch mit der Empfangsdame händigte man ihnen die Zugangskarten aus. Dr. Kirn erwartete sie auf dem Gang vor dem Bereich seiner Arbeitsgruppe. Ein Mann, der sich offensichtlich seines umwerfenden

Aussehens bewusst war. Sehr schlank, fast schon mager, mit kohlschwarzen Haaren und einem raspelkurzen, dichten Bart, in den er kunstvolle Muster rasiert hatte. Seine Augen waren heller, als man es bei seinem Typ erwartet hätte. Blaugrün stachen sie hervor. Er trug einen schmal geschnittenen Anzug, durch den er noch größer wirkte, als er ohnehin schon war. Sicherlich ein Mann, nach dem sich die Frauen umdrehten. Aber die Überheblichkeit, die er ausstrahlte, und diese gewisse Attitüde, die Schönlinge wie ihn oft umgab, stießen Alexis ab. Er musterte sie von oben bis unten, und ein Lächeln umspielte seine Lippen.

»Wie kann ich Ihnen helfen?«

»Wir haben Fragen zu einer Ihrer Mitarbeiterinnen.«

»Romy Ehrich. Ich habe davon gehört. Lassen Sie uns in mein Büro gehen.« Er führte sie zuerst zu einer Garderobe, in der sie ihre Mäntel zurückließen, und anschließend in einen Raum mit einem deckenhohen Regal an der Wand und sich stapelnden Fachbüchern und Zeitschriften. Selbst auf dem Brett vor dem einzigen Fenster, das einen beeindruckenden Ausblick auf die zentrale Kuppel bot, lagen Ausdrucke von aktuellen Artikeln, die zum Teil mit Textmarkern und Klebezetteln markiert waren. Doch trotz dieses Chaos wirkte es so, als hätte alles seinen Platz. Ansonsten war das Büro erstaunlich nüchtern. Keine Pflanzen, Familienbilder oder irgendetwas, das auf ein Privatleben hindeutete.

»Was möchten Sie wissen?«, fragte er, nachdem er den Polizisten mit einer kaum merklichen Geste zwei Stühle angeboten und selbst hinter seinem überladenen Schreibtisch Platz genommen hatte. Neben ihm stand eine teure Kaffemaschine, die er gleich bediente.

»Im Rahmen unserer Ermittlungen sind einige Fragen aufgetaucht, die wir mit Ihrer Hilfe gerne klären würden«, antwortete Alexis.

»Selbstverständlich.« Er reichte ihr eine Tasse Kaffee. »Hochlandkaffee aus Südamerika. Ich liebe diese Sorte.«

Sie nippte daran und musste zugeben, dass sie noch nie einen so guten Kaffee getrunken hatte.

Oliver sah sie mit hochgezogenen Augenbrauen an, aber sie zuckte nur mit den Schultern.

»Hatten Sie eine Affäre mit Frau Ehrich?«, fragte er.

»Wir haben uns ab und an getroffen«, erwiderte Kirn beiläufig. »Es hielt nur wenige Wochen, dann überkamen sie die Schuldgefühle.«

»Und es hat Sie nicht verärgert, dass Sie einfach so abserviert wurden?«, fragte Alexis.

»Ehrlich gesagt, kam mir das gerade recht. Sie wurde mir bald zu langweilig.« Alexis fing seinen Blick auf, und er zog einen Mundwinkel zu einem kaum merklichen Lächeln nach oben.

»Ihr Mann hat nichts mitbekommen?«, fragte Alexis ein bisschen zu schnell weiter.

»Nicht dass ich wüsste. Er ist viel unterwegs und kümmerte sich kaum um sie.«

»Könnten Sie sich vorstellen, dass Frau Ehrich das schlechte Gewissen geplagt und sie ihm ihr Verhältnis gebeichtet hat?«

»Möglich wäre es, aber für so dumm halte ich sie nicht. Sie wollte Kinder, und so wie sie ihn beschrieben hat, hätte er sie sofort verlassen.«

Sie erkundigte sich nach den Abenden, an denen die beiden Frauen anscheinend verschwunden waren. »Können Sie uns sagen, wo Sie zu dem Zeitpunkt waren?«

»Vermutlich im Labor oder zu Hause. Ich befand mich da in einer schwierigen Phase bei meiner Forschung.«

»Kann das jemand bestätigen?«

»Vielleicht einer meiner Mitarbeiter, ansonsten nur unser Zeiterfassungssystem.«

»Auf das Sie in Ihrer Position Zugriff haben«, stellte Oliver fest.

Er zuckte mit den Schultern. »Verdächtigen Sie mich?«

»Wir würden Sie nur gerne ausschließen können«, entgegnete Alexis in neutralem Tonfall. »Was können Sie mir noch über sie sagen?«

»Sie war eine gute Mitarbeiterin. Zuverlässig, pünktlich und mit interessanten Ideen, um die sie manch ein Gruppenleiter beneidete.«

»Sie eingeschlossen?«

Er lachte. »Warum sollte ich? Sie hat ja für mich gearbeitet.«

Ihr fiel ein Ausdruck auf, auf dem zwei seltsame menschliche Wesen zu erkennen waren. Das eine sehr hochgewachsen mit Haut in der Farbe von Milchkaffee und einem etwas zu großen Kopf, und das andere nur halb so groß, von gedrungenem Körperbau und mit einem kleinen Schädel. »Was sind das für Bilder?«

»Es gibt Forschungsergebnisse, die darauf hindeuten, dass die Menschheit dabei ist, sich in zwei Unterarten aufzuspalten. Eine kleinwüchsige, dafür sehr kräftige Art, und eine eher schmal gebaute, hochgewachsene, die durch ihre außergewöhnliche Intelligenz hervorsticht.«

»Sie beschäftigen sich also mit der Evolution des Menschen?« Alexis nahm den Artikel in die Hand, blätterte ihn durch und versuchte, den Ausführungen zu folgen.

»Im Rahmen des privaten Projektes, das jedem Mitarbeiter gestattet ist.«

»Sie dürfen erforschen, was immer Sie wollen, und AZRE bezahlt die Mittel dazu?«, mischte sich Oliver ein.

»Unter der Bedingung, dass die Firma an möglichen Patenten beteiligt wird. Wir glauben daran, dass Menschen nur dann zu Höchstleistungen fähig sind, wenn sie sich für etwas begeistern, und dass wichtige Entdeckungen oft über ungewöhnliche Wege zustande kommen.«

»Wir?«, hakte Alexis nach.

»Ich bin der stellvertretende Geschäftsführer, und dieses System war eine meiner ersten Reformen bei AZRE.« In seiner Stimme schwang Stolz mit, aber auch ein leichter Anflug von Überheblichkeit. Gerade genug, um Oliver die Stirn runzeln zu lassen.

»Bei meinem persönlichen Projekt vergleiche ich Proben von Menschen aus verschiedenen Zeitaltern und versuche so herauszufinden, wie wir uns seither entwickelt haben. Ob es Sprünge in der Evolution gab, sich bestimmte Gene durchgesetzt haben, und ziehe damit Rückschlüsse auf unsere mögliche Weiterentwicklung.«

»Der Mensch soll sich körperlich noch weiterentwickeln? Das kann ich mir nicht vorstellen«, wandte Oliver ein.

»So geht es vielen. Wir mögen die Lebensbedingungen für uns geändert haben, aber wir sind noch immer denselben Mechanismen unterworfen wie der Rest der Lebewesen.«

»Und was wollen Sie persönlich mit Ihrer Arbeit beweisen?«, fragte Alexis.

»Ich denke, dass der Grundgedanke der Aufspaltung in

zwei Unterarten nicht von der Hand zu weisen ist. Allerdings halte ich ihn für sehr optimistisch, da er vor allem davon ausgeht, dass beide Arten ohne genetische Degenerationserscheinungen existieren.«

»Und Sie halten das für unwahrscheinlich?«

»Schauen Sie sich unser Gesellschaftsbild an, das sagt eigentlich schon alles. Heutzutage arbeiten wir daran, alles zu heilen und jedem zu ermöglichen, sich fortzupflanzen, egal welche Konsequenzen es für den Nachwuchs hat.« Er sah auf die Uhr. »Entschuldigen Sie, aber ich habe in zehn Minuten einen wichtigen Termin. Falls ich Ihnen bei Ihren weiteren Ermittlungen helfen kann, sagen Sie Bescheid. Arme Romy. Ich möchte mir gar nicht vorstellen, was ihr angetan wurde.«

Sie sah Oliver an, er nickte unmerklich. »Vielen Dank für Ihre Hilfsbereitschaft.«

Oliver und Alexis nahmen ihre Mäntel aus der Garderobe, und Dr. Kirn begleitete sie auf den Gang hinaus. »Sie wissen ja, wo Sie mich finden, falls Sie weitere Fragen haben.«

Auf dem Weg nach draußen bemerkte Alexis, wie geladen Oliver war. Er bestand darauf zu fahren und brauste mit durchdrehenden Reifen los. »Ich wette, dass wir gerade mit unserem Mörder gesprochen haben.«

Alexis lachte. »Nur weil du diesen Dr. Kirn nicht leiden kannst?«

»Nein, weil er ein selbstgerechtes Arschloch ist und bei mir alle Alarmglocken läuten. Ist dir aufgefallen, wie distanziert er über Frau Ehrich geredet hat? Und was soll das mit seiner Forschung? Zwei Klassen von Menschen? Das ist gruselig.«

»Wir sollten keine voreiligen Schlüsse ziehen«, wehrte

Alexis ab und wunderte sich über seine harsche Reaktion. So kannte sie ihn gar nicht.

Oliver sah sie von der Seite an. »Vergiss meine Worte nicht. Ich werde dich daran erinnern.«

34

Alexis erwachte in der Dunkelheit, sich selbst noch nicht ganz bewusst, aber mit dem Wissen, dass es viel zu früh war. Irgendetwas musste sie geweckt haben, doch was, das drang nicht zu ihr durch. Sie rekelte sich unter ihrer Decke, genoss die Wärme, die sie spendete, und hoffte, dass sie erneut einschlafen würde. Instinktiv tastete sie nach Aaron, wollte sein weiches Fell zwischen ihren Fingern spüren, aber der Platz an ihrer Seite war leer. Sie seufzte, wunderte sich für einen Moment, dass er um diese Uhrzeit unterwegs war, wo er doch sonst spätestens um Mitternacht zu ihr ins Bett kroch. Es gelang ihr jedoch nicht, den Gedanken für länger als ein paar Minuten zu halten, da umfing sie auch schon wieder der Schlaf, aus dem sie erst viel später das unbarmherzige Läuten des Weckers riss. Wieder tastete sie erfolglos nach ihrem Kater. Sie streckte sich, rappelte sich auf und wankte unter die Dusche. Dass etwas nicht stimmte, fiel ihr erst auf, als das Duschwasser sich braun färbte. Verwirrt blickte sie an sich herunter, sah, dass ihre Füße von einer Dreckschicht überzogen waren. Wann war sie barfuß unterwegs gewesen? Sie ließ den letzten Tag Revue passieren, bis sie zum Abend kam, und dann war da … Nichts. Leere.

Keine Erinnerung. Sie wusste nicht, wie sie ins Bett gekommen war oder was sie getan hatte, was ihre schmutzigen Füße erklären würde. Alles ausgelöscht. Krampfhaft versuchte sie, sich zu erinnern, aber je mehr sie sich anstrengte, in desto größere Entfernung schien alles zu rücken. Solch einen Aussetzer hatte sie selbst unter stärkstem Alkoholeinfluss nie gehabt. Und nun das. Alles weg.

Bleib sachlich, redete sie sich in Gedanken zu. Vielleicht hast du dir den Kopf gestoßen. Doch als sie sich abtastete, fand sie keinen Hinweis auf eine Verletzung. Nur ihr Schädel brummte wie nach einem Kater.

Warum verloren Menschen ihr Gedächtnis? Entweder durch ein Trauma, zum Beispiel bei einer Kopfverletzung, oder wenn die Psyche etwas verdrängen wollte. Aber was sollte sie vergessen wollen? Sie erinnerte sich doch auch sonst an alles. Selbst der Tod ihrer Eltern und die Zeit in dem Kinderheim waren noch lebendig in ihren Gedanken.

Sie stieg aus der Dusche. In dem Moment klingelte ihr Handy. Auf dem Weg zu ihrem Nachtschränkchen hinterließ sie eine Spur aus nassen Fußabdrücken. Sie fluchte leise. Um den Boden zu wischen, hatte sie nun wirklich keine Zeit. Sie sah auf das Display: Oliver. Sie zwang sich, die Selbstzweifel hinunterzuschlucken, sammelte sich und nahm ab. Wie üblich klang seine Stimme für diese Uhrzeit unerträglich fröhlich. »Der Stillstand hat ein Ende. Wir haben zwei neue Leichen.«

Oliver war der einzige Mensch, der so eine Nachricht gut gelaunt überbringen konnte und dem man trotzdem seine ehrliche Betroffenheit glaubte. Es lag an der Art, wie er sprach. Man spürte, dass seine Begeisterung nur gespielt war – seine Methode, um das Grauen, das sie in ihrem Berufsleben mit ansehen mussten, zu ertragen. Man konnte nicht alles an sich heranlassen, wenn man nicht irgendwann in die Finsternis hinabgezogen werden wollte.

»Ist es derselbe Täter?«

»Anscheinend. Ich habe bisher noch nicht viele Infos. Am Fundort ist die Hölle los.«

In dem Moment bemerkte Alexis erst, dass Oliver ein halbwegs vernünftiges Gespräch mit ihr am Telefon führte, statt ihr einen Satz entgegenzuschleudern und aufzulegen, um ein paar Minuten später vor ihrer Tür zu stehen. »Wo steckst du denn?«

Einen Moment herrschte Stille in der Leitung. »Ich war bei meiner werten Exfrau. Sie will nach Hamburg ziehen.«

Autsch. »Nimm dir einen guten Anwalt, das hättest du ohnehin längst tun sollen.«

»Ich weiß, aber ich habe Angst davor, meine Tochter zu verlieren.«

Mit einem Mal brach sich ihre ganze Anspannung in einem Wutausbruch Bahn. »Oliver, sei einmal ein Kerl und kämpfe um das, was du willst, sonst wird sich nie etwas ändern!«

Betroffenes Schweigen auf der anderen Seite. »Das war unnötig.«

Alexis holte tief Luft. Was war da nur in sie gefahren? Dieselben Vorwürfe hatte ihm seine Ex gemacht.

Irgendwie wuchs ihr alles über den Kopf. Die Trennung von Erik. Die Albträume und nun auch noch der Gedächtnisaussetzer. »Tut mir leid. Ich habe schlecht geschlafen und mache mir Sorgen um dich.«

»Du hast halt noch nie ein Blatt vor den Mund genommen. Komm einfach an den See im Käfertaler Wald.«

»Oliver, es tut mir wirklich leid«, sagte sie, aber er hatte bereits aufgelegt.

»Scheiße«, murmelte sie, ging in die Küche, um sich einen Kaffee zu machen und Aarons Näpfe frisch aufzufüllen. Wo steckte er nur? Größere Touren hatte er lange nicht mehr gemacht, aber wer wusste, was in so einem Katzenschädel vor sich ging? Sie hoffte nur, dass er nicht aus Versehen in irgendeinem Schuppen oder Keller eingesperrt worden war.

Sie verdrängte diese Vorstellung aus ihrem Kopf. Er war bisher immer wieder aufgetaucht, und sie hatte einen Serienkiller zu schnappen.

35

Das Telefon klingelte im Nebenraum. Kurz erwog Karen hinüberzugehen, doch dann hörte sie, wie ihre studentische Hilfskraft das Gespräch entgegennahm. Wenig später öffnete sich die Tür, und die junge Frau lehnte sich gegen den Türrahmen. »Frau Hall möchte Sie sprechen. Soll ich ihr sagen, dass Sie sie zurückrufen?«

Karen warf einen kurzen Blick auf ihre Proben, schloss die Deckel, streifte ihre Latexhandschuhe im Aufstehen ab und warf sie in den Mülleimer. »Ich komme.«

»Hey, Süße«, meldete sie sich. »Ich habe keine Neuigkeiten für dich, falls du deshalb anrufst.«

»Wir haben zwei neue Opfer. Komm bitte nach Mannheim an den See im Käfertaler Wald.«

Karen hörte den Wind im Hintergrund rauschen. »Irgendwelche Besonderheiten?«

»Ähnlich wie das letzte Mal. Moment …« Alexis deckte das Handy mit ihrer Hand ab und rief einige Anweisungen. »Sorry«, sagte sie. »Du musst dich beeilen. Irgend so ein Neuer von der KT will unbedingt die Lampen aufstellen. Als wenn es tiefste Nacht wäre. Bis gleich.«

Damit hatte sie auch schon aufgelegt. Karen gab ihrer Hilfskraft ein paar Anweisungen, bevor sie sich ihre Ausrüstung schnappte und auf den Parkplatz eilte.

Vorsichtig fuhr sie die Hauptstraße entlang in Richtung Eppelheim. Trotz des trostlosen Wetters wimmelte es wie üblich von Radfahrern, die sich an den Ampeln Wettrennen mit den Autos lieferten. Um diese Uhrzeit, zu der sich der Verkehr auf den Straßen staute, gewannen üblicherweise die Zweiräder, was zu noch mehr Frust bei den Autofahrern führte.

Ein letzter kurzer Stau hielt sie auf, bevor sie die Landstraße erreichte. Flackerndes Blaulicht erhellte das graue Dämmerlicht, als sie an einem am Straßenrand parkenden Streifenwagen vorbeifuhr. Sie musste scharf bremsen, als ein Motorrad sie rechts überholte und knapp vor ihr wieder einscherte. »Vollidiot«, fluchte sie und sah in den Rückspiegel, um zu überprüfen, ob noch mehr folgten, aber außer einer Schlange von Autos und Fußgängern, die sich zwischen ihnen durchquetschten, waren keine weiteren Zweiräder zu sehen.

Erst auf der Autobahn entspannte sie sich, lauschte dem Tuckern des Motors und verzichtete darauf, das Radio einzuschalten. Sie brauchte Ruhe, um sich auf den ihr bevorstehenden Anblick vorzubereiten. Es war eine Sache, zu einer Leiche gerufen zu werden, die bereits mehrere Tage in einer Wohnung lag, aber aller Wahrscheinlichkeit eines natürlichen Todes gestorben war. Es war aber etwas ganz anderes, wenn man es mit den Opfern eines Gewaltverbrechens zu tun hatte. Bis zu dieser Mordserie hatte sie nie wirklich geglaubt, dass Menschen zu solchen Grausamkeiten fähig waren. Natürlich kannte sie die Berichte, las Zeitung und sah Nachrichten, aber es war ihr irgendwie surreal vorgekommen. Wie eine fiktive Geschichte in einem Buch oder Film. Dann war es mit einem Schlag real geworden. Keine Tat im Affekt oder aus Neid, Rachelust, des Geldes wegen, sondern weil es dem Täter aus irgendeinem ihr unbegreiflichen Grund Freude bereitete, zu quälen und zu töten. Seither wirkten die Schatten dunkler, die Nächte bedrohlicher, und sie sah sich die Menschen genauer an und fragte sich, zu was diese Person wohl fähig sein mochte, die ihr gegenüberstand. Zum ersten Mal in ihrem Leben hatte sie Angst davor, einen Tatort zu betreten.

Bald hatte sie den Käfertaler Wald erreicht. Im Sommer trafen sich hier die Menschen auf dem Trimm-dich-Pfad, zu ausgedehnten Spaziergängen oder einfach nur zum Sonnenbaden, aber an einem Tag wie heute lag das Gelände, von den Beamten abgesehen, weitgehend verlassen vor ihr.

Sie fuhr an dem ausgedehnten Wildtiergehege vorbei, in dem Bisons, Wildschweine und Rotwild lebten. Die fallenden Blätter verstärkten noch den Eindruck der Trostlosigkeit. Ein uniformierter Polizist hielt sie auf und kontrollierte sie, bevor er ihr den Weg zum Karlsternweiher wies.

Sie parkte am Rand des schmalen, unbefestigten Weges direkt hinter Alexis' MiTo, dessen Dach von heruntergefallenen nassen Blättern bedeckt war.

Als sie ausstieg, versanken ihre Füße in einer dicken Schicht aus verrottendem Laub. Sie öffnete die Schiebetür ihres Busses, wechselte ihre Schuhe in ein paar robuste Gummistiefel, nahm ihren Koffer und die wichtigsten Utensilien und ging zu einem Beamten, der sie nach einem Zuruf von Alexis durchließ.

Ihre Freundin kam ihr eilig entgegen, mit einer düsteren Miene, die selbst das Wetter freundlich dagegen erscheinen ließ. »Beeil dich. Ich kann die Spurensicherung nicht mehr lange davon abhalten, ihre Lampen aufzustellen, und auch die Fotografen beschweren sich über das mangelnde Licht.«

Sie folgte ihr durch ein Metalltor auf einen schmalen Pfad, der von vom vielen Gebrauch vergilbten und zerkratzten Markierungskegeln flankiert wurde. Sie wirkten wie im Wald weggeworfener Müll. Der Weg führte sie um den See herum, bis sie an dessen Rückseite ankamen, wo der Übergang zum Wasser von dichtem Schilf gesäumt wurde.

»War das Tor unverschlossen?«, fragte Karen.

»Laut den Verantwortlichen war es ursprünglich mit einer Kette verschlossen, aber die wurde in den letzten Wochen nicht kontrolliert.«

Sie hatte versucht, sich auf den Anblick einzustellen, dennoch schreckte Karen innerlich zusammen, als sie die beiden Leichen sah. Wieder zwei Frauen. Jung. Einst hübsch. Lebendig.

Sie zog sich ihre Handschuhe an und begann, sie zu inspizieren. Die Verwesung war noch nicht sehr weit fortgeschritten, aber das hatte die Fliegen und Käfer nicht abgehalten. Manchmal legten sie ihre Eier bereits in tödlich verletzten Tieren und Menschen ab.

Erneut saßen sie bis auf ihre Slips unbekleidet einander gegenüber, die Beine ineinander verschränkt, die Köpfe aneinandergelehnt. Wie bei den Toten von der Reißinsel fand sie eine erhöhte Anzahl von Maden am Hals, die wieder auf eine dort stattgefundene Verletzung hindeutete. Sie beugte sich vor, schob die sich windenden, weißen Körper zur Seite. Darunter kamen Schnitte zum Vorschein, fast sah es so aus, als hätte man der Frau die Haut abgeschält. Sie zeigte es Alexis, dann wandte sie sich der anderen Frau zu.

Die Insektenbesiedelung schien dem üblichen Schema zu folgen. Erst legten Fliegen ihre Eier in den Augen, Nasenlöchern, der Mundhöhle und, nachdem sie die zerfetzten Überreste des Slips zur Seite geschoben hatte, sichtbar in After und Vagina ab. Karen nahm sämtliche relevanten Proben, suchte nach außergewöhnlichen Tieren, sammelte Puppen und Maden ein, von denen sie einige nicht auf den ersten Blick bestimmen konnte, und bemühte sich dabei zu ignorieren, dass sie die Tiere von den Überresten zweier Frauen abklaubte. Sie fragte sich, warum der Täter sie beinahe nackt drapierte. Erniedrigung? Wollte er sie selbst im Tod noch ihrer Würde berauben? Oder zielte er mehr auf die Finder ab? Wollte er auch sie für den Rest ihres Lebens zeichnen?

»Wann wurden die Leichen gefunden?«

»Vor etwa drei Stunden. Von einer Frau, die den Ball ihres Sohnes gesucht und stattdessen die beiden gefunden hat.«

»So ein Erlebnis wünscht man niemandem.« Karen schüttelte den Kopf. »Wie geht es ihr?«

»Sie steht unter Schock und ist im Krankenhaus zur Untersuchung. Bisher haben wir aus ihr nichts herausbekommen, aber ich glaube nicht, dass sie etwas verändert hat.«

»Auf den ersten Blick scheint es derselbe Täter zu sein, aber die Opfer können nicht lange hier liegen. Ich gehe davon aus, dass Dürrast wieder Hinweise auf Erdrosselung finden wird.«

»Dieses Schwein«, murmelte Alexis. »Er wird dreister. Die ersten hat er gut versteckt, und nun wagt er sich so nah an die Stadt. Ich hoffe nur, der einsetzende Presserummel wird seine Sucht nach Aufmerksamkeit nicht verschärfen.«

Karen nickte. »Ich habe den großen Aufmacher in der Zeitung gesehen. Gibt es inzwischen irgendwelche Hinweise?«

»Nichts Neues. Auf der Reißinsel hat das Wasser alle Spuren vernichtet, und hier wurde bisher auch nichts gefunden, das uns weiterhilft. Aber vielleicht bringt die KT später noch etwas ans Licht. Ich befürchte jedoch, dass da nicht viel mehr herauskommen wird, als dass mehrere Dutzend Menschen ihre Kippen am See entsorgt haben.«

»Erstaunlich, dass es so lange gedauert hat, bis sie gefunden wurden.«

Alexis nickte. »Wir vermuten, dass sie erst letzte Nacht hier abgelegt wurden.«

Karen richtete sich auf und schlang fröstelnd die Arme um den Leib. »Scheißkälte«, fluchte sie. Sie hatte nicht mit so einem kalten Wind gerechnet und ihre Jack-Wolfskin-

Jacke im Auto gelassen. Alexis hingegen schien die Kälte nicht zu spüren. »Wo ist Oliver?«

»Er ist mit der Mutter und dem Jungen ins Krankenhaus gefahren.« Karen wandte sich der anderen Leiche zu. Als sie auch dort den Slip zur Seite zog, fiel ihr ein platt gedrücktes Insekt auf. »Meine Spezialität«, rief sie, zupfte es mit einer Pinzette von der kalten Haut und verstaute es in einem Probenröhrchen.

Alexis trat näher. »Eine Mücke. Kannst du daraus die DNA isolieren?«

»*Culex pipiens,* die Hausmücke, um genau zu sein. Um die Jahreszeit hat sie sich vermutlich in ein Haus eingeschlichen. Die meisten Weibchen ihrer Art sollten sich bereits in einer Art Kältestarre befinden, bei der ein Zucker in ihrem Blut als eine Art Frostschutzmittel dient. Die Männchen sterben im Herbst. Wusstest du, dass es ein Irrglaube ist, dass milde Winter zu einer Mückenplage führen? Das Gegenteil ist der Fall. Bei milden Temperaturen und Feuchtigkeit fangen die Mücken an zu schimmeln und sterben, während sie bei Kälte einfach in Winterstarre fallen und eine Art körpereigenes Frostschutzmittel bilden, das ein Gefrieren verhindert.«

»Oliver ist nicht da«, unterbrach Alexis ihren Redefluss.

Karen seufzte und richtete sich auf. »Ich hör ja schon auf. Zur DNA: Ich kann es zumindest versuchen. Sollte die Mücke relativ kurz vor ihrem Tod etwas getrunken haben, könnte es sein. Idealerweise finde ich die DNA von einem der Opfer und einem Unbekannten. Die könnte dann vom Täter stammen. Ich mache mich gleich auf dem Weg ins Labor – hier bin ich vorerst fertig. Du sagst mir Bescheid, wann die Obduktion stattfindet?«

»Klar, wir tüten die Leichen ein, und dann mache ich Dürrast Dampf unterm Hintern. Komm, ich begleite dich noch zum Auto.«

Sie ging voraus, doch nach wenigen Metern hielt sie so unvermittelt an, dass Karen beinahe in sie rannte und ihr die Tasche in die Kniekehle rammte. »Moment, ich sehe da etwas. Hast du eine Pinzette für mich?«

Karen reichte ihr eine und beobachtete, wie sie einige verschlammte Blätter am Rand des Trampelpfades zur Seite schob und eine Chipkarte hervorholte. Kommentarlos nahm Alexis die Beweismitteltüte von ihr entgegen, ohne ihren Blick von dem Fund zu lösen.

»Das darf nicht wahr sein«, entfuhr es Karen, als sie entdeckte, wem die Karte gehörte.

36

Nachdem die Arbeit am Fundort erledigt war, holte sie Oliver im Krankenhaus ab. Die Befragung der Frau, die die Leichen gefunden hatte, hatte nichts Neues ergeben. Offenkundig hatte sie die Toten gesehen und war schreiend auf den Weg zurückgerannt.

Sie legten einen Stopp in der Bäckerei Glück ein, um Nussstangen und Cappuccino zu holen. Alexis benötigte dringend eine Dosis Zucker, um ihre Nerven zu beruhigen. Das Geschäft lag in den Quadraten, sodass sie eine Weile suchen mussten, um einen Parkplatz zu finden. Trotzdem machte Alexis immer wieder gerne halt, da Karens Schwester dort arbeitete. Trotz des Herbstwetters standen vor der Tür Stehtische, doch bis auf einen älteren Mann in langem Mantel, der offensichtlich auf jemanden wartete, drängten sich die anderen Gäste in dem nach Gebäck duftenden Innenraum an den mokkafarbenen Tischen, die gerade genug Platz für zwei Personen boten. Sie wurden sogleich von Louise entdeckt, die ihnen zuwinkte.

»Das Übliche?«, fragte Louise, als sie an der Reihe waren.

»Heute lieber eine Mohnschnecke zum Cappuccino«, antwortete Oliver und deutete auf die Auslage. »Sie sehen ebenso köstlich aus wie du.«

Die junge Frau lachte amüsiert auf. »Du gibst das Süßholzraspeln wohl nie auf?«

»Nicht so lange noch ein Funken Leben in mir ist.«

Alexis verdrehte die Augen. Das Geplänkel der beiden hatte bei ihrer ersten Begegnung begonnen, und während sie sich bei Louise sicher war, dass es sich nur um Spielerei handelte, war sie sich bei Oliver nicht so sicher. »Heute ist unser alternativer Tag. Für mich eine heiße Schokolade und die Nussstange.«

Louise nahm zwei Teller und legte die Teilchen zusammen mit Servietten und Gabeln darauf.

Sie setzten sich an einen kleinen Tisch in der Ecke des Cafés. Alexis legte die Beweismitteltüte mit der gefundenen Karte zwischen sie. »Was machen wir nun damit?« Sie wollte nicht glauben, wem sie gehörte. In Druckschrift eingeprägt stand der Name Magnus Hall darauf.

»Wir müssen ihn zum Verhör vorladen.«

Alexis bemühte sich um Neutralität, aber es fiel ihr schwer. »Wir haben nur diese Zeiterfassungskarte.«

»Bei jedem anderen würde es auch ausreichen. Zudem kannte er die Ehrich. Wir hätten der Nachbarin auch ein Foto von ihm zeigen sollen.«

Alexis lachte. »Glaubst du ernsthaft, er hatte eine Affäre mit ihr?«

»Kannst du es ausschließen?«

Sie schwieg, biss stattdessen in ihre Nussstange.

»Fassen wir mal zusammen. Dein Onkel kannte eines unserer Opfer, wir haben seine Zugangskarte gefunden, und ein glaubhaftes Alibi hat er uns bisher nicht präsentiert.«

»Wir haben ihm bisher noch keine Gelegenheit dazu gegeben.«

»Dann lass es uns gleich erledigen.« Oliver gab Zucker in seinen Cappuccino, bevor er einen Schluck nahm. »Wir fahren zu ihm, hören uns seine Erklärung an und entscheiden anschließend, wie es weitergeht.«

Alexis wusste, dass er das nur für sie machte. »Danke«, sagte sie leise.

»Bedanke dich nicht zu früh. Wenn er keine sehr überzeugenden Argumente hat, kann ich ihm auch nicht weiterhelfen.«

»Verschwinde von hier.«

»Ich will dir nur helfen.«

Magnus schnaubte verächtlich. »Indem ausgerechnet du hierherkommst und mich nach meinem Alibi fragst? Ich gebe dir zehn Sekunden, dann rufe ich den Sicherheitsdienst.« Er beugte sich vor, griff nach dem Telefonhörer.

Oliver hob beschwichtigend die Hände. »Nun beruhigen wir uns erst mal alle.«

Alexis atmete tief durch. Sie hatte gewusst, dass es kein einfaches Gespräch werden würde, aber der Hass, der ihr von Magnus entgegenschlug, war heftig. Es war, als hätte sie alte Wunden aufgerissen, die nun in seiner Seele schwärten, sie mit einer klebrigen, schwarzen Schicht Teer bedeckten und den letzten Rest Zuneigung, den er vielleicht noch irgendwie unterbewusst für sie gehegt hatte, erstickten. Dabei war sie wirklich hier, um ihm zu helfen, ihm die Gelegenheit zu geben, sich zu entlasten, bevor sie gezwungen war, ihn vom Staatsanwalt vorladen zu lassen. Sie wollte nicht glauben, dass ihr Onkel in die Morde verwickelt war. Die Eltern Serienkiller und nun auch noch ihr Adoptivonkel? Wut, kochend und brennend, stieg in ihr auf. Was für eine verfluchte Scheiße.

»Ich bitte Sie darum, es vorerst geheim zu halten«, fuhr Oliver fort. »Es wurden zwei weitere Frauenleichen gefunden. Wir gehen davon aus, dass es sich dabei um denselben Täter handelt.« Er zog aus seiner Tasche eine Beweismittelhülle, in der eine Chipkarte mit dem unverkennbaren Logo von AZRE zu erkennen war. »Diese fanden wir in der Nähe der Leichen. Ihre Karte. Verstehen Sie nun, warum wir Ihnen diese Fragen stellen?«

Über Magnus' Gesicht huschte kurz so etwas wie Überraschung und Furcht, verschwand jedoch sofort wieder und machte der undurchschaubaren Maske aus Ablehnung und Zorn Platz, mit der er Alexis seit Phillips Tod gegenübertrat. »Ich halte es für besser, wenn Sie nun gehen.« Er öffnete eine Schublade, holte eine beigefarbene Visitenkarte hervor. »Wenn Sie Fragen haben, kontaktieren Sie meinen Anwalt.«

»Ist das wirklich nötig?«, fragte Oliver. »Wenn Sie unschuldig sind, verraten Sie uns einfach, wo Sie letzte

Nacht waren, und geben Sie uns eine DNA-Probe. Je schneller wir Sie ausschließen können, desto schneller können wir uns auf die Suche nach dem wahren Täter machen.«

»Erwarten Sie kein Vertrauen von mir, solange diese Person in die Ermittlungen involviert ist.«

»Onkel, bitte.«

»Nenn mich nicht so.« Er starrte sie hasserfüllt an.

Alexis seufzte. »Also gut. Beantworte mir wenigstens eine Frage: Hast du eine Erklärung dafür, wie die Karte an den Fundort gekommen ist?«

»Meine Brieftasche wurde mir vorgestern gestohlen.«

»Hast du Anzeige erstattet?«

»Ja, und nun geht. Ich meine es ernst. Wobei, warte, ich möchte noch einen Augenblick allein mit dir sprechen.«

Sie gab Oliver einen Wink, der sich mit einem knappen Nicken verabschiedete. »Ich warte im Auto.«

Nachdem sich die Tür hinter ihm geschlossen hatte, wandte sich Magnus ihr zu. Er strahlte etwas Bedrohliches aus, eine Aura, die so manchen Geschäftspartner schon in die Knie gezwungen hatte. In seinen Augen lag das Wissen darum, dass er alles erreichen würde, was er sich vorgenommen hatte, koste es, was es wolle. »Ich weiß nicht, was dich dazu veranlasst hat, wieder in mein Leben zu treten und das mit so einer durchschaubaren und doch perfiden Masche, um mich zu diskreditieren.« Sie wollte Einspruch erheben, doch er ließ sie nicht zu Wort kommen. »Kein Ton. Jetzt hörst du mir zu. Ich will nie wieder etwas von diesen Anschuldigungen hören, ansonsten werde ich dafür sorgen, dass die Umstände von Phillips Tod ans Tageslicht kommen. Kaspar zwang mich dazu, es auf sich beruhen zu lassen, aber für eine Morduntersuchung ist es nie zu spät. Ebenso könnte ich darauf wetten, dass niemand deiner Kollegen um deine wahre Herkunft weiß.« Er musterte sie. »Ah, ich sehe schon. Treffer. Nun geh und vergiss deine Schmutzkampagne. Ich habe genug gegen dich in der Hand, um dich zu vernichten.« Er drehte sich um, wandte ihr den Rücken zu und nahm einige Akten von seinem Schreibtisch.

Es kam selten vor, dass Alexis sprachlos war, doch seine Anschuldigungen und die Verbitterung, die aus seinen Worten sprach, ließen sie verstummen. Sie sah durch die Fensterfront hinaus, wo der Wind die letzten Blätter von den Bäumen riss, sie auf dem tosenden Ritt über die Felder zermalmte, bis nicht mehr als winzige Fetzen von ihnen übrig waren.

Schweigend verließ sie den Raum. Es gab nichts mehr zu sagen. Sie wollte Friedel nur kurz zum Abschied zuwinken, zu viel ging ihr im Kopf umher, doch die alternde Sekretärin hielt sie auf, nachdem sie sich vergewissert hatte, dass die Tür zu Magnus' Büro geschlossen war. »Wie kannst du nur glauben, dass er in diese abscheulichen Morde verwickelt ist?«, schimpfte sie los, die Arme in die Hüften gestemmt. Doch trotz ihres Zornes strahlte sie so viel mütterliche Liebe aus, dass Alexis ihr am liebsten in die Arme gefallen wäre.

»Das denke ich doch nicht, aber es ist mein Job, dem nachzugehen. Ich bin ihm schon entgegengekommen, indem ich ihn nicht einfach habe aufs Revier laden lassen.«

»Trotzdem, so kannst du nicht mit ihm umgehen und darauf hoffen, dass sich die Situation zwischen euch wieder entspannt.«

Die Einzige, die an dieser Hoffnung festhält, bist du, dachte Alexis. »Wenn du mir helfen willst, die Sache schnell zu bereinigen, dann beantworte mir ein paar Fragen. Weißt du, wo er letzte Nacht war?«

»Es gab bis Mitternacht eine Konferenz mit einer Außenstelle an der Ostküste. Wir stehen kurz vor der Markteinführung eines neuen Produktes, da besteht sein Leben ausschließlich aus Arbeit.«

»Und was geschah anschließend?«

Friedel ging zu ihrem Computer, tippte flink etwas ein und drehte den Monitor zu ihr. »Er hat das Gebäude um kurz nach ein Uhr verlassen.«

»Er lässt seine Arbeitszeit erfassen?«

»Sicher, er will mit gutem Beispiel vorangehen. Er war schon immer ein anständiger Chef.«

Alexis verkniff sich einen Kommentar, dass er das System auch manipuliert haben könnte. Sie wollte die alte Frau nicht vor den Kopf stoßen. »Was er anschließend getan hat, darüber gibt es aber keinen Beleg?«

»Nein, aber sein Anwesen ist mit Videokameras ausgestattet. Die müssten ihn zeigen, wie er nach Hause kommt.«

»Wenn er sie uns nicht freiwillig gibt, dann brauchen wir dafür einen Gerichtsbeschluss«, seufzte Alexis. »Was ist mit seiner Brieftasche? Weißt du, bei wem er sie als gestohlen gemeldet hat?«

Sie nickte, sah in ihren Kalender und schrieb einen Namen auf einen Notizzettel, den sie ihr reichte. »Ich habe das für ihn erledigt. Das ist der Name des Beamten, der die Anzeige entgegengenommen hat.«

»Danke.« Alexis beugte sich vor und gab ihr einen Kuss auf die Wange.

»Rufst du mich an, wenn das alles vorbei ist? Du könntest zum Kaffee vorbeikommen. Du hast meinen Apfelkuchen immer geliebt.«

»Versprochen.«

Oliver wartete im laufenden Auto, die Heizung auf voller Leistung, die Augen geschlossen und das Radio aufgedreht. »Was wollte er von dir?«

»Nichts Wichtiges.«

Plötzlich schlug er mit der Hand aufs Lenkrad. »Jetzt reicht es. Ich habe echt viel Geduld, und wenn du deine Geheimnisse haben willst, schön, aber lüg mich nicht an!«

»Ich … Oliver, es tut mir leid.«

»Ich hätte nie gedacht, dass ich das mal sagen würde, aber wenn du mir nicht mehr vertraust, sollten wir vielleicht nicht zusammenarbeiten.«

»So ist es nicht«, brachte sie halbherzig hervor. Sie hegte keinen Zweifel, dass er sie mit seinem Leben schützen, sie in der Not unterstützen würde, aber was, wenn er die Wahrheit über sie erfuhr? Hatte sie überhaupt eine Wahl? Sie konnte die Ermittlungen gegen Magnus nicht einstellen. So absurd es auch war, täte sie dies, würde sie eingestehen, dass er recht hatte, dass sie kein redlicher Cop war, sondern korrumpierbar und das wahre Kind ihrer leiblichen Eltern. Sie musste ihn entlasten, bevor er seine Drohungen wahr machen konnte. Sie sah zu Oliver hinüber, sah die Verletztheit in seinem Gesicht. »Als ich klein war, gab es einen Vorfall.« Sie erzählte ihm vom Tod ihres Cousins. Es war zwar nur ein Teil der Wahrheit, aber ein Blick auf sein Gesicht verriet ihr, dass es fürs Erste genügte.

»Schöne Scheiße«, sagte er trocken.

Sie lachte gepresst. »Kann man so sagen.«

»Ich verstehe ja, dass der Schmerz über den Verlust eines Kindes den Verstand umnebeln kann, aber wie zur Hölle kann er nur auf die Idee kommen, dass du, selbst noch ein Kind, deinen Cousin ermordest?«

Innerlich wand sie sich unter seinen Worten, fühlte sich wie noch nie zuvor als Verräterin, aber sie musste ihre Rolle weiterspielen, bis entweder das Lügengebäude in sich zusammenfiel, oder sie sich aus dem Polizeidienst zurückzog. »Manchmal ist es leichter, jemandem die Schuld zu geben, als sich mit der Realität auseinanderzusetzen.«

»Nun gut, das erklärt also eure Probleme, aber hältst du es für vernünftig, unter diesen Umständen die Ermittlungen zu leiten?«

Ganz und gar nicht. »Warum nicht? Wir stehen uns nicht mehr nahe.«

»Kannst du wirklich von dir behaupten, dass du von ganzem Herzen versuchst, ihn zu überführen? Oder hoffst du darauf, dass er unschuldig ist?«

»Glaubst du, er ist der Täter? Ein Mann in seinem Alter? Und dann ist er so nachlässig, seine Chipkarte neben den Leichen zu verlieren?«

Er massierte sich die Schläfen. »Was weiß ich. Der Fall ist ein Albtraum.«

»Lass uns einen Deal machen. Sobald du das Gefühl hast, dass ich nicht alles dransetze, um meinen Onkel festzunageln, ziehe ich mich aus den Ermittlungen zurück.«

Er sah sie prüfend an. »In Ordnung, aber nur, wenn du Dolce über deine verwandtschaftliche Beziehung zu ihm informierst. Sie hat ein Recht darauf, es zu erfahren.«

Sie sah ihm an, dass er es ernst meinte, und stimmte zu. Nun erzählte sie ihm von ihrem Gespräch mit Friedel.

»Das ist doch schon mal etwas, wo wir ansetzen können«, sagte er nach einem Moment der Stille. »Rutsch rüber. Du fährst. Ich rufe diesen Beamten an.«

Sie bog gerade auf die Autobahn ein, als er bestätigte. »Vorgestern ging tatsächlich eine Anzeige wegen Diebstahls ein. Vermutlich während eines Abendessens im Europäischen Hof in Heidelberg.«

»Das gefällt mir gar nicht. Der Killer ist uns viel zu nah. Woher wusste er, dass wir bei AZRE waren?«

»Zufall? Oder weil eines seiner Opfer dort arbeitete?«

»Wie auch immer. Er ist geschickt. Legt uns eine falsche Fährte, von der er weiß, dass wir sie verfolgen müssen, anstatt uns ganz auf den wahren Mörder zu konzentrieren.« Sie schlug auf das Lenkrad. »Wir müssen diesen Irren fassen, bevor noch mehr Menschen sterben.«

»Oder es war doch dein Onkel?«

»Du meinst, er gibt vor, dass seine Brieftasche gestohlen wurde, um sie anschließend neben den Leichen zu deponieren? Wozu? Bisher hatten wir ihn doch nicht auf dem Radar, während er nun in den Fokus gerückt ist.«

»Um sich ein Alibi zu verschaffen? Wer weiß, was in so einem kranken Hirn vor sich geht? Jedenfalls sollten wir ihn nicht gleich abschreiben. Wir müssen Norden befragen, ob er glaubt, dass der Verlust eines Kindes einen Menschen so verändern kann, dass er zum Serienmörder wird.«

»Müssen wir ihn einweihen?«

»Wir brauchen ihm ja nichts von deiner Rolle in der Geschichte zu erzählen.«

Sie rieb sich über die Arme. »Ich muss heute Abend ohnehin zu meinem Vater, um ihm bei einigen Versicherungsdingen zu helfen. Ich werde mit ihm wegen Magnus sprechen.«

»Komm danach doch zu mir. Du kannst dann sicher etwas Unterhaltung gebrauchen.«

»Ich bin so platt, da möchte ich lieber früh ins Bett«, lehnte sie ab. »Knuddel deine Hunde von mir.«

37

Vor dem Besuch bei ihrem Adoptivvater löste sie ihr Versprechen ein und fuhr zum Präsidium, um Dolce über die Verwicklung ihres Onkels in den Fall zu informieren.

Sie fand ihre Chefin in ihrem Büro, einem großen beige gestrichenen Raum, dem das halbe Dutzend Pflanzen eine Urwaldatmosphäre verlieh.

»Ich gehe davon aus, dass Sie den Fall nicht abgeben wollen«, sagte sie, nachdem sie ihr mit gerunzelter Stirn zugehört hatte.

»Mein Onkel und ich haben keine enge Beziehung. Wir haben uns seit Jahren nicht gesehen.«

»Sie bringen mich da in eine schwierige Situation. Wenn ich Sie abziehe, wirft es die Ermittlungen ein ganzes Stück zurück, und je länger der Mörder draußen herumläuft, desto mehr Frauen müssen sterben. Das will ich nicht verantworten.« Sie sah sie prüfend an. »Gibt es sonst noch etwas, das Sie mir sagen wollen?«

Alexis hielt ihrem Blick stand und verneinte.

»Nun gut, dann machen Sie weiter. Sehen Sie aber zu, dass Sie keine offizielle Vernehmung selbst durchführen, und kommen Sie nicht in die Nähe der Beweismittel ohne wenigstens einen Zeugen.«

Nach dem Gespräch mit Dolce verspürte Alexis eine verwirrende Mischung aus Erleichterung und Schuldgefühlen. Dolce hatte ihr Urteil gefällt, während sie ihr Informationen vorenthielt, die ihre Entscheidung beeinflusst hätten. Käme das jemals raus, könnte sie von Glück sagen, wenn man ihr nur nie wieder die Leitung eines Falls anvertraute. In ihr keimten die vertrauten Selbstzweifel auf, während sie sich durch den Heidelberger Verkehr quälte. Sollte sie in so einem wichtigen Fall ermitteln, wenn sie sich selbst nicht über den Weg traute?

Die Villa ihrer Eltern lag unterhalb des Philosophenwegs in Neuenheim hoch über Heidelberg und bot einen atemberaubenden Blick auf die Altstadt und den träge fließenden Neckar. Auf der großen, in griechischem Stil gefliesten Dachterrasse schien bereits früh am Morgen die Sonne, und selbst an drückend heißen Tagen kühlte eine Brise aus dem Odenwald die erhitzte Haut. Alexis liebte dieses Haus. Nicht nur, weil es fast ein Jahrhundert alt war und die Unerschütterlichkeit eines alten, gepflegten Gemäuers ausstrahlte, sondern auch wegen der vielen schönen Erinnerungen, die sie trotz ihrer seltsamen Kindheit mit ihm verband. Sommertage voller Lachen und von Kirschsaft verschmierten Mündern, Winterabende vor dem prasselnden Kaminfeuer, an denen ihre Adoptivmutter ihr die blonden Haare gekämmt hatte, und Blumenkränze, die sie jedes Frühjahr flochten, um das ganze Haus damit zu schmücken.

Sie füllte gemeinsam mit Kaspar die letzten Formulare aus, als er sie von der Seite ansah. »Wann rückst du mit der Sprache heraus, was mit dir nicht stimmt?«

»Alles …«, setzte sie an, wurde von ihm jedoch unterbrochen.

»Lexy, ich kenne dich. Du bist nicht nur wegen des Papierkrams hier.«

Alexis ging ins Wohnzimmer und goss sich einen Brandy ein. Nach dem Tag brauchte sie etwas Stärkeres.

Sie seufzte. »Der Fall, an dem wir arbeiten, ist hart. Ein Killer, der junge Frauen auf bestialische Weise ermordet.«

»Der aus den Zeitungen?«

Sie nickte, verschränkte ihre Hände hinter dem Rücken. »Hast du Magnus damals davon abgehalten, Anzeige zu erstatten?«

»Wie kommst du denn jetzt darauf?«

Sie sah ihn nur schweigend an, nahm einen weiteren Schluck ihres Brandys.

»Ja.«

»Wieso? Glaubst du, dass ich es getan habe?«

»Nein, natürlich nicht.« Seine Reaktion war so unverblümt und spontan, dass Tränen in Alexis' Augen traten. Als Kaspar das sah, blickte er sie überrascht und überfordert an. Unbeholfen legte er eine Hand auf ihre Schulter. »Lexy, was ist nur los mit dir?«

»Ich weiß es doch auch nicht.« Sie seufzte, legte den Kopf in den Nacken, versuchte die Tränen zurückzudrängen, ihrer Erschöpfung Herr zu werden. »Er ist einer der Verdächtigen bei den Morden. Ich habe mit ihm gesprochen.«

»Mein Bruder?« Er zog seine Hand zurück. »Wie kommst du denn auf die absurde Idee? Er würde keiner Fliege etwas zuleide tun.«

»Wann hast du ihn das letzte Mal getroffen?«

»Das tut nichts zur Sache. Ich kenne ihn.«

»Menschen verändern sich.« Das gleiche Gespräch hatte sie mit Oliver geführt, nur dass sie dieses Mal auf der anderen Seite stand.

»Was für Beweise liegen gegen ihn vor?«

»Du weißt, dass ich das nicht sagen darf. Aber entweder jemand ist sehr gut darin, ihm etwas anzuhängen, oder er steckt da mit drin.«

»Ich nehme an, er ist nicht kooperativ.«

Sie lachte. »Was denkst du? Mich wundert, dass er keinen Schaum vor dem Mund hatte, als er mich sah. Er droht damit, meine Vergangenheit und die Umstände von Phillips Tod meiner Chefin zu melden.«

»Ich rede mit ihm. Mach dir darum keine Gedanken.«

»Danke.« Sie sammelte ihren Mut. »Ich will mehr über meine Eltern wissen.« Bisher hatte sie sich nicht weiter mit ihnen auseinandersetzen wollen. Die Last, die mit ihrer Abstammung jeden Tag auf ihrer Schulter lastete, genügte. Ebenso wie das eine Foto von der schrecklich zugerichteten blonden Frau, das sie im Internet gefunden hatte und das sie nun regelmäßig in ihren Albträumen heimsuchte. »Ich weiß, dass du meine Gene entschlüsselt hast. Trage ich das *kill:gen* in mir? Habe ich diese Veranlagung zur Gewaltbereitschaft in mir?«

»Ich habe Maria versprochen, dich nicht damit zu belasten.«

»Die Unwissenheit ist schlimmer.«

Nun goss sich auch Kaspar einen großen Brandy ein. »Das letzte Mal, als du das dachtest, fanden wir dich anschließend halb ohnmächtig auf dem Badezimmerteppich.«

»Ich war ein Kind.«

»Du bist immer noch mein Kind.«

Seine Worte ließen neue Tränen in Alexis' Augen steigen. Zu oft hatte sie sich gefragt, was er in ihr sah. Nur ein Experiment oder doch seine Tochter?

»Das kann ich nicht tun«, sagte er leise. »Ich habe es Maria versprochen.«

Alexis leerte ihr Glas mit einem tiefen Zug. Der Alkohol brannte in ihrer Kehle und hinterließ einen leicht rauchigen Geschmack. Sie wusste, dass sie ihren Adoptivvater von einem einmal gefassten Entschluss nicht abbringen konnte. Also wechselte sie das Thema und setzte sich mit ihm ins Wohnzimmer. Endlich wirkte der Alkohol, und sie entspannte sich, fand endlich die Ruhe, um Kaspar zu mustern. Er wirkte verloren in dem großen Haus und unvollständig. Als wäre mit seiner Frau auch ein Teil von ihm gestorben. Zum ersten Mal wurde ihr bewusst, wie alt er war.

Die Sonne ging bereits unter, die tief hängenden Wolken verschluckten die letzten Reste Tageslicht und tauchten die Straße in düsteres Zwielicht, als sie sich verabschiedete. Sie stieg in ihren MiTo und machte sich auf den Heimweg.

Zu Hause inspizierte sie den Kühlschrank. Sie hatte wenig Appetit, trotzdem nahm sie ein paar Eier, Milch, Tomaten und Schinken, stellte eine Pfanne auf den Herd und bereitete sich ein Rührei zu. Sie mischte Kräuter darunter, die sie von den Pflanzen, die sie am Küchenfenster zog, abzupfte. Während sie die Eier umrührte, goss sie sich ein Glas Wein ein und bemühte sich, an nichts zu denken. Der Alkohol half ihr dabei, und nach einigen Minuten glaubte sie sogar, dass ihre Kopfschmerzen ein wenig nachließen. Dafür brachte er das Gefühl der Einsamkeit mit sich, und sie dachte an Erik. War es doch ein

Fehler gewesen, ihn wegzuschicken? Sie schaufelte das Rührei auf den Teller, brach sich ein Stück von dem Baguette ab, das sie im Brotkasten fand, und ging mit dem Weinglas in der einen und dem Teller in der anderen Hand ins Wohnzimmer. Sie zappte durch die Sender, bis sie eine Nachrichtensendung fand.

38

Konradis klappte die bleichen Hautlappen zurück, bevor er damit begann, den Körper zu vernähen. Die Obduktion der braunhaarigen Frau hatte bisher keine neuen Erkenntnisse gebracht, und das Gefühl von Frustration hing im Raum, während sie zusahen, wie Dürrast die äußerliche Begutachtung des zweiten Leichnams beendete. Karen stand in einigen Metern Abstand an einem Tisch und beschriftete ihre Behälter. Obwohl der Tag erst wenige Stunden alt war, sahen sie alle erschöpft aus. Es gab zu viele Leichen, zu viele dazugehörige Familien, Fakten und Daten, um den Überblick zu behalten.

»Konradis, nehmen Sie bitte eine Probe von dem Blut am Hinterkopf«, sagte Dürrast.

»Haben Sie etwas gefunden?« Alexis und Oliver traten näher an den Sektionstisch.

»Eventuell.« Der Gerichtsmediziner deutete auf den auf dem Bauch liegenden Körper, nahm eine Pinzette und hob damit eine Strähne des ehemals blonden Haares an. »Der Hauptbestandteil ist Dreck, aber hier«, er wies auf den Ansatz, »befindet sich getrocknetes Blut, das vermutlich nicht vom Opfer herrührt. Vom Muster her muss es auf sie gespritzt sein.«

»Dann stammt es von einer anderen Person?«

»Davon gehe ich aus. Eine Analyse wird mehr verraten.«

»Karen, übernimmst du das?«

»Klar.« Die Biologin sah von ihren Proben auf. »Ich nehme es gleich mit.«

Dürrast runzelte die Stirn. »Das entspricht nicht den Vorschriften. Es muss zuerst sorgfältig katalogisiert werden. Morgen, vielleicht übermorgen.«

»Dann erledigen Sie das gleich. Ich brauche das Ergebnis so schnell wie möglich und nicht erst in einem Monat.«

»Wir bekommen nicht immer, was wir wollen.«

Alexis trat dicht an ihn heran, sah jede der groben Poren in seinem Gesicht, roch das billige Aftershave. Sie ballte ihre Hände. »Hören Sie zu. Es geht hier …«

»… um eine dringende Mordermittlung.« Oliver schob sie zur Seite. »Wie wäre es mit einem Kompromiss? Eine Probe nimmt Hellstern sofort mit, und die andere können Sie zuerst entsprechend katalogisieren. Sie halten Ihre Vorschriften ein, und wir müssen nicht ewig warten.«

Der Gerichtsmediziner presste seine blassen Lippen aufeinander. »In Ordnung.«

Alexis trat einen Schritt zurück, erschrocken über ihre Reaktion. »Haben Sie sonst noch etwas feststellen können, das uns bei der Identifikation helfen könnte?« Sie kämpfte um einen ruhigen, neutralen Tonfall. Bisher waren sie in der Hinsicht nicht weitergekommen. Die Fingerabdrücke der Opfer waren nicht gespeichert, und bei AZRE wurde niemand Neues vermisst. So tappten sie im

Dunkeln, hatten kaum einen Ansatzpunkt für ihre Ermittlungen. Oliver hatte Milbrecht angerufen und dafür gesorgt, dass Magnus eine offizielle Vorladung zur Vernehmung erhalten würde. Bis dahin mussten sie die Füße stillhalten. Volkers und Bauwart bemühten sich, den Ablauf der Entführungen der ersten beiden Opfer zu rekonstruieren, doch der entscheidende Hinweis fehlte.

Dürrast drehte die Leiche auf den Rücken. »Sehen Sie die blasse Linie hier am Rand der Bikinizone? Das ist eine Kaiserschnittnarbe. Ihrem Aussehen nach zu urteilen, hat die Unbekannte vor wenigstens einem halben Jahr per Kaiserschnitt entbunden.«

»Sie hat ein Kind?«

»Zumindest hat sie eines geboren. Es dürfte nicht länger als zwei Jahre her sein.«

Alexis sah die Betroffenheit der Anwesenden, Karen zuckte sogar zusammen. »Scheiße.«

Im weiteren Verlauf der Obduktion entnahm Dürrast die inneren Organe, wog sie, zog Kopfhaut und Gesicht der Toten ab, bevor er den Schädel öffnete und das Gehirn entnahm. Nachdem Konradis die andere Leiche vernäht hatte, öffnete er die Därme und den Magen der zweiten, leerte ihren Inhalt in Becher und wog auch diesen. »Die Frauen erhielten während ihrer Gefangenschaft offensichtlich keine Nahrung und nur wenig Wasser. Die Mägen sind praktisch leer.«

»Dann hatte er nicht vor, sie über einen längeren Zeitraum am Leben zu lassen«, sprach Alexis ihre Gedanken laut aus. »Durch den Nahrungsentzug müssen ihre Kräfte schnell nachgelassen haben.«

Trotz dieser Erkenntnis tappten sie am Ende weiterhin im Dunkeln. Die Todesart war ebenfalls Strangulation, vermutlich mit einer Drahtschlinge. Die eine nach einer langen Leidenszeit im Sitzen, die andere stehend. Da die Leichen besser erhalten waren als die von der Reißinsel, ließen sich Alexis' Mutmaßungen über den Ablauf weitgehend bestätigen.

»Sollen wir dir beim Tragen helfen?«, fragte Oliver mit einem Blick auf die Reihe an Gefäßen, die Karen vorbereitet hatte.

»Das wäre super. Gib mir eine Minute, um zu packen.«

Alexis streckte sich, unterdrückte ein Gähnen. Sie musste dringend Schlaf nachholen.

Sie betrachtete die Leiche der Braunhaarigen, über deren Körper sich ein grob vernähter Y-Schnitt zog. Ich werde deinen Mörder fassen, versprach sie ihr insgeheim. Gründlich prägte sie sich ihr Gesicht ein, dachte dabei an das kleine Kind der anderen Frau, das auf die Rückkehr der Mutter wartete. Hatte der Mörder ihm nicht nur die Mutter geraubt, sondern auch die Chance, sich jemals an sie zu erinnern? Sie selbst würde die Stimme und das Lächeln ihrer leiblichen Mutter nie vergessen. Was auch immer sie getan haben mochte. Für sie war sie ihre Mommy, und wie immer fühlte sie sich beim Gedanken daran schuldig. Wie konnte man ein Monster lieben?

Konzentriert starrte sie auf die Leiche, als sie eine Veränderung bemerkte. Langsam ging sie auf sie zu. Beobachtete die Stelle an ihrem Haaransatz, an dem sie glaubte, eine Bewegung gesehen zu haben. Da war es wieder. Irgendetwas schlängelte sich durch ihre Haare, wand sich madenhaft, wuchs dabei und umwucherte ihren Kopf. Gebannt betrachtete sie, wie es größer wurde, vergaß die Welt um sich herum. Sie stand direkt vor der Toten, beugte sich vor, und dann geschah es.

39

Die Stirn und Schläfen der Frau platzten auf. Dicke Eisennägel schoben sich aus dem weißlich schimmernden Knochen, benetzt mit dunklem Blut. Wie spinnenartige Finger wanden sich weiße Anemonen um sie. Dann öffnete die Leiche die madenweißen Augen.

Mit einem Aufschrei zuckte Alexis zurück. Sofort waren die anderen bei ihr. »Was ist?«

»Da … ich …«, stotterte sie, sah erneut zur Toten. Geschlossene Augen, keine Nagelkrone. *Jetzt drehe ich völlig durch.* Sie holte tief Luft. »Ich habe mich nur erschreckt. Da war eine Spinne.«

Oliver sah sie misstrauisch an, doch Karen lachte erleichtert. »Das ist eine Metellina-Art, eine Herbstspinne. Die Biester können einen ganz schön erschrecken. Ich habe ein paar von ihnen am Fundort entdeckt.«

Alexis bemühte sich, die Fassung zu wahren, ging mit ihnen raus und verabschiedete sich rasch. Die Sonne senkte sich dem Horizont entgegen, und der Sturm hatte nichts von seiner Heftigkeit eingebüßt. Im Gegenteil. Der Wind toste, und seine Kälte kündete von einer eisigen Nacht. Sie ließ den Motor an, schaltete mit zittrigen Händen und fuhr in eine verlassene Seitenstraße, in der sie parkte und ihren Kopf aufs Lenkrad presste. Sie wartete, bis sich ihr Atem beruhigte, keine Tränen mehr in ihren Augen standen, bevor sie über ihre Situation nachdachte.

Sie verlor den Verstand, war ihre erste Reaktion. Das Erbe ihrer Eltern brach sich Bahn. Sie musste dringend eine Pause einlegen. Ihr Job fraß sie regelrecht auf. Aber was blieb ihr, wenn sie diesen verlor? Scheiße, fluchte sie in Gedanken, als sie an das bevorstehende Verhör mit Magnus dachte. Würde er seine Drohung wahr machen und tatsächlich das Geheimnis um ihre Herkunft preisgeben?

Es ist nur der Stress und die Müdigkeit, wandte eine leise Stimme ein. Eine Stimme, der sie nur zu gerne geglaubt hätte.

Triff keine überhasteten Entscheidungen, mahnte sie sich. Du hast unzählige Verbrecher gefasst. Wem ist geholfen, wenn du dich zurückziehst? Doch tief in ihrem Inneren wusste sie, dass es nicht so einfach war.

Sie ließ den Motor wieder an. »Achtundvierzig Stunden«, murmelte sie. Das war eine Regel, an die sie sich seit ihrer Kindheit hielt. Fälle Entscheidungen niemals aus einem Impuls heraus. Warte, bevor du sie umsetzt. Zwei Tage. So viel Zeit würde sie sich geben.

Auf dem Heimweg zwang sie sich, nur auf den Verkehr zu achten, alle anderen Gedanken zu verdrängen. Sie brauchte dringend Ruhe, aber ihr rasender Verstand wollte ihr diesen Wunsch nicht gewähren.

Sie aß nur ein trockenes Stück Brot, dann drehte sie die Musik auf und legte sich mit einem Glas Wein in die Badewanne. Sie wusste nicht, wie viel Zeit vergangen war, als sie aus der Wanne aufstand. Ihre Haut war schon ganz verschrumpelt, aber die Pause hatte ihr gutgetan.

Nachdem sie sich eingecremt und angezogen hatte, wollte sie ihr Handy, das sie immer auf dem Schuhschrank deponierte, kontrollieren, musste dabei allerdings feststellen, dass sie es wohl im Auto vergessen hatte. Rasch holte sie es. Zwei verpasste Anrufe. Erik. Sie fühlte sich nicht gewappnet für ein weiteres Gespräch, doch als sie es zur Seite legte, klingelte es erneut. Der Tag wollte kein Ende nehmen.

40

»Was willst du?«

»Wir müssen reden.«

Eriks vertraute Stimme löste ein Gefühl der Sehnsucht in ihr aus, doch sie schob es zur Seite. »Es ist alles gesagt.«

»Bitte.«

Es war das erste Mal, dass er fast schon verzweifelt klang und sie den Eindruck hatte, dass sie ein Stück von dem wahren Erik sah, den er sonst hinter einer Maske verbarg. »Nicht mehr heute. Morgen 19 Uhr im Chilly.«

Sie wartete nicht auf eine Antwort von ihm, legte auf und schaltete ihr Handy aus. Sie sehnte sich nach einigen Augenblicken der Ruhe, aber ihre Gedanken kreisten um den Serienmörder, dem sie keinen Schritt näher gekommen war, und das bevorstehende Wiedersehen mit Erik. Das Chilly war eine kleine mexikanische Kneipe mit gutem Bier und noch besseren Fajitas, doch deshalb hatte sie den Ort nicht gewählt. Es war neutrales Territorium, weit genug entfernt von den Orten, an denen sich Polizisten und Journalisten nach Feierabend herumtrieben. Dort würden sie sich nur mit ein paar Studenten um die Plätze streiten müssen. Sie wollte dafür sorgen, dass sich ihr Verhältnis wieder normalisierte, redete sie sich ein. Oliver hatte schließlich recht. Ein Journalist, der einen Groll auf sie hegte, war das Letzte, was sie gebrauchen konnte.

Was hatte sie damals an Erik so anziehend gefunden? Sein Selbstbewusstsein? Die klaren grünen Augen, die jeden und alles zu durchschauen schienen? Seine zuvorkommende Art, die Aufmerksamkeit, die er ihr schenkte? Sie verstand nicht, was mit ihr los war. Sicher, er hatte seine Geheimnisse, sprach selten über seine Vergangenheit, aber war das nach der kurzen Zeit verwunderlich? Warum war sie nie zufrieden? Sie lehnte den Kopf in den Nacken, betrachtete die Maserungen in der Holzdecke. Sie war wohl noch kaputter, als sie gedacht hatte.

Sie nahm sich eine Decke, kuschelte sich auf die Couch und schaltete den Fernseher ein. Sie war noch nicht bereit, ins Bett zu gehen. So erschöpft sie auch war, sosehr der Kopf schmerzte und sie eine Art Benommenheit fühlte, wusste sie doch, dass ihre Gedanken nicht zur Ruhe kommen würden. Sie brauchte etwas, um sich abzulenken. Sie zappte an einer romantischen Komödie vorbei, einer Kochshow, mehreren Krimiserien, bis sie bei einer Wiederholung von Friends hängen blieb. Genau das Richtige. Kurz überlegte sie, ob sie ein Feuer machen sollte. Sie sah auf das Display der Wetterstation, die sie neben dem Fernseher platziert hatte. Knapp unter null Grad hatte es draußen. Sie stand auf, legte ein paar Anzünder und schmale Scheite auf das Gitter und entzündete sie. Erleichtert stellte sie fest, dass sie ausreichend Holz hatte. Nach dem Vorfall am Holzlager verspürte sie keine große Lust, erneut in der Dunkelheit herumzuirren. Erst jetzt wurde ihr bewusst, dass sie Aaron wieder nicht gesehen hatte. Allmählich begann sie, sich Sorgen zu machen und beschloss, am nächsten Tag in der Nachbarschaft herumzufragen. Hoffentlich hatte er nur seine Jugend wiederentdeckt und stromerte durch die Gegend. Die Alternativen wollte sie sich nicht ausmalen. Sie setzte sich auf die Couch, doch mit einem Mal fühlte sie sich vollkommen einsam. Sie rollte sich mit tränenverschleierten Augen zusammen, nahm kaum noch die Fernsehsendung wahr. Es war kalt draußen. Ob er fror? Ihr Blick schweifte erneut zur Wetterstation. Fünf Grad plus. Erleichterung. Erst nach ein paar Sekunden stellte sich Verwirrung ein. Woher der plötzliche Temperaturanstieg? Vor wenigen Minuten hatte es noch Minusgrade angezeigt. Sie beobachtete die Anzeige. Langsam kletterte die Temperatur nach oben. Sechs, sieben, neun Grad. Brannte es? Erschrocken sprang sie auf, schnupperte, rannte durch das Haus. Nichts. Zurück ins Wohnzimmer. Fünfundvierzig Grad. Draußen vielleicht? Sie öffnete die Terrassentür, schaltete das Licht ein. Der Temperaturfühler befand sich an einer der Fichten am Holzlager. Damals hatte sie es schlau gefunden, ihn weit weg vom Haus anzubringen, um den Wert nicht durch die Wärmestrahlung des Gebäudes zu verfälschen. Nun verfluchte sie sich für die Entscheidung. War jemand da draußen und spielte ihr einen Streich? Hielt ein Feuerzeug an den Temperaturfühler? Sie verfluchte sich wieder dafür, dass sie ihre Waffe wie sonst auch auf dem Präsidium gelassen hatte, und lief in die Küche, griff sich ein Fleischermesser mit langer Klinge.

In Pantoffeln ging sie auf die Baumreihe zu. Mit dem Licht im Rücken machte es keinen Sinn, sich zu verstecken. Erneut schnupperte sie, roch aber keinen Rauch. Zumindest brennt es nicht, versuchte sie sich zu beruhigen. Am Holzlager angelangt, spürte sie den Schweiß trotz der Kälte ihre Wirbelsäule hinunterlaufen, fühlte sich beobachtet. Sie musste das Lager umrunden, um zu dem Sensor zu gelangen. Nun wurden ihre Bewegungen langsamer, leiser, während sie um die Holzstapel herumging. Spinnen huschten in Deckung, und etwas raschelte im Laub, das der Wind hineingeweht hatte. Sie erwischte sich dabei, wie sie den Atem anhielt und das Messer fest umklammerte. Entspann dich, mahnte sie sich. Die Tannennadeln knackten unter ihren Schritten, ansonsten herrschte eine gespenstische Stille.

Am Rand angekommen, sammelte sie sich. Dann machte sie einen großen Satz auf die andere Seite und sah: nichts. Immer noch auf der Hut ging sie zum Sensor. Tastete ihn ab. Kühl, kein Anzeichen, dass sich jemand daran zu schaffen gemacht hatte. Eine Fehlfunktion? War die Batterie leer? Eine weitere Halluzination? Vorsichtshalber nahm sie das Gerät ab.

Trotz ihrer rationalen Erklärung versicherte sie sich im Haus mehrfach, dass alles verriegelt war, und legte das Messer neben sich auf den Nachttisch. Dennoch fand sie in dieser Nacht nicht viel Schlaf und wachte am nächsten Morgen mit brennenden Kopfschmerzen und dem Gefühl völliger Zerschlagenheit auf. Von Aaron immer noch keine Spur.

41

Killer schlägt erneut zu – Polizei machtlos. Der nächste Tag fing nicht viel besser an als der vorherige. Der Artikel war reißerisch und versuchte, die Tatsache, dass es wenig zu berichten gab, zu verschleiern, indem er heftige Kritik an der Polizei übte. *Was nützen Radarfallen auf den Straßen, wenn ein Killer ungestraft die Frauen und Töchter unserer Stadt morden darf?* Als Alexis den Autor sah, pfefferte sie die Zeitung auf den Schreibtisch. Erik.

»Wäre schön, wenn wir so einfach Beamte von der

Verkehrspolizei für unsere Arbeit rekrutieren könnten«, sagte Oliver, warf seine Jacke auf einen Stuhl und reichte ihr einen Kaffee. »Dein Ex läuft zu Bestform auf.«

»Spar dir dein ›Ich habe es dir gleich gesagt‹.«

»So gut ist deine Laune also. Wieder schlecht geschlafen?«

»Ich habe mit Kaspar gesprochen.«

»Weiß er, dass wir seinen Bruder verdächtigen?«

»Ich habe es ihm gesagt. Er wird sich bemühen, ihn zur Kooperation zu bewegen.«

»Ich denke, sie stehen sich nicht sehr nahe?«

»Einen Versuch ist es jedenfalls wert. Ich glaube einfach nicht, dass es mein Onkel war. Norden kommt später her. Da können wir ihn fragen, ob er inzwischen ein Profil hat.« Sie senkte die Stimme. »Das mit meinem Cousin bleibt unter uns?«

»Solange keine weiteren Hinweise auf deinen Onkel auftauchen.« Er schüttelte den Kopf. »Was denkst du eigentlich von deinen Kollegen? Dass sie dich plötzlich alle für eine Mörderin halten?«

»Es tut einfach weh, darüber zu sprechen. Ich habe Phillip und meinen Onkel geliebt.«

Ihre Worte stimmten ihn milder. »Schon gut, wir behandeln es so vertraulich, wie es geht. Aber du solltest dir überlegen, Dolce einzuweihen.«

Sie gingen zu Bauwart und Volkers hinüber. »Gibt es bei euch Neuigkeiten?«

»Wir warten auf den Abgleich mit den Vermisstenmeldungen, aber wir konnten den Entführungsablauf bei der Ehrich rekonstruieren und sind uns auch bei der Winkler recht sicher, was passiert ist.«

»Hat es sich bestätigt, dass er die Biologin auf dem Firmenparkplatz überwältigt hat?«

»Ja, wir haben zwar kein Überwachungsvideo, da es nach einer Woche automatisch gelöscht wird, aber wir fanden ihren Wagen auf einem Waldparkplatz nur wenige Kilometer entfernt. Er ist bereits bei der KT.«

»Das war riskant von ihm.«

»Wir haben uns die Kameras angesehen. Sie sind nahezu nutzlos, da sie nur einen Teil des Geländes abdecken.«

»Der Täter kennt sich also aus«, sagte Oliver und sah Alexis bedeutsam an.

»Oder er hat es ausgekundschaftet. Wenn die Kameras sichtbar sind, kann man abschätzen, welchen Bereich sie abdecken.«

Bauwart nickte. »Dennoch ein Risiko. Es hätte ihn jemand sehen können.«

»Vielleicht kannte er die Frau und konnte sie zu seinem eigenen Fahrzeug locken. Um eine derart zierliche Person zu überwältigen, braucht ein kräftiger Mann nicht lange.«

»Und wie war es bei der Winkler?«, fragte Alexis und goss sich einen Kaffee ein. Bauwart und Volkers hatten dafür gesorgt, dass die Kaffeemaschine direkt neben ihren Schreibtischen ihren Platz fand. Sie drückte eine Tablette Stevia aus dem Spender in ihre Tasse. Sie mochte den eigentümlich bitteren Nachgeschmack von Stevia. Ganz im Gegensatz zu ihren Kollegen.

»Wir konnten ihren Tagesablauf bis zu einem Besuch bei einer Pediküre um 19 Uhr zurückverfolgen. Danach verliert sich ihre Spur. Wir gehen davon aus, dass sie in ihre Wohnung gefahren ist und dort bereits vom Killer erwartet wurde. Wir fanden Einbruchsspuren an einem Fenster.«

»Und niemand hat etwas gesehen?«

»Nein, sie lebte in einer Erdgeschosswohnung, die sie von ihrer Großmutter geerbt hat. Die Großtante lebt noch immer im ersten Stock, aber sie ist über achtzig und hört schlecht.«

»Also wissen wir nur, dass der Killer entweder alles sorgfältig ausgekundschaftet hat oder leichtsinnig ist.«

»Hoffen wir auf Letzteres«, brummte Volkers.

Die Tür öffnete sich, und ein Beamter, der wie ein aufgeregter Schuljunge wirkte, trat ein. »Wir haben eine Identifikation!« Er wedelte mit einer Akte. »Susann Lored.«

»Gute Arbeit«, sagte Alexis und nahm die Papiere. Auf der ersten Seite lächelte ihr eine glückliche junge Frau mit blonden Haaren und heller Haut entgegen. »Siebenundzwanzig, verheiratet, Mutter einer einjährigen Tochter, arbeitete als Steuerfachgehilfin. Sie wurde von ihrem Mann vor vier Tagen als vermisst gemeldet. Es gab keine Anzeichen, dass sie ihre Familie freiwillig verlassen würde.«

Sie reichte die Unterlagen an Volkers. »Benachrichtigt die Familie und seht zu, was ihr herausfinden könnt. Vielleicht wird auch ihre Freundin vermisst.«

In dem Moment klingelte ihr Handy. »Guten Morgen, Karen«, meldete sie sich und sah dabei aus dem Fenster. Ein schwarzer Peugeot mit französischem Kennzeichen fiel ihr auf, der vor dem Präsidium zum Stehen kam. Ein hochgewachsener Mann in anthrazitfarbenem Anzug stieg aus, holte einen Mantel und einen Aktenkoffer von der Rückbank und ging auf das Gebäude zu. Kurz bevor er aus ihrem Blickfeld verschwand, sah er nach oben, als spüre er, dass er beobachtet wurde. Ihre Blicke trafen sich, und sie sah ein ausdrucksvolles Gesicht mit kräftigen Augenbrauen und einem entschlossenen Zug um den Mund. Da hat wohl jemand die falsche Adresse ins Navi eingegeben, schmunzelte Alexis und hatte den Mann ebenso schnell vergessen, wie er aufgetaucht war.

»Bist du noch dran?«, drang Karens Stimme an ihr Ohr.

»Sorry, war kurz abgelenkt«, entschuldigte sie sich und wandte dem Fenster den Rücken zu.

»Du musst vorbeikommen. Ich habe etwas Interessantes gefunden.«

42

Karen streckte sich, goss zwei Tassen Kaffee ein, von denen sie eine Alexis reichte, und ließ sich in ihren Bürostuhl fallen. »Ich habe gehört, dein Onkel gehört zu den Verdächtigen?«

»Die Buschtrommeln waren mal wieder schnell.«

»Was hast du denn erwartet?«

»Ich glaube nicht, dass er es ist. Er ist alt und nicht sehr fit. Wie soll er zwei Frauenleichen so weit schleppen und wozu?«

»Seit wann handeln Serienkiller rational?« Sie griff nach ihrem Laborjournal. »Vielleicht habe ich etwas gefunden, das euch weiterhelfen kann. Komm mit.« Sie führte sie in ihr Labor, zog ein paar Handschuhe an, holte eine Petrischale aus der Kühlung und legte sie unter ein Mikroskop.

Alexis blickte durch das Okular und sah ein winziges spindelförmiges Gebilde, das aus Holzfasern zu bestehen schien.

»Das ist eine Köcherfliegenlarve, eine Trichoptere«, erläuterte die Biologin. »Wenn sie aus dem Ei schlüpfen, sehen sie ähnlich aus wie Raupen und beginnen mit dem Material, das ihnen die Umgebung zur Verfügung stellt, und einem Drüsensekret, einen Köcher zu bauen, den sie wie ein Schneckenhaus mit sich herumschleppen. Später verpuppen sie sich darin.«

»Und wie hilft uns das weiter?«

Karen veränderte die Einstellungen am Mikroskop, sodass die Larve unter stärkerer Vergrößerung erschien. »Fällt dir etwas auf?«

Sie konzentrierte sich, wollte schon verneinen, als ihr ein fadenförmiges Gebilde auffiel, das sich durch den gesamten Köcher zog, und daneben eine hellgelbe Struktur.

»Genau«, bestätigte Karen, als Alexis ihr schilderte, was sie sah. »Das eine scheint ein Haar vom Opfer zu sein. Die DNA-Analyse wird es bestätigen, aber Farbe und Struktur passen zu Bianca Winkler.«

»Und das Gelbe?«

»Das ist das Interessante. Es scheint ein Stück Wolle zu sein. Vielleicht eine Faser, die vom Opfer stammt oder vom Täter.«

Alexis machte sich eine Notiz, dass sie herausfinden musste, ob eine der Frauen ein Kleidungsstück in dieser Farbe besaß.

»Diese Larvenart kommt nur in der Nähe des Flusses vor, berücksichtigt man das Alter der Puppe und wann sie angefangen hat, das Haar einzuspinnen, kann man davon ausgehen, dass die Leichen ziemlich genau sieben Tage am Fundort lagen, bevor sie entdeckt wurden.«

»Du bist fantastisch!«

»Ich weiß«, lächelte Karen.

»Kannst du mir davon Fotos machen und sie mir schicken?«

»Schon geschehen.«

Alexis gab ihr einen Kuss auf die Wange.

»Wie geht es dir eigentlich?«, fragte Karen beim Hinausgehen. »Du siehst nicht gut aus.«

»Da bist du nicht die Erste, die mir das sagt.«

»Dann ist da wohl etwas Wahres dran.«

Beinahe hätte Alexis sich ihrer Freundin anvertraut, dann sah sie deren rot geäderte Augen und überlegte es sich anders. Sie hatte genug Probleme, da musste sie sie nicht auch noch mit den ihren belästigen. Faule Ausrede, schoss es ihr durch den Kopf. Insgeheim wusste sie, dass der wahre Grund in der Angst vor ihrer Reaktion begründet lag.

Kaum saß Alexis wieder an ihrem Schreibtisch, wurde nach ihr gerufen. Ein Bote wartete im Eingangsbereich, der inzwischen gereinigt worden war. Einige Mitarbeiter hatten sogar die alten Kinoplakate wieder aufgehängt und eine Schaufensterpuppe hinter die Kasse gestellt. Es fühlte sich wie eine Zeitreise an.

Sie eilte die Treppen hinunter und sah den Franzosen, den sie am Vormittag aus dem Auto hatte aussteigen sehen, vor der Glastür entspannt eine Zigarette rauchen. Er musste Mitte bis Ende dreißig sein, hatte kurz geschnittene, leicht gelockte Haare, die seinem ansonsten sehr kantigen Gesicht eine gewisse Weichheit verliehen.

In seinen dunklen Jeans, die einen trainierten Körper erahnen ließen, und dem weichen, grauen Wollpullover, der seine breiten Schultern betonte, sah er ungemein sexy aus.

Post aus Frankreich?, fragte sie sich, bevor sie den echten Paketboten sah, ein hochgewachsener blasser Mann mit pickeligem Gesicht und fettigen Haaren, die unter der Firmenkappe hervorstanden. »Sie haben etwas für mich?«, erkundigte sie sich, wobei sie den Franzosen aus den Augenwinkeln betrachtete.

Der Bote deutete auf einen großen, versiegelten Karton. »Alexis Hall?«

Sie nickte.

»Ich muss Sie bitten, sich auszuweisen.«

Während sie die Formalitäten erledigte, bemerkte sie, dass der Franzose sie mit einem amüsierten Lächeln beobachtete.

Schließlich verabschiedete sich der Bote und ließ sie mit der schwer aussehenden Kiste zurück. »Hätte ich mit den Wimpern geklimpert, hätte er sie mir sicher raufgetragen«, fluchte sie leise und hievte den Karton hoch, wobei ihre geringe Größe nicht von Vorteil war. Sie vermutete, dass darin einige angeforderte Akten waren.

In dem Moment öffnete sich erneut die Tür, und bevor sie sich versah, nahm der Franzose ihr den Karton ab. »Ihr Deutschen erstaunt mich immer wieder. Wie kann man einer Dame nicht beim Tragen helfen?«, fragte er mit leichtem französischen Akzent und lächelte sie charmant, aber etwas unterkühlt an. »Müssen Sie nach oben?«

Sie fühlte sich überrumpelt und war sich nicht sicher, ob sie sich über diese Aktion freuen oder ärgern sollte.

Blöde Emanzipation!, durchfuhr sie der Gedanke. Also nickte sie bloß und bedankte sich.

»Keine Ursache.« Er zögerte. »Vielleicht können Sie mir im Gegenzug ebenfalls einen Gefallen tun. Ich suche eine Frau Hall. Eigentlich wollte mich jemand zu ihr führen, aber der gute Mann ist einfach verschwunden.«

»Das dürfte kein Problem sein. Ich bin Alexis Hall. Wie kann ich Ihnen helfen?«

Mit einem Mal veränderte sich seine gesamte Ausstrahlung. Das Leichtlebige und Charmante verschwand und hinterließ einen unterkühlten, reservierten, aber irgendwie auch vertrauenerweckenden Mann, wobei er trotz der professionellen Fassade eine gewisse Überraschung nicht verbergen konnte.

Er klemmte den Karton unter einen Arm, was Alexis mit gewissem Erstaunen registrierte, hatte sie doch Mühe gehabt, ihn überhaupt zu tragen, und reichte ihr die Hand. »Stephan Landeaux. Ermittler im Auftrag von Europol.« Er zeigte ihr einen Ausweis, den sie entgegennahm und kontrollierte.

»Europol?«

»Hat Frau Dolce sich nicht bei Ihnen gemeldet?«

Alexis überprüfte ihr Handy. »Bisher nicht.«

»Können wir in Ihr Büro gehen?«

»Selbstverständlich.« Zuerst brachten sie den Karton zu Oliver, der sie mit einem stummen Neigen des Kopfes fragte, was es mit dem Franzosen auf sich hatte, nachdem dieser sich vorgestellt hatte. Sie antwortete ihm mit einem Schulterzucken. »Ich vermute, das sind die Akten von der Vermisstenstelle. Sieh sie dir an, wenn du Zeit hast, ob eine auf die andere Unbekannte passen könnte. Sind Bauwart und Volkers wieder da?«

»Sie essen etwas und sind in fünfzehn Minuten zurück.«

In dem Moment klingelte ihr Handy. Dolce, die etwas verspätet den Besucher ankündigte und ein Treffen forderte, da es einige neue Informationen gab. »In dreißig Minuten im großen Saal. Milbrecht und Norden werden ebenfalls kommen.«

Nun war Alexis noch neugieriger. Ein in aller Eile einberaumtes Treffen konnte nur bedeuten, dass es neue Fakten gab. Das Kino hatte durch seine Größe immerhin den Vorteil, dass sie ständig neue Räume zur Verfügung hatten, wodurch sie Dolces Wunsch nach wechselnden Besprechungsorten nachkommen konnten.

»Kommen Sie«, sagte sie zu Landeaux und führte ihn in ihr Büro.

Er betrachtete das Plakat von dem Elvis-Film. »Ich mag ja Frankie und Johnny am liebsten.«

Sie sah ihn überrascht an. »Auch ein Fan?«

»Wie könnte ich den King nicht verehren?«

»Da haben Sie recht. Möchten Sie etwas trinken?«

»Ein Wasser wäre nett.«

»Kein Kaffee oder Tee?«

»Ich trinke keinen Kaffee. Das Rauchen ist Laster genug.«

»Und der Wein, nehme ich an.«

»Weil ich ein Franzose bin?« Er hob kritisch eine Augenbraue.

Viel Humor scheint er nicht zu haben, dachte sie. Sie zauberte ein diplomatisches Lächeln auf ihre Lippen. »Ich muss Ihnen ein Kompliment aussprechen. Sie sprechen sehr gut Deutsch.«

»Vielen Dank. Meine Mutter stammte aus Freiburg,

sodass ich zweisprachig aufgewachsen bin, und im Rahmen meiner Arbeit bekomme ich ausreichend Gelegenheiten, mich darin zu üben.«

»Und was führt einen Beamten von Europol zu uns?«

»Ich gehöre einer neuen Abteilung des Operation Departments an, deren Aufgabe es ist, die internationale Zusammenarbeit bei grenzübergreifenden Verbrechen zu unterstützen.«

Alexis wusste über Europol nur, dass es in verschiedene Departments strukturiert war und vor allem die Bekämpfung von Terrorismus, organisierter Kriminalität und Drogenhandel zum Ziel hatte.

»Und was hat das mit uns zu tun?«

Er öffnete seine Aktentasche, holte zwei Mappen heraus und ließ sie auf den Tisch fallen. Sie öffnete sie und sah die Leiche einer nackten, jungen Frau, die wie eine zerbrochene Puppe auf einem Bett mit Blümchenmuster lag. Der Kontrast zwischen ihrer Unschuld und dem, was man ihr angetan hatte, wurde besonders durch den regelrecht zerfetzten Hals betont, um den die Reste einer Drahtschlinge lagen. »Claudette Marou. Sie wurde vor drei Jahren gefunden.«

Sie sah in die andere Akte. Dieses Mal hing eine Frau an einer Drahtschlinge. Ihre Füße berührten gerade noch den Boden. Ihre weit aufgerissenen Augen spiegelten das Entsetzen wider, das sie bei ihrem langen Todeskampf verspürt haben musste.

»Louanne Delère. Sie wurde drei Tage später gefunden. Der Täter wurde nie gefasst, aber es deutet alles darauf hin, dass es derselbe war.«

»Und Sie vermuten, dass es sich um unseren Killer

handelt?« Im Grunde war es eine rhetorische Frage. Man musste kein Psychologe sein, um dieselbe Handschrift, nur ausgereifter, zu erkennen.

Landeaux nickte. »Ich habe nie geglaubt, dass er einfach so aufhört. Niemand foltert einen Menschen derart grausam zu Tode, ohne daran Gefallen zu haben.«

»Sie waren an den Ermittlungen beteiligt?«

»Ja, damals arbeitete ich noch bei der Polizei. Es war einer meiner letzten Fälle, bevor ich zu Europol ging.« Sein Kehlkopf zuckte heftig.

»Ich bin Ihnen ja dankbar für diese Information, aber hätte ein Anruf nicht genügt?«

Er schüttelte den Kopf. »Meine Abteilung ist ein Testballon, um herauszufinden, ob es Bedarf für eine Art europäisches FBI gibt. Ich besitze zwar keine Exekutivbefugnisse, und wir werden vorerst nur einzeln als Berater eingesetzt, aber ich bin hier, um aktiv mitzuarbeiten. Vor allem, wenn es um den Austausch mit den französischen Kollegen geht, stehe ich Ihnen zur Verfügung. Betrachten Sie mich einfach als einen weiteren kostenlosen Mitarbeiter.«

43

»Nun mischt sich die EU also in unsere Ermittlungen ein«, sagte Volkers und unterbrach seinen aufgebrachten Marsch vor der Leinwand des Kinosaals nur, um Landeaux giftig anzusehen.

»Wir sollten es positiv sehen«, wandte Alexis ein, auch

wenn sie sich selbst nicht sicher war, was sie davon halten sollte. Sie saß auf der Rückenlehne eines mit dunkelrotem Stoff bezogenen Kinosessels. Die Sitzfläche war abgewetzt, und an manchen Stellen schimmerte die Füllung durch. Sie nahm sich Zeit mit der Antwort. Bei diesem Fall verlief auch nichts in normalen Bahnen. Sie hielten wichtige Besprechungen in einem verlassenen Kinosaal ab, ihr Onkel gehörte zu den Tatverdächtigen, und jetzt mischte sich auch noch ein Franzose in den Fall. »Ohne Europol wüssten wir nichts von der Verbindung nach Frankreich.«

»Wenn denn überhaupt eine existiert. Für mich ist das sehr dürftig.«

»Was denken Sie, Dr. Norden?«, fragte Alexis den Psychologen, der direkt unter einem der Deckenstrahler saß und so in eine Aura aus Licht gehüllt war.

»Ich hatte zwar noch keine Zeit, die neue Lage gründlich zu studieren, doch nach den Informationen, die mir momentan vorliegen, halte ich es für durchaus wahrscheinlich, dass die Fälle zusammenhängen. Man erkennt eine klare Entwicklung beim Täter. Zuerst eine Tötung, die mir relativ spontan erscheint. Vermutlich hat er dabei entdeckt, dass er Freude am Morden hat, und probierte sich am zweiten Opfer etwas mehr aus.«

»Aber warum hat er aufgehört, nur um drei Jahre später wieder anzufangen?«

»Vielleicht saß er im Gefängnis, es hat sich etwas Gravierendes in seinem Leben geändert, oder er hat weitergemacht, ohne dass wir es bisher mitbekommen haben.«

»Hätte Europol nicht Alarm schlagen müssen?«

»Nur wenn es innerhalb Europas war«, sagte Landeaux nachdenklich. »In der heutigen mobilen Zeit könnte es auch sein, dass er sich in Australien, in den USA, in Afrika oder sonst wo auf der Welt herumgetrieben hat.«

»Haben Sie eine Möglichkeit, Zugriff auf die Datenbanken dieser Länder zu erhalten?«

»Ich werde ein paar Anrufe tätigen. Eventuell erklären sie sich bereit, einen Abgleich für uns zu machen.«

»Aber Sie gehen davon aus, dass Claudette Marou das erste Opfer unseres Killers war?«, wandte sich Alexis erneut an Norden.

»Es spricht einiges dafür«, entgegnete dieser mit einem Seufzer, als spräche er mit einem begriffsstutzigen Kind. »Es könnte sein, dass er in einem nichteuropäischen Land zuvor gemordet hat, oder dass seine Methode zu unspezifisch war, um einen Treffer in den Datenbanken auszulösen.«

»Volkers, Bauwart – ich möchte, dass ihr mit Landeaux' Hilfe nach ungelösten Fällen mit erwürgten Frauen sucht, die länger als drei Jahre zurückliegen. Beschränkt euch bei der Suche auf Opfer zwischen zwanzig und fünfunddreißig Jahren.«

Volkers wollte zu einem Protest ansetzen, aber Bauwart brachte ihn mit einem Stoß in die Seite zum Schweigen.

»Dr. Norden, wenn ich voraussetze, dass die Marou sein erstes Opfer war, ist die Wahrscheinlichkeit doch groß, dass eine persönliche Beziehung zu ihrem Mörder bestand, oder?«

»Es spricht einiges dafür.«

»Was können Sie uns über das Umfeld von Claudette Marou sagen?« Sie sah Landeaux an, wartete darauf, dass er die Akten nahm, doch stattdessen rasselte er die Fakten aus dem Gedächtnis herunter, hielt dabei ihren Blick gefangen.

»Sie lebte in einem kleinen Haus an der Rue des Prés direkt neben der Ehn in Blaesheim, einer Ortschaft, die nur wenige Kilometer von Straßburg entfernt liegt. Wir wurden damals von der örtlichen Polizei um Unterstützung gebeten. Sie führte ein bescheidenes Leben, arbeitete für einen großen Caterer, der Events belieferte. Zum Zeitpunkt ihrer Ermordung war sie schwanger, aber niemand wusste, von wem.«

»Sie hatte also eine heimliche Affäre«, stellte Alexis fest. »Wie eines unserer Opfer von der Reißinsel.«

»Das könnte Zufall sein«, schnaubte Volkers.

»Durch ihre Arbeit war es unmöglich einzugrenzen, wer der Mann sein könnte. Sie hatte einfach zu viele Gelegenheiten und Kontakte. Freunde und Verwandte sahen sich allerdings überrascht. Sie war eher zurückhaltend, aber es war allgemein bekannt, dass sie sich eine Familie mit Kindern wünschte.«

»Moment«, sagte Oliver. »Wann fanden diese Morde statt?«

Landeaux nannte ihm die Daten, woraufhin Oliver sein Tablet hervorholte und etwas suchte. »Wusste ich es doch«, rief er. »Magnus Hall befand sich zu diesem Zeitpunkt in Straßburg. Es fand eine Konferenz statt, in deren Rahmen er ausgezeichnet wurde.«

»Wie Hunderte anderer auch«, gab Alexis zu bedenken.

»Sehen Sie, was ich meine?«, wandte sich Volkers an die Chefin. »Sie ist befangen. Wir reden hier von ihrem Onkel.«

»Ihr Onkel ist ein Tatverdächtiger?«, fragte Landeaux überrascht.

»Es zeichnet sich ab, dass er darin verwickelt sein

könnte«, gab sie zu. »Aber ich glaube nicht, dass er ins Profil passt. Was denken Sie, Dr. Norden?«

»Ich brauche mehr Informationen, aber ausschließen kann man ihn nicht, auch wenn er vom Alter her untypisch wäre. Zudem liegt meines Wissens nach keine Erklärung vor, warum er so plötzlich aufgehört und wieder angefangen haben sollte.«

»Zumindest nicht zu diesem Zeitpunkt«, sagte Oliver. »Allerdings verlor er seinen Sohn bei einem tragischen Unfall, für den er sich eventuell die Schuld gibt.«

»Ich möchte mich derzeit nicht weiter dazu äußern«, antwortete Norden knapp. »Geben Sie mir die Unterlagen, und ich lasse Ihnen meine Einschätzung morgen zukommen.«

»Im wievielten Monat war Marou schwanger?«, fragte Alexis.

»In der siebten Woche.«

»Dann kann sie es noch nicht lange gewusst haben. Oliver, kannst du bitte herausfinden, ob mein Onkel bereits vor der Tagung in Straßburg war? Wenn man unterstellt, dass der Killer der Affärenmann ist, müsste es Nachweise dafür geben, dass er regelmäßig in Frankreich war.«

»Wollen Sie das wirklich zulassen?«, wandte sich Volkers dieses Mal an Milbrecht. »Er ist ihr Partner. Wer sagt uns, dass er ihr zuliebe nicht die Fakten verschleiert?«

»Willst du mir ernsthaft vorwerfen, korrupt zu sein?« Mit einem Mal war von Olivers Lockerheit nicht mehr viel da. Drohend baute er sich vor dem älteren Beamten auf.

»Nein, so war das nicht gemeint«, ruderte dieser zurück. »Aber es könnte ein schlechtes Licht auf die Ermittlungen werfen.«

»Momentan macht mir da mehr Sorgen, welche Auswirkungen die Beteiligung von Herrn Landeaux haben wird. Ich kann nicht sagen, dass es mir behagt«, sagte Oliver und wandte sich dem Franzosen zu. »Ich muss Sie darum bitten, mir die Nummer Ihres Vorgesetzten zu geben.«

»Kein Problem.« Landeaux holte eine Visitenkarte. »Monsieur Meunier wird Ihre Fragen sicher gerne beantworten.«

Milbrecht nahm die Fotos der beiden ermordeten Französinnen in die Hand und studierte sie schweigend. Seine Pupillen weiteten sich. Er schien den Blick nicht von ihnen lösen zu können. »Graben Sie so viel wie möglich über diesen Herrn Hall aus. Ich habe ihn morgen Vormittag zur Vernehmung vorladen lassen«, sagte er schließlich mit belegter Stimme.

»Zagorny und ich werden das übernehmen«, meldete sich Dolce zu Wort, die sich entgegen ihrer sonstigen Art bisher im Hintergrund gehalten hatte.

Bei ihren Worten wurde Alexis flau im Magen. Sie hatte gehofft, dass sie das vermeiden konnte. Nun blieb ihr nur darum zu beten, dass ihr Adoptivvater es Magnus ausreden konnte, die Wahrheit über ihre Herkunft und seine Anschuldigungen wegen Phillips Tod zu verbreiten.

Milbrecht sah auf seine Uhr. »Ich muss zum Gericht. Ich werde bei der Vernehmung anwesend sein, damit keine unnötigen Gerüchte aufkommen.«

Alexis konnte Volkers' Gesichtsausdruck bei diesen Worten nicht deuten. War er nun zufrieden, oder hatte er tatsächlich darauf gehofft, dass ihr der Fall entzogen werden würde? Sie verdrängte den Gedanken. Solche Spekulationen führten nur zu noch mehr Spannungen im Team, und die konnten sie sich derzeit wahrlich nicht leisten.

Inzwischen war es später Nachmittag, sodass sie sich für den Tag abmeldete. Sie wollte nach Aaron suchen. Aus den Ermittlungen gegen ihren Onkel sollte sie sich ohnehin weitgehend heraushalten. Landeaux schloss sich ihr beim Hinausgehen an. »Wo übernachten Sie eigentlich?«, fragte Alexis. »Ich gehe davon aus, dass Sie benachrichtigt werden wollen, wenn es Neuigkeiten gibt«, schob sie hinterher, um nicht zu neugierig zu wirken.

Er reichte ihr eine Visitenkarte. »Hier finden Sie meine Handynummer. Ich habe ein Zimmer im Dorint. Ich war noch nie in dieser Gegend. Hätten Sie Lust, mir heute Abend die Stadt zu zeigen?« Er lächelte sie unverbindlich an, doch seine Augen verweilten einen Moment zu lang auf ihr.

Sie zögerte, dann fiel ihr die Verabredung mit Erik ein. »Tut mir leid. Ich bin heute bereits verabredet. Vielleicht an einem anderen Abend.«

Sie verabschiedeten sich voneinander, und mit einem letzten Blick auf Landeaux eilte Alexis zu ihrem Auto.

44

Zu Hause angekommen, hastete sie hinein in der Hoffnung, dass er sie maunzend begrüßen würde, aber stattdessen umfing sie Stille. Das Futter stand unberührt an seinem Platz.

Sie zog sich bequeme Jeans an, aß eine Schüssel Müsli,

dann schnappte sie sich den Haustürschlüssel und ging zu ihrem Nachbarn Friedrich Fischer, von allen nur Fi genannt. Er war ein Riese von einem Mann, der ihr jedes Frühjahr das Holz brachte und ihr gelegentlich bei schweren Arbeiten im Garten aushalf. Er öffnete nach dem zweiten Läuten, sein breites Gesicht lächelte sie an, und nur ein leichter Anflug von Überraschung zeigte sich auf ihm. »Alexis, ist dir das Holz ausgegangen?«

»Ich suche Aaron, ist er dir über den Weg gelaufen?«

Er runzelte die Stirn. »Nicht dass ich mich erinnere. Sollen wir im Schuppen nachsehen? Ich habe vor zwei Tagen Holz gehackt, da stand die Tür eine Weile offen.«

»Das wäre nett. Ich mache mir Sorgen um ihn. Es ist lange her, dass er mehr als einen Tag verschwunden blieb.«

Fi lebte in einem ehemaligen Bauernhof. Während die Front zur Straße führte, gelangte man über einen schmalen asphaltierten Weg zu einem weitläufigen Hof. An der am Wald angrenzenden Seite lagerten von Wellplatten geschützte Reihen von Holz. Daneben befand sich eine Holzhütte, die er als Lager nutzte. Der Mann öffnete das Vorhängeschloss und ließ Alexis als Erste eintreten. Sie schaltete das Licht an. Eine verlorene Glühbirne baumelte von der Decke, spendete unter lautem Surren ein unstetes Licht. Kein Kater, der ihr entgegensprang. Kein Miauen. Trotzdem vergewisserte sie sich, dass Aaron nicht da war, rief nach ihm, spähte hinter jede einzelne Gerätschaft. Sie beugte sich vor, um hinter eine Holzkiste zu spähen. Wieder nichts.

»Danke für deine Mühe«, sagte sie und drängte sich an ihm vorbei. »Ich frage mal bei Britta nach. Vielleicht hat er sich wieder in ihren Keller geschlichen.«

Britta war ihre Nachbarin zur Linken. Sie war die

Erste gewesen, mit der sich Alexis angefreundet hatte, nachdem sie in den Ort gezogen war. Sie arbeitete in einer Werbeagentur und führte eine Fernbeziehung mit einem Immobilienmakler aus Stuttgart, weshalb beide Frauen abends oft alleine waren und sich zum Essen trafen oder sich in ein Café setzten.

Britta war etwas älter als Alexis, aber man sah ihr die Jahre nicht an. Sie war immer adrett gekleidet, so auch dieses Mal. Obwohl sie ihr mit einem Putzlappen in der Hand öffnete, trug Britta ihren Schmuck und einen perfekt geschnittenen Hausanzug, der ihre schmale Hüfte betonte. Bei ihrem Anblick huschte ein Lächeln über ihr Gesicht. »Alexis, wie schön! Wir haben uns viel zu lange nicht mehr gesehen. Komm rein!«

»Tut mir leid, aber ich habe gleich noch eine Verabredung. Aaron ist verschwunden, und ich wollte dich fragen, ob ich einen Blick in deinen Kohlenkeller werfen kann.«

»Klar.« Sie nahm ihren Haustürschlüssel aus einer Schublade und streifte sich Leinenschuhe über. »Ich wüsste allerdings nicht, wie er da hineingelangt sein sollte. Ich war ewig nicht mehr da drin.«

»Vielleicht haben wieder ein paar Kinder Unsinn getrieben. Ich will einfach nur sichergehen.«

»Kein Problem. Wie ist es dir denn in letzter Zeit ergangen?«

Sie liefen um das Haus herum, bis sie vor dem ehemaligen Kohlenkeller standen. Britta hatte den ursprünglichen Schacht belassen und nur den innen gelegenen Zugang zum Gebäude zumauern lassen.

»Viel Arbeit, ansonsten ist alles prima«, log sie. Sie mochte Britta, aber über mehr als oberflächliches Geplauder waren sie nie hinausgekommen. Sie half ihr mit den schweren Flügeln der Holztür, die den Schacht verschlossen. Auch hier kein Maunzen oder anderes Geräusch. »Warte, ich hole eine Taschenlampe.«

Britta ging zum Haus und ließ sie vor der dunklen Öffnung kniend zurück. Alexis rief nach Aaron, erfolglos. Langsam fing sie an, sich ernstlich Sorgen zu machen. War er in die Hände von Katzenfängern geraten?

Nach wenigen Minuten kam ihre Nachbarin zurück und leuchtete jede Ecke des Kellers aus, doch der Kater blieb verschwunden.

»Tut mir leid«, sagte Britta, während sie die Tür verriegelten. »Hätte mich allerdings gewundert, wenn er hier gewesen wäre. Hast du neulich nachts schon nach ihm gesucht?«

»Wie kommst du darauf?«, fragte sie überrascht und klopfte sich Dreck und Kohlestaub von den Kleidern.

»Vor zwei Tagen habe ich dich spätnachts in Schlafsachen durch den Garten laufen sehen. Ich hatte noch zu arbeiten und war gerade auf dem Balkon zum Rauchen.«

In Alexis verkrampfte sich alles. Das musste die Nacht gewesen sein, in der sie ihren Gedächtnisaussetzer gehabt hatte. Was hatte das nur zu bedeuten? »Er ist abends nicht nach Hause gekommen, und ich konnte deshalb nicht schlafen«, log sie.

»Zieh dir das nächste Mal etwas Dickeres an«, lachte Britta. »Ich habe schon bei deinem Anblick gefroren.«

Sie verabschiedeten sich voneinander. Nur mühsam gelang es Alexis die freundliche Maske aufrechtzuerhalten. Erst in ihren eigenen vier Wänden gestattete sie der Angst, sich Bahn zu brechen. Zitternd setzte sie sich auf einen Küchenhocker. Was geschah mit ihr? Schlafwandelte sie?

Und was war mit ihrem Kater? Stumpfsinnig starrte sie auf den Boden, während ihre Gedanken rotierten wie die Zahnräder einer außer Kontrolle geratenen Maschine. Sie musste sich ablenken. Zu viel Grübeln würde sie nur vollends in den Wahnsinn treiben. Sie holte das Telefonbuch und rief beim Tierheim und den Tierärzten der Region an. Niemand hatte Aaron gesehen. Zum ersten Mal fragte sie sich, ob sie ihren Stubentiger jemals wiedersehen würde. Sie vergrub ihren Kopf in den Händen, unterdrückte die Tränen. Kurz erwog sie, Erik abzusagen. Nein, beschloss sie. Sie musste die Sache mit Erik ein für alle Mal klären. Also zog sie sich um. Eine dunkle Jeans mit einem Blazer musste für diesen Anlass reichen. Dazu legte sie ein leichtes Make-up auf.

Als sie in der Küche das alte Futter entsorgte und neues einfüllte, stiegen ihr erneut Tränen in die Augen. Wie konnte man ein Tier nur so vermissen?

Das Chilly lag in einer Seitenstraße der Heidelberger Altstadt. Äußerlich machte es nicht viel her. Ein schlichtes Haus, über dessen Eingang ein Schild mit einem Fächer aus verschiedenfarbigen Chilis hing. Das Innere hingegen überwältigte jeden mit seinen intensiven Farben. Flammend rote Wände, dunkelgrüne Tische, über denen gelbe Lampen hingen. Trotz dieser extremen Mischung wirkte alles stimmig und modern. Nicht zuletzt wegen der dezenten Dekoration und der originellen Pop-Art-Bilder.

Erik wartete bereits an einem Tisch und begrüßte sie mit einem sanften Kuss auf die Wange. »Ich habe uns Wein bestellt, einen Cabernet Sauvignon, ich hoffe, das ist in Ordnung.«

»Natürlich«, antwortete sie unterkühlt. Sie war in der Hinsicht merkwürdig. Vor zwei Wochen hatte sein Anblick bei ihr noch ein aufgeregtes Kribbeln ausgelöst, und sie hätte ihn unter einem Vorwand nach draußen gelockt, um ihm zur Begrüßung einen überschwänglichen Kuss zu geben. Nun, da sie entschieden hatte, es mit ihm zu beenden, war ihre Leidenschaft offensichtlich völlig verflogen, stellte sie überrascht fest. Übrig blieb nur der schale Nachgeschmack von Trauer und Verlust.

»Die Schlagzeile von heute tut mir leid. Mein Redakteur macht mir Druck. Ihm kann es nicht reißerisch genug sein.«

»Ich weiß. Der Rest des Artikels war sehr gut. Danke, dass du dich an die Vereinbarung gehalten hast.«

Die Bedienung brachte den Wein. Alexis bestellte einen Salat und Erik das Chili con Carne in Extrascharf, für das der Laden bekannt war.

Das Essen überbrückten sie mit belanglosem Small Talk, mieden alle schwierigen Themen wie die Ermittlungsarbeit oder ihre Beziehung. Erst beim abschließenden Espresso schnitt Erik das Thema an. »Du fehlst mir. Falls ich etwas falsch gemacht habe, sag es mir, und ich werde es wiedergutmachen.«

»Das ist es nicht.« Sie wich seinem Blick aus. »Meine Gefühle reichen einfach nicht aus.«

Er legte seine Hand auf ihre. »Das stimmt nicht, und das weißt du. Es ist sicher auch kein Zufall, dass du vollkommen übernächtigt aussiehst. Ich kenne dich.«

Seine Worte entfachten Zorn in ihr. Ruckartig zog sie ihre Hand weg. »Es tut mir leid, wenn du geglaubt hast, dass da mehr zwischen uns ist. Ich brauchte eine Ablenkung, aber nun ist es vorbei.«

Er schüttelte den Kopf. Die Wärme war aus seinen Augen gewichen. »Du kannst so kalt sein wie eine Eiskönigin. Bitte, lass mich nicht betteln.«

Hastig atmete sie aus. Sie fühlte sich in die Ecke gedrängt, verspürte nur noch den Wunsch, zurückzuschlagen, um sich zu befreien. »Das tust du doch schon.« Sie stand auf, verbarg das Zittern ihrer Hände, indem sie ihren Geldbeutel hervorholte und ein paar Scheine auf den Tisch legte. »Es ist vorbei. Sieh das ein und zieh weiter.« Sie sah, wie sich seine Hände unter dem Tisch zu Fäusten ballten. Bevor er noch etwas sagen konnte, wandte sie sich ab und eilte aus dem Restaurant.

45

»Hatten Sie eine Affäre mit Dr. Ehrich?«, fragte Oliver scharf.

Alexis beobachtete ihn durch den Einwegspiegel, der sie vom Verhörraum trennte. Neben ihr standen Milbrecht, der nur mit halbem Ohr zuhörte, Volkers und Bauwart.

Magnus war vor einer Viertelstunde mit seinem Anwalt Dr. Lereng eingetroffen. Sie hoffte, dass Kaspar ihn zur Vernunft gebracht hatte. Weitere Bedenken bezüglich ihrer Person und es bestünde die Gefahr, dass man ihr die Leitung der Ermittlungen entzog. Das durfte sie nicht zulassen. Noch nicht.

Das Verhör ging weiter. Oliver verfolgte einen wohlüberlegten Plan. Momentan befanden sie sich beim Vorgeplänkel. Magnus stritt natürlich alles ab. Sowohl eine Affäre mit Frau Ehrich gehabt zu haben, als auch in ihren Tod verwickelt zu sein. Sein Anwalt hatte die Aufnahmen der Überwachungskamera aus seinem Haus mitgebracht. Sie wurden im Nebenraum ausgewertet, aber vom ersten Eindruck her wirkte es, als bestätigte sich sein Alibi. Nur dass es sein eigenes Sicherheitssystem war. Wenn jemand wusste, wie man es austrickste, dann er. Von Bauwart und Volkers wussten sie, dass es in der Nacht von Romy Ehrichs Verschwinden keine Aktivität seiner Kreditkarten gegeben hatte, von einer Video-on-Demand-Bestellung abgesehen. Zudem hatten sie der geschwätzigen Nachbarin Fotos von Kirn und Magnus gezeigt. Ihren Onkel hatte sie spontan ausgeschlossen, bei Kirn war sie nicht sicher. Von der Statur her würde es passen. Allerdings handelte es sich bei ihr um keine Zeugin, die sie als zuverlässig bezeichnen würde, und ihre Verwendbarkeit vor Gericht war angesichts ihres Alters nur eingeschränkt möglich. Trotzdem wollte Alexis ihr glauben. Nicht noch ein Killer in der Familie. Bitte.

Gegen Magnus sprach zudem, dass er sich sehr verändert haben müsste, um eine Affäre mit einer verheirateten Frau anzufangen. Nicht der oberkorrekte Magnus Hall, der nie einen Fehltritt verzieh.

Dann fiel ihr etwas auf. Sie öffnete die Akte von Romy Ehrich, sah auf ein Foto aus besseren Zeiten, das sie lächelnd auf einer Frühlingswiese zeigte. Der Wind zauste ihr Haar, und die Augen lachten mit dem Mund um die Wette. Sie sah aus wie Renate, Magnus' Exfrau. Sie hatten sich drei Jahre nach dem Tod ihres Sohnes getrennt. Ob aufgrund des Unglücks oder wegen seiner schwierigen Art, wusste sie nicht. Sie war damals bereits nicht mehr willkommen gewesen und hatte Renate nie wiedergesehen. Wenn er es doch war?, fragte sich Alexis. Sie versuchte, den Gedanken wie einen ungebetenen Gast zu verscheuchen, aber er setzte sich fest. Er war lange alleine gewesen, reich und gewohnt zu bekommen, was er wollte. Und was war mit Romy? Hatte sie sich womöglich einen Karrieresprung erhofft? Auch wenn der Ehemann das Gegenteil behauptete, so war die Ehe offensichtlich nicht völlig in Ordnung gewesen. Wollte sie ausbrechen? Einen Neustart wagen, solange es nicht zu spät war?

»Kein sehr ergiebiges Verhör«, sagte Milbrecht und wanderte im Raum auf und ab. Sie hatte seine Anwesenheit ganz vergessen.

»Geben Sie ihm Zeit«, erwiderte Alexis, nicht sicher, ob er überhaupt eine Antwort hören wollte oder nur seiner Frustration Luft machte. »Er bereitet ihn vor, wiegt ihn in Sicherheit, bevor er zum Angriff übergeht. Bisher hat er Frankreich nicht erwähnt.«

»Was haben wir sonst?«

»Seine Chipkarte und dass er eines der Opfer kannte«, mischte sich Volkers ein. »Das sollte reichen.« Man sah ihm an, dass er darauf brannte, den Fall zum Abschluss zu bringen und ihren Onkel als Mörder zu überführen. Oliver beendete das Geplänkel im Verhörraum, indem er seine Mappe öffnete, die Fotos der ermordeten Französinnen hervorholte und sie nacheinander vor Magnus auf den Tisch legte, während er genau dessen Reaktion beobachtete. »Und was ist mit diesen Frauen? Kennen Sie die?«

Die Augen ihres Onkels weiteten sich. Schweißperlen bildeten sich auf seiner Stirn. »Nein, wer soll das sein?«

»Waren Sie im Herbst vor drei Jahren in Frankreich?«

»Woher soll ich das jetzt noch wissen?«, schoss Magnus zurück. »Ich reise viel.«

»Lassen Sie mich Ihnen auf die Sprünge helfen.« Oliver holte den Zeitungsartikel hervor und legte ihn ebenfalls vor Magnus. »Zufälligerweise erhielten Sie genau dann eine Auszeichnung in Straßburg, als dort diese Frauen ermordet wurden.«

Ihr Onkel schnaubte. »Und wie viele andere Verbrechen wurden sonst noch zu dieser Zeit begangen? Bin ich für die womöglich auch verantwortlich?«

»Sagen Sie es mir. Es ist eindeutig, dass die Fälle zusammenhängen«, erwiderte Oliver scharf.

»Wie ich dem Artikel entnehme, nahmen an diesem Kongress mehrere Hundert Personen teil, und Straßburg ist immer noch eine Großstadt«, mischte sich Halls Anwalt ein. »Wenn das alles ist, was Sie vorzuweisen haben, sind wir hier nun fertig. Mein Mandant hat sich ausreichend kooperativ gezeigt und muss sich solche fragwürdigen Anschuldigungen nicht anhören.«

»Nicht so schnell«, bemerkte Oliver und legte Magnus' Chipkarte auf den Tisch. »Die gibt es auch noch.«

»Ich sagte bereits, dass ich sie verloren hatte.«

»Das haben Sie offensichtlich.«

»Nein … so war das nicht gemeint.« Dieser Versprecher brachte selbst Magnus aus der Ruhe. Sein Anwalt unterbrach ihn jedoch und flüsterte ihm etwas ins Ohr. Sie berieten sich leise, dann übernahm der Anwalt erneut für ihn.

»Mein Mandant hat Sie darüber informiert, dass seine Brieftasche entwendet wurde. Die Bestätigung liegt Ihnen sicher vor.«

»Lassen Sie mich raten, seine treue Assistentin wird den Ablauf der Ereignisse bezeugen?«

»Selbstverständlich«, antwortete der Anwalt mit einem süffisanten Lächeln.

»Wussten Sie, dass Claudette Marou schwanger war?«, wechselte Oliver überraschend das Thema, um Magnus zu verwirren.

»Wer?«

»Die Frau, mit der Sie eine Affäre hatten, bevor Sie sie ermordeten. War es Ihr Kind? Musste sie deshalb sterben?«

46

Zorn blitzte in seinen Augen auf. »Wie können Sie es wagen? Niemals würde ich meinem eigenen Kind …« Ihm versagte die Stimme. »Das ist abartig, was Sie da andeuten.«

Alexis glaubte ihm. Wieso sollte er eine Frau umbringen, die sein Kind in sich trug? Niemals traute sie ihm eine Tat zu, die sein Kind, wenn auch noch ungeboren, gefährden würde. »Er wirkt glaubwürdig«, sagte sie zu Milbrecht. »Magnus hat vor vielen Jahren seinen Sohn verloren und es nie verwunden. Für ihn wäre Nachwuchs ein Segen und kein Fluch.«

Der Staatsanwalt reagierte nicht, blickte weiter mit verschlossener Miene in den Vernehmungsraum. Aus dem Hintergrund hörte sie Volkers verächtlich schnauben.

»Haben Sie ein Alibi für die Nächte, die Sie sich dort aufgehalten haben?«, setzte Oliver die Vernehmung fort.

»Mein Mandant erläuterte bereits, dass er häufig reist und sich nicht erinnern kann«, schaltete sich der Anwalt ein. »Gerne lässt er seine Reiseunterlagen prüfen und schickt Ihnen das Ergebnis zu.«

»Vielleicht erinnert sich Dr. Kirn besser als ich«, fügte Magnus hinzu. »Wir haben mehrere Abende gemeinsam verbracht.«

Auf einmal wurde Oliver hellhörig. »Ihr Stellvertreter? Er war ebenfalls bei der Tagung?«

»Natürlich. Ich habe ihn dort für AZRE rekrutiert. Er ist ein herausragender Wissenschaftler und hatte gerade begonnen, durch seine Forschungen internationale Aufmerksamkeit auf sich zu ziehen.«

Sollte Oliver recht haben? War der Biologe der Täter? »Das kann kein Zufall sein«, stellte Alexis ernüchtert fest. »Dr. Kirn steht im Verdacht, eine Affäre mit der Ehrich gehabt zu haben.«

»Gibt es Beweise?«, fragte Milbrecht.

»Die Beobachtung einer Nachbarin, die ihn jedoch nicht eindeutig identifizieren kann, und die Aussage einer Mitarbeiterin, die sie bei einem Kuss erwischt hat.«

»Die von der BTA, die ihn vermutlich selbst gevögelt hat?« Die Lippen des Staatsanwalts kräuselten sich in einem verächtlichen Lächeln.

»Darauf deutet nichts hin«, antwortete sie.

»Hören Sie, ich verstehe ja, dass Sie Ihren Onkel entlasten wollen, aber Sie müssen der Tatsache ins Gesicht sehen, dass die Indizien gegen ihn sprechen.«

»Ich sage ja nur, dass er keine Frau töten würde, die von ihm schwanger ist.«

»Es ist jedenfalls eine auffällige Parallele, dass das erste französische Opfer eine Affäre mit einem unbekannten Mann hatte, schwanger wurde und ermordet wurde und genau dasselbe hier in Deutschland geschieht. Was also, wenn Dr. Kirn der Täter ist?«

»Sonst gibt es nichts, das auf ihn hindeutet?«

»Nein, aber mit einem Durchsuchungsbefehl ...«

»Dafür genügt es nicht. Bringen Sie mir mehr, dann bekommen Sie ihn. Bis dahin bleibt Ihr Onkel unser Hauptverdächtiger.«

Vielleicht ist es besser so, versuchte sich Alexis einzureden. So würden sie Kirn in falscher Sicherheit wiegen. Falls er der Täter war, hatte er die Spur zu Magnus mit Absicht gelegt. Sollte er doch glauben, dass sein Plan aufging.

Oliver beendete in der Zwischenzeit die Vernehmung. Seine Unzufriedenheit stand ihm ins Gesicht geschrieben. Kein Geständnis, kein hinreichender Tatverdacht für eine Verhaftung, und draußen rannte noch immer der Mörder umher und brachte in erschreckender Geschwindigkeit Frauen um. So etwas ging jedem Polizisten an die Nieren.

Dolce hatte sich die ganze Zeit im Hintergrund gehalten. Nun sah Alexis auf dem Flur, wie Magnus sich an sie wandte und sie ihn in ihr Büro führte. Ein eisiger Klumpen bildete sich in ihrem Magen. Folgte nun seine Rache?

Alexis' Handy klingelte.

»Ich bin's«, klang Karens helle Stimme an ihrem Ohr, nachdem sie abgenommen hatte. »Ich habe das Blut, das an unserer blonden Leiche aus dem Käfertaler Wald gefunden wurde, analysiert. Es gehört zu keinem der Opfer, ist aber eindeutig einer Frau zuzuordnen.«

O nein, dachte Alexis. »Also hat er noch mindestens eine weitere Person in seiner Gewalt.«

47

»Besteht die Möglichkeit, dass sie noch lebt?«, fragte Bauwart.

Sie befanden sich wieder im Kinosaal, und Alexis hatte der Versammlung aus ihm, Dolce, Milbrecht, Oliver, Landeaux und Volkers gerade die Neuigkeit mitgeteilt. »Das lässt sich nicht sagen. Die Tatsache, dass wir das Blut der Unbekannten gefunden haben, lässt auf nichts Gutes schließen, auf der anderen Seite haben wir bisher keine weiteren Leichen.«

»Es hat auch eine Weile gedauert, bis die ersten entdeckt wurden«, gab Landeaux zu bedenken. »Womöglich liegt sie an einem abgeschiedenen Ort.«

»Für den Moment sollten wir davon ausgehen, dass sie lebt«, sagte Alexis. »Wir können nicht ganz Mannheim und Umgebung absuchen lassen.«

»So eine Scheiße«, fluchte Volkers. »Wenn wir ihn nicht bald schnappen, murkst er sie ab. Wissen wir bereits, um wen es sich handelt?«

»Hellstern gleicht die DNA mit den Vermisstenmeldungen ab. Es kann aber dauern, bis das Ergebnis vorliegt.«

»Und inzwischen läuft uns die Zeit davon«, stellte

Oliver fest. »Das Resultat von der Stechmücke liegt ebenfalls noch nicht vor.«

»Können wir Dr. Hall und Dr. Kirn zumindest überwachen lassen?«, wandte sich Alexis an Milbrecht. »Falls einer von ihnen der Täter ist und die Unbekannte noch nicht tot irgendwo liegt, gibt uns das die Möglichkeit, sie entweder auf frischer Tat zu ertappen oder auszuschließen, sollte eine neue Leiche auftauchen.«

»Zumindest für Ihren Onkel lässt sich das einrichten, gegen ihn sprechen schon einige Indizien, ich kümmere mich um die richterliche Genehmigung«, erwiderte der Staatsanwalt. »Bei diesem Kirn bin ich mir nicht sicher, gegen ihn haben wir nichts in der Hand, aber ich werde es prüfen.«

»Das kann doch nicht sein, dass uns der Typ immer wieder entgleitet«, fluchte Oliver.

»Krieg dich wieder ein«, sagte Alexis mit einem Augenzwinkern. »Wir wissen, dass du ihn nicht magst. Falls er der Täter ist, werden wir ihn aus dem Verkehr ziehen.«

»Und wie viele Frauen müssen vorher noch sterben?«, fragte Oliver und verließ mit stocksteifen Schritten den Raum.

48

Dieser Albtraum war neu. Realer. Furchteinflößender. Regen, der auf ihre nackten Schultern peitschte. Sie kroch durch Schlamm, wühlte in fauliger Erde. Tränen und Rotz liefen ihr über das Gesicht. Sie grub tiefer, wusste, dass sie am Ende etwas finden würde. Etwas Abscheuliches, etwas, das so schrecklich war, dass es ihren Verstand zerfetzen würde. Aber es zog sie mit einer urtümlichen Kraft an, bestimmte ihr Dasein, füllte es völlig aus.

Sie schrie, ihre Kehle schmerzte, aber doch genügten die Schreie nicht, um die anderen Schmerzen, die sie verspürte, zu überdecken. Messer, die auf sie einstachen, ihre zur Abwehr erhobenen Arme zerschnitten.

Dieses Mal hatte sie das Messer. Sie stach in rasender Wut auf einen gesichtslosen Körper ein. Immer und immer wieder, bis er zu einer unförmigen, rot wabernden Masse verschwamm. Dabei hallte eine Stimme durch ihren Kopf: »Dafür bist du geschaffen. Es ist in deinem Blut.«

Schreiend wachte sie auf. Zitternd. Schweißgebadet. Hinter ihren Schläfen begann es zu pochen; es kündigte die mittlerweile fast ganze Tage anhaltenden Kopfschmerzen an. Sie rollte sich zusammen, wünschte sich Aaron herbei, um die Leere zu füllen. Er hatte sie verlassen. War er freiwillig gegangen? Hatte er gespürt, dass etwas nicht mit ihr in Ordnung war? Den Abgrund gesehen, an dem sie entlangtanzte?

Allmählich ließ das Zittern nach. Sie sah auf die Uhr. Fast halb sechs. Sie würde keinen Schlaf mehr finden. Sie schaltete das Licht an, wünschte sich den Sommer zurück, in dem ihr Schlafzimmer um diese Uhrzeit bereits von Sonnenstrahlen durchflutet wurde. Erst jetzt bemerkte sie die Schmerzen in ihren Armen. Verblüffung mischte sich mit Entsetzen, als sie auf sie hinabstarrte.

Getrocknetes Blut bedeckte ihre Haut. Sie sah an sich herab. An ihren bloßen Füßen und Knien klebte dunkle, feuchte Erde, verströmte einen fauligen Geruch, als hätte sie zuvor einen verwesenden Körper umschlossen. Sie sah sich um. Dreckige, barfüßige Fußspuren führten zu ihrem Bett. Ihre Schuhgröße. Verzweifelt versuchte sie, sich zu erinnern, aber sie wusste nur noch, wie sie nach einem langen, erschöpfenden Tag zu Hause angekommen war.

Am Abend hatte sie sich ein Glas Wein zur Entspannung gegönnt, ein Gespräch mit Karen geführt und dann: Filmriss.

Ihre Knie zitterten, als sie aufstand und der Spur aus Fußabdrücken aus ihrem Schlafzimmer folgte. Sie führten die Treppe hinunter durch das Wohnzimmer hinaus auf die Terrasse. Sie öffnete die Tür, fröstelte in der kalten Luft, rannte dennoch nach draußen. Die Spur verlor sich am Rand der Terrasse. Sie war im Garten gewesen. Sie erinnerte sich, dass Britta sie zuvor schon nachts hier gesehen hatte. Was zur Hölle hatte sie da getrieben? Sie erwog, den Garten abzusuchen, aber es war finster und sie nur in Shirt und Panty gekleidet. Wieder blitzten Traumbilder auf. Hatte sie tatsächlich hier gegraben? Sie starrte in die Finsternis, aber diese war nicht bereit, ihr Geheimnis preiszugeben. Sie würde später nachsehen, beschloss sie. Erneut sah sie auf ihre Arme, hastete ins Bad, wusch ihre Arme über dem Waschbecken und betrachtete die oberflächlichen Schnittwunden. Stammten sie von einem Messer? Gehörten die Bilder in ihrem Kopf überhaupt zu einem Traum? Sie nahm eine Salbe, schmierte mit ihren zitternden Händen die Hälfte daneben und setzte sich auf den Rand der Badewanne. Was sollte sie machen? Sie musste sich krankmelden. Einen Psychologen aufsuchen? Vielleicht. Jedenfalls durfte sie so nicht weiter als Polizistin arbeiten, einen Fall wie diesen leiten. Der Mörder musste gefasst werden, und sie traute sich momentan nicht zu, die richtigen Entscheidungen zu treffen. Woher nur kamen diese Verletzungen? Sie sprang auf, rannte in die Küche, überprüfte ihren Messerblock. Eines fehlte. Sie sah in der Spülmaschine nach, in der Spüle, den Schubladen, dem Wohnzimmertisch. Nichts. Ihr wurde flau im Magen, und für einen Moment verdunkelte sich ihr Sichtfeld. Sie setzte sich auf die Kante ihres Sessels, ließ den Kopf hängen und versuchte, der aufsteigenden Panik Herr zu werden. Bleib rational, ermahnte sie sich. Wenn du ruhig bleibst, wird sich alles aufklären. Ein Kichern drang über ihre Lippen, erschreckte sie selbst, als sie den unterschwelligen Wahnsinn darin hörte. Sieh dich doch an, lachte die bekannt bösartige Stimme in ihren Gedanken. Wühlst nachts im Dreck, spielst mit Messern und willst dir dennoch einreden, dass alles wieder in Ordnung kommt.

Sie nahm zwei Aspirin, bevor sie sich unter die Dusche stellte, den Dreck abschrubbte und anschließend Wasser für ein Bad einließ, um ihrem Körper einige Minuten Entspannung zu gönnen. Das Wasser brannte in den Wunden, konnte aber die Wohltat der Wärme nicht mindern.

Der Dampf hing schwer in der Luft, als sie aus der Wanne stieg, sich abtrocknete, den Schleier vom Spiegel wischte. Ihr Anblick erschreckte sie. Bleiche Haut, rot geränderte Augen, sichtbare rote Äderchen. Was geschah nur mit ihr? Ohnmächtig spürte sie, wie schon wieder die

Tränen in ihr aufstiegen. Sie dachte an ihre Dienstwaffe, war froh darüber, sie nie mit nach Hause zu nehmen.

Sie zog sich an, machte Kaffee und knabberte lustlos an einem Kokoszwieback. Das heiße Gebräu brachte immerhin einen Teil ihrer Kraft zurück, und sie beobachtete, wie die Sonne aufging und einen Teil der Düsternis in ihren Gedanken vertrieb. So leicht würde sie nicht aufgeben. Ein Schritt nach dem anderen. Abmelden. Herausfinden, was sie in der Nacht getrieben hatte. Vielleicht gab es eine einfache Erklärung. Der Tod ihrer geliebten Adoptivmutter, die Trennung von Erik, der Druck bei der Ermittlung. Irgendwann kam jeder an seine Grenzen.

Es blieb noch etwas Zeit, bis sie zum Revier musste. Sie wollte Dolce persönlich mitteilen, dass sie sich aus dem Fall zurückzog und sofort Urlaub benötigte. Das war sie ihr schuldig. Durch ihr Versagen würden die Ermittlungen ohnehin zurückgeworfen werden. Wie sollte sie es verkraften, wenn der Mörder wegen ihr noch einmal zuschlagen konnte? Sie schob den Gedanken von sich und machte sich fertig für den Tag. Sie brauchte viel Makeup, um ihre Augenringe und die Blässe zu überdecken, wählte einen langärmligen, eng anliegenden Pullover, um ihre Verletzungen zu verbergen. Sie musste vor allen anderen mit Dolce sprechen. Es würde ihre Karriere um Jahre zurückwerfen, aber das wirkte auf einmal bedeutungslos.

Zitternd holte sie Luft, sah nach draußen. Es wurde langsam hell. Erneut ein Blick auf die Uhr. Einige Minuten hatte sie noch. Sie stand auf, um in den Garten zu gehen. Sie musste wissen, was sie dort getan hatte. Sie ahnte, dass es nichts Gutes war.

In dem Moment klingelte ihr Handy. »Ja?«, meldete sie sich, ohne vorher auf das Display zu sehen.

»Guten Morgen, Sonnenschein«, flötete Oliver an ihrem Ohr. Dann ernsthafter. »Wir waren zu langsam. Zwei Frauenleichen.«

Nicht schon wieder. »Warum rufen sie eigentlich immer dich an?«

Sie hörte ihn regelrecht grinsen. »Man muss denen in der Zentrale einfach ab und an einen Kaffee ausgeben. Ich hole dich gleich ab.«

»Heute nicht«, wehrte sie ab. »Ich brauche mein eigenes Auto.«

Er schien ihrer Stimme anzuhören, dass es ernst war, denn er fing keine Diskussion an, sondern nannte ihr die Adresse und legte auf.

Alexis fluchte leise. So viel zu ihrem Plan. Unmöglich, den Fall abzugeben, bevor sie nicht den Tatort begutachtet hatte. Andernfalls würde sie die gesamte Ermittlung gefährden.

49

Sie verließ bei Mannheim-Neckarau die A656 und fuhr zu einem leer stehenden, heruntergekommenen Haus, das in einer schmalen Straße zwischen dem Maimarktgelände und der Dualen Hochschule lag, nicht weit vom Neckar entfernt. Während sie einparkte, versuchte sie den Horror, den sie an diesem Morgen erlebt hatte, abzuschütteln und rief sich den Fall ins Gedächtnis.

Die letzten Tage hatten der routinierten Polizeiarbeit gedient, bei der Rädchen in Rädchen griff und alle ihrer gewohnten Arbeit nachgingen, nur dass der Druck noch größer war. Es gab ein weiteres Opfer, und mit jeder Stunde schwand die Wahrscheinlichkeit, es lebend zu finden. Leider ohne neue Ergebnisse. Weder hatte die KT Fasern, DNA oder andere verwertbare Spuren gefunden – zumindest nicht, soweit die Proben bereits ausgewertet waren – noch hatte die Überwachung von Magnus etwas ergeben. Immerhin stand er nicht mehr im Fokus der Ermittlungen, und bisher schien er der Chefin nichts von ihrer Vergangenheit verraten zu haben.

Kirn mussten sie auf Anweisung des Staatsanwalts in Ruhe lassen. Auch die weltweite Suche nach ähnlichen Fällen hatte sie nicht nennenswert weitergebracht. Nicht weil es keine gab, sondern im Gegenteil: Es waren zu viele. Es erfüllte Alexis mit Entsetzen, wenn sie an die lange Reihe erdrosselter Frauen dachte, und sie beneidete die Beamten, die sie darauf angesetzt hatte, nicht um ihre Aufgabe, jeden Fall einzeln zu überprüfen.

Und während dieser ergebnislosen Tage mussten zwei weitere Frauen ihr Leben lassen. Alexis parkte vor einer verlassenen Lagerhalle, schloss einige Sekunden die Augen, um Kraft zu sammeln, bevor sie aus dem Auto stieg. Der Lärm der Seckenheimer Landstraße und des City Airports dröhnte in ihren Ohren, übertönte für einen Moment das Chaos in ihrem Inneren.

Oliver kam ihr hinter der Polizeiabsperrung entgegen und sah sie besorgt an. »Dieses Mal ist es anders. Er scheint Gefallen an der Aufmerksamkeit durch die Medien zu finden.«

Sie runzelte die Stirn. »Wie meinst du das?«

»Sieh es dir am besten selbst an.« Er führte sie um das Haus herum in einen Hinterhof, in dem es von weiß gekleideten Menschen der Spurensicherung und Polizisten wimmelte. »Karen ist ebenfalls auf dem Weg.« Das Blaulicht eines Notarztwagens erhellte die andere Seite und tauchte das Szenario in ein unheilvolles kühles Licht. Und dann sah sie die toten Frauen. Sie waren dieses Mal völlig nackt und lehnten ineinander verschränkt in einer Ecke des Hofes, auf dem zwischen den Pflastersteinen Löwenzahn wuchs und Moos die Steine bedeckte. Über ihnen prangte ein hässliches Graffiti, verschmiert und ein einziges undefinierbares Gebilde aus Strichen, denen Alexis keinen Sinn entnehmen konnte. Der feine Nieselregen hielt den Verwesungsgeruch weitgehend am Boden. Die Hände der Leichen in Plastiktüten, die verhindern sollten, dass mikroskopische Spuren verwischt oder verunreinigt wurden.

Beim Anblick der beiden Frauenkörper prallte Alexis zurück und war dankbar, dass alle zu sehr auf ihre Arbeit konzentriert waren, um ihr Beachtung zu schenken. Für eine Sekunde wurde ihr schwarz vor Augen. Ihre Beine drohten nachzugeben. War einer ihrer Albträume Realität geworden? Sie wandte sich ab, blendete dieses eine grausame Detail aus, das ihr Verstand noch nicht wirklich zu erfassen vermochte, sonst würde sie auf der Stelle zusammenbrechen. »Wer fand die Leichen?«, fragte Alexis bemüht professionell.

Oliver deutete auf den Rettungswagen, der an der Ecke parkte. Sie sah einen bärtigen, ungepflegten Mann, dessen rot geaderte Nase von jahrelangem Alkoholmissbrauch sprach. »Er kommt aus Rumänien, wohnt illegal in dem Haus.«

Mit zitternden Knien ging sie zu ihm hinüber. Ihr Partner folgte ihr, vorbei an auffällig stillen Menschen. Was man den beiden Frauen angetan hatte, zwang jeden zu seiner persönlichen Schweigeminute.

Der Mann trug mehrere Lagen Kleidung übereinander, und Alexis musste sich ein unwillkürliches Naserümpfen verkneifen, als sein säuerlicher Körpergeruch ihr in die Nase stieg.

»Schöne Scheiße«, rief er ihnen in gebrochenem Deutsch entgegen und entblößte dabei ein erstaunlich sauberes Gebiss. »Wofür gibt's euch Bullen eigentlich, wenn ihr nicht dafür sorgt, dass einem so ein Anblick erspart bleibt?« Er schüttelte den Kopf. »Wie soll man sich da sicher fühlen?«

»Ist Ihnen etwas aufgefallen?«, fragte Oliver.

Der Obdachlose musterte Alexis von oben bis unten. Sein Blick blieb betont lange auf ihrer Brusthöhe hängen. Oliver stellte sich ihm in den Weg. »Nun?«

»Wissen Sie, der Schock, das tat meinem Gedächtnis nicht gut.«

Oliver seufzte. »Wenn Sie uns genau schildern, was Sie gesehen haben, und es zu Protokoll geben, sorge ich dafür, dass man Ihnen ein Frühstück mit allem Drum und Dran bringt. Einverstanden?«

»Sie verstehen mich.« Der Mann grinste, blies ihnen dabei seine Alkoholfahne ins Gesicht. »Ich bin gestern so gegen einundzwanzig Uhr hier vorbeigekommen, da lagen die Mädels noch nicht da. Bei meiner Rückkehr stand allerdings so eine Bonzenkarre auf der anderen Straßenseite.«

»Um wie viel Uhr war das?«

»So gegen ein oder zwei Uhr. So genau weiß ich das nicht mehr.«

»Und die Marke von dem Fahrzeug?«

»Ein schwarzer Porsche Cayenne.«

Oliver hob skeptisch eine Augenbraue. Die Antwort war zu schnell gekommen. »Sind Sie sicher?«

»Hören Sie, Bulle. Mit Autos kenne ich mich aus.« Er deutete auf Alexis' Auto. »Ein MiTo von Alfa Romeo, 1.4 TB 16V, 155 PS, geht in 8 Sekunden von 0 auf 100.«

»Schon gut«, murmelte Oliver.

Alexis bedankte sich und winkte einen Kollegen herbei. »Nehmen Sie bitte seine Aussage auf und sorgen Sie dafür, dass er ein Frühstück nach seinem Wunsch bekommt.«

»Dein Onkel scheint aus dem Schneider zu sein. Wir brauchen zwar noch die Bestätigung, dass die Überwachung lückenlos war, aber fürs Erste ist er uns wohl los«, sagte Oliver, nachdem sie sich ein paar Meter entfernt hatten.

Alexis nickte. Sie war noch immer zu verstört, um klar denken zu können, und schritt wie in Trance zu den Leichen zurück. Sie musste sich dem stellen, was sie da sah, sich vergewissern, dass dieses eine Detail nicht nur wieder eine Halluzination war. Sie konzentrierte sich auf ihre Professionalität, kniete sich neben sie. Wie zuvor auch waren die Frauen offensichtlich erdrosselt worden. An ihren Hälsen fanden sich wieder tiefe Einschnitte. Ohne die wuselnden Maden wirkten die aufklaffenden Wunden noch tiefer. Nun wandte sich Alexis den Gesichtern zu. Es fiel ihr unendlich schwer, sich dem Anblick zu stellen. Der Killer hatte seine Handschrift geändert und ihnen die Augenlider abgeschnitten. Die Tränen aus Blut, die ihre Wangen benetzten, deuteten darauf hin, dass dies noch zu Lebzeiten geschehen war. Das getrocknete Blut zeichnete rote Tränen auf ihre Wangen und

Brüste. Alexis unterdrückte ein Zittern, als sie sich unwillkürlich die Schmerzen vorstellte, die die Frauen erlitten hatten. Das alleine jedoch hätte nicht ausgereicht, um Alexis aus dem Gleichgewicht zu bringen. Nein, es war etwas anderes.

Aus den mit getrocknetem Blut verklebten Köpfen ragten sie in dichtem Abstand heraus. Eisennägel. Umwunden von weißen Anemonen.

Die Nagelkrone.

Die Handschrift ihrer Eltern.

Was hatte sie getan? Das war der erste Gedanke, der ihr durch den Kopf schoss. Sie sah auf ihre Arme herab, und das Entsetzen überrollte sie. Ihre Gedanken rissen sie in einen schwarzen Strudel hinein, aus dem sie erst wieder auftauchte, als von Weitem Karens helle Stimme zu ihr drang, die mit einem Mitarbeiter der KT wegen der aufgestellten Scheinwerfer diskutierte. Kurz darauf kniete sie sich neben Alexis, die sie jedoch kaum wahrnahm.

»Was haben wir denn heute?« Sie breitete ihr Arbeitsmaterial aus, zog Handschuhe an und unterzog die Leichen einer ersten Untersuchung. »Seltsam«, sagte sie und deutete auf die aufgeblähten Bäuche der Frauen. »Wir haben Anzeichen von Verwesung, aber erstaunlich wenig Krabbeltiere.«

»Ist alles in Ordnung?« Oliver sah Alexis von der Seite an. »Du bist ganz schön blass um die Nase. So kenne ich dich gar nicht – sonst lässt du dich doch von keinem noch so heftigen Tatort aus der Bahn werfen.«

Langsam ließ sie zu, dass die nächste Schockwelle sie erfasste. Gestattete ihrem Verstand, sich mit einem weiteren Stück der Realität zu befassen. »O nein, Britta«, flüsterte sie, ihre Knie gaben nach.

Oliver eilte an ihre Seite und stützte sie. »Kanntest du die Frauen?«, fragte er.

»Ja.« Ihre Stimme brach. »Zumindest sie.« Wie in Zeitlupe gefangen stand sie auf und deutete auf die Frau, mit der sie so oft ungezwungene Gespräche geführt hatte. »Sie heißt Britta Lautner und ist meine Nachbarin. Ich habe erst vor Kurzem mit ihr gesprochen«, sprudelte es über ihre Lippen. »Aaron ist verschwunden, und sie half mir bei der Suche.«

Ihr Partner sah sie betroffen an. »Setz dich. Du brauchst eine Pause.«

»Nein.« Sie bemühte sich um Fassung. »Es geht schon.«

»Wie gut kanntest du sie?«

»Wir haben uns ab und an zum Kaffeetrinken getroffen, aber ich weiß nicht viel von ihr. Ihre Eltern sind tot, ein Bruder in den USA, ihr Lebensgefährte wohnt in Stuttgart.«

»Kommt er als Täter infrage?«

»Ich glaube nicht, aber wir sollten ihn überprüfen.« Sie merkte, wie ihre Gedanken sich auf den Fall fokussierten, alles andere ausblendeten und ihr so einen Moment Ruhe verschafften. Sie musste Zeit gewinnen, bevor Dolce von einer weiteren persönlichen Verwicklung erfuhr. An ein Zurücktreten von dem Fall war im Moment nicht zu denken. Der Täter hatte die Morde auf eine andere Ebene, eine persönliche, gehoben, und sie würde nicht davonlaufen.

»Ich habe einen Verdacht, wer die zweite Frau sein könnte. Ihre Freundin Mareike Auer. Ich weiß nicht, ob mit C oder K.«

Oliver machte sich eine Notiz in seinem Tablet. »Wir werden es überprüfen.«

Er griff zu seinem Handy und ließ sich anschließend

bestätigen, dass Magnus als Täter ausgeschlossen werden konnte. Dann tätigte er einen weiteren Anruf. »Kirn fährt einen Cayenne.«

Alexis hatte in der Zwischenzeit versucht, neue Kraft zu sammeln, aber ihr Inneres fühlte sich wie eine Sanduhr an, aus der in einem endlosen Strom die Energie rann. Trotzdem kniete sie sich neben die beiden Leichen und begutachtete sie genauer, streckte eine Hand aus, um über die Wange der Freundin zu streichen, zog sie aber zurück. Wie eine Flutwelle überrollte sie eine weitere Welle des Entsetzens.

50

London vor 23 Jahren

Die Geräusche waren schon lange verklungen. Kein Schluchzen mehr, kein Betteln und Flehen. Auch die Schreie waren verklungen sowie das leise Summen der Fremden mit den blassen Augen und das Hämmern, das von einem schmatzenden Laut begleitet worden war. Nur das Radio und das Surren des Kühlschranks drangen bis zu dem Jungen, der zusammengekauert in der kleinen Speisekammer ausharrte. Er zitterte, nicht nur wegen der winterlichen Kälte, die der geflieste Boden ausstrahlte. Sein ganzer Leib wurde geschüttelt, so sehr, dass ihm die Zähne klapperten, während ein endloser Strom von Tränen sein himmelblaues Ghostbusters-Shirt durchtränkte. Er hatte es sich gestern von seinem mühsam ersparten

Taschengeld gekauft – sonst besaß er nur Kleidung aus Secondhandshops – und hatte es heute stolz in der Schule präsentieren wollen. Er hatte es extra in Plastiktüten gewickelt, damit der Zigarettengestank der Kneipe, über der sie lebten, nicht in den Stoff dringen konnte. Es sollte neu und frisch sein, wenn er es seinen Freunden zeigte. Es hätte ein toller Tag werden sollen, doch nun war das Shirt vergessen, und nichts als Angst beherrschte seinen Geist.

Er wagte es nicht herauszukommen, wollte nicht sehen, was mit seiner Mutter geschehen war. Er wusste nicht, wie lange er dort bereits saß. Die Morgensonne war gekommen und der Wind, der durch das offene Küchenfenster drang, trug den Duft von Waffeln, die seine Mutter für ihn zum Frühstück gemacht hatte, zu ihm. Doch das war nicht der einzige Geruch, der in der Luft schwebte. Da war noch etwas anderes, Fremdes, metallisch und süßlich zugleich. Ein Geruch, der ihn für den Rest seines Lebens begleiten würde, bis in seine Träume hinein, und manchmal, wenn er durch die Straßen ging, würde er sich plötzlich umdrehen, weil er glaubte, ihn erneut wahrzunehmen.

Um die flackernde Glühbirne über ihm schwirrte eine einzelne Motte, die wieder und wieder gegen das heiße Glas prallte, sich verbrannte und doch ihren Totentanz nicht aufgab, bis sie herunterfiel, kurz zappelte und reglos liegen blieb. Der Junge starrte weiterhin auf die Glühbirne, während der Rotz auf sein Shirt tropfte. Er wollte nicht auf den Boden sehen, wo sich eine dunkelrote, inzwischen zähflüssige und an den Rändern eingetrocknete Lache unter der Tür ausbreitete. Langsam war sie zu ihm gekrochen, hatte ihre klebrigen Finger nach ihm ausgestreckt, während er immer weiter zurückgewichen war, bis sich die Konserven in seinen mageren Rücken drückten. Erst kurz vor seinen Füßen war sie zum Stillstand gekommen.

Es war ein ganz natürlicher Drang, der ihn schließlich dazu veranlasste, die Tür zu öffnen. Er musste pinkeln. Viel zu oft war seine Mama in Tränen ausgebrochen, wenn er nachts ins Bett gemacht hatte und sie zwischen zwei Schichten in einem Backgroßbetrieb und ihrem Nebenjob in der Kneipe noch das Bettzeug wechseln und waschen musste. Wie er sich geschämt hatte, sich schuldig fühlte, weil er Mama zum Weinen gebracht hatte. Nie mehr wollte er sein Bett oder seine Kleidung beschmutzen. Nie mehr seine Mama weinen sehen.

»On candystripe legs the spiderman comes«, drangen The Cure aus den Boxen des Radios, als er die Speisekammertür öffnete. Mit gespreizten Beinen stand er über der Lache, um nicht mit dem Blut in Berührung zu kommen. Ein leises Knarren begleitete das Aufschwingen der Tür, wobei das Rot auf den weißen Fliesen verteilt wurde. Zuerst sah der Junge nur ein mageres Bein in Nylonstrümpfen, das seltsam verrenkt in den Durchgang ragte.

»… looking for a victim shivering in bed …«

Sein Blick fiel auf den Boden, das blutbeschmierte Messer, die blutigen Handabdrücke, die seine Mama hinterlassen hatte, als sie mit letzter Kraft davongekrochen war.

»… Searching out fear in the gathering gloom …«

Langsam ging er durch die Küche, vorbei an den Spaghetti, die vom Vortag übrig waren.

»… Be still, be calm, be quiet now my precious boy …«

Er kniff die Augen zusammen, als er um die Ecke trat,

holte tief Luft, versuchte, sich zu wappnen, sich auf den Schrecken vorzubereiten, den sein kindlicher Geist noch gar nicht richtig zu fassen oder gar begreifen vermochte. Er öffnete die Tür. Seine Mama gab es nicht mehr.

Das, was da auf dem Boden vor ihm mit verrenkten Gliedern an der Wand lehnte, hatte mit seiner Mama, die trotz des Geld- und Zeitmangels immer einen Kuss und eine Umarmung für ihn hatte, nichts mehr zu tun. Es war ein Wesen wie aus einem der Horrorfilme, die er heimlich nachts sah. Das dunkle Baumwollkleid nass von Blut, das aus den unzähligen Stichwunden gequollen war. Hände und Beine in Rot getaucht, das Gesicht blass und zu einer angsterfüllten Fratze verzerrt. Sein Blick flackerte, als er ihre Stirn anstarrte. Sein Unterkiefer sackte schlaff nach unten, während sein Verstand zu verarbeiten versuchte, was seine Augen sahen. Aus dem Schädel seiner Mutter ragten dicke Eisennägel, umrankt von einem Geflecht weißer Blumen. Das Blut war über ihre Stirn geronnen, benetzte ihre Wangen, als hätte sie blutige Tränen vergossen.

Seine Blase entleerte sich in einem heftigen Schwall. Das warme Nass lief seine Beine hinab, durchtränkte seine Jeans und Schuhe, bis es sich auf den Boden ergoss. Seine Mutter würde ewig weinen, Tränen aus stumpfen Augen, weit aufgerissen in endlosem Grauen.

Und dann schrie er. Sein Schrei hallte von dem schmalen Treppenaufgang wider. Gellte durch die leere Kneipe, über die hochgestellten Stühle hinweg, bis er durch die schmierigen Fenster nach draußen drang.

51

Die Verletzungen an ihren Armen erinnerten Alexis an ihren Gedächtnisaussetzer, und das beklemmende Gefühl, die Kontrolle über ihr Leben zu verlieren, kehrte zurück. Ihr seltsames Verhalten, die Nagelkrone, Aarons Verschwinden. Was geschah hier? Ein schrecklicher Verdacht nahm Gestalt an, als die Traumbilder aufblitzten. Nein, das konnte nicht sein, das durfte nicht sein. Sie verbot sich die Gedanken, schob sie von sich wie Gerümpel, das man im hintersten Eck des Kellers versteckte.

Wie in Trance ging sie in die Büroräume hinauf.

Sie musste Antworten finden, bevor ihr der Ausschluss aus dem Polizeidienst drohte. Sie war die Einzige, die die wahre Bedeutung der Nagelkrone kannte. Insgeheim war sie sich bewusst, dass sie verantwortungslos und egoistisch handelte, dass sie schon längst alle hätte einweihen müssen, aber sie brachte es nicht fertig. Täte sie dies, würde sie nie wieder in ihre Abteilung zurückkehren können, müsste womöglich den Polizeidienst für immer quittieren, und was noch schlimmer war: Ihr Geheimnis wäre gelüftet. Die Vorstellung, dass sich ihre wenigen Freunde von ihr abwenden könnten, dass die Menschen, die jetzt noch mit Vertrauen und Respekt zu ihr aufsahen, plötzlich ein Monster in ihren sehen könnten, lähmte sie. Sie war für diesen Schritt nicht bereit.

Sie zog sich einen Kaffee, den sie umklammerte, um ihre Hände zur Ruhe zu zwingen. Heute trafen sie sich zur Besprechung auf der Dachterrasse. Nach dem Sturm der letzten Tage war es heute windstill und die Luft klar und eisig. Ihr Treffpunkt bot einen guten Blick über die gesamte Stadt. Haus reihte sich an Haus bis hin zum am Neckar gelegenen Fernmeldeturm.

Es waren alle da. Dolce, Milbrecht, Landeaux, Oliver, Bauwart, Volkers und einige niederrangige Beamte. Kurz fasste sie ihre Erkenntnisse zusammen, gab bekannt, dass sie eines der Opfer kannte und einen Verdacht hatte, wer die andere sein könnte.

»Mich hat vor ein paar Minuten die KT angerufen«, sagte Oliver. »Wenn man den Angaben des Zeugen glauben kann …«

»Du meinst des Penners«, unterbrach Bauwart ihn.

»Des Zeugen glauben kann«, fuhr Oliver ungerührt fort, »dann haben wir eventuell unseren ersten echten Hinweis auf den Täter. In der Nähe der Stelle, an der das Fahrzeug gesehen wurde, fand man einen frischen Zigarettenstummel.«

»Gibt es konkrete Hinweise darauf, dass er vom Täter stammt?«, erkundigte sich der Staatsanwalt.

»Es ist keine hochfrequentierte Gegend, und es gab letzte Nacht gegen Mitternacht einen kurzen Regenschauer. Die Zigarette ist zwar von unten angeweicht, aber der Rest ist trocken.«

»Also wurde sie nach Mitternacht weggeworfen«, stellte Alexis fest.

»Der Raucher könnte also unser Täter sein.«

»Oder jemand hat die Leichen gesehen und wollte nichts mit der Polizei zu tun haben«, wandte Milbrecht ein. »Er war bisher sehr vorsichtig, warum sollte er nun nachlässig werden?«

»Wie gesagt, in der Straße ist nachts kaum etwas los, und Menschen machen Fehler. Zumindest liefert uns die

DNA ein weiteres Indiz, sobald wir einen konkreten Tatverdächtigen haben.«

»Zusammen mit der DNA aus der Mücke könnte es für eine Verurteilung genügen«, meldete sich Dolce zum ersten Mal an diesem Tag zu Wort. »Gute Arbeit.«

»Dein Onkel ist jedenfalls erst mal aus dem Schneider«, sagte Bauwart zu Alexis. »Ich freue mich für dich«, fügte er mit einem aufrichtigen Lächeln hinzu.

Volkers schnaubte nur. »Wir haben auch Neuigkeiten«, sagte er mit wichtigtuerischer Miene. »Die Identifizierung der Leichen vom Käfertaler Wald wurde bestätigt.« Er zückte sein Notizbuch und blätterte bis zur Mitte. »Susann Lored und Lisa Haner. Letztere war alleinerziehende Mutter von zwei Kindern. An dem Abend, an dem sie verschwand, hatte sie ein Date, das über eine Art Sexportal vermittelt wurde.«

»War sie eine Prostituierte?«, fragte Landeaux.

»Laut ihrem Bruder nicht. Eines ihrer Kinder ist behindert, und nach der Trennung von ihrem Mann hat sie keinen Kerl mehr gefunden. Sie wollte wohl nur etwas Spaß haben. Vielleicht hat der Mörder sie so zu sich gelockt.«

»Eine Falle«, grübelte Alexis. »Er lockt sie an einen Ort und kann sie sich ohne größere Risiken schnappen. Gibt ihm genug Gelegenheit, alles zu planen. Wissen wir, wer es ist?«

»Bisher nicht. Seine Nummer führt zu einem Wegwerfhandy, das bringt uns nicht weiter, aber die Singlebörse ist kostenpflichtig. Er muss also irgendwelche Bankdaten hinterlegt haben.«

»Sie brauchen einen Beschluss, damit diese Internetplattform mit Ihnen zusammenarbeitet«, stellte Milbrecht fest. »Ich kümmere mich darum.«

Zufrieden registrierte Alexis, wie sich die Schlinge um den Täter zusammenzog. Bald hatten sie ihn.

»Oliver und ich werden zu Brittas Haus fahren und nach Hinweisen suchen. Die KT müsste bereits vor Ort sein.« Sie wandte sich an ihre Kollegen. »Bauwart, Volkers, überprüft ihren Lebensgefährten, und sollte sich die Identität der zweiten Frau bestätigen, untersucht ihr Umfeld.«

Sie fuhr mit ihrem eigenen Auto zu Brittas Haus. Die Obduktion würde erst am nächsten Tag stattfinden. Dürrast war in Berlin und wurde erst am Montag zurückerwartet. Inzwischen war es Nachmittag, und sollte sich keine neue Spur im Haus ergeben, würde sie früh Schluss machen, um sich zu sortieren. Und dann war da noch ihr Garten und das, was dort an neuen Schrecken auf sie lauerte. Bei dem Gedanken daran schienen kleine Eisnadeln durch ihre Haut zu schießen.

Sie hatte einen Schlüsseldienst zum Haus bestellt, der bereits auf sie wartete und ihnen, nachdem sie ihre Dienstausweise vorgezeigt hatten, innerhalb weniger Minuten das Schloss öffnete. Wieso hatte sie eigentlich keinen Schlüssel?, fragte sich Alexis. War es nicht so üblich in der Nachbarschaft, dass man Schlüssel austauschte, falls man sich ausschloss oder der Nachbar mal Blumen gießen sollte? Lebte sie weiter vom normalen Leben entfernt, als sie dachte?

Sie zogen sich Überzieher über die Schuhe, bevor sie das Haus betraten. Der Geruch von gekochten Zwiebeln und Kohl schlug ihnen entgegen. Alexis spürte eine eigentümliche Befangenheit, als sie durch die Räume schritt, wissend, dass die Leiche ihrer Freundin in einem dunklen Sack lag und auf dem Weg zur Gerichtsmedizin war.

»Kommst du klar?«, fragte Oliver.

»Sie wird mir fehlen. Vielleicht hätte ich besser auf sie achten sollen.«

»Es ist nicht deine Schuld, das weißt du.«

»Sicher.« In Alexis' Ohren klangen ihre Worte hohl.

Sie gingen durch die blitzblanke, modern eingerichtete Küche und das Wohnzimmer mit den stilvollen, hellen Möbeln, hinüber in das Arbeitszimmer, in dem ein Porträt von Britta hing. Sie durchsuchten jedes Stockwerk – ohne irgendwelche Auffälligkeiten. Alexis ging in die Küche und öffnete den Backofen. Nun wusste sie, woher der Geruch stammte, der ihr im Eingang aufgefallen war. Ein Auflauf aus Gemüse, Kartoffeln und Käse wartete gebacken im Ofen. »Sie ist nicht mehr nach Hause gekommen«, sagte sie. »Britta kochte gerne und programmierte ihren Backofen so, dass das Essen bereits fertig war, wenn sie von der Arbeit kam. Sie liebte es, vom Duft frisch gekochten Essens begrüßt zu werden.« Ihre Stimme brach.

»Hey, lass es doch für heute gut sein«, sagte Oliver. »Leg dich hin. Ich bekomme das schon hin.«

»Es geht schon.« Sie richtete sich auf. »Hoffentlich verrät uns die Obduktion mehr.« Dann stutzte sie, schnupperte erneut. »Das Essen ist frisch, keinen Tag alt. Wie passt das mit dem Grad der Verwesung an den Leichen zusammen?«

Oliver stellte sich neben sie, sah ebenfalls in den Ofen. »Du hast recht. Da stimmt etwas nicht. Die Spurensicherung soll sich die Küche besonders gründlich vornehmen. Nicht dass der Dreckskerl hier war.«

»Ich will noch sehen, ob ihr Auto in der Garage steht. Dann wissen wir, ob der Täter ihr vor der Haustür aufgelauert hat, oder ob sie es nicht bis hier geschafft hat.«

Wie sie erwartet hatte, war die Garage leer. »Wir müssen nach dem Wagen fahnden lassen. Vielleicht hat er ja einen von diesen GPS-Peilsendern«, sagte Oliver. »Weißt du noch die Marke?«

»Citroën C3 in Weinrot.«

»Ich werde alles veranlassen, und du verschwindest.«

»Danke«, erwiderte sie, umarmte ihn und verabschiedete sich. »Wir sehen uns morgen.«

Sie kehrte in ihr Haus zurück, zog sich um und wanderte anschließend auf und ab. Ihr Blick blieb erneut an Aarons unberührten Näpfen hängen. Sie scheute davor zurück, in den Garten zu gehen. Irgendwann rief Oliver an und bestätigte, was sie schon längst geahnt hatte. Das zweite Opfer war Mareike Auer, Brittas Freundin. Bauwart und Volkers nahmen ihr Umfeld in Augenschein, hatten bisher aber nichts Verdächtiges entdeckt. Brittas Lebensgefährte hatte ein Alibi, das wasserdicht schien. Auch das hatte sie erwartet. Ihren Wagen hatte man unverschlossen auf einem Waldparkplatz gefunden. Wie er dorthin gekommen war, wusste man nicht. Vielleicht hatte der Täter sich in ihrem Auto versteckt und sie dann mit einem Messer an der Kehle oder einer Pistole am Kopf gezwungen, dort zu halten.

»Die Entwicklung macht mir Angst«, sagte Alexis ins Telefon. »Der Täter hat es immer eiliger. Die ersten Opfer hat er verborgen und sich Zeit gelassen, bis er sich die nächsten schnappte. Und nun präsentiert er sie uns auf dem Tablett.«

»Dadurch wird es wahrscheinlicher, dass er einen entscheidenden Fehler begeht.«

»Hoffen wir es.«

Oliver verabschiedete sich und ließ sie erneut allein mit ihrem leeren Haus und düsteren Gedanken zurück.

Der Garten wartete auf sie.

52

Entsetzt starrte sie auf die aufgewühlte Erde. Hier war erst vor Kurzem gegraben worden. Ohne sich eine Schaufel zu holen, fiel sie auf die Knie, schaufelte mit bloßen Händen die Erde zur Seite und begann, ein Loch auszuheben. Es würde nicht groß werden – vielleicht dreißig Zentimeter breit und keine fünfzig lang. Das Erdreich war locker und feucht. Wie besessen grub sie weiter, ignorierte das Untergehen der Sonne und wie die Außenbeleuchtung ansprang.

Dann stieß sie auf etwas Weiches, und fauliger Gestank schlug ihr entgegen. Sie wich zurück, setzte sich ins Gras und sammelte ihren Mut. Wollte sie es wirklich sehen? Sie ahnte, was sie finden würde, was ihre Träume verrieten. Sie schüttelte den Kopf. Sie brauchte Gewissheit.

Das Erste, das sie freilegte, war eine Tatze, die wie flehentlich nach oben gereckt war, als hätte das Tier noch gelebt, als es begraben worden war, hatte um Hilfe und Erbarmen gefleht. Sie kannte das Muster nur zu gut. Wie oft war sie aufgewacht, weil sie von dieser Pfote einen sanften Tritt bekommen hatte? Wie oft hatte es zum Ersten gehört, das sie sah, wenn sie morgens die Augen öffnete und Aaron auf ihrer Brust lag. Ihre Hände zitterten, als sie weitergrub. Ihr Schrecken war so groß, dass sie den Gestank nicht mehr wahrnahm. Schließlich lag der Kater vor ihr, und sie musste sich ins Gras erbrechen. Jemand hatte ihm den Kopf eingeschlagen. Ein Auge war aus dem gespaltenen Schädel herausgetreten und sah sie schräg von unten an. Das konnte nicht Aaron sein. Das durfte er nicht sein.

Wer hatte das nur getan? Erneut dachte sie an ihre erdverschmierten Hände und krempelte ihre Ärmel hoch, um sich die Wunden anzusehen. War es wirklich ein Messer gewesen oder doch Katzenkrallen? Sie bekam keine Luft mehr. Seitlich fiel sie ins Gras und krümmte sich zusammen. Sie erinnerte sich nicht an die Nacht. Wusste nur noch, dass sie mit diesen Malen aufgewacht war, und nun fand sie ihr Tier tot in ihrem Garten. Sollte sie Aaron umgebracht haben? Warum? Und warum konnte sie sich nicht mehr erinnern? Ein Schutzmechanismus ihres Körpers? Verdrängte er die Tatsache, dass der Wahnsinn ihrer Eltern die Kontrolle übernahm? Es war nicht der erste Gedächtnisaussetzer, rief sich Alexis ins Gedächtnis. Sie sah auf den Kadaver hinunter. Ihr geschulter Verstand erkannte, dass Aaron schon länger tot war. Hatte sie letzte Nacht noch etwas viel Schlimmeres getan? Sie dachte an Britta, die Nagelkrone. Hatte sich das Erbe ihrer Eltern Bahn gebrochen?

Wie betäubt wankte sie ins Haus zurück, holte seine Lieblingsdecke von der Couch, ging in den Garten und hüllte den Körper ein. Anschließend nahm sie eine Schaufel und grub ein weiteres Loch. Weit weg, auf der gegenüberliegenden Seite des Gartens, wo die Sonne am frühen Morgen schien. Der Kater hatte die Morgensonne geliebt und sich jedes Frühjahr einen Fleck am Fenster gesucht, um den nahenden Sommer zu begrüßen. Die Tränen rannen ihr unkontrolliert über die Wangen.

Sie legte den kleinen, viel zu leichten Körper in das Grab. Es kostete sie Überwindung, Erde auf ihn zu schaufeln. Es fühlte sich falsch an. Sie konnte das vertraute Tier nicht mit etwas Totem in Verbindung bringen, mit etwas, das nicht spürte, wie sich mit jeder Schaufel mehr Erde auf es türmten, bis weder Sonne noch Luft an es drangen. Er war ihr kleiner Kater. Er hatte Wärme, Licht und weiche Decken geliebt. Nun sollte er für alle Zeiten in einem Erdloch liegen?

»Leb wohl«, flüsterte sie. »Bitte verzeih mir.« Erneut krümmte sie sich unter ihrem Schluchzen.

Sobald sie sich ausreichend gefasst hatte, ging sie hinein, stellte sich unter die kochend heiße Dusche. Sie schrubbte sich so gründlich ab, dass ihre Haut krebsrot leuchtete. Sie lehnte ihren Kopf gegen die Wand, während das Wasser auf sie hinabprasselte und sich mit ihren Tränen mischte.

Sie war so einsam, so unendlich einsam. Ihre leiblichen Eltern. Killer. Tot. Ihre Adoptivmutter. Tot. Magnus. Hielt sie für ein Monster. Erik. Weg. Ihr Kater. Tot.

Sie schüttelte den Kopf. So durfte es nicht weitergehen. Sie musste mehr über ihre Eltern erfahren. Und über sich.

53

»Schau mich nicht so vorwurfsvoll an«, murmelte Alexis mit einem Blick auf das Porträt ihrer Adoptivmutter, das an der Wand von Kaspars Arbeitszimmer hing. Nervös blickte sie zur Uhr. Noch zwanzig Minuten, bis er von seinem Skatabend zurückkam. Je nach Verkehr vielleicht ein wenig länger. Bis dahin musste sie fertig sein.

Sie schob alle Ängste zur Seite. Sie musste sich ihrer Vergangenheit stellen und dem, was möglicherweise in ihr lauerte. Sie wusste, dass Kaspar ihre DNA auf die Existenz des *kill:gens* untersucht hatte. Aber was für Konsequenzen würde es haben, sollte sie erfahren, dass sie tatsächlich dieses Gen in sich trug? Wenn sie *böse* war? Und zwar im biblischen Sinne böse, eine angeborene Boshaftigkeit, die sich nicht abschütteln ließ?

Als Kind hatte sie nie gewagt, unartig zu sein, wild herumzutollen oder auch nur ihr Sonntagskleid zu beschmutzen. Wann immer sie gegen die Regeln verstieß, hing diese eine Frage in der Luft. War es das erste Warnzeichen? Kam sie vom rechten Weg ab? Erst Jahre später löste sie sich von der Angst, stellte sich als Polizistin bewusst auf die Seite des Guten. Jetzt waren all die Zweifel mit neuer Vehemenz zurückgekehrt.

Schließlich entdeckte sie in einer Schachtel mit edlen kubanischen Zigarren, die auf dem antiken Eichenholzschreibtisch stand, den Schlüssel zur einzigen verschließbaren Schublade. Mit nervösen Händen öffnete sie das Fach und betrachtete die darin liegenden Akten, beschriftet in der ordentlichen Handschrift ihres Adoptivvaters. Alexis 8–12 Jahre. Alexis 13–17 Jahre. Fein säuberlich zog sich das fort bis zu ihrem 27. Geburtstag. Sie runzelte die Stirn, nahm den Stapel heraus, fand darunter eine Reihe von Umschlägen. Sie war 31. Hatte er keine aktuellere Mappe angelegt, oder verbarg er sie woanders? Sie holte zitternd Luft, bevor sie die Akte Alexis 8–12 Jahre aufklappte, und sah sich einem Stapel von Blutanalysewerten, Wachstumstabellen und Kurven, deren Bedeutung sie nicht zu entschlüsseln vermochte, gegenüber. Weiter hinten entdeckte sie Vermerke zu ihrem Sozialverhalten als Neunjährige.

21. Januar: Forschungsobjekt manipuliert Spielgefährten, um Ziel zu erreichen.
Experiment A/01/94 siehe Akte A-94-01/x
3. Februar: Forschungsobjekt zeigt keine Tendenzen zu hilfsbereitem Verhalten.
12. Februar: Forschungsobjekt zeigt weiterhin keine Tendenzen zu hilfsbereitem Verhalten.
16. Februar: Linda Z. (8 Jahre) und Daniel F. (9 Jahre) in Gegenwart des Forschungsobjekts für hilfsbereites Verhalten belohnt.
18. Februar: Forschungsobjekt kopiert hilfsbereites Verhalten.

Das genügte für den Moment. Erschüttert sank sie in den dick gepolsterten Ledersessel. Sie wusste, dass er ein wissenschaftliches Interesse an ihr hegte. Trotz allem hatte Alexis nie einen Groll gegen ihn verspürt. Er hatte ihr eine schönere Jugend geschenkt, als es jemandem wie ihr sonst vergönnt gewesen wäre, aber diese nüchterne Analyse ihres Daseins zu sehen entsetzte sie dennoch und ließ sie daran zweifeln, dass sie jemals mehr für ihn gewesen war als eine Laborratte. War seine Fürsorge, seine

Liebe nur gespielt? Wie brachte er es fertig, am Tage mit seinem Kind Experimente durchzuführen, um ihm dann am Abend eine Gutenachtgeschichte vorzulesen?

Sie ließ die verspannten Schultern kreisen. Sie war wegen etwas anderem hier, und sie musste sich beeilen. Rasch legte sie die Akten beiseite und öffnete den ersten Umschlag. Eine Sammlung von Zeitungsausschnitten und Fotos ihrer leiblichen Eltern fielen ihr entgegen. Ihr Blick wurde wie magnetisch von ihrem Vater angezogen. Seine Augen lagen tief in den Höhlen, verborgen unter buschigen Augenbrauen. Ein dichter Bart bedeckte sein kantiges Kinn, um seine Lippen lag ein grimmiger Zug. Nicht das erste Mal fragte sie sich, ob er immer so brutal ausgesehen hatte, ob ihn die Aura der Gefahr ständig umgeben hatte, oder ob die Medien das Foto gezielt ausgewählt hatten. Für sie war er nur ihr geliebter Daddy gewesen, kein Unhold wie für den Rest der Menschheit, sondern der Mann, der jeden Abend die Monster unter ihrem Bett vertrieben hatte. Ihre Mutter hingegen wirkte unscheinbar, blass. Nur in ihren Augen glomm ein unheiliger Funke.

Sie legte den Umschlag auf die Akten und nahm sich den nächsten vor. Beim Anblick der Beschriftung hielt sie die Luft an. DNA-Sequenzanalyse *7p12-p19 kill:gen* Alexis.

Sie hatte nicht wirklich erwartet, die Unterlagen hier zu finden. Erneut fragte sie sich, ob sie das Ergebnis wirklich wissen wollte. Welchen Unterschied machte es, wenn sie doch ohnehin dazu verdammt war, dem biologischen Code zu folgen?

Sie straffte ihre Schultern. Die Unwissenheit musste enden. Mit neuer Entschlossenheit öffnete sie den Umschlag, holte die aneinandergehefteten Papiere heraus und blätterte durch die exakte Auflistung der Basenpaare. Sie mochte zwar Polizistin sein, aber das eine Semester Biologiestudium verlieh ihr genug Kenntnisse, um die vorliegenden Resultate zu verstehen.

Auf der letzten Seite fand sie das Ergebnis.

54

Positiv. Sie war eine Trägerin des *kill:gens*.

Für einen Moment verschwamm die Welt vor ihren Augen, fokussierte sich einzig und alleine auf das Stück Papier in ihrer Hand. Sie hatte es geahnt, die Gewaltbereitschaft gespürt, die unter einem dünnen Mantel der Selbstbeherrschung schwelte, doch es schwarz auf weiß vor sich zu sehen ließ die Ahnung zur Gewissheit werden.

Ihr Nacken schmerzte, die verspannten Schultern brannten. Sie sollte nach Hause fahren, ein Aspirin nehmen und nachdenken, was für Konsequenzen sie aus dieser Erkenntnis ziehen sollte.

Sie starrte die Wand an, verfolgte mit den Augen den Verlauf der Maserungen im Holz, versank in der Schwärze ihrer Ängste. Sie schreckte hoch, als sie eine Stimme in ihrem Rücken hörte. »Das hättest du nicht tun sollen.«

Sie fuhr herum und sah sich ihrem Adoptivvater gegenüber. Kaspar Hall, altehrwürdiger Professor für Humangenetik an der Universität Heidelberg, stand aufrecht, nur auf seinen Stock aus Ebenholz gestützt, im Eingang zum Büro. Sie war so in ihre Gedanken vertieft gewesen, dass sie sein Eintreffen nicht bemerkt hatte.

Sie mochte zwar Erste Kriminalhauptkommissarin sein, aber in diesem Moment, in dem sie ihrem Adoptivvater gegenüberstand, fühlte sie sich wie ein kleines Kind, das bei einem Streich ertappt worden war. »Ich musste es wissen«, sagte sie.

Er legte seinen Mantel über die Lehne eines Sessels an der breiten Fensterfront, durch die man auf die gegenüberliegende dreistöckige Stadtvilla mit ihrem Schieferdach und den kleinen Dachgauben blicken konnte.

Zorn über seine Gelassenheit wallte in ihr auf, richtete sich gegen ihn, auch wenn ihre Wut mehr ihrem Körper galt als ihm. Sie nahm die Akten in die Hand, knallte sie ihm vor die Nase. »Bist du zufrieden? Entwickelt sich dein Forschungsobjekt entsprechend deinen Erwartungen?«

Wie immer prallte ihr Wutausbruch an ihm ab. Mit kühlen blauen Augen sah er sie an. »Setz dich.« Er wies auf den Schreibtisch. »Wir sollten darüber sprechen.«

»Was gibt es da noch zu sagen? Ich trage die DNA von Mördern in mir.«

»Setz dich«, wiederholte er, dieses Mal nachdrücklicher, nahm selbst hinter dem Schreibtisch Platz und schloss die Schublade.

Widerstrebend folgte sie ihm. Sie wusste, dass er in solchen Diskussionen den längeren Atem hatte. Sie war diejenige, die nach Antworten suchte, nicht er. Er hatte seine bereits gefunden.

»Die DNA ist bei Weitem nicht alles, Alex. Sie setzt den Rahmen, in dem wir uns bewegen, aber sie legt nicht fest, wer wir sind, welche Richtung wir unserem Leben geben.«

»Zielt denn nicht genau darauf deine Forschung ab? Hast du nicht bewiesen, dass das *kill:gen* Menschen zu Mördern macht?« Hatte sie es womöglich selbst bestätigt? O Gott, Britta. Sie wischte sich die Tränen aus den Augen.

Er schüttelte den Kopf. »Ich habe ebenso belegt, dass elf Prozent der Menschen, die das Gen tragen, ein normales Leben führen.«

»Was sind schon elf Prozent?«, fragte sie bitter.

Kaspar stand auf, ging zu seinem Mantel und holte einen Schlüssel hervor, mit dem er ein kleines Schränkchen aufschloss, aus dem er acht Mappen hervorholte. Er ließ sie nacheinander vor ihr auf den Tisch fallen. »Das wolltest du doch haben. Eine Kopie der Polizeiakte deines Vaters. Deiner Mutter. Die ihrer Opfer. Zeige sie niemandem – ich musste einige Hebel in Bewegung setzen, um in ihren Besitz zu gelangen, und nicht alle davon waren legal.«

Sie zögerte.

Kaspar setzte sich wieder in den breiten Ledersessel und sah sie prüfend an. »Ich habe nie einen Hehl daraus gemacht, dass ich an dir auch ein wissenschaftliches Interesse hege. Der Grund ist einfach. Es mag sein, dass viele Straftäter das *kill:gen* in sich tragen, doch das beweist nicht, dass darin ein kausaler Zusammenhang besteht oder wie stark der Einfluss des Gens ist. Nehmen wir nun einen Augenblick an, dass es die Gewaltbereitschaft ein wenig erhöht. Welchen Einfluss hat es dann auf das Kind, wenn es in so einer Umgebung aufwächst? Entsteht daraus nicht eine Spirale der Gewalt? Ein Mann, der in seiner Jugend geschlagen wurde, mag seine Tochter ebenfalls schlagen. Diese sucht sich aus Gewohnheit einen ebenso brutalen Mann und zeugt mit ihm ein Kind, das in noch schlimmeren Zuständen groß wird. So war es bei deinen Eltern. Aus diesem Grund bist du so wichtig. Du warst zwar schon acht, aber seit ihrem Tod habe ich mich bemüht, dich in einem stabilen Umfeld aufwachsen zu lassen.«

»Um zu sehen, ob ich trotzdem ausraste.« Sie lachte bitter, dachte an die vergangenen Stunden. »Bist du nun enttäuscht?«

Er schüttelte den Kopf, schloss die Augen und wirkte mit einem Mal tatsächlich wie der alte Mann, der er inzwischen war. »Denkst du das wirklich von mir?«

»Ich weiß nicht, was ich glauben soll.« Sie deutete auf die Unterlagen, in denen ihre gesamte Kindheit analytisch aufgelistet war. »Mir war bewusst, dass du ein wissenschaftliches Interesse an mir hegst, aber nicht, wie sehr du mich als Forschungsobjekt missbraucht hast.«

»Ich habe dir nie Schaden zugefügt.«

»Wie kannst du das sagen? Seit dem Tod meiner Eltern fürchte ich, was aus mir werden könnte, wer ich in Wahrheit bin. Anstatt mir die Ängste zu nehmen, hast du sie weiter geschürt. Und für was? Du glaubst doch auch nicht daran, dass Umwelteinflüsse und der menschliche Wille über mehr Einfluss verfügen als die Gene, oder?«

Er senkte den Blick, und das war ihr Antwort genug. Es traf sie wie ein Schlag. Kaspar Hall, ihr Adoptivvater, hielt sie für ein Ungeheuer. Er hatte sein ganzes Leben der Suche nach der Wurzel des Bösen gewidmet und glaubte, sie gefunden zu haben. Ihr wurde schlecht. »Ich sollte jetzt gehen.« Sie stand auf, nahm die Akten ihrer Eltern und war schon halb zur Tür, als er sich erhob.

»Alex«, sagte er leise. »Ich liebe dich. Was auch immer passiert. Du bist meine Tochter.«

Sie brachte es nicht fertig, ihm ins Gesicht zu blicken, als sie ihn zum Abschied fragte: »Warum glaubst du dann nicht an mich?«

55

Die Akten lagen ausgebreitet auf dem Wohnzimmertisch, aber sie zögerte noch, sie zu lesen. Wollte sie wirklich alle grausamen Fakten der Taten erfahren, die ihre Eltern begangen hatten? Sie wickelte sich in eine Decke ein. Am liebsten hätte sie die Zeit zurückgedreht, die Leitung des Falls abgelehnt und einen neuen Weg eingeschlagen. Die Angst vor dem, was sie möglicherweise getan hatte, grub sich tief in ihr Herz.

Dann griff sie sich die erste Akte und versank in einer Welt aus Gewalt und Missbrauch. Ihr Vater, Loyd, wuchs in einem kleinen Vorort von London in einer heruntergekommenen Siedlung auf. Dort lernte er ihre Mutter, Sarah, kennen. In den Unterlagen fanden sich Kopien von Einsatzberichten der Polizei, die ständig zu Loyds Eltern gerufen worden waren, aber obwohl seine Mutter von ihrem Mann regelmäßig krankenhausreif geprügelt wurde, weigerte sie sich, Anzeige zu erstatten. Sarah hingegen wuchs bei ihrer Tante auf, nachdem ihre Mutter bei einem Verkehrsunfall gestorben war und der Vater sich aus dem Staub gemacht hatte. Die Tante hing an der Nadel und verkaufte ihre Nichte schon als junges Mädchen an Freier. Ohne große Zukunftsaussichten heirateten die beiden, sobald sie volljährig waren – nicht nur, weil Sarah bereits mit Alexis schwanger war, sondern auch, um ihrem trostlosen Leben zu entrinnen. Kurz darauf fand Loyd einen Job am Hafen, doch einige Jahre später ging die Firma pleite, und er wurde wieder arbeitslos. Zu diesem Zeitpunkt muss sich etwas verändert haben. Nach außen wirkten sie unverdächtig, und selbst ihre eigene Tochter nahm nicht wahr, was vor sich ging. Nur wenige Monate nach Alexis' sechstem Geburtstag ermordeten sie die erste Frau.

Alexis erinnerte sich an den Tag, an dem sie ins Theater gehen wollten. War es da geschehen?

Sie ergriff die nächste Akte, schlug sie auf und fing ein Foto auf, das ihr entgegenfiel. Es zeigte die brutal zugerichtete Leiche einer jungen Blondine, deren Kiefer und Nase gebrochen waren, die linke Wange violett verfärbt und geschwollen. Sie lehnte mit heruntergezogenem Slip und zerrissener Strumpfhose an der Hauswand einer schmalen Gasse, direkt neben einem Müllcontainer. Die ausgezehrten Arme, das eingefallene Gesicht und die billige, aufreizende Kleidung ließen die Vermutung zu, dass es sich um eine drogenabhängige Prostituierte handelte. Aus den Zeitungsberichten wusste Alexis, dass dies zutraf. Lisa Michaels hatte im Leben nie viel Glück gehabt, und das wenige verließ sie, als sie Loyd und Sarah begegnete.

Doch weder die weit aufgerissenen, von einem milchigen Film überzogenen Augen, noch der grellrot geschminkte, aufklaffende Mund zogen die Aufmerksamkeit des Betrachters auf sich. Es waren die dicken Eisennägel, die man ihr in den Schädel getrieben hatte, sodass sie eine schauerliche Krone bildeten und Rinnsale ihres Blutes das Gesicht beschmierten. Zwischen die Nägel hatte Sarah weiße Anemonen geflochten, deren Zartheit im Kontrast zur Brutalität des Verbrechens stand.

Erst nach fünf weiteren Morden konnte man sie anhand der Überwachungskamera eines Blumenladens, in dem Sarah die Anemonen gekauft hatte, identifizieren. Sie hatten gewusst, dass man ihnen auf den Fersen war, und so unternahmen sie einen Fluchtversuch, der mit ihrem Tod endete.

Alexis legte die Akten zur Seite, rollte sich auf der Couch zusammen und schloss die Augen. Wie sollte sie das Bild ihres Vaters, der mit ihr Achterbahn gefahren war, dem sie in seinen letzten Lebensminuten in die Augen gesehen und aufrichtige Liebe darin entdeckt hatte, mit diesem brutalen Mörder in Einklang bringen? »Ich liebe dich, Lil'Bee.« Noch heute hörte sie seine Stimme.

Sie wusste nicht, wie viel Zeit vergangen war. Sie saß noch immer auf der Couch, hatte gerade beschlossen, eine ganze Flasche Wein zu leeren. Manchen Dingen konnte man sich nicht stellen, wollte sie nur vergessen. Das erste Glas kippte sie in einem Zug hinunter, schaltete den Fernseher ein und starrte doch nur blind durch die große Fensterfront. Die Geräusche der Gameshow verblassten zu einem Hintergrundrauschen. Aaron. Wie er ihr fehlte. Die letzten Tage waren schlimm gewesen, aber das Wissen, dass er für immer fort war, traf sie wie ein Schlag. Sie sah auf ihre Wunden, nahm einen weiteren tiefen Schluck, zwang ihren Blick erneut hinaus in die Dunkelheit.

Da ging plötzlich im Garten das Licht an. Nur eine Katze, auf die der Bewegungsmelder reagierte, beruhigte sie sich. Sie schloss die Augen und versuchte, Entspannung zu finden. Als sie sie wieder öffnete, schrie sie auf, starrte auf das Wesen vor der Fensterscheibe. »Mein Gott, ich drehe durch«, flüsterte sie. »Ich drehe komplett durch.« Sie kniff ihre Augen zu. »Mach, dass es aufhört. Bitte, bitte, bitte«, wisperte sie ohne Unterlass. »Das darf nicht sein. Bitte. Bitte. Bitte …«

Sie zählte von zehn rückwärts, und dann öffnete sie die Augen. Es war immer noch da. Ein Gesicht, nein, eine Fratze. Leichenblass, weit aufgerissene Augen, die in gespenstischem Blau leuchteten. Blutige Tränen benetzten die Wangen. Es wiegte sich in unnatürlich ruckartigen Bewegungen vor dem Fenster hin und her, während die blonden, blutverschmierten Haare es umwogten. Dicke Eisennägel ragten aus dem Schädel, bekränzt von weißen Anemonen. Das Wesen erwiderte ihren Blick, fletschte die Lippen zu einem grausamen Lächeln. Ein langer, bleicher Finger drückte sich gegen die Fensterscheibe, zuckte in einem Muster über sie hinweg.

Es musste real sein. Ein Mensch. Alexis zwang ihren Verstand zur Arbeit. Am ganzen Leib zitternd stand sie auf, hastete in die Küche, nahm ein Messer mit großer, scharfer Klinge und kehrte zurück ins Wohnzimmer. Ihr Herz pochte. Das Blut rauschte unter dem Einfluss des Adrenalins durch ihre Adern.

Das Gesicht war weg. Geh raus, mahnte sie sich. Du musst klären, was das war. Das Messer in der einen Hand öffnete sie mit der anderen die Terrassentür. Lauschte. Nichts als Stille. Keine Bewegung in den Schatten, kein ungewohnter Geruch. Den Rücken gegen die Wand gepresst, bewegte sie sich seitwärts auf die Stelle zu, an der sie das Wesen gesehen hatte. Immer noch nichts, nur ihre eigenen hastigen Atemzüge. Sie begutachtete den Boden. Keine Abdrücke. Dann überkam sie eine Ahnung. Sie hauchte die Glasscheibe an, da wo der bleiche Finger sie berührt hatte. Ein Kauz schrie in der Nacht. Sie zuckte zusammen, schnitt sich vor Schreck in die Hand. Dann sah sie, was ihr Atem auf der Scheibe enthüllte, und das Zittern wurde so heftig, dass sie das Messer fast nicht mehr halten konnte. *Bienchen stirb* stand dort in krakeligen Lettern. Für einen Moment fürchtete sie ohnmächtig zu werden. Lil'Bee, kleine Biene. So hatte ihr Vater sie genannt.

Es muss ein Mensch sein, redete sie sich ein. Das konnte keine Halluzination sein.

Und dieser Mensch hatte gerade einen Fehler begangen, schoss es ihr durch den Kopf. Hastig rannte sie ins Haus, fiel über den Treppenabsatz. Im Flur durchwühlte sie ihre Jacken und Handtaschen auf der Suche nach einem Abriebtupfer. Sie musste irgendwo noch einen haben. Wer auch immer dort draußen war, er hatte eine DNA-Spur hinterlassen. Endlich wurde sie fündig, eilte zur Terrasse. Dort zwang sie sich zur Ruhe, vergewisserte sich erneut, dass sie alleine war, bevor sie mit dem Rücken zur Wand an die Stelle zurückkehrte. Sie hauchte gegen die Scheibe. Nichts. Kein Schriftzug, kein Geschmiere. Absolut gar nichts. Sie fluchte. Er musste zurückgekommen sein, um das Glas zu reinigen. Oder? Dieses »oder« verfolgte sie für den Rest der Nacht. Was war real und was war Halluzination?

Sie verriegelte sämtliche Türen und Fenster, zog die Vorhänge vor und schloss sich in ihrem Schlafzimmer ein. Das Messer nahm sie mit.

56

Dürrast nahm ein an eine Gartenschere erinnerndes Instrument und begann, die Rippen zu durchtrennen, um das Brustbein zu entnehmen. Darunter offenbarte sich das Herz, ein schlaffer, lebloser Klumpen Fleisch.

Unwillkürlich musste Karen an den Spruch »Du hast mir das Herz gestohlen« denken. Wie war man nur auf die Idee gekommen, dass dieses Organ die Gefühle beherbergte?

Mit routinierten Bewegungen entfernte der Rechtsmediziner nun die Thoraxorgane und legte sie vorsichtig in Schalen, woraufhin sie von Konradis gewogen wurden.

Die Sonne sandte ihre Strahlen durch die vergitterten Kellerfenster, als wollte sie die Leichen mit ihrer lebensspendenden Wärme verhöhnen.

Sie war direkt aus dem Labor hergekommen, voller Stolz und trotz des Anlasses freudestrahlend, um Alexis die Neuigkeiten mitzuteilen. Sie war erfolgreich gewesen und hatte DNA aus der Stechmücke gewinnen können, genau genommen sogar die DNA von zwei Personen. Die eine ließ sich dem Opfer zuordnen, die andere war unbekannt. Es lag nicht ausreichend Material für ein vollständiges Profil vor, aber es genügte, um eine Identifizierung mit fast achtzigprozentiger Wahrscheinlichkeit vorzunehmen. Natürlich war es kein unumstößlicher Beweis, aber ein sehr gutes Indiz und eine Arbeit, über die sie vielleicht eines Tages eine wissenschaftliche Abhandlung verfassen würde.

Doch Alexis hatte kaum darauf reagiert. Ihre Freundin sah schrecklich aus, als hätte sie die ganze Nacht keinen Schlaf gefunden. Verstört, übernächtigt, zerstreut. Es erschreckte sie zu sehen, wie sie sich die letzten Tage verändert hatte. So einen Verfall hatte sie bisher nur einmal gesehen, bei Louise, und sich seither gefragt, ob sie etwas hätte ändern können, sie wachrütteln, wenn sie rechtzeitig eingegriffen hätte. Aber sie hatte sich eingeredet, dass es normal sei, dass eine junge Mutter um ihr Baby trauerte. Sie hatte nicht wahrgenommen, wie Louises Sohn ihre Lebenskraft mit in sein Grab nahm. Erst nach einem misslungenen Selbstmordversuch erkannte Karen, wie ernst die Lage war. Ihre Schwester verdankte ihr Leben einem Zufall. Wäre Markus nicht früher von der Arbeit zurückgekommen, wäre sie heute tot. Begraben neben ihrem Kind.

Und nun Alexis. Etwas saugte die Kraft aus ihr. Inzwischen bereute sie, sich bei ihr ausgeheult zu haben. Sie kannte die Freundin gut genug, um zu wissen, dass sie ihre eigenen Probleme verschweigen würde, um sie nicht noch mehr zu belasten. Natürlich war ihre eigene Situation großer Bockmist. Klar war sie durcheinander. Aber es war offensichtlich nicht so schlimm wie das, was ihrer Freundin zu schaffen machte. Sie mussten den Fall so schnell wie möglich lösen, damit sie beide zur Ruhe kommen konnten. Die Analyse der DNA, die sie an der Zigarette gefunden hatten, lief bereits. Vor dem nächsten Tag war allerdings nicht mit einem Ergebnis zu rechnen, und selbst wenn, bisher hatte es auch für die Stechmücken-DNA keinen Treffer in einer Datenbank gegeben.

Sie wandte sich erneut der zweiten Leiche zu. Wie bei der ersten fiel ihr auf, dass etwas nicht zusammenpasste. Von der Verwesung her zu schließen, hätte sie den Todeszeitpunkt zwei oder drei Tage zurückdatiert – die Insektenbesiedelung deutete jedoch auf einen anderen Zeitpunkt hin. Selbst für die Jahreszeit und Temperatur waren es viel zu wenige, und die paar, die sie fand, befanden sich in einem sehr frühen Entwicklungsstadium oder waren noch gar nicht geschlüpft.

»Der Täter wird nachlässig«, stellte Dürrast fest. Er wies auf eine Stelle auf Brittas Schulter. »Sieht aus, als hätte er sie hier gepackt.« Karen sah Druckstellen, blaue Flecken, die unter dem grellen Licht hervortraten. Fingerabdrücke ließen sich von der Haut zwar nicht mehr nehmen, aber vielleicht gab es DNA. »Die waren vorher noch nicht da«, bemerkte sie.

»Bei Prellungen nicht ungewöhnlich. Durch die Verletzung zersetzt sich das Gewebe schneller und wird als dunkler Fleck sichtbar.«

Sie nahm eine sterile Klebefolie, legte sie auf die besagte Stelle, um so möglicherweise vom Täter stammende Zellen aufzunehmen, die er zurückgelassen hatte.

»Es wurde ebenfalls eine Drahtschlinge verwendet, um die Opfer zu erdrosseln, jedoch mit einer Änderung seiner Methodik. Sehen Sie die Totenflecke?« Dürrast drehte die Leiche auf die Seite, damit sie ihre dunkel angelaufene Rückseite mit den weißen Flecken betrachten konnten. »Nach ihrem Tod lag sie auf dem Rücken. Entweder hat er sie dieses Mal schnell abgenommen, oder er hat sie nicht erhängt.«

»Können Sie das nicht an den Verletzungen am Hals erkennen?«

Er schüttelte den Kopf. »Die Hälse sind regelrecht zerfleischt. Vielleicht mithilfe zusätzlicher Untersuchungen, aber versprechen Sie sich nicht zu viel.«

»Und der Todeszeitpunkt?«

»Unklar. Die Körpertemperatur war noch nicht auf

Umgebungstemperatur abgefallen, als man sie fand. Dennoch ist die Verwesung weit fortgeschritten. Ich vermute, man hat sie an einem warmen Ort gelagert, wodurch eine Bestimmung des Todeszeitpunkts nahezu unmöglich wird. Nach meiner ersten Schätzung wenigstens zwölf Stunden, längstens drei Tage.«

Alexis sah sie an. Karen nickte unmerklich. Dürrasts Berechnung stimmte mit ihrer überein.

»Eines habe ich noch«, sagte Dürrast. »Konradis hat etwas Interessantes an den Fußsohlen entdeckt.« Er legte einen Objektträger unter das Mikroskop.

»Plastik?«, fragte Karen nach einem Blick darauf.

»Womöglich steckte sie in einem Plastiksack«, überlegte Alexis laut.

»Darin könnte er sie gelagert haben, was die geringe Insektenbesiedelung erklärt«, ergänzte Karen.

»Aber warum der warme Ort? Durch Wärme fangen die Leichen schneller an zu stinken, damit zieht er doch nur Aufmerksamkeit auf sich.«

»Vielleicht wohnt er so abgelegen, dass er sich darum keine Gedanken machen muss. Und es erschwert unsere Ermittlungsarbeit.«

»Dann kennt der Täter sich erschreckend gut aus.«

Karen nickte nachdenklich und pustete eine widerspenstige Locke aus ihrem Gesicht. Der Mörder machte ihr Angst. Sie hatte es noch nicht erlebt, dass Alexis so lange an einem Fall arbeitete, ohne einen konkreten Hinweis auf den Täter zu finden, und unterdessen mordete er weiter.

Sie beendete ihre Arbeit fast zeitgleich mit Dürrast. In einem Behälter befand sich ein ganzer Haufen von bereits geschlüpften Maden, die sie pürieren würde, um sie einem Drogentest zu unterziehen. Sie hatten sich von dem Fleisch der Frauen ernährt. Hatte man ihnen irgendwelche Drogen verabreicht, würde es sich in den Maden angesammelt haben.

Sie packte ihre Tasche und ging gemeinsam mit Alex und Oliver in den Vorraum, um sich der Atemmaske und Handschuhe zu entledigen. Sie konnte es kaum erwarten, an die frische Luft zu kommen. Der Verwesungsgeruch hing noch immer in ihrer Nase, und sie glaubte ihn sogar auf ihrer Zunge zu schmecken. »Das war kein angenehmer Start in den Tag«, sagte sie zu ihrer Freundin, die sich gerade vorbeugte, um ihre Überzieher von den Schuhen zu streifen. Dabei rutschte der Ärmel ihres Pullovers hoch und entblößte eine Reihe tiefer Schnittwunden. »Was zur Hölle ist denn da passiert?«, rief sie aus und griff nach Alex' Handgelenk.

»Nichts.« Hastig zog sie den Stoff wieder über die Wunden.

»Was ist los?«, fragte Oliver, verwickelt in einen Kampf mit seinem OP-Kittel.

»Aaron wollte nicht einsehen, dass ich ein Zeckenmittel auftragen und ein paar Kletten entfernen musste.«

»Um die Jahreszeit?«

Sie zuckte mit den Schultern, wich aber ihren Blicken aus. »Es war so lange warm, dass noch einige am Leben sind, und ich finde die Dinger einfach nur widerlich.«

»Und dann hat dein sonst so pazifistischer Kater dich derart zugerichtet?« Oliver stieß einen Pfiff aus. »Erinnere mich daran, mich in Zukunft vor ihm in Acht zu nehmen.«

Karen sah ihre Freundin prüfend an. Täuschte sie sich, oder glitzerten da Tränen in ihren Augen? Sie musste wirklich dringend mit ihr reden.

57

Killer schlägt zum dritten Mal zu. Polizei versagt. Kann sie uns noch schützen? prangte in fetten Lettern auf der Titelseite des *Mannheimer Tageblattes,* das man ihr auf den Schreibtisch gelegt hatte.

Oliver trat neben sie, ergriff die Zeitung. »Im Morgengrauen wurden die Leichen zweier weiterer Frauen gefunden«, las er den Anfang vor. Alexis hatte ihn bereits am Vormittag gelesen. War das Eriks Rache? Er ließ sich ausführlich darüber aus, dass sie in der Zwischenzeit sechs Leichen, aber keine heiße Spur hatten. Er erwähnte auch Alexis namentlich. Eigentlich nichts Ungewöhnliches, immerhin leitete sie die Ermittlung, aber aus seiner Feder bekam es für sie gleich einen anderen Unterton. Vor allem, da er ihre Fähigkeiten infrage stellte. Laut ihm war sie eine Fehlbesetzung als Leiterin der Ermittlungen. Zu jung, zu unerfahren.

Milbrecht kam herein, sah die Zeitung und runzelte seine sonst so makellos glatte Stirn. »Das Schlimme ist, dass ich ihm nicht widersprechen kann. Oder wie sehen Sie das, Hall?«

Sie richtete sich auf, demonstrierte eine Stärke, die sie im Inneren nicht verspürte. »Wir haben DNA-Profile, gehen der Spur mit dem hinterlegten Bankkonto für das Onlinedatingportal nach und konnten mehrere Verdächtige ausschließen. Wir kommen ihm näher. Es ist nur eine Frage der Zeit.«

»Und wie viele sollen noch sterben, bevor Sie ihn fassen?«

»Immerhin ist Kriminalkommissarin Hall dem Täter näher gekommen als die französische Polizei in den vergangenen drei Jahren«, mischte sich Landeaux ein. »Meine Nachforschungen beim Datingportal führen nach Frankreich. Zu einem E-Mail-Anbieter und einem Paypal-Konto, das wiederum mit einer Prepaid-Kreditkarte aufgeladen wurde. Alle laufen über eine Adresse in der Nähe Straßburgs. Das Interessante daran ist, dass das Haus, das dort steht, seit dreizehn Jahren nicht mehr bewohnt wird.«

»Und wie soll uns das weiterhelfen?«, fragte Milbrecht.

»Es ist eine weitere Verbindung zwischen den Fällen. Zudem lässt es darauf schließen, dass der Täter vor Ort war. Woher sonst sollte er wissen, welche Anschrift er gefahrlos nutzen kann? Die E-Mail-Adresse wurde vor vier Jahren eingerichtet. Genauer gesagt am 24. August um 13:42 Uhr.«

»Wie sieht es mit der IP-Adresse aus?«

»Die wurde nicht gespeichert. Ich habe die angegebene Adresse allerdings mit dem ehemaligen Wohnort von Dr. Kirn abgeglichen. Dabei ist etwas Interessantes herausgekommen: Er lebte nur siebzehn Kilometer weit entfernt in Ittenheim.«

»Genügt das nun endlich? Wir brauchen das ganze Programm. Verhör, Durchsuchung, sein Auto, Finanzdaten …«, wandte sich Oliver an Milbrecht. Seine Augen glänzten.

»Es sind zwar nur Indizien, aber für die Durchsuchung von Wohnung und Auto und eine Vorladung zur Vernehmung reicht es. Gute Arbeit«, fügte er nach einem Zögern hinzu.

»Ist es auch die richtige Vorgehensweise?«, wandte Alexis ein. »Bisher haben wir Dr. Kirn außen vor gelassen, sodass er sich sicher fühlt. Sollen wir ihn nicht vorerst nur beschatten lassen, um eine Chance zu haben, ihn auf frischer Tat zu ertappen?«

»Und dabei das Leben von weiteren Frauen riskieren?«, schnaubte Volkers. »Wir werden schon genug bei ihm finden, um ihn festzunageln, selbst wenn es nur eine DNA-Probe ist.«

»Und wenn nicht? Falls er überhaupt der Täter ist, haben wir es hier nicht mit dem Standardexemplar von Serienkiller zu tun, der zu unterbelichtet ist, um sich die eigenen Schnürsenkel zuzubinden. Er ist intelligent, und ich bezweifle, dass wir bei ihm blutige Drahtschlingen auf dem Küchentisch entdecken werden.«

»Es liegt ausreichender Tatverdacht vor«, wandte Milbrecht ein. »Stellen Sie sich vor, was passiert, wenn noch eine Frau stirbt und sich herausstellt, dass wir ihn die ganze Zeit im Visier hatten.«

Klar, die Presse würde ihn zerreißen. Auf was anderes kam es ihm nicht an. Alexis biss sich vor Wut auf die Lippen.

»Holen Sie ihn aufs Revier.«

58

London vor 23 Jahren

Das erste Mal sah er sie, als sie an der Hand einer hochgewachsenen Polizistin den schmalen Kiesweg zum Sunlake Kinderheim am Rande Londons hinaufging. Ihr schulterlanges, blondes Haar zerzaust, in einen Pyjama und eine grobe Decke gehüllt, berührte sie etwas in seiner Seele. Sie wirkte ebenso verloren, wie er sich fühlte, hing am Arm der Beamtin, als wäre er ihr Rettungsanker in einer von der Sintflut heimgesuchten Welt. Doch dann verlor sie auch diesen Halt, als sich die Frau von ihr löste, zuerst sanft, schließlich jedoch mit mehr Nachdruck, als sich das Mädchen weigerte, ihre Hand herzugeben.

Er konnte später nicht genau sagen, warum er zu ihr ging. Vielleicht war es die hoffnungslose Art, mit der sie den Kopf hängen und die Füße von der Bank baumeln ließ oder die zarten Arme, die die Decke an die magere Brust drückten.

Er setzte sich neben sie, hielt ihrem fragenden Blick stand. »Ich bin Finn«, sagte er leise und reichte ihr die Hand.

Sie zögerte, musterte ihn aus verquollenen Augen, dann ergriff sie seine Hand, und er war überrascht über die Festigkeit ihres Händedrucks. »Alexis«, antwortete sie mit vom Weinen belegter Stimme. »Bist du schon lange hier?«

»Erst drei Tage.« In seinen Gedanken erklang erneut die Melodie von The Cure. *On candystripe legs the spiderman comes*. Jedes Mal, wenn er die Augen schloss, sah er seine tote Mutter vor sich, über die Tausende Spinnen huschten. Sie betasteten ihre offenen Augen mit haarigen Beinen, woben Netze in die Nagelkrone. »Sind deine Eltern tot?«, fragte das Mädchen direkt.

Er verdrängte die grausigen Bilder. »Meine Mutter, meinen Vater habe ich nie kennengelernt.«

»Meine werden mich sicher bald holen kommen«, sagte sie mit der unschuldigen Hoffnung, zu der nur ein Kind fähig war.

Doch sie würden sie niemals holen kommen.

Die beiden Kinder saßen noch lange nebeneinander auf der Bank, fanden Trost in der gemeinsamen Trauer und Verlorenheit. Zwischendurch stand Finn auf, um ihr einen Strauß Gänseblümchen zu pflücken. Die hilflose Geste eines kleinen Jungen, der nicht wusste, wie er mit seinem eigenen Schmerz fertigwerden sollte, und noch viel weniger, wie er den eines anderen lindern konnte. Dann führte die Beamtin Alexis in das Büro. Er wartete fast eine Stunde am anderen Ende des Ganges, betrachtete die Bilder, die die anderen Kinder gemalt hatten, bis sie wieder herauskam. An dem herzzerreißenden Schluchzen erkannte er, dass auch sie ihre Eltern nie wiedersehen würde.

In den folgenden Tagen entwickelte sich trotz des Altersunterschieds eine zurückhaltende Freundschaft. Sie sprachen nicht viel. Keiner wollte über die Ereignisse sprechen, die sie hierhergeführt hatten.

So hüllten sie sich in ihren Kokon aus Stille, den die Erwachsenen nicht zu durchdringen vermochten, doch wann immer es möglich war, erkundeten sie gemeinsam den Garten und das alte Haus. Ihre Hand lag fest in seiner, bis auch sie ihm geraubt wurde.

59

»Verfluchter Mist!« Alexis schlug mit der Faust gegen die Wand. Das Verhör, das von Bauwart und Volkers geführt wurde, war bereits zum Erliegen gekommen, bevor es richtig begonnen hatte. Kirns Überraschung wirkte ehrlich, als die Morde der vergangenen Nacht zur Sprache kamen. Obendrein hatte er auf einen Anwalt verzichtet und nur darum gebeten, dass man ihm die aktuelle Ausgabe des *Mannheimer Tageblattes* brachte. Und nun präsentierte er ihnen mit einem süffisanten Lächeln sein Alibi. Ein Foto in der Klatschkolumne. Im Vordergrund befand sich zwar ein prominentes Pärchen, aber schräg hinter ihnen war eindeutig er zu erkennen. »Spendengala für die Hochbegabtenstiftung Heiligenberg. Ich bin sicher, Sie können ausreichend Zeugen für meine Anwesenheit finden.«

»Er könnte sich herausgeschlichen haben«, sagte Landeaux.

Alexis schüttelte den Kopf. »Das glaube ich nicht. Dem Zustand der Leichen nach zu urteilen, hätte er sich dafür umziehen müssen, vielleicht sogar duschen, ansonsten wäre jemandem der Verwesungsgeruch aufgefallen.«

»Ich werde es trotzdem überprüfen«, sagte Oliver mit versteinerter Miene. Er nahm die Ausgabe der Zeitung, die bei ihnen lag, und notierte den Namen des Fotografen. »Ich sehe zu, dass ich weitere Fotos von dem Abend bekomme.«

Alexis war sich nicht sicher, was sie empfand. Auf der einen Seite war sie froh, dass nicht noch eine weitere Spur zu AZRE und ihrem Onkel führte. Auf der anderen Seite irritierte sie dieser Mann. Was mochte der Biologe wissen? Hatte ihr Onkel ihn eingeweiht? War er doch der Killer und wusste von ihren Eltern und hatte die Leichen deshalb so arrangiert?

Sie musterte ihn gründlich mit einem neuen Gefühl von Bedrohung, das sich in ihr ausbreitete. Hatte dieser

Mann es auf sie abgesehen? »Vielleicht hat er einen Komplizen«, sagte sie schließlich. »Wir werden sehen, was die Durchsuchungen ergeben.«

Aber auch da sollten sie Pech haben. Kurz darauf kehrte Karen mit den Beamten der Spurensicherung aus seiner Wohnung zurück. »Keine verdächtigen Spuren, nur ein paar Blätter aus dem Kofferraum. Ich werde sie zusammen mit der DNA-Probe von Dr. Kirn untersuchen.« Sie ließ sich auf einen Stuhl im Besprechungsraum fallen.

»Milbrecht wird hocherfreut sein«, stellte Alexis trocken fest.

»Ich bekomme ihn schon in den Griff«, sagte Dolce. »Er steht unter enormen Druck. Unsere Erste Staatsanwältin Landgraf wird ihm die Hölle heißmachen, wenn er nicht bald etwas vorzuweisen hat. Immerhin hat er darauf bestanden, den Fall zu bekommen.«

»Er wollte diese Morde bearbeiten?«

»Er hat nicht lockergelassen, bis man ihm den Fall zuteilte.« Die Chefin zuckte mit den Schultern. »Medienrummel. Es wird gemunkelt, dass er eine politische Karriere anstrebt. Die Verurteilung eines Serienkillers könnte ihn diesem Ziel ein ganzes Stück näher bringen.«

»Es stand anfangs doch gar nicht fest, dass es keine Einzeltat war?«

Dolce hob abwehrend die Hände. »Verschwenden Sie Ihre Energie nicht an ihn. Milbrecht ist mein Problem, fassen Sie den Killer.«

Stephan Landeaux, der sich bisher zurückgehalten hatte, wandte sich an Oliver. »Ich muss Ihnen zustimmen. Dieser Kirn ist mir nicht geheuer, etwas sagt mir, dass er darin verwickelt ist. Darf ich bei der Überprüfung seines Alibis helfen?«

Auch wenn sie seine Anwesenheit weiterhin nervös machte, stimmte sie zu. Besser er beschäftigte sich damit, als sich zu genau mit Magnus und ihren Familienbeziehungen auseinanderzusetzen. Sie schluckte schwer, als sie daran dachte, dass er als Mitarbeiter von Europol womöglich etwas über ihre Abstammung herausfinden konnte.

»Ich muss wieder ins Labor«, sagte Karen und stand auf. »Die Proben untersuchen sich leider nicht von selbst.«

»Ich begleite dich.« Alexis öffnete die Tür und ließ Karen vorbei. In dem Moment verließ Dr. Kirn das Vernehmungszimmer, und sie standen sich im Flur gegenüber.

»Frau Hall.« Er lächelte sie gewinnend an. »Wie ich sehe, in Begleitung einer Kollegin.« Er deutete auf die beschrifteten Probenbehälter in Karens Hand.

»Sie müssen Dr. Kirn sein«, sagte sie, stellte sich vor und reichte ihm die Hand. »Ich habe schon viel von Ihren Forschungen gehört.«

»Arbeiten Sie ebenfalls an der Evolutionstheorie?«

Alexis war beeindruckt, wie gelassen Karen bei dieser Begegnung mit diesem Mordverdächtigen blieb, dessen DNA-Probe sie in Händen hielt.

»Mein Fachgebiet liegt in der Entwicklungsbiologie, aber ich verfolge Ihre Forschungen mit großem Interesse. Glauben Sie wirklich an eine Aufspaltung der Menschheit in verschiedene Rassen?«

Dr. Kirn sah sie scheinbar erfreut an. »Meine Forschungen stützen die These.«

»Aber was ist mit der Theorie, dass wir uns kaum noch verändern? Dass wir so zahlreich sind, dass jede Mutation sofort wieder geschluckt wird?«

»Einer der vielen spannenden Diskurse in diesem Forschungsbereich. Es ist jedoch ein Fakt, dass sich Menschen mit ähnlichem Attraktivitätslevel und Intelligenzniveau eher zusammenfinden und Nachkommen zeugen. Diesen Faktor darf man nicht außer Acht lassen.«

Oliver stand in der Tür zum Besprechungsraum. Alexis sah ihm an, dass er sich einmischen wollte, und hielt ihn mit einem scharfen Blick zurück. Sie wollte, mehr über Kirn und seine Forschungen erfahren. »Also wird die Menschheit sich zu einer intelligenten, schönen und einer eher stumpfsinnigen und möglicherweise degenerierten Rasse weiterentwickeln?«, setzte Karen das Gespräch fort.

»So könnte es sein, wobei ich glaube, dass die Degeneration sich auf beide Unterarten ausbreiten wird. Heutzutage arbeiten wir daran, alles zu heilen und jedem zu ermöglichen, sich fortzupflanzen, egal welche Konsequenzen es für den Nachwuchs hat.«

»Dann sind Sie der Ansicht, dass die Regierung entscheiden soll, wer Kinder haben darf und wer nicht?« Karen brachte diese Frage mit völliger Neutralität hervor, dabei ahnte Alexis, wie es in ihrem Inneren aussehen musste.

»Das habe ich nicht gesagt. In der Theorie existieren andere Möglichkeiten, die jedoch durch die schwerwiegenden Einschränkungen in der Gentechnik und Diagnostik nicht zum Tragen kommen.«

»Vielleicht kommt die Menschheit irgendwann zur Vernunft«, sagte Karen mit einem unbestimmten Lächeln und sah auf die Uhr. »Ich muss leider los. Meine Proben warten.« Sie reichte dem Biologen die Hand. »Es war mir eine Freude, Sie kennenzulernen.«

Keine Viertelstunde später rief Karen sie aus dem Auto an. Alexis saß inzwischen wieder an ihrem Schreibtisch und versuchte ohne Erfolg, eine Verbindung zwischen den Opfern zu finden.

»Dieser Dr. Kirn ist mir unheimlich«, sagte die Biologin mit belegter Stimme.

»Mir auch«, erwiderte Alexis. »Ich dachte, auf andere Wissenschaftler wirke er vielleicht normal.«

»Seine Forschungen sind spannend, aber die Art, wie er darüber spricht … Das lässt mir einen Schauer den Rücken hinunterlaufen.«

Am Ende eines fruchtlosen Tages, bei dem sie den Eindruck hatte, mehr mit Fragen der Organisation beschäftigt zu sein als mit tatsächlicher Ermittlungsarbeit, verließ sie ihr Büro.

Als sie nach Hause kam, parkte ein Wagen vor ihrem Haus, den sie nur zu gut kannte. Ein dunkelblauer 5er GT von BMW – Kaspar. Kurz überlegte sie, einfach vorbeizufahren, sich in ein Restaurant zu setzen und erst später wiederzukommen, doch durch Vermeidung war noch nie etwas besser geworden.

»Es gibt Telefone«, begrüßte sie ihren Adoptivvater, als er ausstieg.

»Wärst du denn rangegangen?«

Kommentarlos schloss sie die Haustür auf und wartete, bis er ihr ins Innere gefolgt war. »Wein oder etwas Stärkeres?«

»Kaffee wäre nicht schlecht.«

Sie ging in die Küche, versuchte, ihre Gedanken zu sammeln, ihren Ärger herauszufiltern, um einen klaren Kopf für das zu bekommen, was sie ihn fragen wollte. Sie erinnerte sich an den Tag, an dem sie ihrem Adoptivvater gegenübertreten musste, um ihm zu sagen, dass sie das

Biologiestudium nicht fortführen würde. Damals hatte sie sich ähnlich gefühlt. Sie hatte gewusst, dass ihr Entschluss auf rationaler Ebene keinen Sinn machte, doch die emotionale ließ ihr keine Wahl. Sie war an einer herausragenden Universität, das Lernen fiel ihr leicht, und mit Kaspars Verbindungen hatte sie beste Aussichten auf einen passenden Job mit gutem Einkommen. Und das in der heutigen Zeit, in der Wissenschaftler quer über die Erdkugel einem befristeten Vertrag nach dem anderen hinterherjagten.

Und trotzdem stand sie da und wollte all das aufgeben, da es ihr Herz nicht erfüllte. So sehr sie sich auch für das Fach begeisterte, etwas fehlte. Ihr wahrer Wunsch war es, dem Bösen gegenüberzutreten. Was lag da näher, als zur Polizei zu gehen? Die Bezahlung mochte schlechter sein, die Aufstiegschancen vergleichsweise gering, aber es war das, wonach ihr Herz verlangte.

Das Gespräch war so unangenehm verlaufen, wie sie befürchtet hatte. Kaspar hatte ihr all das vorgeworfen, mit dem sie sich in zahllosen Nächten bereits gequält hatte. Dass sie eine glänzende Zukunft einfach fortwarf, was er ihr alles hätte ermöglichen können, wie sehr er gehofft hatte, sie würde seine Arbeit fortführen. Und dann war natürlich immer die Sorge darüber mitgeschwungen, dass sie einen Beruf wählen wollte, der es ihr gestatten würde, eine Waffe zu tragen. Sie hatte an seinen Augen ablesen können, dass ihm der Gedanke Angst machte. Doch damals hatte es sie nur in ihrem Entschluss bestärkt. Sie wollte beweisen, dass sie nicht wie ihre Eltern war, dass sie ihr Schicksal selbst bestimmte und nicht irgendwelche Erbanlagen. Und nun? Hatte Kaspar von Anfang an recht gehabt?

Sie dachte an ihren Ausraster mit dem Betrunkenen zurück, ihre Gedächtnisaussetzer, die unerklärlichen Verletzungen, die neu hinzugekommenen Halluzinationen und ihre Angst, selbst zur Mörderin geworden zu sein. Zum ersten Mal fragte sie sich, ob sie den falschen Weg gewählt hatte. Aber nun war es zu spät. Wohin auch immer sie ihr Weg führen mochte, sie musste ihn zu Ende gehen. Unbewusst spielte sie mit ihrer Dienstmarke. Selbst wenn es bedeutete, aus dem aktiven Dienst auszutreten.

»Warum bist du hier?«

»Was auch immer du denken magst, du bist immer noch meine Tochter.«

»Und? Ändert das irgendwas? Du glaubst trotzdem, dass ich eine tickende Zeitbombe bin.«

»Darf ich nicht hoffen, mich zu täuschen? Du hast mir jeden Tag deines Lebens bewiesen, dass die Wissenschaft nicht alles weiß.«

»Und mir ständig das Gefühl vermittelt, dass ich eine tickende Zeitbombe bin.«

Betroffenheit zeichnete sich auf seinem Gesicht ab. »Das war nie meine Absicht. Du entscheidest, was du aus deinem Leben machst.«

»Ich überlege, den Dienst zu quittieren.«

»Weshalb?« In seinem Gesicht spiegelten sich Unverständnis und Enttäuschung wider.

»Du sagst, dass auch das Umfeld Einfluss darauf hat, ob jemand zum Mörder wird oder nicht. Was, wenn mich die tägliche Konfrontation mit Verbrechen beeinflusst? Manche Cops stumpfen ab, was könnte es mit mir machen?«

»Deswegen willst du den Kopf in den Sand stecken? Das sieht dir nicht ähnlich.«

»Was ich auch mache, es ist nie recht.« Er setzte zu einer Antwort an, doch sie ließ ihn nicht zu Wort kommen. »Weißt du, wie es sich anfühlt, mit dem Gefühl zu leben, dass die Menschen, die einen lieben sollten, ständig nur darauf warten, dass du dich in ein Monster verwandelst?«

»Maria hat dich nie so gesehen.«

Alexis reichte ihm stumm eine Tasse mit Kaffee. Ohne Milch, mit zwei Würfeln Zucker. Er hatte recht. Ihre Adoptivmutter hatte ihr immer nur bedingungslose Liebe entgegengebracht. »Sie fehlt mir.«

»Mir auch.« Er nippte an der Tasse. »Ich möchte dich nicht auch noch verlieren.«

»Ich dich doch auch nicht.« Es fiel ihr schwer, das einzugestehen, aber es war die Wahrheit. Er war die einzige Familie, die ihr noch verblieben war.

»Sie hat dich sehr geliebt.« Er sah sie wehmütig an. »Ich verstehe noch immer nicht, wie sie sterben konnte. Für mich war klar, dass ich zuerst gehe.«

Alexis legte ihrem Adoptivvater die Hand auf die Schulter. »Manchmal glaube ich, dass sie noch immer bei uns ist und wir sie nur nicht mehr sehen können.«

Zum ersten Mal seit Jahren fühlte sie wieder so etwas wie Nähe zu Kaspar. Selbst im Tod hält sie uns noch zusammen, dachte sie.

Es war schon spät, als er ging. Sie begleitete ihn zur Haustür, winkte ihm nach, als sein Wagen davonfuhr.

60

Während er ihre Bluse aufknöpfte und mit einem geübten Handgriff ihren BH öffnete, versuchte Karen sich auf ihn einzulassen, aber ihre Gedanken kreisten weiterhin um den Fall.

Flo, ein Doktorand, der im Deutschen Krebsforschungszentrum arbeitete, küsste ihren Hals, und sie stöhnte pflichtschuldig auf, während er ihre Brustwarzen massierte. Sie zog den Reißverschluss an seiner Hose herunter, streichelte seine Erektion und fühlte die eigene Erregung steigen, doch es war nicht wie sonst. Sie machte trotzdem weiter. Das Arrangement mit Flo war viel zu angenehm, um es zu riskieren. Der Appetit kommt mit dem Essen, hieß es ja auch. Also beeilte sie sich, ihn zu entkleiden und bot sich ihm von hinten an. Da würde er nicht lange durchhalten, und er konnte ihr Gesicht nicht sehen. Als er in sie eindrang, keuchte sie auf – dieses Mal sogar vor echter Lust, und dann gelang es ihr tatsächlich, sich fallen zu lassen. Schließlich brach er zitternd über ihr zusammen, während sie noch die Zuckungen ihres eigenen Orgasmus durchliefen und zugleich ihre Gedanken zu ihrer Schwester zurückkehrten.

Flo kannte sie gut genug, um zu wissen, dass ihr heute weder nach ausgiebigem Kuscheln noch nach langem Reden zumute war. Er zog sich schweigend an, gab ihr einen flüchtigen Kuss auf den Mund und verabschiedete sich. Einige Minuten später zog sich auch Karen an und verließ ebenfalls den Autoklav-Raum. Es war kein Geheimnis, dass sie es miteinander trieben, aber sie wollten es auch nicht an die große Glocke hängen. Zu schnell würde man entweder sie als Flittchen oder sie beide als

Paar ansehen, und auch wenn sie mit beidem leben konnte, war es ihr doch lieber, wenn sie dem Universitätsklatsch nicht noch eine Note hinzufügen musste. Sie sah auf die Uhr – Zeit für das Ergebnis der DNA-Analyse von der Probe, die sie an Alexis' Nachbarin gefunden hatte. Bei dem genetischen Fingerabdruck wurde entgegen landläufiger Meinung nicht die gesamte DNA analysiert oder gar bestimmte Gene untersucht. Der DNA-Strang besteht zum größten Teil aus nichtcodierenden Sequenzen, die zwischen den Genen liegen. Darin befinden sich sogenannte kurze Tandemwiederholungen, STR, bei denen es sich um nur zwei bis fünf Basenpaare umfassende Nucleotidfolgen handelt. Die Anzahl der Wiederholungen dieser STR unterliegt von Person zu Person großen Schwankungen. Dadurch, dass man gleichzeitig bis zu zwanzig STR untersucht, erhält man einen sehr genauen genetischen Fingerabdruck. Bereits bei dreizehn Markern liegt die Genauigkeit bei bis zu eins zu mehreren Billionen.

Da dabei aber nur nichtcodierende DNA untersucht wird, die also keine Informationen über den Menschen beinhaltet, gibt diese Untersuchung keinen Aufschluss über irgendwelche Krankheiten oder auch nur die Haarfarbe. Deshalb gibt es in Deutschland seit 1997 eine DNA-Datenbank, in die Informationen eingespeist werden, wenn dem Täter eine längere Haftstrafe droht.

Nach der Vervielfältigung der gewünschten STRs mit der PCR hatte Karen die DNA in ein puddingartiges Gel gegeben, dessen eine Seite negativ geladen wurde und die andere positiv. Sie setzte es also unter Strom. Da die DNA selbst negativ geladen ist, wird sie zum positiven Pol gezogen. Durch die Eigenschaften des Gels wandern größere Moleküle dabei langsamer als kleine, wodurch man nach einer gewissen Zeit eine Auftrennung erreicht. Das ermöglichte Karen die Analyse der Größe und damit der Wiederholungen des jeweiligen STR.

Karen nahm nun das Gel und legte es in der Dunkelkammer unter eine spezielle Lampe, die die darin vorhandenen Marker zum Leuchten brachte. Sie machte einige Aufnahmen von dem Gel und ging an ihren PC, um die Fotos zu kontrollieren und mit der Datenbank abzugleichen. Bereits nach wenigen Minuten hatte sie ein Ergebnis vorliegen. »Oh, scheiße«, entfuhr es ihr, als sie es sah.

61

Louise stand in ihrem Bad und blickte in den Spiegel. Was sie dort sah, gefiel ihr nicht. Sie war immer die Süße gewesen, das unschuldige Mädchen mit den blonden Zöpfen und grünen Augen. Die junge Frau, die man belächelte, wenn sie von Karriereträumen sprach, und die man in den Arm nahm und tröstete, wenn etwas schiefging, anstatt sie zu motivieren, es noch einmal zu versuchen.

Früher war ihr das nie aufgefallen und wenn doch, dann war es ihr gleichgültig gewesen. Sie wusste, dass man über sie und Karen tuschelte. Die eine Wissenschaftlerin, sogar mit einem Doktortitel, während die andere sich mit einem einfachen Leben zufriedengab. Aber genau das war es. Sie war glücklich gewesen. Sie hatte jede durchfeierte Nacht genossen und später dann ihre gemeinsame Zeit mit Markus. Erst mit Jonas' Tod hatte sich das schlagartig geändert. Ihr gesamtes Leben war aus der Bahn geraten, all ihre Pläne und Träume lagen zerbrochen auf dem tränendurchweichten Boden. Nach Monaten der Trauer, in der die Welt zu einem bedeutungslosen Summen im Hintergrund ihres Elends verkommen war, wurde ihr bewusst, dass es an der Zeit war, sich neu zu erfinden.

In Gedanken verglich sie sich mit ihrer Schwester, deren Lebendigkeit ihr ebenso fehlte wie die frechen Sommersprossen. Obwohl sie so viel gepflegter und ordentlicher wirkte, fand sie sich langweilig, charakterlos, verblasst.

Ich bin nicht mehr der Mensch, der ich gerne wäre, dachte sie. Wie kann ich dann erwarten, dass andere mich so wahrnehmen? Morgen, beschloss sie. Da würde sie zum Friseur gehen. Farbe, neuer Schnitt und frisches Make-up. Anschließend würde sie Karen anrufen und sie dazu überreden, mit ihr einkaufen zu gehen. Ihre Schwester hasste es zwar, aber mit einer Einladung in ihre Lieblingseisdiele würde sie Karen schon ködern. Es gab für sie keine bessere Freundin.

Ihre Hand fuhr zu ihrem flachen Bauch, dachte an Markus. Seit dem Verlust ihres Babys war alles anders. Eine unsichtbare Wand aus gegenseitiger Rücksichtnahme und Abwägen von Worten. Manchmal glaubte sie, sie hätten sich in einem Meer aus Behutsamkeit verloren.

Sie konnte nicht zurück, würde nie mehr so sein wie vor dem Tod ihres Babys. Es benötigte viel Zeit, bis sie verstand, dass es nicht nur einen Weg gab, glücklich zu sein, dass sie nicht zu ewigem Schmerz verdammt war und dass sie Jonas nicht verriet, indem sie versuchte, ihr Leben wieder in den Griff zu bekommen. Sie war es Markus, ihrer Familie und sich selbst schuldig.

Noch immer behandelte man sie wie eine zerbrechliche Puppe, etwas Kostbares, das vor der Außenwelt geschützt werden musste, und das Schlimme war: Sie konnte es ihnen nicht verübeln. Sie hatte es all die Jahre zugelassen, dass man sie behütete, sich selbst nie etwas zugetraut. Doch diese Zeiten waren vorbei. Sie musste lernen, sich zu behaupten. Die Depression zu besiegen war der eine Schritt. Selbstständig zu werden der andere. Nach Jonas' Tod war ihr bewusst geworden, dass sie mehr in ihrem Leben brauchte. Eine Tätigkeit, die sie erfüllte.

Sie zupfte ihren Rock zurecht und überprüfte ihr Aussehen. Ihr Mann würde erst später nach Hause kommen. Sie hatte ihm erzählt, sie träfe sich mit einer Freundin. Das erfreute Aufleuchten in seinen Augen vermittelte ihr ein schlechtes Gewissen. Er sah es als ein weiteres Zeichen für ihre Genesung, und wie bei allem anderen versuchte er, sie zu unterstützen. In Wirklichkeit hatte sie etwas anderes vor. Sie würde sich mit einem Makler treffen, um sich einen kleinen Laden anzuschauen. In Käfertal, nicht weit vom Stempelpark entfernt. Dort hoffte sie, ihr eigenes Café aufzumachen. Sie hatte genug angespart, sich zu einem VHS-Kurs zur Firmengründung angemeldet – Markus glaubte, sie würde töpfern – und sich alles gründlich überlegt. Eine Bekannte würde ihr bei der Erstellung eines Businessplanes helfen, um bei der Bank den notwendigen Kredit zu erhalten. Sie wusste, dass sie von ihrer Familie keine Unterstützung erwarten konnte, wollte sie auch nicht. Das war ihre Chance, sich zu beweisen. In den Augen der anderen wäre es nur eine weitere Reaktion auf Jonas' Tod. Und irgendwie stimmte es auch. Nur nicht so, wie sie dachten. Sie musste ihrem Leben einen Sinn geben.

Ein letztes Mal überprüfte sie im Spiegel, ob sie auch seriös genug wirkte, etwas, auf das sie noch nie zuvor Wert gelegt hatte, und verließ anschließend die Wohnung. Einen Moment wunderte sie sich, als sie nach dem Haustürschlüssel suchte. Sie war sich sicher, ihn auf die Kommode gelegt zu haben, stattdessen entdeckte sie ihn auf dem Wohnzimmertisch. Verwirrt schüttelte sie den Kopf, hatte den Vorfall wenige Minuten später aber wieder vergessen, als sie in ihr Auto stieg und zu dem Treffpunkt fuhr. Es wunderte sie, dass der Makler sich spät abends mit ihr treffen wollte, aber der kleine Laden war ein Schnäppchen. Genau das, was sie suchte. Hinten eine Küche, die nur geringfügige Umbaumaßnahmen erforderte, und vorne bereits eine weitläufige Glastheke, die mit einiger Arbeit auf Hochglanz poliert werden könnte. Zudem ausreichend Platz für Stühle und Tische in Himbeerfarben, an denen sie ihre selbst gemachten Cupcakes, Donuts und Macarons servieren wollte – natürlich alles auch in veganen Varianten. Es sollte modern werden und kein klassisches Café. Stets die Sachen im Angebot, die im Trend lagen. Dazu guten Kaffee. Sie liebte guten Kaffee.

Sie war sich bewusst, dass diese Läden überall aus dem Boden schossen, aber das zeigte in ihren Augen nur, dass die Nachfrage dafür groß war. Zudem würde sie sich von der Masse abheben, da sie keinem Franchiseunternehmen anhing, sondern mit ihrer persönlichen Note zu überzeugen wusste. So lautete zumindest ihr Plan. Sie brauchte etwas Eigenes. So viel stand für sie fest. Mit nur einer Angestellten konnte sie es zeitlich managen.

Sie parkte ihr Auto vor dem Geschäft. Es war dunkel, und die Laterne vor dem Laden war defekt. Sie unterdrückte ein unangenehmes Gefühl. Sie war nie gerne im Dunkeln gewesen, erst recht nicht in den Straßen einer Großstadt. Sie verstand nicht, warum manche Menschen die Nacht liebten. Was war daran so toll, nichts sehen zu können? Ihre Welt war das Sonnenlicht. Keine Schatten. Einen Moment lang fühlte sie sich beobachtet, glaubte, ein Huschen an der Straßenecke zu bemerken, aber der Augenblick verging ebenso schnell, wie er gekommen war, und als der Makler kurz darauf vorfuhr, war er auch schon wieder vergessen.

Ein sehr gepflegter Mann, hochgewachsen, mit sorgfältig gestutztem Bart, der wie aus einem Modemagazin entsprungen wirkte, reichte ihr die Hand. »Es freut mich, dass Sie es einrichten konnten, Frau Silder.«

Der Makler gab sich professionell, auch wenn Louise ab und an das Gefühl hatte, er käme ihr zu nah. Das nächste Mal nimmst du eine Freundin mit, dachte sie. Vergiss die Geheimhaltung. Doch ihr Unwohlsein wurde zunehmend von ihrer Freude überdeckt. Die Räumlichkeiten waren genau so, wie sie es sich vorgestellt hatte und absolut bezahlbar. Einen Moment fragte sie sich, warum ihr niemand zuvorgekommen war.

Trotz ihrer Begeisterung bemühte sie sich, nach außen Gelassenheit zu wahren. So viel wusste selbst sie. Die Idee, dass sie für den Makler leicht zu durchschauen war, kam ihr nicht.

So beendeten sie die Führung relativ zügig, und sie versprach, sich bei ihm zu melden. In der Zwischenzeit würde sie sich mit ihrer Bank in Verbindung setzen und ihrer Beraterin mitteilen, dass sie ihre Wunschimmobilie gefunden hatte. Er brachte sie noch zum Auto, wo sie sich verabschiedeten. Wieder hatte sie das Gefühl, beobachtet zu werden, und auch der Makler sah ihr lange mit unergründlichem Gesichtsausdruck hinterher.

62

Es sind nicht nur Mörder, die an den Tatort zurückkehren, sondern auch Cops. Alexis war einer davon. Wenn die Blaulichter erloschen, die Journalisten und Beamten verschwunden waren und die Anwohner sich wieder ihrem Alltag hingaben und nur noch hinter vorgehaltener Hand von dem schrecklichen Geschehen sprachen, dann kehrte sie zurück. Zuerst sog sie die Luft zwischen den Zähnen ein, um das Böse zu schmecken, dann atmete sie tief ein, um es zu riechen, und erst danach öffnete sie die Augen.

Manchmal fragte sie sich, was sie an diese Orte trieb. War es wirklich nur ihr beruflicher Ehrgeiz, ihr absoluter Wille, den Täter zur Strecke zu bringen? Oder lauerte da noch etwas unter der Oberfläche? Eine Wahrheit, die sie lieber ignorierte, die sie auf eine Stufe mit den Mördern, Vergewaltigern und Folterknechten stellte? War da ein Anflug von Erregung, wenn sie sich vorstellte, was an diesen Orten geschehen war, wenn sie die Witterung des Bösen aufnahm?

Das Böse hat viele Gesichter – wie viel Wahrheit in dieser alten Weisheit lag, ahnten die meisten Menschen nicht, wollten es nicht wissen. Nein, sie wollten an das

Gute glauben. Sie wollten nicht wissen, dass der Cop, dem sie gegenüberstanden, eine Erektion bekam, wenn er jemanden bei der Verhaftung zu heftig anpackte. Sie wollten nicht wissen, dass der zurückhaltende Nachbar, der seinen Garten so sorgfältig pflegte, sich im Internet widerwärtige Bilder von kleinen Jungs zog.

Alexis hätte auch gerne zu den Personen gehört, die in seliger Unwissenheit leben konnten, aber diese Wahl hatte sie nie gehabt. So fand sie sich am frühen Morgen, eine Stunde vor Sonnenaufgang, an dem Ort wieder, an dem man ihre Nachbarin und deren Freundin gefunden hatte.

Sie versuchte, ihre Träume mit dem Fundort in Übereinstimmung zu bringen. Zuerst hatte sie Karens Anruf regelrecht umgehauen. Ihre DNA an einem Opfer? An ihrer Nachbarin? Ihr Treffen lag zu lange zurück, als dass es als Erklärung dienen könnte. Sie versuchte sich zu erinnern, ob sie die Leichen angefasst hatte. Aber so ein Anfängerfehler sollte ihr heutzutage nicht mehr unterlaufen. Karen glaubte natürlich an einen Fehler – auf wessen Seite auch immer. Alexis hingegen war sich nicht sicher. War es so? Konnte es Zufall sein, dass sie genau an dem Morgen mit einer Gedächtnislücke und Schnittwunden an den Armen aufgewacht war? Dic Konsequenz aus diesen Gedankengängen machte ihr Angst.

Es gab also nur zwei Möglichkeiten: Entweder spielte jemand ein grausames Spiel mit ihr, oder sie drehte komplett durch. Denk nach, mahnte sie sich, während sie die Straße weiter auf und ab ging. Der gefundene Zigarettenstummel sprach für ihre Unschuld. Sie rauchte nicht. Ebenso wie der Porsche Cayenne, den der Zeuge gesehen hatte. Aber was, wenn das nur Zufall war? Irgendjemand, der in krumme Geschäfte verwickelt war und deshalb die Leichen nicht meldete? Die Vielzahl an Optionen machten sie ganz schwindelig.

Sie zwang sich zur Ruhe. Fakt war, dass sie Gedächtnisaussetzer hatte. Ihr ging es von Tag zu Tag schlechter. Sie wachte jeden Morgen mit pochendem Schädel auf. Aaron war tot. Sie hatte Wunden an den Armen und war zweimal mit Erde an den Füßen aufgewacht. Sie sah Dinge, die sie sich nicht erklären konnte.

Und wenn es nicht an dir liegt? Sie schob den Gedanken von sich. Das war gefährlich. Sie durfte nicht verdrängen, was sie war.

Doch er ließ sie nicht los. Was würdest du machen, wenn du jemanden in den Wahnsinn treiben wolltest?, fragte sie sich.

Gaslighting fiel ihr als Erstes ein. Eine der gemeinsten Formen des Stalkings. Dabei versucht der Täter, dem Opfer vorzugaukeln, dass es den Verstand verliert, indem er unter anderem ins Haus eindringt und Gegenstände verrückt oder den Computer manipuliert.

Das würde zwar einiges erklären, aber nicht, woher die Halluzinationen kamen. Drogen, schoss es ihr durch den Kopf. Aber wer sollte so etwas tun? Warum hatte sie nicht früher daran gedacht? Weil du Angst vor dem *kill:gen* hast. Weil du das Misstrauen in Kaspars Augen gesehen hast. Weil Magnus dich für einen Killer hält. Weil der Tod deiner Mutter dir den Boden unter den Füßen weggezogen hat.

Damit war Schluss, beschloss sie. Keine Selbstzweifel mehr, bis sie Gewissheit hatte. Sie musste aktiv werden, ihr Blut untersuchen lassen. Nur bei wem? Sie konnte wohl kaum zu einem normalen Arzt gehen. Der offizielle

Weg ging erst recht nicht. Fand man etwas, würden für immer Zweifel bestehen, ob sie die Drogen nicht freiwillig genommen hatte. Blieb nur Karen. Mit neuer Energie fuhr sie nach Hause, zog sich um und rief Oliver an, um ihm zu sagen, dass sie später kommen würde.

63

London vor 21 Jahren

Sein Leben vor jener Schreckensnacht mochte von Armut gekennzeichnet gewesen sein, aber in der Erinnerung des Jungen waren es goldene Zeiten und seine Mutter eine Heilige mit sanften Händen und einem Lächeln, das allen Kummer vertrieb. Die Gegenwart hingegen erschien ihm wie die Hölle. Oft lag er nachts wach, lauschte dem Dröhnen des Fernsehers, dem Schnarchen seines Pflegevaters, das das leise Atmen der anderen drei Pflegekinder übertönte, und fragte sich, was er verbrochen hatte, um dieses Schicksal zu verdienen. Sein Körper war mit Striemen übersät, die der Gürtel hinterlassen hatte, aber das war nicht das Schlimmste. Was danach kam, fürchtete er noch viel mehr, und es verfolgte ihn bis in seine Träume. Anne, seine Pflegemutter würde den Raum betreten, zuerst behutsam seine Wunden versorgen, doch schon bald würde aus der Fürsorge Gier werden und ihre Finger an Orte wandern, die er niemals jemandem gestattet hätte zu berühren. Der Hass, den er auf seinen eigenen Körper verspürte, der ihn mit seiner Reaktion verriet, ihr die Rechtfertigung für ihre Taten lieferte, brachte ihn dazu, sich immer und immer wieder selbst zu verletzen. Zuerst kratzte er sich nur die Arme auf, später nahm er eine alte Rasierklinge und ritzte sich in das eigene Fleisch, stets an Stellen, die niemand zu sehen bekam. In der Schule fand er keinen Trost. Er war der Außenseiter, der vom Schulsport befreit war, damit kein Lehrer seinen geschundenen Körper sah. Während die Jungs in seinem Alter von Mädchen schwärmten und über Sex redeten, wünschte er nichts sehnlicher, als dieses Thema aus seinem Leben zu streichen. Es war nicht seine erste Pflegefamilie und auch nicht die schlimmste. Hier gab es wenigstens ausreichend zu essen, und die Schlafplätze waren trocken, aber er gab sich nicht der Illusion hin, jemals etwas Besseres zu finden. So strich er aus dem selbst gebastelten Kalender die Tage bis zu seiner Volljährigkeit ab. Freiheit. Endlich.

Nachdem sie ihn aus der letzten Familie geholt hatte, hatte seine Sozialarbeiterin, Claire, ihn zur Seite genommen und im Flüsterton auf ihn eingeredet. Sie war eine harte Frau, die früher von Idealismus angetrieben wurde, bis sie die Realität einholte. Nun ersetzten graue Strickpullover die farbenfrohen Blusen, und die großen, bunten Ohrringe waren dezenten Steckern gewichen. Mit ihrer praktischen Kurzhaarfrisur und den Tränensäcken unter den Augen wirkte sie fünf Jahre älter, als sie war.

»Nirgendwo wird es so sein wie zu Hause«, sagte sie und legte ihm eine Hand auf die Schulter. Eine Geste, die vertrauensaufbauend wirken sollte, doch ihn stieß ihre Heuchelei ab.

»Sie wissen, was sie mit mir gemacht haben. Warum rufen Sie nicht die Polizei?« Er hatte es selbst versucht, bei seiner dritten Pflegefamilie, nachdem er festgestellt hatte, dass Claire nicht einschreiten würde. Doch nach einem Blick auf seine Akten und den Beteuerungen der Sozialarbeiterin waren die Beamten wieder abgezogen, nicht ohne ihn mit wütenden Blicken und Kopfschütteln zu strafen. Im Weggehen hörte er noch, wie der eine murmelte, dass er ihn wohl schon bald wiedersehen würde, dann aber auf dem Rücksitz eines Polizeiautos auf dem Weg ins Gefängnis. Mit Kindern wie ihm nähme es nie ein gutes Ende. Und damit hatte er recht, wenn auch auf andere Weise, als er dachte.

»Wir haben nicht genug Familien für alle Kinder, die Gelder sind knapp und die Heime überfüllt. Wir müssen mit dem arbeiten, was wir haben. Wenn eine Pflegefamilie verhört oder gar verhaftet wird, springen uns Dutzende weitere ab.«

Verbittert schüttelte er den Kopf. Die Geste eines alten Mannes, seine Kindheit schien ewig zurückzuliegen.

»Mit jeder neuen Familie wird es schwieriger, etwas für dich zu finden«, fuhr sie fort. »Dann musst du zurück ins St. Rose's. Willst du das?«

Damals war die Antwort einfach gewesen, aber inzwischen war er sich nicht mehr sicher, ob die Strenge der Nonnen, die ständigen Gebete und das karge Essen nicht besser waren als das hier. Ihre Schläge und Strafen erfolgten nach klaren Regeln, und es fiel ihm schwer, sie zu befolgen, aber er wusste stets, was ihm bevorstand. Ihm war es wie die Hölle erschienen, doch nun kannte er die Wahrheit. Es gab immer einen schlimmeren Ort, und mit allem, was er unternahm, kam er dem wahren Fegefeuer näher.

64

»Du musst mir einen Gefallen tun«, sagte Alexis in die entstehende Stille.

»Nur wenn du mir verrätst, was mit dir los ist.«

»Ich kann nicht«, flüsterte Alexis.

»Vertraust du mir nicht?«

»Natürlich tue ich das. Wirklich. Aber ich muss damit erst mal alleine zurechtkommen.«

»Dafür sind aber doch Freunde da. Damit man genau das nicht tun muss.« Sie sah sie erwartungsvoll an.

Beinahe hätte Alexis sich dazu hinreißen lassen, ihr alles zu erzählen, die Last mit jemandem zu teilen, doch die Angst vor der Reaktion der Freundin hielt sie zurück. Sie würde es nicht ertragen, Zweifel oder gar Furcht an ihr zu entdecken.

»Nun gut«, sagte Karen. »Ich sehe schon, du willst nicht.« Sie bedachte sie mit einem kühlen Blick, und mit einem Mal war da eine Distanz zwischen ihnen, die in dieser Form zuvor nicht existiert hatte. »Was soll ich tun?«

»Mein Blut untersuchen.«

Ihre Augen weiteten sich. »Und auf was? Bist du krank?«

»Drogen, Gifte … alles Mögliche.«

Karen seufzte erleichtert. »Hast du Gras geraucht, und die nächste Drogenkontrolle steht an?«, fragte sie mit einem Grinsen, das jedoch gleich wieder verflog, als sie in Alexis' ernstes Gesicht sah.

»Ich befürchte, nein, ich hoffe fast schon, dass mich jemand unter Drogen setzt. Ansonsten …« Sie schüttelte den Kopf. Die Vorstellung, dass jemand so in ihr Leben eingedrungen war, sie derart manipulierte, ließ sie sich vollkommen ausgeliefert fühlen. Warum sollte ihr jemand so etwas antun? Wer hasste sie genug? »Bitte, tu es einfach. Und behalte es für dich. Niemand darf davon erfahren.«

»Selbst wenn ich wollte. Ich bin dafür nicht ausgestattet. Solche Untersuchungen werden meistens von der KT durchgeführt oder ans LKA gesandt.«

»Aber du weißt, wie es geht. Ich bezahle die Materialien.«

»Das geht schnell in die Hunderte«, antwortete sie zweifelnd. »Warum sagst du nicht Oliver, was los ist? Ihr werdet doch sicher einen Weg finden, um eine Probe einzuschmuggeln.«

»Er darf davon nichts wissen«, fuhr Alexis auf. »Wie sollte er mir dann noch vertrauen? Er zweifelt ohnehin an mir.«

»Wundert dich das? Sieh dich an. Blass, nervös, zuckst bei jedem Geräusch zusammen und ziehst dich immer mehr von uns zurück. Findest du nicht, dass er ein Anrecht hat, es zu erfahren?«

Alexis ließ sich auf einen Hocker fallen. Karen trat neben sie und legte ihr eine Hand auf die Schulter. »Ich meine es ernst. Ich kann dir nicht helfen, solange ich nicht weiß, was genau vorgeht. Ich kann nicht mit ansehen, wie es meiner besten Freundin von Tag zu Tag schlechter geht, und ich werde dir sicherlich nicht auch noch dabei helfen.« Sie zog sich ebenfalls einen Stuhl heran und setzte sich neben sie. »Wie kommst du auf die Idee, dass jemand dir etwas verabreichen könnte?«

Alexis' Gedanken rasten, suchten nach einem Ausweg. Die Blutuntersuchung war die einzige Möglichkeit zu beweisen, dass sie nicht am Durchdrehen war, dass nicht ihre verdammten Gene die Kontrolle übernahmen. Zu einem Arzt konnte sie nicht gehen. Sollte der Test positiv ausfallen und es an ihre Vorgesetzten weitergeleitet werden, könnte es ihre Suspendierung bedeuten. Sie sah sich in die Ecke gedrängt, wollte am liebsten aufstehen und davonrennen. Stattdessen schloss sie die Augen. »Ich weiß nicht, wo ich anfangen soll …« Sie holte tief Luft, sammelte Mut. »Du weißt ja, dass ich adoptiert wurde.« Und dann erzählte sie ihr alles, und mit jedem Wort spürte sie, wie ein Stück der Last geringer wurde.

Anschließend starrte Karen sie eine Weile stumm an. »Das ist harter Tobak.« Sie ging zu einem Schrank, kramte zwischen den verschiedenen Reagenzien, bis sie eine Flasche Whiskey gefunden hatte, nahm zwei kleine Glaskolben und goss etwas ein. »Das brauche ich jetzt.« Sie reichte Alexis eines der provisorischen Gläser und stürzte den Inhalt des ihren in einem Zug hinunter. Dann seufzte sie und schloss die Augen. »Zuerst dachte ich, du spinnst, aber du scheinst es ernst zu meinen. Meine Güte, du steckst ganz schön in der Scheiße.« Sie stand auf und wanderte ruhelos auf und ab. »Herrgott noch mal! Warum bist du nicht gleich zu mir gekommen? Du hast einen Knall, dich zu fragen, ob du böse sein könntest. Was auch immer dieser Begriff bedeuten mag.«

Alexis sah sie erstaunt an. »Hast du mir überhaupt zugehört?«

»Ja, schon klar. Dein Adoptivvater ist der Superguru der Genetik des Bösen und hat dir dein Leben lang eingetrichtert, dass du eine tickende Zeitbombe bist. Was sonst soll er auch sagen? Sein ganzes Lebenswerk ist darauf ausgerichtet, das zu beweisen. Meine Mutter war früher mal eine Schnapsdrossel. Das macht mich nicht zum Alkoholiker.«

»Und was ist mit all den seltsamen Dingen, die vorgehen?«

»Entweder du siehst Verbindungen, die gar nicht existieren, weil du seit deinem Fund zu sehr darauf fixiert bist, oder jemand spielt ein übles Spiel mit dir. Wenn ich eines allerdings weiß, dann dass du Aaron niemals etwas angetan hättest. Einem Scheißkerl wehzutun ist eine Sache, einem wehrlosen Tier eine völlig andere.«

Die Überzeugung, mit der sie sprach, baute Alexis tatsächlich auf, auch wenn ein Rest von Zweifeln blieb. Karen konnte ihr nur vor den Kopf schauen. Sie hingegen kannte ihre wahren Gedanken und Gefühle, und was sie da manchmal sah, erschreckte sie. »Also tust du es? Untersuchst du mein Blut?«

»Das wird ein paar Tage dauern. Ich muss erst die Reagenzien nachschlagen und bestellen. Am besten kommst du direkt nach dem nächsten seltsamen Vorkommnis zu mir, damit ich dir Blut abnehmen kann. Damit erhöhen wir die Wahrscheinlichkeit, dass noch etwas nachweisbar ist. Ich werde ein paar Spritzen bei mir zu Hause deponieren.« Sie ging zu einer Schublade und holte ein halbes Dutzend steril verpackter Nadeln heraus. »Nimm du diese mit. Notfalls musst du dir halt selbst etwas abzapfen.«

Alexis umarmte ihre Freundin, wischte heimlich die Tränen weg, die ihr in den Augen standen. Nun, da sie endlich aktiv wurde, fühlte sie sich wieder mehr wie sie selbst. Sie musste wissen, was geschah, selbst wenn sie dabei Dinge über sich herausfand, die ihr nicht gefielen. Alles war besser als die Unwissenheit. »Du bist die beste Freundin, die man sich wünschen kann.«

65

»Haben Sie eine Erklärung?«

Alexis stand in Dolces Büro und wusste, dass die gesamte Abteilung die Chefin brüllen hörte.

»Nein«, antwortete Alexis. »Auch wenn ich es mir nicht erklären kann, muss ich wohl nachlässig gewesen sein.«

»Und Sie erinnern sich nicht daran, die Leichen angefasst zu haben? Oder Ihre Nachbarin kurz vor ihrem Verschwinden getroffen zu haben?«

Wie gefühlt hundertmal zuvor versuchte Alexis eine Erklärung dafür zu finden, wie ihre DNA und Fingerabdrücke an die Leiche gekommen waren. Ihre Erinnerungen halfen ihr jedoch keinen Schritt weiter. Der Anblick hatte sie so geschockt, dass alles in einem Nebel verschwunden war. War sie tatsächlich unachtsam gewesen?

»Ich muss es Milbrecht melden«, sagte Dolce. »Ich werde versuchen, ihn zu beschwichtigen, aber ich kann nicht versprechen, dass es keine Konsequenzen haben wird.« Sie knetete ihre Hände. »Sie enttäuschen mich, Hall. Ich dachte, Sie wären bereit.« Sie seufzte. »Sie sind jung, und wenn Sie mit der Aufgabe überfordert sind, ist es keine Schande.«

»Ich schaffe das«, versicherte Alexis mit so viel Überzeugungskraft, wie sie im Moment imstande war, aufzubringen.

»Ich hoffe, Sie wissen, was Sie tun. Ich kann verstehen, wenn Sie sich übernommen haben. Allerdings kann ich es nicht verzeihen, falls Sie den Fall aus falschem Stolz ruinieren.«

»Das werde ich nicht.«

Dolce hob skeptisch eine Augenbraue. »Nun gut. Bringen Sie mich auf den aktuellen Stand.«

»Keine erfreulichen Nachrichten. Laut einem Schnelltest passt die unbekannte DNA von der Stechmücke nicht zu der von dem Zigarettenstummel. Das Auto von Dr. Kirn mussten wir nach seiner Entlastung zurückgeben, somit steht es uns zur weiteren Untersuchung nicht zur Verfügung, obwohl es identisch ist mit einem Fahrzeug, das am Fundort gesehen wurde. Hellstern hat dafür in den Maden, die sie an den Leichen vom Maimarktgelände gesammelt hat, Gamma-Hydroxybutyrat – GHB – gefunden, eine der sogenannten Vergewaltigungsdrogen, die im menschlichen Körper innerhalb von Stunden abgebaut werden. Da sich die Maden vom Fleisch der Opfer ernährten und sich so eine höhere Dosis in ihrem Organismus ansammelte, ließ sich die Droge mit dieser Methode nachweisen.«

»Bei den anderen Opfern wurden keine Betäubungsmittel entdeckt?«

»Nein, allerdings waren die Körper in deutlich schlechterem Zustand. Ich habe eine neue Untersuchung speziell auf GHB und vergleichbare Mittel veranlasst.«

»Gut, zumindest etwas. Weiter so.«

Alexis verabschiedete sich und war halb aus der Tür, als Dolce sie aufhielt. »Hall?«

»Ja?«

»Schnappen Sie den Scheißkerl!«

Der Tag wurde nicht besser, nachdem sie an ihren Schreibtisch zurückgekehrt war und das *Mannheimer Tageblatt* durchblätterte. Sie entdeckte einen großen Artikel von

Erik über jugendliche Dealer und neue Drogen, an dem er noch während ihrer Beziehung gearbeitet hatte. Es hatte Wochen gedauert, bis die Teenager Vertrauen zu ihm gefasst hatten. Herausgekommen war ein schonungsloser Bericht über die Gesellschaft und ihre verlorenen Kinder. Einen Augenblick erfasste sie so etwas wie Wehmut. Sie bewunderte ihn für sein Engagement und wie er sich für die Jugendlichen auch nach dem Ende seiner Recherchen einsetzte. Kurz erwog sie, ihn anzurufen, dann verwarf sie diesen Gedanken. Sie hatte bereits genug Probleme in ihrem Leben.

Gemeinsam mit Oliver machte sie sich auf den Weg zur Familie Lored. Sie wollte das Lebensumfeld der Opfer selbst in Augenschein nehmen, hoffte darauf, eine Verbindung zwischen den Frauen zu entdecken.

»Willst du mir nicht endlich sagen, was mit dir los ist?«, fragte Oliver. »Inzwischen meine ich es nicht mehr als Scherz, wenn ich sage, dass du beschissen aussiehst.«

»Ich habe einfach zu viel um die Ohren. Der Tod meiner Mutter und Kaspar, der es nicht verkraftet. Die Trennung von Erik und seine beschissenen Artikel.« Sie massierte sich die Schläfen. »Die Angst vor der Nachricht, dass die nächsten Leichen gefunden wurden, weil wir zu langsam waren.«

»Bei jedem anderen würde ich das als ausreichenden Grund ansehen, aber bei dir …« Er sah sie düster an. »Wir kennen uns schon so lange. Ich merke, wenn du mir etwas verheimlichst.«

»Ich möchte nicht darüber sprechen. Nicht jetzt. Der Fall ist zu wichtig.«

Sie fuhren in die Neckarstadt-West zu einer Wohnsiedlung nicht weit vom Bonadieshafen entfernt, wo der Mann von Susann Lored die Aufsicht über einen Lagerkomplex hatte. Sie besaßen eine Wohnung in einem modernen Haus mit Solaranlage auf dem Dach und roten Balkonverkleidungen aus Plastik. Alles wirkte gepflegt und sauber, ganz im Gegensatz zum Inneren der Wohnung. Dort sah es aus, als hätte ein Tsunami gewütet. An den durchscheinenden, orangefarbenen Vorhängen, den geschmackvoll ausgewählten Bildern und Dekorationsgegenständen konnte man zwar erahnen, wie es noch vor wenigen Tagen ausgesehen hatte, aber Lars Lored, der mit seiner Tochter auf der Couch saß, war ohne seine Frau offensichtlich vollkommen überfordert.

Wenn Alexis nicht alles täuschte, roch sie sogar eine ausgeprägte Bierfahne, und seine geröteten Augen stammten sicher nicht nur von Tränen. Vor ihm lag ein Fotoalbum. Bilder von der Hochzeit, die Susann in einem langen weißen Kleid mit Schleier und einem hinreißenden Lächeln zeigten. Neben ihr entdeckte sie eine Frau, bei der es sich um ihre Freundin Lisa Haner, die dem Mörder ebenfalls in die Hände gefallen war, handeln könnte. An den Händen hielt sie ihre Kinder, einen Jungen von etwa drei Jahren und ein vielleicht fünfjähriges Mädchen mit großen, dunklen Augen und eigentümlichem Gesichtsausdruck.

»Meine Mutter kommt morgen vorbei, um mir zu helfen.« Lored deutete entschuldigend auf das Chaos. »Ich habe keine Ahnung, wie es weitergehen soll. Ich als alleinerziehender Vater?« Er schüttelte den Kopf. »Das war nicht der Plan.«

Alexis schenkte ihm ein mitfühlendes Lächeln. »Ich weiß, dass Ihr Leben für Sie wie ein Scherbenhaufen wirken muss, aber ich weiß ebenfalls, dass Sie es schaffen werden.« Sie deutete auf die Bilder, dann griff sie in ihre Tasche und holte eine Visitenkarte hervor. »Und wenn es nur Ihren Kindern zuliebe ist.« Sie reichte ihm die Karte. »Das ist die Adresse einer Selbsthilfegruppe. Dort finden Sie Hilfe.«

Er nickte ihr dankbar zu. Oliver übernahm nun die Befragung, während sich Alexis in der Wohnung umsah, nach irgendeiner Verbindung zwischen den Frauen suchte, aber da war nichts, außer dass sie im selben Alter waren. Keine gemeinsamen Hobbys, sie lebten in unterschiedlichen Vierteln, aßen in verschiedenen Restaurants. Nach einer Weile ging sie enttäuscht zu den Männern zurück.

»Man riet mir davon ab, sie noch einmal zu sehen«, hörte sie den Ehemann sagen. »Aber wie soll ich es denn sonst akzeptieren? Wann immer ich ein Geräusch höre, drehe ich mich um, weil ich glaube, sie wäre endlich nach Hause gekommen.«

Sie nickte ihm verständnisvoll zu, setzte sich ihm gegenüber auf die geblümte Couch und verdrängte jeden Gedanken daran, wie es sein musste, einen Menschen auf derart brutale Weise zu verlieren. Mitleid lenkte ab, hier zählten nur die Fakten und Informationen, die sie benötigte. »Es ist besser so. Dieses Gefühl wird sich legen, und Sie sollten Ihre Frau als den Menschen in Erinnerung behalten, der sie war.«

»Ist es so schlimm?«

Mit einem Blick zu dem kleinen Mädchen, das noch viel zu jung war, um zu verstehen, was vorging, aber von nun an als Halbwaise bei einem Vater aufwachsen musste, der sich sein Leben vollkommen anders vorgestellt hatte, antwortete sie: »Sie war für eine bisher nicht bekannte Zeitdauer Natureinflüssen ausgesetzt. Ich kann Ihnen nur davon abraten.«

Nach einigen weiteren Fragen verabschiedeten sie sich und fuhren eine Querstraße weiter zum Haus der Familie Haner. Dort erwartete sie ein ähnliches Bild: ein geschlagener Mann, ein in Unordnung geratenes Leben, die Kinder vorübergehend bei den Großeltern. Neue Erkenntnisse brachte auch dieser Besuch nicht.

66

Sie ärgerte sich etwas über den zitronengelben Panda, der ganz akkurat die vorgeschriebene Geschwindigkeit einhaltend vor ihr fuhr. Sie war auf dem Weg nach Hause, und ein Unfall auf der Autobahn zwang sie zu einem Umweg über die von Schrebergärten gesäumte Landstraße, auf der es kaum eine Möglichkeit zum Überholen gab. Dann bot sich eine Gelegenheit, und sie scherte aus. In dem Moment huschte etwas über die Straße. Sie machte eine Vollbremsung, spürte dennoch einen Ruck durch das Auto gehen, als das Fahrzeug etwas rammte. Kurz bevor sie am Straßenrand zum Stehen kam, sah sie auf der Linken einen dunklen Schatten im Buschwerk verschwinden, während der Panda am Horizont verschwand.

Zuerst war Alexis zu geschockt, um zu reagieren. War das gerade wirklich geschehen? Was hatte sie nur getan? Tränen traten ihr in die Augen. Dann stieg sie aus, ging zur Vorderseite ihres MiTos und inspizierte zuerst die Fahrerseite, schöpfte Hoffnung, als sie dort nichts fand. Dann entdeckte sie jedoch auf der anderen Seite ein Büschel schwarzen Fells an der Kante des Radkastens. Vermutlich war es eine Katze gewesen.

Einen Moment erwog sie, einfach weiterzufahren, aber das würde sie ewig verfolgen. Also schritt sie ein paar Meter den Zaun ab, der eine Schrebergartenkolonie umspannte, bis sie auf ein Loch im Zaun traf. An einem Blatt klebte etwas Blut. Sie kroch hindurch und fand sich in einem heruntergekommenen Garten wieder. Das Unkraut wucherte in den Beeten, und Brennnesseln säumten den Zaun. Auch die Hütte hatte ihre besten Tage hinter sich. Die grüne Farbe blätterte ab, und ein Fenster war eingeschlagen. Sie öffnete die Tür und zögerte, in den dunkel vor ihr liegenden Raum zu treten. Sie sah sich um, doch es war niemand zu sehen oder zu hören – nur das Rascheln von Amseln im Laub. Sie zückte ihr Handy und leuchtete damit in die Hütte hinein. Zahlreiche Tiere hatten hier gehaust. In einer Ecke lag ein Haufen Blätter und in einer anderen befanden sich kleine Knochen, während alles nach Urin stank. Auf den verbliebenen Hacken und Schaufeln sammelte sich der Staub. Zwei gelbe Augen blitzten unter einem niedrigen Holztisch auf. Eine tiefschwarze, magere Katze zog sich noch weiter in ihre Nische zurück. Alexis legte das Handy auf ein Regal, sodass es den Raum ausleuchtete, dann ging sie auf die Knie und näherte sich dem Tier vorsichtig. Sie sah den Schwanz unruhig zucken, aber ansonsten regte sie sich nicht. Alexis presste die Lippen aufeinander, als sie die tiefe Fleischwunde an der Seite entdeckte. Langsam streckte sie die Hand aus, und zu ihrer Überraschung ließ sich das Tier tatsächlich berühren. Sie nahm einen zwar dreckigen, aber immer noch intakten Karton, in dem verschiedene Düngemittel lagerten, leerte ihn aus und stellte ihn neben sich. Es war schwierig, die Katze zu fassen, ohne ihr noch mehr Schmerzen zuzufügen, aber irgendwann gelang es ihr, sie herauszuholen. Bis auf ein Fauchen stieß sie auf keinen Widerstand, sondern hielt am Ende ein Tier in Händen, das viel zu schwach für jede Gegenwehr war. Rasch verband sie es mit ihrem Pullover, suchte nach weiteren Verletzungen, entdeckte zu ihrer Erleichterung allerdings keine und legte sie in den Karton.

Während sie zum Auto ging, sprach sie auf das Tier ein, mehr um ihre eigenen Nerven zu beruhigen. Es war furchtbar anzusehen, was sie dem Tier unbeabsichtigt angetan hatte.

Sie stellte die Kiste in den Fußraum des Beifahrersitzes, fuhr zu der nur zehn Minuten entfernten Tierklinik, während sie ständig besorgt zu der Katze sah und sich vergewisserte, dass sie noch atmete. Sie wurde umgehend in einen Behandlungsraum geführt, wo eine Tierarzthelferin sogleich mit den Vorbereitungen anfing.

67

London vor 15 Jahren

»Sie sind ein Arsch«, waren die ersten Worte, die Finn zu seinem neuen Betreuer sagte. George war ein ältlicher Mann, klapperdürr, Kettenraucher mit einem von Muttermalen übersäten Gesicht.

»Und Sie ein Idiot.« George lehnte sich in dem Holzstuhl zurück, der ebenso schäbig und heruntergekommen wirkte wie der kahle Raum, den man ihm im Gefängnis Wandsworth im Süden Londons zur Verfügung gestellt hatte. Das Gebäude war im Jahr 1865 eröffnet worden und wirkte von außen mit seiner altertümlichen Fassade, den an eine Burg erinnernden Türmen und dem großen Torbogen eher wie ein beliebtes Ausflugsziel als wie das zweitgrößte Gefängnis Großbritanniens. Das Innere ließ aber keine Zweifel an seiner Funktion aufkommen, und Finn hatte es nur seinem Anwalt zu verdanken, dass er in ein Programm zur Resozialisierung von jungen Straftätern aufgenommen worden war. Wobei er sich nicht sicher war, ob er dem Anwalt dafür dankbar sein sollte oder nicht. Momentan fühlte er sich von Georges Ausführungen nur genervt. Das Leben war nicht fair, das hatte er früh begriffen, und wenn er etwas wollte, dann nahm er es sich. Scheiß auf die Konsequenzen. Was interessierte es ihn, welchen Schaden Drogen und Alkohol seiner Gesundheit zufügten, wenn er dafür den Anblick seiner toten Mutter, die Schläge in den Pflegefamilien und die noch viel schlimmeren Nächte dort vergessen konnte.

Er ballte die Fäuste. Für die Beleidigung hätte er ihm am liebsten eine verpasst, aber er musste nur noch vier Wochen von seiner Strafe absitzen. Also atmete er tief durch und setzte ihn gedanklich auf die Liste der Menschen, an denen er sich eines Tages rächen würde. Vielleicht sollte er mit George den Anfang machen. Alle abknallen und dann seinem eigenen erbärmlichen Leben ein Ende bereiten.

Der Bewährungshelfer musterte ihn eindringlich, fast

glaubte Finn, er könne seine Gedanken lesen, doch was auch immer George dort finden mochte, es erschreckte ihn nicht. »Im Gegensatz zu vielen, die ich betreue, haben Sie einen schlauen Kopf. Wenn Sie mich lassen, helfe ich Ihnen dabei, ihn zu benutzen, um ein neues Leben anzufangen.«

Finn konnte sich ein höhnisches Lächeln nicht verkneifen. Das übliche Gelaber. Leere Worte, die einen mit falschen Versprechungen in die Irre lockten.

»Ich habe ein Geschenk für Sie.«

»Ein Buch mit Mandalas zum Ausmalen?«, fragte Finn spöttisch.

»Sehe ich wie jemand aus, der sich mit esoterischem Quatsch beschäftigt?«

»Eher wie ein Mann, der halb im Grab steht und seine Nase in die Angelegenheiten anderer Leute steckt.«

George lachte. Es war ein ehrliches Lachen, das seinen Ursprung in seinen faltenumrahmten Augen hatte, die ohnehin runzligen Wangen noch verschrumpelter wirken ließ, um am Ende seine Lippen zu kräuseln. »Und wie jemand, der weiß, dass das System Sie bisher im Stich gelassen hat.« Er holte eine zerfranste Zeitung aus seiner Mappe, schlug sie im Mittelteil auf und deutete auf einen Artikel. »Das ist mein Geschenk.«

Anklage gegen Mitarbeiterin des Jugendamts

Im Prozess gegen eine Mitarbeiterin des Londoner Jugendamtes wurde am Dienstag die Anklage verlesen. Die Staatsanwaltschaft wirft der Angeklagten fahrlässige Körperverletzung durch Unterlassung in elf Fällen vor.

Daneben prangte das Bild von Claire, der blonden Hexe, die ihm trotz all seines Bettelns nicht geholfen hatte, die seine Wunden und blauen Flecke vertuschte und die wenigen Lehrer, die sich für ihn einsetzten, mit Formularen und Behördensprache abwimmelte.

»Sie ist eine Schande für das Jugendamt.« Er setzte eine Brille auf und öffnete seine Mappe, in der verschiedene Broschüren und Dokumente lagen. »Das Gute ist allerdings: Sie bekommen eine zweite Chance. Sie müssen sie nur ergreifen.«

68

Die Katze befand sich noch in der Narkose, während Alexis in der Tierklinik den Papierkram erledigte. Sie suchte in Gedanken nach einem Ausweg. Das Tier würde überleben, aber sie wagte nicht, die Katze bei sich aufzunehmen. Nicht nach dem, was mit Aaron geschehen war. Sie wollte sich zwar noch immer nicht eingestehen, dass sie ihren Kater getötet hatte, auch wenn alle Indizien dafür sprachen, dennoch wollte sie das Risiko nicht eingehen. Und nun hatte sie ein Tier angefahren. Der Gedanke schnürte ihr die Kehle zu.

Ein Tierheim kam ebenso wenig infrage. Schließlich rief sie Oliver an. »Ich bin beim Tierarzt und brauche deine Hilfe.«

»Ist etwas mit Aaron?«

Sie schluckte hart. »Nein, aber ich habe eine Katze angefahren.«

Ihr Partner verstand sofort. »Und du möchtest, dass ich sie bei mir aufnehme.«

»Genau.«

»Warum nimmst du sie nicht? Aaron hat sicher nichts gegen ein Mädchen in seinem Revier.«

»Aaron ist tot«, flüsterte Alexis mit brechender Stimme.

»Was? Warum hast du denn nichts gesagt? Was ist geschehen?«

»Ich kann jetzt nicht darüber sprechen.«

Einen Moment herrschte Schweigen in der Leitung, dann meldete sich Oliver erneut. »In Ordnung. Bring sie bei mir vorbei.«

»Danke«, murmelte sie und wurde sich erneut bewusst, was für ein Glück sie mit ihrem Partner hatte.

Nach einer weiteren Stunde war die Katze so wach, dass sie das Tier in einer geliehenen Transportbox mitnehmen durfte. Sie fuhr bei Oliver vorbei, der alles vorbereitet hatte und seinen neuen Mitbewohner liebevoll in Empfang nahm. »Mach dir keine Sorgen um das kleine Ding«, sagte er und nahm Alexis in den Arm. »Möchtest du nicht noch reinkommen?«

»Ich will nur noch auf meine Couch. Der Tag war hart.«

»Ich verstehe. Aber mach dir keine Vorwürfe. Es war ein Unfall.«

Alexis konnte nicht antworten. Sie stand kurz davor, heulend in seinem Wohnzimmer zusammenzubrechen.

Oliver sah sie besorgt an. »Ich kann dich so nicht fahren lassen.«

»Es geht schon. Bitte. Ich brauche einfach nur Ruhe.«

»In Ordnung, aber ruf mich an. Gehen wir demnächst mal wieder einen trinken?«

»Versprochen.« Sie gab ihm einen Kuss auf die Wange, flüsterte ein weiteres Danke und fuhr dann nach Hause. Sie hatte sich die Akten der Opfer mitgenommen und wollte diese trotz ihrer Erschöpfung durchgehen. Sie hatte weiterhin das Gefühl, etwas übersehen zu haben. Auf dem Heimweg nahm sie sich von einer Imbissbude eine Tüte Pommes und eine Currywurst samt Cola mit. Sie wagte es nicht mehr, ihre eigenen Lebensmittel anzutasten, solange das Ergebnis der Blutuntersuchung nicht vorlag. Sie schlang das Essen im Stehen runter, entsorgte die Packungen im Müll und breitete die Unterlagen auf ihrem Wohnzimmertisch aus. Der Eindruck, dass ihr etwas entging, verstärkte sich, aber sie kam nicht darauf, was es war.

Es dämmerte bereits, als es klingelte. »Landeaux«, stieß sie überrascht hervor, nachdem sie die Tür geöffnet hatte, und zog ihre weite Wolljacke enger um sich.

»Wir müssen reden.«

Sie trat einen Schritt zur Seite und bedeutete ihm einzutreten. »Möchten Sie etwas trinken?«

Er verneinte, woraufhin sie ihm den Mantel abnahm und ihn ins Wohnzimmer führte. »Noch bei der Arbeit?«, fragte er mit einem Nicken auf die Akten. Seine Hände öffneten und schlossen sich unruhig, sein Blick war unstet.

Das wird kein angenehmes Gespräch, wurde Alexis klar.

»Setzen Sie sich.« Sie deutete auf einen Sessel und nahm ihm gegenüber Platz. Beim Hinsetzen rutschte sein Hosenbein ein Stück hoch, und sie sah ein Pistolenholster.

»Ich werde gleich zur Sache kommen, auch wenn es

mir unangenehm ist.« Er holte eine Mappe aus seiner Aktentasche, und Alexis spürte, wie ihre innere Anspannung zunahm. »Ich gehe davon aus, dass Sie diese Bilder kennen?«

Er legte ein Foto nach dem anderen vor ihr hin. Die Opfer ihrer Eltern. Alle mit der Eisenkrone und den Blumen bekränzt.

Sie schloss die Augen. Game over.

69

»Was werden Sie nun tun?«, fragte sie ihn.

»Ich gebe Ihnen die Gelegenheit, zu Ihrer Chefin zu gehen und ihr die Wahrheit über Ihre Vergangenheit zu sagen.«

»Dann warten draußen keine Polizisten?«

»Nein, aber mein Wagen wartet. Ich möchte, dass Sie mich nach Frankreich begleiten.«

Verblüfft starrte sie ihn an, blickte in seine silbergrauen Augen. »Wieso das?«

»Ich halte Sie nicht für eine Killerin, aber man wird Sie mit Sicherheit vom Fall abziehen, wenn nicht gar suspendieren. Irgendwie sind Sie in die Ereignisse verwickelt. Es kann kein Zufall sein, dass der Mörder die Handschrift Ihrer Eltern kopiert. Ich möchte, dass Sie die Tatorte in Frankreich sehen, mit den Beamten sprechen. Vielleicht fällt Ihnen etwas auf.«

»Und wenn es einfach nur ein krankes Spiel ist? Sie haben auch die Wahrheit über meine Vergangenheit herausgefunden, das könnte dem Killer ebenso gelungen sein.«

»Selbst wenn dem so wäre, deutet es auf eine Fixierung hin. Es war nicht leicht für mich, an diese Informationen zu gelangen.« Er blickte auf seine Uhr. »In zwei Stunden sind wir vor Ort. Morgen Nachmittag sind wir zurück.«

Nachdenklich nickte sie. Offensichtlich hatte er alles geplant. »Einverstanden. Geben Sie mir zehn Minuten, um ein paar Sachen zu packen.«

Während sie Kleidung, Unterlagen und Toilettenartikel in eine Tasche stopfte, spürte sie, wie eine eigentümliche Erleichterung sie überkam. Die Katze war aus dem Sack. Keine Geheimnisse mehr. Was auch immer nun geschah. Das Versteckspiel hatte sein Ende gefunden.

Die ersten Kilometer legten sie schweigend zurück. Alexis genoss die Wärme der Sitzheizung, schloss die Augen und versuchte, an nichts zu denken. Erst auf der A65 Richtung Neustadt an der Weinstraße durchbrach Landeaux die Stille. »Warum haben Sie es niemandem gesagt?«

»Dass meine Eltern durchgeknallte Serienkiller waren?« Sie lachte bitter. »Das hätte meine Karrierechancen beflügelt.«

»Darum geht es? Ihre Karriere?«

Die Straße rauschte an ihr vorbei. Ein Pfosten nach dem anderen verschwand in der Dämmerung. Landeaux scherte aus, überholte einen Viehtransporter.

»Ich sah nie eine Veranlassung dazu. Ich bin, wer ich bin.«

Landeaux schüttelte den Kopf. »Ich verstehe es nicht. War Ihnen nicht klar, dass es früher oder später bekannt werden würde?«

»Sie meinen, indem ein Killer auftaucht, der die Morde meiner Eltern nachahmt?« Sie wollte lachen, aber es blieb ihr in der Kehle stecken. »Nein, damit habe ich nicht gerechnet.«

»Sie wissen, was ich meine.«

»Ich bin über dreißig Jahre, und Sie sind der Erste, der es herausgefunden hat.«

»Wie gesagt«, fuhr er fort. »Es war nicht einfach, an die Informationen über Ihre Herkunft zu gelangen, und ich habe einige Kontakte. Woher also hat der Täter das Wissen?«

Alexis fühlte sich, als hätte Landeaux Vollgas gegeben und sie würde in den Sitz gepresst werden, so schwer fiel ihr mit einem Mal das Atmen. Daran hatte sie vor lauter Verwirrung nicht gedacht. Um die Tatsache, dass sie ein Adoptivkind war, wurde zwar kein Geheimnis gemacht, doch sie hatte es niemals an die große Glocke gehängt, und von ihrer wahren Herkunft wussten nur wenige Menschen. Wie war der Täter an die Informationen gekommen? Woher hatte er überhaupt gewusst, wonach er suchen musste? »Ich glaube nicht, dass Kaspar oder Magnus so etwas tun würden.«

»Trotzdem sollten wir diese Frage nicht so einfach abtun. Woher hat der Killer das Wissen? Warum Sie?«

»Mein Name war in der Zeitung. Vielleicht ist es ein Spiel für ihn. Er hat ja auch erst jetzt mit der Eisenkrone angefangen.«

»Dann müsste er erst jetzt Recherchen zu Ihnen angestellt haben. Wir sollten bei den entsprechenden Ämtern nachfragen, ob jemand Informationen eingeholt hat.«

»Gute Idee.« Am liebsten hätte Alexis die Aufgabe an Bauwart und Volkers weitergegeben, aber noch wusste niemand von ihrer Herkunft, und sie wollte es so lange wie möglich dabei belassen. Also rief sie selbst bei einigen Behörden an und machte sich eine Notiz, dass sie Kaspar über den genauen Hergang ihrer Adoption befragen musste. Die Anrufe ergaben jedoch kein Ergebnis. An den meisten Stellen war um die Zeit niemand zu erreichen, und bei den verbliebenen hatte es keine Anfragen gegeben.

An der Ausfahrt Acht verließen sie die A35 und folgten einer schnurgeraden Landstraße, die an brachliegenden Feldern vorbeiführte, bis sie auch diese Straße hinter sich ließen und nach Blaesheim abbogen. Die kleine Ortschaft hätte mit ihren Fachwerkhäusern, den weinberankten Gebäuden und der munter plätschernden Ehn Modell für Postkarten stehen können. Schließlich stoppte Landeaux den Wagen am Ortsrand, direkt neben dem Bach.

70

In der Luft hing der Geruch von frisch Gebackenem, und im Hintergrund hörte sie das Plätschern des Wassers. Es handelte sich in der Tat um ein kleines Häuschen. Kein Keller, zwei Stockwerke und ein spitzes Dach, unter dessen Giebel ein rundes Fenster vorlugte. Ein hölzernes Gartentor führte durch einen Vorgarten zur Eingangstür. Auf der beleuchteten Eingangstreppe saß eine junge, sportliche Frau mit schwarzen Locken und etwas zu langer Nase über vollen Lippen. Sie stand auf, klopfte sich die Hose ab und begrüßte Landeaux mit der tiefen Herzlichkeit zweier Menschen, deren Verbindung in Trauer und Schmerz geschmiedet worden war. Alexis hingegen reichte sie höflich, aber distanziert die Hand. »Sie müssen die Kommissarin sein, von der Stephan gesprochen hat«, sagte sie auf Englisch mit einem so starken Akzent, dass Alexis Schwierigkeiten hatte, sie zu verstehen. »Ich bin Marelle Hugel, die Schwester von Claudette. Danke, dass Sie gekommen sind.« Sie nickte in Richtung Haus. »Ich gehe nur selten hinein. Früher war es für mich der schönste Ort der Welt. Meine Großmutter lebte hier, und Claudette und ich erbten es. Einige Jahre wohnten wir zusammen, bis ich heiratete und zu meinem Mann zog. Und jetzt …« Sie schüttelte den Kopf. »Ich habe nichts verändert. Ich kontrolliere das Haus einmal die Woche, und jeden Monat geht eine Putzfrau durch. Ich hätte es verkaufen sollen, aber niemand will hier wohnen, und es für ein Taschengeld zu verschleudern fühlt sich nicht richtig an. Es ist die Wurzel unserer Familie, und dieses Monster hat uns auch das genommen.« Verbittert presste sie die Lippen aufeinander. Sie reichte Landeaux den Schlüssel. »Ich warte draußen.«

Er legte eine Hand auf ihre Schulter, drückte sie sanft und nickte ihr zu, bevor er hineinging. Als wäre er schon tausendmal hier gewesen, schaltete er das Licht an, streifte seine Füße auf der Matte ab und ging in einen schmalen Flur. Das Haus war tatsächlich so klein, wie es von außen wirkte, aber der Platz war sinnvoll genutzt, und mit heimlicher Bewunderung registrierte Alexis, mit welchem Geschick die Schwestern es verstanden hatten, die zum Teil noch von der Großmutter stammenden Möbel mit modernen Elementen zu kombinieren. Das Ergebnis war eine sehr weibliche, aber auch gemütliche Atmosphäre, die von Blumenmustern und hellen Farben dominiert wurde. Im Wohnzimmer stand ein Kachelofen, und an einer Wand hingen unzählige Bilder der Geschwister. Als Kinder, auf Familienfeiern, im Urlaub, immer Arm in Arm und mit einem glücklichen Lächeln auf den Lippen. Daneben alte Schwarz-Weiß-Porträts, vermutlich von den Großeltern. »Waren sie die einzigen Verwandten?«

Landeaux nickte. »Der Vater machte sich nach Claudettes Geburt aus dem Staub, und die Mutter starb acht Jahre später bei einem Autounfall. Es gibt zwar noch eine Tante, aber die lebt in Namibia, und so wurde beschlossen, dass die Mädchen bei den Großeltern aufwachsen. Das Schlafzimmer liegt im ersten Stock, der einzige Raum, an dem Marelle Veränderungen vorgenommen hat. Die blutige Matratze wurde ausgetauscht und die Wände neu tapeziert. Aber sie hat dasselbe Bettzeug gekauft, dieselbe Tapete gewählt. Es grenzt schon an Besessenheit. Als wolle sie die Zeit aufhalten oder hoffe noch immer, dass sie eines Tages wieder vor der Tür steht.«

Es gibt kein Zurück, dachte Alexis. Das gibt es nie. Sie ging in den oberen Stock, holte die Tatortfotos aus einer Mappe und glich sie mit dem Schlafzimmer ab. Tatsächlich. Dasselbe Blümchenmuster auf der Bettwäsche, dieselbe unschuldige Atmosphäre, die von der furchtbaren Tat verhöhnt wurde.

»Keine Kampfspuren im Haus?«

»Man geht davon aus, dass sie den Täter kannte oder dass er sie nachts überraschte.«

»Ein weiteres Indiz, das für den geheimnisvollen Vater ihres Kindes spricht. Aber die Drahtschlinge hat er mitgebracht?«

»Nein.« Landeaux schüttelte den Kopf und öffnete die Tür zu einer Kammer, die als Hobbyraum diente. Klein, aber ausgestattet mit einer hochwertigen Nähmaschine, Kunstblumen in allen erdenklichen Farben, bunten Servietten, Schleifen, Styroporkugeln, Steckmasse und einer Sammlung verschiedener Blumendrähte. »Der Draht ließ sich einem aus diesem Korb zuordnen.«

»Es spricht also für eine spontane Tat. Ganz im Gegensatz zu den Fällen, die wir in Deutschland haben.«

»Vielleicht war Claudette der Auslöser. Irgendetwas brachte ihn zum Ausrasten, und als er fertig mit ihr war, stellte er fest, dass er nicht mehr aufhören konnte, dass er Spaß daran gefunden hatte.«

»Also griff er sich die Nächste«, spann Alexis den Faden weiter. »Aber warum dann diese Pause?«

»Es würde mich nicht wundern, wenn wir später herausfinden, dass er sich die nächsten Jahre irgendwo im außereuropäischen Ausland aufgehalten hat und wir eine Spur von Leichen dort finden werden.«

Sie nickte nachdenklich. Es klang logisch, aber ihr Bauchgefühl sagte ihr, dass dies nicht die Antwort war. »Vielleicht hat sie ihm gebeichtet, dass sie schwanger ist, und daraufhin drehte er durch.«

»Die These haben wir auch aufgestellt, aber ohne den Unbekannten zu kennen, kamen wir damit nicht weiter. Er ist wie ein Geist. Niemand hat ihn gesehen, keiner von ihm gehört.«

Ihr Blick wanderte ein letztes Mal über das Bett. Weichholz mit einem verschnörkelten Muster. Sie fuhr mit dem Finger über die Einlegearbeiten und die geschnitzten Blumen, die am Kopfstück auf schmale Stifte aufgesetzt waren. Eine fehlte, war vermutlich im Lauf der Jahre kaputtgegangen. Irgendetwas nagte an ihrem Unterbewusstsein, aber sie konnte es nicht greifen. Ein weiteres Detail, das sie übersah. »Ich denke, ich habe genug gesehen. Lassen Sie uns gehen.«

Draußen wurden sie von Marelle erwartet. »Glauben Sie, Sie schnappen den Täter? Ich hatte die Hoffnung aufgegeben, bis Sie mich angerufen haben.«

Alexis beobachtete Landeaux' zur Maske versteinerte Miene, als er antwortete. »Ich werde nicht ruhen, bis ich ihn gefasst habe. Ist Ihnen in der Zwischenzeit noch etwas eingefallen? Ich weiß, Sie wurden das schon oft gefragt, aber manchmal erinnert man sich nach so langer Zeit an neue Details.« Inzwischen kannte Alexis ihn genug, um die Verzweiflung in seiner Stimme zu erkennen. »Irgendetwas, das uns verrät, mit wem ihre Schwester ein Verhältnis hatte? Wer der Vater des Babys sein könnte?«

»Nein.« Sie schüttelte erneut den Kopf. »Es ist mit bis heute unbegreiflich. Sie hatte in ihrem Leben nur zwei Beziehungen. Die eine endete, wie so viele Jugendromanzen, indem sie sich auseinanderlebten. Und mit Manuel war sie fast fünf Jahre zusammen, bis sie ihn mit einer anderen erwischte. Sie hielt nichts von Affären oder One-Night-Stands, sondern wünschte sich Kinder.«

»Wurde eine künstliche Befruchtung ausgeschlossen?«, fragte Alexis so sanft wie möglich.

Die Augen der Schwester weiteten sich. »Das hätte sie nie getan. Sie hatte keine Probleme, Männer zu bekommen, aber ihre Ansprüche waren hoch.«

»Nicht konkret«, ergänzte Landeaux. »Es gab keine auffälligen Zahlungen.«

»Wie weit wäre sie denn gegangen, um sich den Kinderwunsch zu erfüllen?«, wandte sich Alexis erneut an die Schwester.

»Sie ging auf die dreißig zu, und nach dem bösen Ende mit Manuel hatte sie den Glauben an die große Liebe fast verloren, aber ich dachte, dass die Zeit alle Wunden heilt und sie irgendwann den Richtigen finden würde.« Sie sah zu Boden, kickte einen kleinen Stein zur Seite. »Wissen Sie, zwei Wochen nach dem Mord stellte ich fest, dass ich schwanger bin. Ich hatte mich immer darauf gefreut, aber diese Schwangerschaft konnte ich keinen Moment genießen. Immer musste ich an Claudette denken, und auch wenn ich meine Tochter liebe, fühle ich mich dennoch schuldig. Verrückt, oder? Ich habe alles, und sie?« Tränen stiegen ihr in die Augen, und sie schluckte schwer.

Landeaux legte ihr einen Arm um die Schulter. »Ich habe sie zu Lebzeiten zwar nicht kennenlernen dürfen, aber durch die Erzählungen von Ihnen und Ihrer Familie habe ich viel über sie erfahren. Ihre Schwester war ein wunderbarer Mensch und würde Ihnen mit Sicherheit alles Glück der Welt wünschen.« Er sah Alexis an, und sie sah seine Augen feucht schimmern. Das erste Mal, dass sie eine Ahnung von dem Mann bekam, den er hinter der professionellen Maske verbarg. »Ich denke, wir haben genug gesehen. Sollen wir Sie noch irgendwohin mitnehmen?«

»Danke, aber ich wohne nur wenige Minuten entfernt, und ein kleiner Fußmarsch tut mir gut. Ich möchte nicht, dass mich meine Tochter so aufgewühlt sieht.«

»Passen Sie auf sich auf.«

»Versprochen.« Sie lächelte etwas gezwungen. »Rufen Sie mich an, wenn Sie etwas Neues erfahren.«

Nachdenklich stiegen sie in Landeaux' Wagen. Es war

immer wieder erschütternd zu sehen, wie sehr ein Mord das Leben der Angehörigen aus der Bahn warf.

»Ich habe uns in einem Hotel einige Orte weiter zwei Zimmer reserviert.«

Er brachte sie zu einem der typischen Glaspaläste, der in der Kleinstadt vollkommen fehl am Platz wirkte. Marmorboden, dunkle Holzböden und sehr viel Licht ließen einen diese Diskrepanz schnell vergessen.

»Es ist zwar schon spät, aber wir haben beide seit Stunden nichts gegessen«, sagte Landeaux nach dem Check-in. »Sollen wir uns in dreißig Minuten im Hotelrestaurant treffen?«

Trotz ihrer Müdigkeit stimmte sie zu. Zum ersten Mal seit Tagen fühlte sie sich nicht wie betäubt, und so weit weg von zu Hause müsste sie sich keine Gedanken darüber machen, ob jemand ihr etwas in ihr Getränk oder Essen mischte.

71

Ihr Zimmer war nicht groß, dafür sauber und mit neuwertigen Möbeln ausgestattet. Seufzend stellte sie ihre Tasche in die Ecke, nahm sich Wäsche zum Wechseln und ging ins Bad. Während das Wasser auf ihren Körper prasselte, schloss sie die Augen. Je mehr sie darüber nachdachte, desto sicherer wurde sie, dass Claudette Marou der Schlüssel war, dass mit ihr alles den Anfang genommen hatte. Aber sie konnte die Verbindung zwischen den Frauen nicht greifen. Wie war der Killer nach Mannheim gekommen? Was hatte er die Jahre dazwischen getrieben, und was hatte sie damit zu tun?

Als sie ins Restaurant kam, erwartete Landeaux sie bereits. »Ich habe uns eine Flasche Rotwein bestellt. Ich hoffe, das ist in Ordnung für Sie.«

»Wenn man einem Franzosen nicht bei der Auswahl eines Weines trauen kann, wem dann?«, antwortete sie mit einem leichten Lächeln. Der Ermittler wirkte niedergeschlagen, dunkle Linien umschatteten seine Augen, und seine Mundwinkel hingen herab. Sie wartete, bis ihr Abendessen serviert wurde, Linsensalat mit Entenbrust für ihn und mariniertes Gemüse mit Ziegenkäse für sie, bevor sie das Gespräch eröffnete. »Sie nehmen den Fall sehr persönlich, verstoßen sogar gegen Vorschriften, um mich hierherzubringen, obwohl Sie von der Verbindung zwischen meinen Eltern und dem letzten Mord wissen. Zusammen mit dem Fingerabdruck und der DNA am Tatort macht es mich zu einer Verdächtigen. Sie könnten dafür Ihren Job verlieren.«

Er fuhr sich geistesabwesend durch die Haare. »Ich glaube nicht, dass Sie es waren, auch wenn ich mit ebensolcher Gewissheit weiß, dass Sie mir etwas verschweigen. Sollte ich gefeuert werden, weil ich meine Arbeit mache und dabei meinen Instinkten traue, dann soll es eben so sein. Außerdem waren Sie vor drei Jahren mit dem Fall des Autobahnkillers beschäftigt und hatten keine Gelegenheit, nach Frankreich zu kommen. Solange wir also davon ausgehen, dass die Fälle zusammenhängen, sind Sie aus dem Schneider.«

Sie schluckte bei der Offenbarung, sie überprüft zu haben. Dieser Mann ging an alles mit absoluter Sorgfalt und Vorsicht heran. »Aber das ist nicht alles.«

Er schob ein Stück von seiner Entenbrust von einer Seite auf die andere. »Sie kennen das. Es gibt Fälle, die einen nicht loslassen. Aber bei diesem ist es besonders schwierig.« Er senkte seine Stimme. »Nun gut, quid pro quo. Ich kenne Ihr Geheimnis, dann sollen Sie auch meines wissen. Die Morde an Marou und Delère gehörten zum Brutalsten, was ich je gesehen habe, und was mich damals besonders traf, war die Tatsache, dass sie so unschuldig waren. Keine Prostituierten aus Problemvierteln, keine Junkies, Schlägertypen oder Frauen, die mit den falschen Kerlen zusammen waren, sondern zwei anständige Frauen, die versuchten, ihr Leben zu meistern. Es wäre einfacher gewesen, wenn sie schlicht zum falschen Zeitpunkt am falschen Ort gewesen wären. Gestorben bei einem Raubüberfall oder von einem Fluchtwagen erfasst. Stattdessen hatte ein Monster in Menschengestalt beschlossen, sich in ihr normales, bescheidenes Leben zu schleichen. Der Fall ließ mich nicht mehr los. Ich arbeitete Tag und Nacht, vernachlässigte meine hochschwangere Frau, verhielt mich wie ein Arsch. Ich war nicht da, als sie ins Krankenhaus musste. Zwei Wochen zu früh, aber ich hätte mein Handy nicht lautlos stellen dürfen. Ich kam erst ins Krankenhaus, als alles vorbei war. Ich habe sie mit ihren Ängsten alleingelassen.« Seine Stimme brach. »Trotzdem verzieh sie mir. Sagte nur, dass sie gewusst hätte, auf was sie sich einließ, als sie mich heiratete. Zu dem Zeitpunkt hätte ich Abstand nehmen, Urlaub einreichen und für ein paar Wochen wegfahren sollen. Eventuell wäre alles anders gekommen, doch stattdessen stürzte ich mich mit neuer Verbissenheit in den Fall. Ich wollte ihn zum Abschluss bringen, um mich dann auf meine Familie zu konzentrieren. Aber wir machten keine Fortschritte. Aus einer ergebnislosen Woche wurden zwei, aus zwei drei, und so ging es weiter. Allmählich verließ Margret die Geduld. Wir stritten oft, und nach einer besonders hässlichen Auseinandersetzung am Morgen kam ich nach der Arbeit nicht nach Hause, stellte mein Handy lautlos. Ließ sie im Stich mit dem Baby und ihrer angeschlagenen Gesundheit. Als ich am nächsten Morgen erwachte, fand ich unzählige Nachrichten auf meinem Anrufbeantworter. Meine Tochter war in der Nacht gestorben. Plötzlicher Kindstod. Ich habe mich so auf den Fall gestürzt, dass ich sie nie richtig kennengelernt habe. Ich ließ diese kostbare Zeit einfach verstreichen.« Sein Kehlkopf zuckte heftig. »Das werde ich mir niemals verzeihen und sie mir genauso wenig. Als ich nach Hause kam, war Margret fort. Bis heute erträgt sie meine Gegenwart nicht, und ich kann es ihr nicht verübeln. Wäre ich da gewesen, würde unser Mädchen vielleicht noch leben. Ich ging zu Europol und ließ alles zurück, bis auf diesen Fall. Er hat mich alles gekostet, und trotzdem läuft der Mörder noch frei herum.«

72

Wann immer Louise in den Spiegel blickte, erschrak sie bei ihrem Anblick. Sie hatte sich beim Friseur eine Kurzhaarfrisur schneiden lassen; ihr Haar war modern und pflegeleicht, doch zugleich auch fremd. Markus war erst spät nachts von der Geschäftsreise zurückgekehrt, und obwohl sie auf ihn gewartet und sich hübsch gemacht hatte, schenkte er ihr nur einen flüchtigen Kuss, bevor er ins Bett fiel. Als sie am nächsten Morgen aufwachte, war er bereits wieder auf dem Weg nach London. Ihr neuer Haarschnitt war ihm nicht aufgefallen.

Sie betrachtete sich in den verspiegelten Wänden des Fitnessstudios, in dem sie sich abstrampelte, um gegen die ersten Anzeichen des Alterns anzukämpfen. Schlaffere Haut an den Armen und ein nicht mehr ganz so flacher Bauch. Trotzdem noch recht ansehnlich, wenn nur diese Frisur nicht wäre. Hatte sie sich damit wirklich einen Gefallen getan?

Sie erhöhte die Steigung des Laufbands, spürte, wie ihr Puls in die Höhe kletterte, und versuchte ihren angestauten Ärger über ihren Mann in der Bewegung zu entladen. Sie wusste, dass sie unfair war. Sie wusste, dass er sie liebte, aber in letzter Zeit erwischte sie sich öfters dabei, an ihm und ihrer Ehe zu zweifeln. Sie nahm einen Schluck aus ihrer Trinkflasche, verschluckte sich und stoppte hustend das Laufband. Genug für heute.

Unter der Dusche spürte sie ein erstes Schwindelgefühl. Sie stützte sich an der Wand ab, schloss die Augen und wartete, bis die Welt aufhörte, sich zu drehen. Sie hatte es wohl mit dem Training übertrieben.

In der Umkleide nahm sie einen weiteren Schluck Wasser und zog sich im Sitzen an. Es war spät, das Studio schloss bald, und sie war eine der Letzten. Nur eine kaum dem Teenageralter entwachsene Frau mit Kopfhörern in den Ohren zog sich gerade das schweißgetränkte Tanktop über den Kopf, offenbarte dabei einen straffen Körper. Verstohlen musterte Louise sie, konnte sich den Neid auf ihre Jugend nicht ganz verkneifen. Wann hatte die Zeit angefangen, so zu rasen? War sie nicht erst gestern noch ebenso jung gewesen?

Als das Mädchen in der Dusche verschwand, stand sie auf und musste sich kurz abstützen, da ihr wieder schwindelig wurde. Vielleicht sollte sie Karen anrufen und sie bitten, sie abzuholen, oder sich ein Taxi nehmen. Ach nein, verwarf sie den Gedanken. Im Sitzen würde es schon gehen, und das Studio war nur fünf Minuten von ihrer Wohnung entfernt. Sie meldete sich an der Theke ab. Ein junger Mann rief ihr ein freundliches »Gute Nacht« zu, während er den Tresen polierte. Erst als sie beim Öffnen der Tür ins Torkeln geriet, sah er besorgt auf. »Alles in Ordnung?«, fragte er mit einem Tonfall, der nicht ganz verbergen konnte, dass er sich nichts sehnlicher wünschte, als dass sie schnell verschwinden würde, damit er Feierabend hatte.

Sie versuchte zu antworten, aber ihre Lippen wollten mit einem Mal nicht mehr reagieren, und auf ihrer Zunge bildete sich ein pelziger Belag. Die Welt verschwamm vor ihren Augen. Sie hörte, wie sich die Eingangstür quietschend öffnete. Ein Schwall von kalter Luft und Aftershave schlugen ihr entgegen, dann packte sie jemand am Arm. Fest. Zu fest. Sie wollte protestieren, aber noch immer reagierte ihr Körper nicht. Stattdessen merkte sie, wie nun auch langsam ihre Beine nachgaben.

»Musst du es mit dem Training immer so übertreiben?«, hörte sie einen Unbekannten zu ihr sagen. »Ich bringe sie nach Hause«, rief der Fremde in Richtung des jungen Mannes. »Meine Frau will unbedingt vor unserem Urlaub in Thailand abnehmen. Sie weiß einfach nicht, wann Schluss ist.«

»Sie soll viel trinken und noch ein wenig in Bewegung bleiben«, rief der Mann hinter der Theke.

Der Griff um ihren Arm verfestigte sich, sie wurde durch die Tür geschoben, versuchte, sich zu wehren, aber weder Stimme noch Hände oder Füße gehorchten ihr. Die Eingangstür fiel hinter ihr zu. Nun war sie allein mit dem Unbekannten.

Müsste sie nicht Angst verspüren? Stattdessen war da eine Gleichgültigkeit, die alles andere fortschwemmte und sie in einen dunklen Strudel hinabriss, der in der Schwärze endete.

Sie merkte nicht mehr, wie sie hochgehoben wurde. Nur am Rande registrierte sie, dass der Mann ihr die Autoschlüssel entwand, dann verschluckte sie die Dunkelheit.

73

Bewaffnet mit Milchkaffee und Croissants – Alexis wollte sich ein in ihren Augen typisches französisches Frühstück nicht nehmen lassen – machten sie sich auf den Weg zu Landeaux' Präsidium. Zuerst hielten sie jedoch nahe vom Zentrum Blaesheims, wo Landeaux auf ein älteres, dreistöckiges Haus im Stil der 70er-Jahre deutete. Ein gesichtsloser Betonklotz, dem die Anwohner mit Farben und Blumenkästen versuchten, etwas Wohnlichkeit zu verleihen. »Hier lebte Louanne Delère, aber es lohnt sich nicht, hineinzugehen. Der Vermieter hat nicht lange gefackelt, die Miete gesenkt, wodurch sich schnell ein neuer Bewohner fand.«

Während der Autofahrt blätterte Alexis erneut durch die Akten, bemühte sich mit ihren rudimentären Französichkenntnissen so viele Details wie möglich zu verstehen. Schließlich parkten sie vor einem schmucklosen Gebäude, dessen symmetrische Glasfront dringend gewaschen werden musste. Landeaux zeigte im Eingangsbereich seinen Ausweis vor, woraufhin ein Summen erklang und sich die Tür zu den Büroräumen öffnete. Zielstrebig führte er sie in den ersten Stock, wo ihnen ein Mann Mitte dreißig, mit Schmerbauch und kurzen, fettigen Haaren entgegenkam und Landeaux herzlich begrüßte. »Stephan! Lange nicht gesehen«, rief er in einem Englisch, dessen Akzent so stark war, dass es Alexis schwerfiel, ihn zu verstehen.

Der Mann umarmte Landeaux. »Du hättest dich mal melden können. Hätte nicht gedacht, dass du noch an dem Fall dran bist.«

»Du kennst mich doch«, erwiderte der Europol-Ermittler. Er wandte sich an Alexis. »Das ist Marcel Soreil. Wir waren zusammen auf der Polizeihochschule.«

»Deshalb wusste ich auch gleich, wen ich fragen musste, als es mit den Leichen losging«, grinste der Mann und reichte Alexis die Hand. »Ich bin extra raus aus der Großstadt, um meine Kinder an einem ruhigen Ort großzuziehen, und dann passiert so etwas.«

»Besteht die Möglichkeit, sämtliche Fotos, die von den Tatorten gemacht wurden, zu sehen? Den Akten lagen nur wenige bei.«

»Sicherlich, sie müssten in digitaler Form vorliegen. So lange ist es ja noch nicht her.«

Er führte sie in ein Büro, schaltete einen PC ein und durchsuchte nach der Eingabe mehrerer Passwörter schließlich ein Aktenverzeichnis. »Hier sind sie«, sagte er, stand auf und bot ihr den Platz an.

Alexis nahm sich zuerst die Bilder des zweiten Opfers

vor und blätterte schnell über die ersten Aufnahmen hinweg. Sie zeigten das Haus von außen, dann die Wohnung, bis sie ins Schlafzimmer kamen. »Es wurden tatsächlich keine DNA oder Fingerabdrücke gefunden?«

Soreil schüttelte den Kopf. »Bei der Marou gab es Hinweise darauf, dass der Tatort gründlich gereinigt worden war, beim zweiten hingegen scheint er von Anfang an vorsichtiger herangegangen zu sein. Auffällig war allerdings, dass er beim ersten Opfer das gesamte Haus geputzt hat, als hätte er überall Spuren hinterlassen können. In meinen Augen spricht es dafür, dass sie ihn kannte und er öfter bei ihr war.«

»Ein weiteres Indiz, das auf den geheimnisvollen Affärenmann hindeutet.« Sorgfältig betrachtete sie die Aufnahmen, die das Schlafzimmer zeigten, bemüht, das Blut und den toten Körper zu ignorieren. Am Tathergang bestand kein Zweifel, davon durfte sie sich nicht ablenken lassen. Auf einmal stutzte sie, blätterte aufgeregt zurück. Sie kaute vor Ungeduld auf ihrer Lippe, während sie ein bestimmtes Bild suchte. Schließlich fand sie es, zoomte heran. »So ein Drecksack«, murmelte sie, starrte auf ein Foto, das im Wohnzimmer an der Wand hing und die beiden Opfer und Marelle vor einem Schminktisch im Schlafzimmer zeigte.

»Was haben Sie entdeckt?«, fragte Landeaux und beugte sich über sie. Einen Moment lenkte sie der herbe Geruch seines Aftershaves ab, und sie spürte die Wärme seines Körpers.

Sie antwortete nicht, ging stattdessen zu den Aufnahmen, die Marous Schlafzimmer zeigten, um bestätigt zu finden, was sie geahnt hatte. »Wir haben es mit einem Sammler zu tun«, stellte sie schließlich fest.

»Das kann nicht sein«, widersprach Landeaux. »Laut Angehörigen fehlt nichts, und die Opfer sind von den Verletzungen am Hals abgesehen intakt.«

»Er ist raffiniert«, sagte Alexis. »Er nimmt keine Wertgegenstände, nichts, was jemand vermissen würde.« Sie deutete auf die Nahaufnahme des Bettes. »Sehen Sie hier? Da fehlt eine der Schnitzereien am Kopfende. Als wir gestern im Schlafzimmer waren, sah eines neuer aus als die anderen. Erst heute wurde mir bewusst, dass es etwas bedeuten könnte.«

»Vielleicht hat Claudette es ersetzen lassen?«

»Möglich, deshalb habe ich mir auch nichts weiter dabei gedacht, aber ich wette, wenn Sie Marelle fragen, wird sie bestätigen, dass sie es war, die es ersetzt hat. Sie weiß aber nicht, warum es fehlte. Doch das ist nicht alles.« Sie ging zurück zu den Bildern, die sie sich zuvor angesehen hatte. »Wann genau hat die Schwester geheiratet?«

»Zwei Wochen vor der Tat.«

»Sehen Sie die Aufnahme hier? Das Poster an der Wand? Es zeigt Marelle in ihrem Brautkleid, vermutlich hat sie sich bei Louanne zurechtgemacht. Es muss also kurz vor ihrem Todestag gewesen sein. Sehen Sie hier?« Sie deutete auf eine kleine Sammlung von Clownsfiguren, die in einem Setzkasten auf einem Sideboard standen. »Vergleichen Sie das mit der Aufnahme hier.« Sie öffnete ein weiteres Foto.

»Eine fehlt«, stellte Soreil fest.

»Genau, der mit der gelben Perücke und roten Nase.«

»Er könnte einfach beim Abstauben heruntergefallen sein.«

»Möglich, aber ist es nicht ein großer Zufall?« Sie holte ihr Handy heraus und rief Oliver an.

»Wo zum Teufel steckst du?«, blaffte er sie zur Begrüßung an. »Nur eine Mail, dass du am Nachmittag wieder da bist? Dolce ist stinksauer.«

»Später. Jetzt brauche ich deine Hilfe. Landeaux und ich sind auf etwas gestoßen. Der Killer könnte ein Trophäensammler sein, aber er nimmt keine Wertgegenstände mit sich, sondern kleine Dinge, die vermutlich nur für das Opfer einen Wert haben. Den Angehörigen fällt es womöglich nicht auf, oder sie denken, dass es beim Kampf zu Bruch gegangen ist. Sorgst du bitte dafür, dass nachgefragt wird, ob an der Theorie etwas dran ist? Es können kleine Figuren, Schnitzereien oder andere persönliche Gegenstände sein.«

»In Ordnung, aber mach dich auf Ärger gefasst, wenn du zurück bist.«

»Ich erkläre dir heute Abend alles«, sagte sie und legte auf. Dieses Mal wirklich alles.

Landeaux und Soreil hatten in der Zwischenzeit ebenfalls telefoniert und ihre Gespräche fast zeitgleich beendet. »Marelle gibt zu, dass sie die Schnitzerei ersetzt hat«, sagte Landeaux. »Sie weiß nicht, wann sie verloren ging, nur, dass sie kurz vor Claudettes Tod noch da war. Das Bett war eine Art Familienerbstück, handgefertigt von ihrem Urgroßvater. Es hat sie gewundert, dass ihre Schwester nichts gesagt hat. Deshalb nahm sie an, dass die Schnitzerei beim Kampf beschädigt und von uns mitgenommen wurde.«

»Ähnlich ist es bei dem zweiten Opfer«, fügte Soreil hinzu. »Der Mutter fiel erst später auf, dass der Clown fehlt. Er hatte hohen ideellen Wert für Louanne und war der Grundstein ihrer Sammlung. Ihre damals beste Freundin schenkte ihn ihr, als sie Kinder waren und sie wegziehen musste. Die Freundschaft ging zwar in die Brüche, aber die Begeisterung für diese Figuren ließ sie nicht mehr los.«

»Glauben Sie immer noch an einen Zufall?«, fragte Alexis mit einem triumphierenden Lächeln.

»Woher soll der Täter gewusst haben, dass sie so große Bedeutung haben?«

»Wenn es der Affärenmann war, könnte sie es ihm erzählt haben. Und …« Sie runzelte die Stirn, öffnete die Akten. »Louanne hatte vier Wochen vor ihrem Tod Geburtstag. Was wetten wir, dass Claudette Marou ihr einen Clown geschenkt hat? So könnte der Unbekannte von ihrer Sammelleidenschaft erfahren haben. Vielleicht hat sie ihn sogar zum Einkaufen mitgenommen, oder er war beim Einpacken dabei.«

Landeaux griff erneut nach seinem Handy, führte ein kurzes Gespräch auf Französisch und sah sie anschließend stirnrunzelnd an. »Ich glaube, Sie sind da auf etwas gestoßen. Marou hat ihrer Freundin tatsächlich einen Clown geschenkt, genauer genommen die Clownfamilie hier links auf dem Bild.«

74

London vor 11 Jahren

Seit einigen Monaten nannte er die Middlesex University im Norden Londons seine Heimat. Sie gehört zu den neueren Universitäten Englands und war erst 1973 durch den Zusammenschluss mehrerer Hochschulen entstanden. Finn war sich nicht sicher, was er von den Veränderungen in seinem Leben hielt. Statt auf schäbigen Matratzen bei irgendwelchen drogensüchtigen Kumpeln zu schlafen, teilte er sich ein kleines, aber sauberes und modernes Zimmer im Studentenwohnheim mit einem Kommilitonen, den er mit seiner Hornbrille und seiner unvoreingenommenen, intelligenten Art sogar irgendwie mochte. Statt Geld zu erbetteln, zu stehlen oder zu rauben, jobbte er in der Stadtverwaltung und archivierte Dokumente. Statt morgens nicht zu wissen, was er mit seinem Tag anfangen sollte, besuchte er nun Kurse und stellte fest, dass es einige Dinge gab, in denen er gut war und dass man ihm dafür Anerkennung zollte. Das alles verdankte er George und seinen Bemühungen, ihn in einem Programm unterzubringen, das jugendlichen Straftätern die Möglichkeit gab zu studieren. Noch während seiner Haft hatte er sein Abitur mit hervorragenden Noten nachgeholt, und zum ersten Mal sah er eine Zukunft vor sich.

Doch trotz all dieser Änderungen schwelte ein Misstrauen in ihm. Bei jedem Telefonklingeln zuckte er zusammen, erwartete, dass man ihn aus dem Programm schmiss. Wann immer sein Mitbewohner nach Hause kam, glaubte er, dass er die Wahrheit über seine Vergangenheit erfahren hatte und ihn mit derselben Verachtung strafte, wie man es in der Schule bereits getan hatte. Und in solchen Momenten fiel es ihm schwer, die in ihm kochende Wut zu beherrschen. Er fühlte sich wie ein kurz vor dem Ausbruch stehender Vulkan. Nur die Aussicht auf eine bessere Zukunft, darauf, Teil der Gesellschaft sein zu können und irgendwann vielleicht eine eigene Wohnung mit Fernseher und Musikanlage zu besitzen, hielt die Lava zurück, fungierte als unsichtbarer Wall, der die Außenwelt vor seinem schwärenden Zorn schützte.

Es war ein schöner Tag im Trent Park, und er konnte es kaum erwarten, der trockenen Vorlesung über englische Literatur im siebzehnten Jahrhundert zu entkommen und stattdessen die warme Sommersonne auf seiner Haut zu spüren. Endlich erklang die schrille Klingel, und er packte seine Sachen, schloss sich dem Strom von Studenten an, der sich auf den Flur ergoss.

Im Laufen zog er den Reißverschluss seines Rucksacks zu und bemerkte Sylvie erst, als er beinahe gegen sie stieß. Sie lächelte ihn an. Es war ein schüchternes, etwas verlegenes Lächeln, aber das nahm ihm nichts von seiner Schönheit und ließ ihre schmalen Lippen und die unreine Haut in den Hintergrund treten. So ging es bereits seit mehreren Wochen. Wann immer sie sich sahen, knisterte es zwischen ihnen. Sie tauschten Blicke, und er wusste, dass sie von ihm erwartete, den ersten Schritt zu wagen. Aber er traute sich nicht. Sie war so anders als die Schlampen, mit denen er sich bisher abgegeben hatte. Sie mochte keine Schönheit sein, aber sie glänzte mit einer Bildung, die ihn verblüffte, bewegte sich mit einer angeborenen Eleganz, die keinerlei Affektiertheit erkennen ließ, und was am Wichtigsten war: Sie war an ihm interessiert. Nicht an den Drogen, die er besorgen konnte, nicht weil er sie vor irgendeinem Penner beschützen konnte, sondern weil sie etwas in ihm sah, das er selbst erst angefangen hatte zu entdecken. Und so kam es, dass er sie auch an diesem Tag nur anlächelte. Mit bitterer Enttäuschung sah er, wie sie sich ihren Freundinnen anschloss und in dem weitläufigen Gelände entschwand.

»Hey, Finn«, rief einer seiner Kommilitonen, kam über

den Rasen auf ihn zu und legte ihm einen Arm um die Schulter. »Kommst du mit, ein Bier trinken?«

Er sah zum glasklaren Himmel empor, rang mit seinem Pflichtgefühl, das ihn an das Nahen des Abgabetermins für eine Hausarbeit erinnerte, bevor er zustimmte. Lernen konnte er später.

Aber natürlich entwickelte der Abend sich anders, verlagerte sich vom Park in einen nahe gelegenen Pub, um nachts mit einem Rausch zu enden. Er wusste nicht, wie viel Uhr es war, als er in sein Zimmer torkelte und mit dem Gesicht nach unten ins Bett fiel. Erst später wachte er verschwitzt und schwer atmend auf. Seine Kleider klebten am Leib, und seine Füße waren trotz der Schuhe, die er noch immer trug, eisig. Seit seiner Kindheit quälten ihn die Albträume. Mal überraschte ihn im Schlaf ein haariger Spinnenmann mit großen Kieferklauen, von denen grün leuchtend das Gift troff, webte ihn in ein klebriges Netz, bevor er ihn in die ewige Dunkelheit verschleppte, die nur von dem saugenden Geräusch seiner Füße durchbrochen wurde. Ein anderes Mal glaubte er in dem undefinierbaren Geruch, der ihn seit seiner Kindheit verfolgte und den er unwiderruflich mit Tod und Gewalt verband, zu erwachen, nur um das blutüberströmte Gesicht seiner Mutter vor sich zu sehen. Ihre langen, toten Finger strichen ihm übers Gesicht, hinterließen blutige Striemen, während sie ihm immer wieder ins Ohr flüsterte. »It's much too late to get away or turn on the light …«

In solchen Nächten lag er stundenlang wach, wünschte sich die Mörder seiner Mutter wären nicht tot, sondern am Leben, damit er Rache an ihnen nehmen konnte. Er malte sich aus, wie er sie quälte, welches Leid er ihnen zufügen würde, und während er über diesen Gedanken brütete, fiel er in einen tiefen, traumlosen Schlaf.

Der nächste Morgen begann mit Kopfschmerzen, verquollenen Augen und einem fauligen Geschmack im Mund. Trotzdem rappelte er sich auf, wankte auf den Gang und putzte sich die Zähne im Gemeinschaftsbad. Donnerstags hatte er erst am Nachmittag Vorlesungen, sodass er sich üblicherweise um zehn mit George traf. Für ihn war er viel mehr als ein Bewährungshelfer oder Betreuer des Förderprogramms. Er kam dem Vater, den er nie gehabt, aber von dem er oft geträumt hatte, am nächsten. Wenn er Rat suchte, war er für ihn da, fand klare Worte, wenn sie nötig waren, gab ihm dennoch ausreichend Freiraum, um sich auszuprobieren und seinen Platz in dieser neuen Welt zu finden.

Nachdem er sich ein frisches Hemd und eine Jeans angezogen hatte, sammelte er das herumliegende Kleingeld ein und eilte zur nahe gelegenen U-Bahn. Er suchte sich einen Platz im hinteren Teil des Zuges, wo er die Leute beim Ein- und Aussteigen beobachten konnte. Der Geruch von Schweiß und einem Gemisch verschiedener Parfüms hing schwer und Übelkeit erregend in der Luft. Während sie durch die Dunkelheit fuhren, malte er sich die Lebensgeschichte einer jungen Frau mit violetten Haaren, grellem Lippenstift, Minirock und zerrissener Strumpfhose aus. Fasziniert fragte er sich, ob sie eine Hure war. Machte sie die Beine für ein paar Pfund breit? Schloss sie dabei die Augen, war regungslos oder keuchte und stöhnte sie? Wie würde sie reagieren, wenn er sie schlug oder würgte? Wie sähen ihre Augen aus, wenn sie ihn vom Tod gebrochen anstarrten?

Er spürte, wie Erregung in ihm aufstieg, sein Atem sich

beschleunigte, und rasch konzentrierte er sich auf das Gespräch eines alten, runzeligen Pärchens eine Reihe weiter, die über den besten Standort für ein Katzenklo stritten.

Was ein Psychologe zu solchen Gedanken sagen würde? Würde man ihn wieder wegsperren? Ihm alles nehmen, was er sich erarbeitet hatte? Fast war er seiner ehemaligen Sozialarbeiterin dankbar, dass sie ihn zu keinem geschickt hatte.

Endlich hielt der Zug mit einem Rumpeln an seiner Station an. Georges Büro lag in einem schäbigen Bürohaus in einer noch schäbigeren Siedlung im Norden Londons. Es war nur ein kurzer Fußmarsch, und als er den wenig vertrauenerweckenden Aufzug betrat, stellte sich bei ihm ein Gefühl von Sicherheit ein. Oben öffnete sich die Tür mit einem lauten Quietschen, blieb auf dem letzten Stück stecken, sodass er sich an ihr vorbeidrücken musste. Kaum stand er in dem schmalen Flur mit den kahlen Wänden, in dem es trotz Rauchverbot immer nach Zigarettenqualm roch, bemächtigte sich seiner ein ungutes Gefühl. Es war wie ein düsterer Schleier, der sich über alles legte und den hellen Farben einen dunklen Stich verlieh.

Er folgte dem Gestank zu Georges Bürotür. Er mochte zwar am offenen Fenster rauchen, aber sobald man einen Fuß in den Raum setzte, erkannte man an den gelbstichigen Vorhängen und Tapeten den starken Raucher. Doch dieses Mal war da auch noch dieser andere, nur schwach vorhandene Geruch. Die Quelle war leicht auszumachen: Er drang durch den Türspalt aus Georges Büro. Er zögerte, drehte beinahe um. Er wollte nicht sehen, was hinter der dünnen Tür lag. In ihm verkrampfte sich alles, als er die Hand an den Türgriff legte und in das Halbdunkel des Büros starrte. Er ahnte, was er sehen würde, noch bevor sich seine Augen an die veränderten Lichtverhältnisse gewöhnt hatten. Georges lebloser, zusammengesunkener Körper neben seinem Schreibtisch. Die Hände neben dem herunterhängenden Telefonhörer, aus dem ein stetiges Tuten erklang. Er ging neben ihm in die Knie, legte seine Finger an die Halsschlagader unter der schlaffen Haut, wobei er sich zugleich über die Leere in seinem Inneren wunderte. Kein Schmerz, nur eine betäubte Stille. Da war nur ein Ekel vor der angetrockneten Urinpfütze, in der sein Mentor lag. Der Geruch stach ihm in die Nase, brannte alles fort.

Dann zuckte er zusammen. Ein schwaches Vibrieren an seinem Zeigefinger. Pause. Ein weiteres. Er lebte! Sofort sprang er auf, verständigte den Notdienst und betete zu einem Gott, an den er schon lange nicht mehr glaubte. Er deckte George mit seiner Jacke zu, bettete seinen Kopf in seinem Schoß und wartete auf das erlösende Geräusch der Sirenen.

Einige Stunden später saß er noch immer im Warteraum der Intensivstation und versuchte zu begreifen, was geschehen war. Wieder hatte seine Welt sich verschoben, weg vom Licht und ein Stück der Dunkelheit entgegen. Krebs. George litt an Lungenkrebs, und das nicht erst seit gestern. Nicht dass es ihn wirklich überraschte. Das ständige Husten, das schwere Atmen und blasse Gesicht. Wäre er aufmerksamer gewesen, hätte er es ihm angemerkt. Fragen gestellt.

Seit zwei Monaten befand er sich in Behandlung, weigerte sich, seine Arbeit aufzugeben, um seine Schützlinge nicht im Stich zu lassen.

Finn stand auf, ging ein paar Meter den Gang entlang

und sah durch eine breite Glasfront zu dem Vater hinüber, den er sich gewünscht hätte. Er wirkte verloren in dem großen Bett, das seinen Körper winzig erscheinen ließ, und mit all den Schläuchen, die aus ihm ragten, erinnerte er an eine Gestalt aus einem Horrorfilm. Was sollte er nur ohne ihn tun?

75

»Ich weiß gar nicht, was ich sagen soll.« Oliver sah sie niedergeschlagen an. Sie standen draußen vor der Bäckerei Glück, aber Louise war nicht da. Es war kalt, ein rauer Wind fegte durch die Straßen. Alexis' Atem bildete feine Wölkchen, die sich mit dem aufsteigenden Dampf aus ihrer Tasse vereinigten, nur um sogleich vom Wind davongerissen zu werden. »Kannst du dir vorstellen, wie enttäuscht ich bin, dass du so etwas vor mir geheim gehalten hast? Ich habe dir bedingungslos vertraut, und nun muss ich erfahren, dass du mir offensichtlich kein Stück über den Weg traust.« Er deutete mit den Fingern einen schmalen Spalt an. »Nicht so viel. Und was ist mit den Ermittlungen? Du hast alles gefährdet.«

Sie senkte den Kopf. Diese Predigt hatte sie verdient. »Ich kann nur hoffen, dass du meine Entschuldigung irgendwann annimmst. Es kam alles so plötzlich, und es war so schrecklich.« Sie schwiegen einen Moment. »Kannst du dir vorstellen, wie ich mich gefühlt habe, als ich die Leichen mit der Nagelkrone gesehen habe? Erinnerungen, von denen ich dachte, sie wären längst verschüttet, kamen wieder hoch. Ich war einfach überfordert.«

»Das könnte ich sogar verstehen, aber dass du mir vorher nie von deinen Eltern erzählt hast … Nein.« Er schüttelte den Kopf. »Das kann ich nicht hinnehmen.«

»Es war seit meiner Kindheit ein Geheimnis.« Sie biss sich auf die Unterlippe. »Und es fühlte sich gut an, in einem Umfeld zu leben und zu arbeiten, in dem mich die Menschen für normal halten.«

»Glaubst du etwa, nur weil deine Eltern bösartig waren, musst du es ebenfalls sein?«

»Ich weiß es doch auch nicht!« Sie fuhr sich über die Stirn. »Kaspar ist ein herausragender Forscher, und er glaubt an die Macht der Gene.«

»Mensch, Alex! Das kann alles nicht wahr sein. Ich bin stinksauer auf dich und habe keine Ahnung, ob ich dir jemals wieder vertrauen kann, aber eines weiß ich: Du bist nicht böse. Wenn das die Wissenschaft behauptet, dann ist es blanker Unsinn.«

Sie zog die Ärmel ihrer Bluse zurück und deutete auf die Verletzungen. »Ich habe dir von meinen Aussetzern erzählt und dass ich nicht weiß, wo die Wunden herkommen.«

»Ja, und dass du Karen eingeweiht hast, aber nicht mich.«

»Ich habe Aaron bei mir im Garten gefunden, verscharrt unter einer Tanne.«

»Und du glaubst, du warst das?«

»Der Zeitpunkt würde passen. Er verschwand, als ich meine ersten Blackouts hatte.«

»Ja, und ein Killer treibt sein Unwesen und hat es auf dich abgesehen. Anstatt auf seine Spielchen hereinzufallen, sollltest du dich vielmehr fragen, woher er das alles weiß und warum er dich rausgesucht hat. Hat Karen wenigstens ein Ergebnis?«

»Noch nicht, aber ich werde nachher bei ihr vorbeifahren.«

»So eine Scheiße«, fluchte er. »Du weißt, was jetzt passieren wird, oder?«

»Milbrecht rastet aus, Dolce wird mir nie wieder vertrauen, und ich werde suspendiert.«

»Und Bauwart übernimmt die Leitung. Was für eine Freude«, stellte Oliver sarkastisch fest. »Der Kerl mag ja in Ordnung sein …«

Alexis hob eine Braue.

»Ja, ich mag ihn nicht, aber seine Arbeit erledigt er gründlich. Nur traue ich ihm nicht zu, einen Fall wie diesen zu leiten.«

»Landeaux ist auch noch da.«

»Du vertraust ihm?«

»Er will den Killer fassen.«

»Du meinst den, der die Frauen in Frankreich ermordet hat.«

Sie nickte. »Nach dem, was ich gesehen habe, bin ich sicher, dass wir es mit demselben Täter zu tun haben. Gibt es Neuigkeiten von den Familien?«

»Zumindest bei Ehrich und Lored wurde festgestellt, dass etwas fehlte. Einmal eine Glasfigur, die das Opfer von ihrer Mutter kurz vor dem Tod geschenkt bekommen hatte, und das andere Mal eine Puppe, die sie seit ihrer Kindheit besaß.«

»Da haben wir doch den Beweis. Es ist derselbe.«

»Und was bringt das? Uns gehen die Verdächtigen aus. Das Alibi von deinem Onkel hat sich bestätigt, und

Kirn können wir ebenfalls ausschließen. In der Nacht, in der die Leichen abgeladen wurden, gibt es mehr als genug Zeugen, die seine Anwesenheit bestätigen können, und auch für den geschätzten Todeszeitpunkt hat er ein Alibi. Der Ehemann ist gleichfalls aus dem Schneider.«

»Du kannst mich ja auf dem Laufenden halten.«

»Und auch noch meinen Job riskieren?« Er seufzte, kickte einen imaginären Stein zur Seite. »Du weißt, dass ich das ohnehin gemacht hätte. Und nun? Gehst du zu Dolce?«

»Habe ich eine andere Wahl? Entweder ich oder Landeaux.«

»Kannst du ihn nicht davon überzeugen, dass er damit wartet, bis der Fall abgeschlossen ist?«

»Er hat sich schon weit aus dem Fenster gelehnt, indem er mich mit nach Frankreich genommen hat. Zudem würde es die komplette Ermittlung gefährden, wenn herauskommt, dass wir alle unter einer Decke stecken. Sollten wir jemanden überführen, wäre es ein gefundenes Fressen für den Verteidiger.«

Auf dem Weg zum Präsidium verspürte Alexis eine eigentümliche Erleichterung. Es tat gut, reinen Tisch zu machen, und sie hoffte, dass Oliver ihr verzeihen würde. Nicht heute, aber vielleicht irgendwann.

76

»Kann ich bei dir übernachten?« Alexis' Stimme zitterte, klang im Inneren ihres Autos seltsam hohl. Ihr Dienstausweis und ihre Waffe befanden sich sicher verschlossen in Dolces Büro. Sie wollte das Gespräch so schnell wie möglich vergessen.

»Ich hatte mich für Sie eingesetzt.« Diese Worte und der enttäuschte Tonfall in ihrer Stimme hallten fortwährend durch ihren Kopf. Sie hasste es, dass jemand anderes für ihren Fehler büßen musste, dass Dolce es war, die sich vor Milbrecht verantworten musste.

»Klar, alles in Ordnung?«, fragte Karen.

»Lass uns bei dir reden. Wann kann ich vorbeikommen?«

Sie hörte ein kurzes Rascheln. »Gib mir zehn Minuten.«

»Ich bringe uns etwas vom Thailänder mit.« Alexis war froh, dass sie nicht in ihr leeres Haus zurückkehren musste. Nicht zu Aaron, der in seinem Grab verfaulte. Zu den Gespenstern, die sie verfolgten. Für einen Moment ließ sie den Tränen freien Lauf. Der Gedanke, dass er alleine gestorben war, nicht wissend, warum man ihm das antat, fraß sich in ihre Seele. Was, wenn sie es tatsächlich getan hatte? Ihre Atmung beschleunigte sich, sie schnappte nach Luft. Sie öffnete die Tür, stolperte hinaus, froh darüber, an einem einsamen Waldparkplatz gehalten zu haben, und erbrach sich in ein Gebüsch. Als sie zu ihrem Wagen zurückkam, hörte sie ihr Handy klingeln. Sie wischte sich den Mund ab, spülte ihn mit Wasser aus. »Hallo?«, meldete sie sich.

»Wie geht es Ihnen?«, fragte Landeaux.

»Was denken Sie denn?«

»Es tut mir leid. Ich wünschte, es wäre anders gekommen.«

»Es ist ja nicht Ihre Schuld.« Sie drehte die Flasche zu, legte sie in den Fußraum des Beifahrersitzes.

»Irgendwie schon. Ich hätte die Regeln einmal außer Acht lassen sollen.«

»Nein«, wehrte Alexis ab. »Es war gut, dass Sie mich dazu gezwungen haben. Es war der erste Schritt in die richtige Richtung.«

»Kann ich etwas für Sie tun? Vielleicht etwas Ablenkung? Ich lade Sie gerne zum Essen ein.«

»Danke«, erwiderte Alexis. »Ich besuche heute eine Freundin.«

»Das ist gut. Falls Sie jemand Neutralen zum Reden brauchen … Sie haben ja meine Nummer.« Ohne weitere Floskeln legte er auf.

Nachdem sie sich gesammelt hatte, fuhr sie zu Karen. Während sie sich Wein eingossen, erzählte sie ihr alles, ließ kein Detail aus. Ihre Freundin hörte ihr nur stumm zu und nahm sie anschließend in die Arme.

Sie nahmen sich Teller, stellten die Pappkartons auf den Tisch und setzten sich. Karen griff herzhaft zu, nur Alexis stocherte lustlos in ihrem Essen. »Gibt es bereits ein Ergebnis von meiner Blutuntersuchung?«

Karen zögerte. »Von den meisten ja. Ohne Befund.«

»Scheiße.« Diese Nachricht brachte alles zum Wanken, vernichtete ihre letzte Hoffnung.

Ihre Freundin hob beschwichtigend die Hand. »Das muss nichts heißen. Wie gesagt, ein paar Resultate stehen noch aus, und manche Drogen sind nur für kurze Zeit nachweisbar. Wir wissen ja nicht, wann und wie du sie eingenommen hast.«

»Für den Fall, dass ich keine Psychopathin bin.«

»Jetzt hör doch mit dem Mist auf. Als wenn jemand von heute auf morgen zum Killer mutieren würde.«

»Wie hätte mich denn jemand vergiften sollen, und wie erklären sich all die Dinge, die in meinem Haus vor sich gehen? Und warum zur Hölle sollte jemand überhaupt so etwas tun?«

»Wechsel die Schlösser aus und lass deine Schlüssel nie mehr aus den Augen. Wetten, dass der ganze Spuk dann aufhört?«

»Das würde ich ja glauben, wenn es nur einmal vorgekommen wäre, aber dass ein Fremder regelrecht in meinem Haus herumspaziert, ohne dass ich es mitbekomme? Das kann ich mir nicht vorstellen.«

»Wenn du betäubt wurdest, schon. Wie jeder hast du deine Routinen. Das Gläschen Wein am Abend. Die Besuche bei Louise in der Bäckerei, wo jemand im Gedränge unauffällig etwas in deinen Kaffee gießen könnte. Der grüne Smoothie zum Frühstück. Die Fertiggerichte im Gefrierschrank. Ich bin jedenfalls froh, dass du hier bist. Wer weiß, wie weit dieser Verrückte noch geht. Werden sie dein Haus untersuchen?«

»Dolce hat zumindest meine Erlaubnis dazu eingeholt. Aber wenn dieser Unbekannte wirklich existiert, wird er nicht so dumm sein, Spuren zu hinterlassen.«

»Lass uns doch beide einen Neuanfang starten«, sagte Karen unvermittelt. »Im Norden wird es dir gefallen. Etwas kalt, aber genug hübsche Männer, um das Bett zu wärmen.«

»Du bist unmöglich«, lachte Alexis, gab sich jedoch einen Moment der Vorstellung hin, alles hinter sich zurückzulassen. Erst die Stimme ihrer Freundin holte sie wieder in die Realität zurück.

»Wie geht es der angefahrenen Katze?«

»Sie wird durchkommen. Oliver nimmt sie auf, bis sie einen Platz gefunden hat.«

»Armes Ding. Warum nimmst du sie nicht zu dir?«

»Solange es keinen Beweis dafür gibt, dass ich Aaron nicht getötet habe, kann ich das nicht verantworten. Außerdem würde es sich wie Verrat an ihm anfühlen.«

»Spinn dich aus. Aber gut, du hast ja noch ein paar Tage Zeit, um es dir zu überlegen.«

»Kannst du dir wirklich hundertprozentig sicher sein, dass ich nichts damit zu tun habe?« Sie sah ihrer Freundin in die Augen, sah ein kurzes Flackern in ihnen.

»Natürlich.«

Sie setzten sich vor den Fernseher, sahen eine Verfilmung von *Stolz und Vorurteil* und verdrängten die Realität für die nächsten neunzig Minuten aus ihrem Leben. Es gelang ihnen nur, bis Markus vor ihrer Tür stand.

77

Louise war verschwunden, so viel stand fest. Laut Markus war er nach seiner Rückkehr von einer Geschäftsreise nach Hause gekommen, und sie war nicht da. Kein Hinweis auf ihren Verbleib. Er stand kurz vor einem Nervenzusammenbruch, und Karen war kreidebleich. Was war mit ihrer Schwester geschehen? Ein Unfall und man hatte sie noch nicht identifiziert? War sie bewusstlos im Krankenhaus? Oder – und an diese Variante wollte sie gar nicht denken – hatte der Killer sie in seine Finger bekommen? Stimmte Karens Theorie, dass er es auf Alexis abgesehen hatte, dass ihre Nachbarin nur deshalb als Opfer ausgewählt worden war und nun auch Louise?

Fast war Alexis über ihre Suspendierung froh, denn nun konnte sie sich ganz darauf konzentrieren, nach Louise zu suchen. Sie wusste nur, dass sie abends irgendwohin gefahren war, aber nie zurückkam. Bisher hatte keine der Freundinnen, die sie angerufen hatte, gewusst, wo sie sein könnte. Irgendwann zwischen zweiundzwanzig Uhr und sechs Uhr morgens musste sie verschwunden sein. Im Haus gab es keine Spuren, und auf die Anruflisten ihres Festnetzanschlusses und Handys warteten sie noch. Immerhin würde die Polizei helfen können, da sie durch den Mord an Britta und ihre Freundschaft zu Alexis als gefährdet galt. Markus und Karen waren bereits auf dem Weg, um die Vermisstenmeldung aufzugeben.

Dann erreichte sie ein Anruf von Bauwart. Sie wurde gebeten, aufs Kommissariat zu kommen, um einige Fragen zu beantworten. Sie hatte gewusst, dass das geschehen würde.

Nun saß sie in dem Verhörraum und fühlte sich, als würde sie innerlich zusammenschrumpfen. Ihr war klar, dass auf der anderen Seite der Scheibe Milbrecht, Dolce und wer weiß wer noch alles ihren Worten lauschte. Seit ihrer Ausbildung hatte sie sich nicht mehr in dieser Situation befunden, und niemand hatte sie darauf vorbereitet, dass sie sich nicht nur im Spiel auf der Seite des Tatverdächtigen wiederfinden würde.

»Frau Hall«, begann Volkers mit ungewohnter Distanz. »Vielen Dank, dass Sie freiwillig gekommen sind. Sie haben gemäß §163 Absatz 3 der Strafprozessordnung die Pflicht, die Wahrheit zu sagen.«

»Ist mir bekannt«, antwortete Alexis trocken, nachdem er die Belehrung beendet hatte.

Bauwart zuckte sichtlich zusammen. Sie fragte sich, warum man ausgerechnet die beiden zum Verhör geschickt hatte – die Vernehmung war noch nie eine ihrer Spezialitäten gewesen. Oder war es Volkers' Entscheidung gewesen, um sie zu demütigen?

»Sie sind Alexis Hall, geboren am 26. August 1984 in London? Ihre leiblichen Eltern waren Loyd und Sarah Fannon, Sie wurden von Kaspar und Maria Hall adoptiert, nachdem Ihre leiblichen Eltern verstarben. So weit richtig?«

»Selbstmord durch Polizisten, als sie auf der Flucht waren, wolltest du wohl sagen.«

»Was können Sie uns über die Taten Ihrer Eltern erzählen?«

Alexis fasste alles kurz zusammen. »Mehr als in den Akten steht, weiß ich auch nicht. Ich war noch ein kleines Kind«, fügte sie hinzu.

Dem folgte eine Reihe von Fragen zu ihrem Leben, den Kontakten in ihrer Vergangenheit, und dann endlich kamen sie zur Sache. Bauwart wollte eine Erklärung für ihre DNA am Tatort. Die konnte sie ebenso wenig geben wie ein Alibi für die Mordnacht. Erschreckenderweise nicht nur bei diesem einen Mord. Sie hatte sich seit ihrer Entdeckung, eine Trägerin des *kill:gens* zu sein, so zurückgezogen, dass sie praktisch jede Nacht alleine gewesen war. Allein und mit Gedächtnisaussetzern.

Es sah nicht gut aus, das sah sie an Bauwarts Miene. Erst recht nicht, als sie auf die Verletzungen an ihren Armen zu sprechen kamen, die sie ebenfalls nicht erklären konnte.

Dennoch musste sie zugeben, dass Volkers sie fair behandelte und keinen einzigen Kommentar abgab, während er seine Notizen machte.

Trotzdem fühlte sie sich nach den zwei Stunden, die sie in dem Verhörraum verbrachte, wie erschlagen. Immerhin wurde sie nicht verhaftet – dafür lagen keine ausreichenden Beweise vor. Sie setzte sich zu Oliver, der alles verfolgt hatte. »Gibt es Neuigkeiten?«, fragte sie leise.

»Nichts, was uns weiterbringt. Nur noch mehr Ärger.« Er deutete auf die aktuelle Ausgabe des *Mannheimer Tageblatts* auf seinem Schreibtisch.

Alexis war vor Sorge um Louise nicht dazu gekommen, sie zu lesen. »So schlimm?«

»Du hättest dir keinen ungünstigeren Zeitpunkt aussuchen können, um dir einen Journalisten zum Feind zu machen.«

Leiterin der Ermittlungen unter Tatverdacht.

Bereits bei dieser Schlagzeile hätte sie den Artikel am liebsten zur Seite gelegt. Stattdessen las sie weiter.

Laut einer Quelle steht Alexis Hall, Leiterin der Ermittlungen in der Mordserie an jungen Frauen, die Mannheims Bevölkerung in Angst und Schrecken versetzt, unter dringendem Tatverdacht. Uns liegen Beweise vor, die bestätigen, dass sie die Tochter eines Serienkillerpärchens ist, die vor über zwanzig Jahren London terrorisierten. Das Brisante: Die neuen Morde weisen dieselbe Handschrift wie die ihrer Erzeuger auf.

Alexis würgte, hätte sich beinahe in den Papierkorb übergeben. Mit zitternden Händen legte sie die Zeitung zur Seite. Den Rest würde sie später lesen. So fühlte es sich also an, wenn man vor der ganzen Welt bloßgestellt wurde.

»Es tut mir leid«, sagte Oliver und tätschelte ihren Rücken. »Geht es wieder?«

»Woher hat er diese Informationen?«

»Das wissen wir nicht, aber ich werde der Sache auf den Grund gehen. Versprochen. Ich hasse Maulwürfe.«

Sie sah sich um. Starrten sie die anderen an? Wer hatte den Artikel gelesen? »Ich sollte gehen.« Sie stand auf, dann erinnerte sie sich an Louise. Ihr Schicksal hatte Vorrang vor ihrem eigenen Desaster. »Du musst mir einen Gefallen tun.«

»Ernsthaft? Glaub bloß nicht, dass ich dir verziehen habe. Im Moment tust du mir einfach nur leid, aber warte ab, bis sich der ganze Ärger geklärt hat.«

»Es geht um Louise, sonst würde ich nicht fragen.«

Er wurde sofort konzentriert. »Was ist los? Geht es ihr wieder schlechter?«

»Sie ist verschwunden. Karen und Markus geben gerade die Vermisstenmeldung auf. Ich bin mir nur nicht sicher, ob man ihr Verschwinden nicht ihrer früheren Depression zuschreiben wird.« Sie gab ihm eine knappe Zusammenfassung von dem, was sie in Erfahrung gebracht hatte.

»Scheiße, ich sehe zu, was ich tun kann«, versprach er. »Kommst du klar?«

Sie zuckte bloß mit den Schultern.

78

London vor 4 Jahren

Wie jeden Sonntag kniete er vor Georges Grab und legte mit seiner unverletzten Hand eine einzelne gelbe Rose auf die dunkle Granitplatte. Keine weißen Blumen, nicht nur, weil die Seelen Verstorbener diese angeblich nicht wahrnehmen konnten, sondern auch, weil sie ihn an seine Mutter erinnerten. Für zwei Tote war kein Platz in seinem Leben. Das wusste er, und doch konnte er keinen von beiden loslassen.

Dann schloss er einen Moment die Augen, fragte sich, ob er mit der Tatsache, dass der Tod ihm alle Menschen raubte, die er liebte, besser würde umgehen können, wenn er gläubig wäre, und rieb sich dabei den Verband an seiner rechten Hand. Seine Frustration und Wut über eine neuerliche Absage auf eine Bewerbung hatte sich vor zwei Tagen an einer Schranktür entladen. Das Ergebnis war ein gebrochener Finger, eine geschwollene Hand und eine Tür mit einem Loch darin.

Die letzten Jahre hatte er sich gefühlt, als wäre er in einem Strudel aus Schwärze gefangen, der ihn unerbittlich in die Tiefe zog. Georges Erkrankung hatte ihn dort hineingestoßen, und nun zerrte es ihn schneller und schneller in den finsteren Schlund hinab.

Vier Jahre hatte er gemeinsam mit ihm gekämpft. Die zitternden Hände gedrückt, ihn gehalten, wenn Hustenkrämpfe ihn schüttelten, die Filter im Sauerstoffgerät ausgetauscht und seine Angst vor dem Tod dem alten Mann zuliebe verdrängt.

Trotz seines schleichenden Verfalls war George stets

für ihn da gewesen. Sie sprachen über seine Pläne, Hoffnungen und Ideen, doch im Lauf der Monate wurde es immer mehr zu einer Farce, ebenso wie sein geheucheltes Interesse an *Moby Dick*, aus dem er ihm jede Woche vorlas. Finn veränderte sich. Er spürte das Dunkle in seine Seele einkehren, wie ein alter Freund, der nur kurz fort war. Wenige Wochen nachdem er sein Studium beendet hatte, war George gestorben, und die Welt schien die Veränderung, die mit ihm vorgegangen war, zu spüren. Sie ließ sich nicht von seinem Lächeln und gutem Aussehen blenden. Trotz akzeptabler Noten fand er keinen Job, seine sogenannten Freunde zogen sich von ihm zurück, und Frauen mieden seinen Blick.

In seine Albträume mischte sich nun ein krächzendes Keuchen, begleitet vom monotonen Pumpen des Atemgerätes, das unaufhaltsam näher kam, und Finn wusste, dass er sterben würde, sollte es ihn jemals erreichen. Oft schreckte er schweißgebadet auf, grübelte in endlosen Nächten im Licht seiner Nachttischlampe mit dem vergilbten, löchrigen Schirm, welcher Tod grausamer war. Georges langer Leidensweg, die Schmerzen, die zum Schluss selbst Morphin nicht mehr hatte betäuben können, oder das Ende seiner Mutter – kurz, aber umso brutaler und ohne jegliche Vorwarnung. Ein Dasein mitten aus dem Leben gerissen aus menschlicher Boshaftigkeit.

Wieso starben alle Menschen, die er liebte? Manchmal glaubte er, einen Schatten über sich aufragen zu sehen, ein Makel aus seiner Vergangenheit, den er beseitigen musste, ohne zu wissen, um was es sich handelte.

Schließlich stand er auf, ging in ein Straßencafé, blätterte in einer liegen gelassenen Zeitschrift und nippte an einem Cappuccino. In der Ferne lachte eine Schar

Kinder, Autos hupten, und das Schlagen von Taubenflügeln erklang, wann immer jemand das Friedhofsgelände betrat. Ein kühler Wind fuhr durch die Gassen, verursachte Gänsehaut auf den nackten Beinen der Mädchen, die in ihren knappen Röcken aufreizend die Straße entlangflanierten. Ab und an fuhr ein mit Touristen beladener Doppeldeckerbus vorbei, hielt kurz vor den Friedhofstoren, damit die Menschen sich mit einer Mischung aus Faszination und Furcht an den Symbolen des Todes ergötzen konnten.

Ein normaler Tag, dessen Höhepunkt bereits hinter ihm zu liegen schien, bis er beim Umblättern mitten in der Bewegung erstarrte. Es war nur ein kleiner Artikel, der seine Aufmerksamkeit erregte, oder genauer gesagt, das dazugehörige Foto. Sie. Er schluckte. Alexis. Er hatte so oft an sie gedacht. Sich insgeheim vorgestellt, wie er endlich Rache an ihr nehmen würde. Ihre Eltern mochten für ihn nicht mehr erreichbar sein, aber sie war es. Sie konnte für alles büßen, was man ihm angetan hatte. Die Tage direkt nach der Ermordung seiner Mutter verschwammen in seinen Erinnerungen, und nun blickte sie ihn mit demselben düsteren Blick wie vor fast siebzehn Jahren an. Sie stand neben dem Mann, der sie adoptiert hatte. Kaspar Hall, ein deutscher Forscher. Der Bericht beschrieb eine Festivität um einen hoch dotierten Wissenschaftspreis, den er erhalten hatte. Die junge Frau lehnte sich leicht an eine trotz ihres fortgeschrittenen Alters schöne und elegante Dame. Ihre Adoptivmutter. Mutter. Er presste seine Lippen aufeinander, als er die Bildunterschrift las. Der glückliche Preisträger mit Frau Maria und Tochter Alexis.

Heuchler. Alexis' Eltern waren lange tot. Sie hatten

seine Mutter ermordet. Er betrachtete ihre fröhlichen Gesichter, und Hass wallte in ihm auf. Wieso waren sie so glücklich? Er studierte das Foto, suchte nach Anzeichen, dass alles nur gespielt war, und fand keine. Alexis war volljährig. Niemand konnte sie dazu zwingen, Zeit mit ihren Adoptiveltern zu verbringen. Sie tat es freiwillig. Niemals wäre er auf die Idee gekommen, Kontakt zu einer seiner Pflegefamilien zu suchen. Er hatte nicht schnell genug von ihnen wegkommen können.

Er schmeckte Blut, betastete seine Lippen, deren Innenseite von seinen Zähnen aufgerissen war, so heftig hatte er sie ins Fleisch gepresst. Keine Schläge, kein Missbrauch, kein Hungern. Sondern Familie, Glück und Zufriedenheit.

Warum sie? Die Wut schnürte ihm die Kehle zu. Er kratzte sich über seinen Unterarm, bis er auch da blutete. Er spürte keinen Schmerz, dabei wollte er irgendetwas anderes spüren als diesen alles verzehrenden Hass. Er rieb weiter, bis die anderen Gäste des Cafés ihn anstarrten. Hastig stand er auf, ließ ein paar Münzen auf dem Tisch liegen, nahm die Zeitschrift und ging nach Hause. Unruhig tigerte er in seiner winzigen, verdreckten Wohnung auf und ab. Sie war der Abkömmling von Monstern. Er glaubte nicht an Gott oder den Teufel, aber mit einem Mal erschien es ihm nicht mehr so abwegig. Schützte Satan seine Brut? Wieso war er ihr im Waisenhaus begegnet? Weshalb hatte er nicht gleich erkannt, was sie war? Erneut stieg eine Wut in ihm auf, die ihn zu verschlingen drohte. Er hämmerte gegen die Betonwände, bis seine Knöchel bluteten. Als er die Wahrheit über ihre Herkunft erfahren hatte, war er auf die Leiterin des Waisenhauses losgegangen. Er hatte sie bewusstlos geschlagen, bevor man ihn von ihr herunterziehen konnte. Er war zu jung gewesen, um vor Gericht gestellt zu werden, aber seine Zeit in der Einrichtung war vorbei. Noch in derselben Nacht brachte man ihn fort, und seine Odyssee begann.

Die nächsten zwei Tage verließ er nicht das Haus, trank aus dem Wasserhahn und aß die Reste einer Fertigpizza, während die Erkenntnis in ihm reifte. Sie. Sie war der Schatten aus der Vergangenheit, der ihn niederdrückte. Über sie führte sein Weg zum Glück. In diesem Bewusstsein traf er eine Entscheidung, und zum ersten Mal seit Georges Tod fühlte er den Willen, sein Leben in die Hand zu nehmen.

Er würde sie vernichten.

79

Auf dem Weg nach draußen rief Alexis bei Karen an und erkundigte sich nach Louise.

»Nichts Neues. Die Meldung wurde aufgenommen und uns versichert, dass man sich darum kümmert. Was auch immer das bedeuten soll.«

»Ich habe Oliver um Hilfe gebeten. Er wird nach ihr suchen und die anderen ebenfalls einspannen.«

»Du glaubst, dass der Killer sie hat«, sagte Karen leise.

Alexis wusste nicht, was sie antworten sollte, fühlte sich schuldig. »Nein, aber ich will nichts unversucht lassen.«

Zu Hause angekommen, kontrollierte sie alle Fenster und Türen, vergewisserte sich, dass niemand in einem

Schrank oder unter dem Bett lauerte, bevor sie ein Feuer im Kamin entzündete. Sie kam sich paranoid vor, aber erst nach den Vorsichtsmaßnahmen fühlte sie sich halbwegs sicher. Bei Karen zu bleiben war keine Option. Noch mochte sie ihr nicht die Schuld an Louises Verschwinden geben, aber es war nur eine Frage der Zeit, und Alexis fraßen die Schuldgefühle auf. Sie musste Louise finden, bevor sie ihre einzig verbliebene Freundin verlor.

Sie nahm die Ausgabe vom *Mannheimer Tageblatt,* die in ihrem Briefkasten gesteckt hatte, und pfefferte sie in eine Ecke. Am liebsten hätte sie das Machwerk im Kamin verfeuert. Dreckskerl, dachte sie. Auch wenn sie ihren Teil dazu beigetragen hatte, dass Erik sauer auf sie war – das ging zu weit. Sie setzte sich mit einem Glas Leitungswasser auf die Couch – von ihren anderen Lebensmitteln wagte sie nicht zu kosten – und ließ die letzten Tage in Gedanken vorbeiziehen. In Frankreich hatte sie noch geglaubt, endlich das Detail entdeckt zu haben, das ununterbrochen an ihrem Unterbewusstsein nagte, aber nun wurde ihr klar, dass da etwas anderes war. Sie übersah einen wichtigen Fakt.

Sie ging in ihr Arbeitszimmer, klebte einige Blätter Papier zusammen, schnappte sich ein halbes Dutzend bunter Stifte und kehrte ins Wohnzimmer zurück, um eine Mindmap zu erstellen. Vielleicht würde sie so endlich auf dieses eine Detail stoßen, das ihr bisher entging. Etwas, dass alles wie ein fehlendes Puzzlestück zusammenführen würde. Als sie aufsah, schrie sie vor Schreck auf. Die Stifte fielen klappernd zu Boden.

Da war sie wieder. Vor ihrem Fenster.

Die Tote mit der Nagelkrone.

Sie verzog das Gesicht zu einem höhnischen Lächeln,

neigte den Kopf in einer gespenstischen Bewegung zur Seite.

Alexis zitterte am ganzen Körper, der Atem ging stoßweise. Es waren nur wenige Schritte bis zur Küche, wo sie sich wieder das Küchenmesser mit der langen Klinge griff. So bewaffnet schlich sie zurück ins Wohnzimmer, sah aber nur noch einen weißen Schemen im Dunkeln verschwinden. Das Wesen lief zur Haustür!

»Scheiße«, fluchte sie, rannte ebenfalls zur Tür und spähte durch das seitliche Fenster. Da war niemand. Tür öffnen. Tür nicht öffnen. Tür öffnen, ging es ihr durch den Kopf. Was sollte sie nur tun? Nach Hilfe rufen? Sie sah erneut durch das Fenster. Nur ihr Vorgarten und in einiger Entfernung die Straßenlaterne. Sie überprüfte die Eingangstür, rüttelte leicht am Griff. Verschlossen. Was war mit der Terrassentür? Sie schrie auf, als ihr Handy auf dem Schuhschrank klingelte.

Die Umgebung im Auge behaltend, nahm sie ab. »Oliver«, flüsterte sie. »Ich glaube, jemand ist im Haus. Leg nicht auf.« Es war gut zu wissen, dass Oliver mitverfolgte, was auch immer hier vor sich ging. Sie steckte ihren Autoschlüssel ein, lief den Gang entlang, checkte die Gästetoilette. Da war niemand. Sich links und rechts vergewissernd, dass keiner da war, das Handy in der einen, das Messer in der anderen Hand, schlich sie ins Wohnzimmer und auf die Terrassentür zu. Unverschlossen. Gleichzeitig glaubte sie, im spiegelnden Glas eine Bewegung in ihrem Rücken auszumachen. Nur eine kure Reflexion, ein Schemen an der Glasfront. »Oliver«, flüsterte sie. Hoffte, dass er noch dran war. »Ich komme gleich zu dir.« Das Haus war der kürzeste Weg zum Auto und hell erleuchtet, also lief sie los.

Als sie in den Flur kam, sah sie auf der Eingangstür in roter Farbe: *Stirb, Bienchen.* Reflexartig drehte sie sich um und schrie auf, als sie hinter der Ecke zur Küche die Fratze mit der Nagelkrone sah, die sich wie in Zeitlupe vorschob. Blutige Tränen liefen über das von blonden Locken umrahmte Gesicht. Was auch immer das war, nur mit einem Messer bewaffnet hatte sie keine Chance. Sie stürmte zur Haustür, riss sie auf und rannte, ohne sich umzudrehen, zu ihrem Auto. Spitze Steinchen bohrten sich in ihre bloßen Füße, und die kalte Nachtluft prickelte auf ihrer Haut.

Aus den Augenwinkeln registrierte sie, dass vor dem Haus ihrer toten Nachbarin ein Auto stand, maß dem aber keine weitere Beachtung bei. Sie wollte nur weg, zu Oliver oder jemand anderem, dem sie vertraute.

Kaum saß sie in ihrem Auto, verriegelte sie es von innen und startete mit zitternden Händen den Motor. Das Messer lag in ihrem Schoß. Sie dankte allen Göttern, als der MiTo sofort ansprang und sie mit Vollgas um die Ecke fuhr. Kurz erwog sie, bei Fi zu halten, aber damit würde sie ihn in Gefahr bringen. Oliver war die bessere Wahl. Er hatte eine Waffe.

Die Straße, die zu ihrem Partner führte, war einsam, verlief mitten durch den Wald. Nur alle paar Minuten tauchte ein anderes Auto auf, huschte als leuchtender Schemen an ihr vorbei. Kurz bevor sie aus dem Wald heraus und auf den Feldern war, riss ihr Lenkrad wie von eigenem Willen besessen nach rechts. Sie kämpfte dagegen, aber es fühlte sich an wie festzementiert. Sie trat auf die Bremse, aber auch diese reagierte nicht. Split spritzte, als sie die Straße verließ. Panisch spähte sie in die Dunkelheit. Es war schwierig, etwas zu erkennen, aber zumindest sah sie keine Bäume vor sich. Sie versuchte, die Tür zu öffnen, um sich herauszuwerfen, aber die Verriegelung ließ sich nicht öffnen. Plötzlich gab das Lenkrad nach, und auch Bremse und Gaspedal gehorchten ihren Befehlen. Schlitternd brachte sie das Auto zum Stehen. Ihr Herzschlag pochte in ihren Ohren. Sie registrierte, dass sie sich auf einem kleinen Waldparkplatz, gut verborgen zwischen hohen Tannen, befand. Kaum hatte sie sich gefasst und wollte so schnell wie möglich von diesem Ort verschwinden, da ging der Motor aus. »Mist, Mist, Mist«, fluchte sie, schlug gegen das Lenkrad, während sie erfolglos versuchte, den Wagen erneut zu starten. Ihr Gesicht war nass von unbemerkten Tränen der Wut und der Verzweiflung. Sie griff nach ihrem Messer und stieg aus. Fieberhaft überlegte sie, ob sie noch etwas anderes im Fahrzeug hatte, das sie als Waffe benutzen konnte, oder eine Taschenlampe, aber da war nichts.

Ihre nackten Füße brannten vor Kälte, der schwere Geruch von Tannennadeln lag in der spätherbstlichen Luft.

Sie glaubte in der Ferne ein Auto zu hören, machte sich schon bereit, zur Straße zu rennen, als sie ein Knacken hörte und ein weißer Schemen von Baum zu Baum huschte. Renn weg, mahnte ihre innere Stimme, aber wie von Geisterhand gezogen näherte sie sich dem Baum, hinter dem die Gestalt verschwunden war. Sie war nur noch wenige Meter entfernt, da schob sich die Fratze hervor.

»Das ist nur ein Mensch mit einer Maske«, hauchte sie, aber das Wissen darum konnte ihr die urwüchsige Angst, die sie durchflutete, nicht nehmen. Sie konnte kaum das Messer festhalten, so sehr zitterte sie. Wie oft war sie seit ihrer Kindheit nachts schreiend aufgewacht, nachdem sie ein Gesicht mit toten Augen und einer Eisennagelkrone in ihren Träumen heimgesucht hatte? Nun stand sie dem leibhaftig gewordenen Albtraum gegenüber.

Denk logisch, ermahnte sie sich. Du hast alle Fakten, also wer verbirgt sich hinter der Maske? Ihre Gedanken liefen auf Hochtouren. Was war das fehlende Puzzleteil, das Detail, das an ihrem Unterbewusstsein nagte?

80

Das Wesen legte den Kopf schief.

»Hör auf mit den Spielchen«, sagte sie mit überraschend ruhiger Stimme. Trotz der Dunkelheit sah sie die Gestalt das erste Mal in voller Größe, konnte sie in Ruhe betrachten. Sie erkannte deutlich, dass es sich um einen Mann handelte, der sich in einem weiten Hemd verbarg. Kräftige Arme blitzten an einer Stelle hervor, an der der Ärmel hochgerutscht war. Das Gesicht wirkte echt. Er musste eine hochwertige Maske tragen, die seine männlichen Züge verbarg und einem der Opfer ihrer Eltern verblüffend ähnlich sah. Aber er war offensichtlich gut vorbereitet, denn nun zielte er mit einer Glock 17 direkt auf ihre Brust. Mit einer Geste bedeutete er ihr, das Messer fallen zu lassen.

Sie folgte seiner Aufforderung, merkte sich aber die Stelle, an der die Klinge im Mondlicht reflektierte.

Mit einer routinierten Handbewegung zog er die Maske ab.

»Erik«, sagte sie leise.

Sein Gesicht mochte auf der einen Seite vertraut sein, auf der anderen entstellte ein so unsäglicher Hass sein Gesicht, dass es beinahe unmenschlich wirkte.

Es erklärte alles. Sie hatte ihm vertraut und ihm zwar nicht von ihren leiblichen Eltern, aber von der Adoption erzählt, von Kaspars Forschung. Daher hatte er sie so schnell in einem Artikel bloßstellen können. Für ihn wäre es auch ein Leichtes gewesen, ihren Schlüssel nachzumachen, er kannte ihre Gewohnheiten. Was sie nur nicht verstand, war das Warum.

»Ich ahnte, dass du mir früher oder später auf die Schliche kommen würdest, deshalb musste ich das Tempo anziehen.« Er zuckte mit den Schultern. »Ich hätte gerne weitergespielt, aber nun ist die Zeit wohl gekommen, es zu beenden.«

»Sag mir nur eins«, sagte Alexis ruhig. »Warum?«

Er lachte höhnisch. »Überschätze dich nicht.« Er spuckte aus, ging langsam auf sie zu. »Die ganzen Keine-Bewegung-sonst-erschieße-ich-dich-Formalitäten können wir uns wohl sparen. Du bist schließlich Profi. Etwas, das mich sehr gefreut hat, als ich es herausfand. Zumindest eine Herausforderung und eine viel größere Genugtuung, dich zu vernichten.«

»Und wenn ich mich an deine Spielregeln halte, lässt du mich am Leben?«, spottete sie, doch ein Zittern schwang in ihrer Stimme mit.

»Willst du das Risiko eingehen?«

Unweigerlich verkrampfte sich alles in Alexis. »Was willst du von mir?«

Er schüttelte den Kopf. »Du hast wirklich keine Ahnung, wer ich bin.«

»Erik, der Journalist, der es nicht wegstecken kann, von einer Frau zurückgewiesen zu werden?«

Er ging nicht auf ihre Spitze ein. »Denk mal scharf nach. London vor fünfundzwanzig Jahren. Das Waisenhaus? Die Gänseblümchen, die du noch immer getrocknet in Jules Vernes Reise um die Erde in achtzig Tagen aufbewahrst.«

»Das warst du?«, entfuhr es Alexis. »Ich verstehe nicht. Wir waren Freunde. Du hast mir die Kraft gegeben, nicht aufzugeben. Ich habe oft an dich gedacht.«

»Was für eine Ironie, nicht wahr?« Die Wut, die in seinen Augen aufloderte, der Schmerz, der seine Miene verzerrte, ließen sie zurückprallen. »Hätte ich gewusst, wer du bist, hätte ich dich schon damals getötet. Mein wahrer Name ist Finn Thompson.«

Sie taumelte im Schock. Jane Thompson war das letzte Opfer ihrer Eltern gewesen.

»Genau, die wunderbaren Behörden haben dafür gesorgt, dass ich der Brut der Leute helfe, die mir meine Mutter genommen haben. Ich hörte sie schreien und wimmern, während deine Eltern sie quälten.«

Alexis hatte wirklich ab und an an den Jungen gedacht, sich gefragt, was aus ihm geworden war, sogar einmal eine Anfrage nach seinen Kontaktdaten gestellt, die aber aus Gründen des Datenschutzes abgelehnt worden war. Nie hätte sie sich vorstellen können, was aus ihm geworden war. Wie passte dieser von Hass zerfressene Mensch zu dem Jungen, der sich im Waisenhaus um sie gekümmert hatte? Warum hörte sie keinen Akzent, der seine Herkunft aus England verriet? War er es wirklich?

Sie sah ihm in die Augen und wusste, dass er die Wahrheit sprach. Niemand sonst konnte all das wissen. Niemand sonst hatte einen Grund, sie dermaßen zu hassen.

»Dieser Fehler ist unverzeihlich«, sagte sie ruhig. »Aber du kannst mich nicht für die Taten meiner Eltern verantwortlich machen. Wir waren beide Kinder, denen das Schicksal übel mitgespielt hat.«

»Du bist ein Monster«, schrie er unvermittelt und entblößte einen Teil des Wahnsinns, der in ihm brodelte.

Mit Schaudern dachte Alexis daran, dass sie das Bett mit ihm geteilt hatte.

»Ich kenne die Wahrheit! Du kannst dich nicht verstellen. Wie sehr es mich angewidert hat, dich zu berühren, deine fauligen Lippen auf meinen zu spüren.« Er musste ihre Unsicherheit bemerkt haben. »Siehst du, ich tue der Welt nur einen Gefallen, wenn ich sie von dir befreie.«

»Was ist mit den anderen Frauen? Warum hast du sie ermordet? Sie hatten nichts mit dem Unrecht zu tun, das dir zugefügt wurde.«

»Damit auch die anderen Menschen erkennen, was für eine abscheuliche Kreatur du bist. Opfer müssen immer gebracht werden.«

»Dann hast du das alles nur getan, um mich zu vernichten. Warum erst jetzt?«

»Ich wusste nicht, was aus dir wurde. Du warst plötzlich einfach weg.«

Das Bild eines mageren Jungen in einem viel zu großen Bett tauchte vor Alexis' Augen auf. Am Tag ihrer Adoption hatte man sie am frühen Morgen abgeholt und ihr kaum Zeit für eine Verabschiedung gelassen. Sie hatte nur kurz zu dem Jungen, den sie als Finn kennengelernt hatte, huschen können, um ihn ein letztes Mal zu umarmen.

Alexis traten die Tränen in die Augen. Er hatte so verloren gewirkt, fast ebenso weiß wie die Laken. Jetzt war der Junge zum Mann geworden, und aus Zuneigung war Hass geworden. »Wann hast du erfahren, wer ich bin?«

»Als du weg warst, kamen die ersten Gerüchte auf. Zuerst nur, dass deine Eltern von der Polizei getötet wurden, dann dass sie Mörder waren. Da wurde mir alles klar. Deine Eltern rauben mir meine Familie, dann kommst du, wirst zu meiner einzigen Freundin, nur um wortlos zu verschwinden. Ein bösartiger Plan, um mir auch das letzte Vertrauen in Menschen zu nehmen.«

»Das wollte ich nicht«, sagte sie leise.

Er lachte trocken. »Irgendwann fand ich heraus, wer du bist. Zuerst wollte ich ins nächste Flugzeug steigen und dich ebenso auslöschen, wie deine Eltern es mit meiner Mutter gemacht haben.«

Bei diesen Worten zuckte Alexis zusammen.

»Ich hasse dich«, brüllte er. »Ich hasse dich mit jeder Faser meines verfluchten Seins. Ich habe an mich halten müssen, um nicht zu kotzen, wann immer ich in deiner Nähe war. Ich habe mir vorgestellt, dich zu töten, dir die Augen auszustechen.« Er keuchte. »Meine Mutter glaubte an das Gute in der Welt, an Gerechtigkeit, doch die bekommt man nur, wenn man sie sich selbst holt. Die Brut des Bösen wird für ihre Abstammung belohnt, während ich mein ganzes Leben im Elend verbracht habe.«

»Erik, ich hatte keine Ahnung. Es tut …«

»Halt's Maul!«, schrie er, fasste sich jedoch schnell wieder. Sein Blick war unstet, versuchte sie zu fixieren, wanderte aber gleichzeitig wieder in die Vergangenheit zurück. »Ich brauche dein Mitleid nicht. Ich habe gelernt zu überleben, zu einem von denen zu werden, die bekommen, was sie wollen. Ich habe alles getan, um in deine Nähe zu gelangen, mein Dasein deiner Zerstörung gewidmet. Sprachschule, um mein Deutsch zu perfektionieren, Fernstudium des Journalismus und ein gefälschter Lebenslauf.« Er bleckte die Zähne in einem höhnischen Lächeln. »Du hast nicht gemerkt, wie ich mich in dein Leben geschlichen habe. Ich kenne deine Schwachstellen, weiß, welche Albträume dich nachts heimsuchen.«

»Und nun willst du mich einfach töten? Wenn du mich erschießt, weiß doch jeder, dass ich unschuldig bin.«

»Nicht, wenn es wie ein Unfall aussieht. Ich habe dein Gespräch mit Oliver gehört. Er wird bezeugen, dass du völlig aufgelöst warst, und damit ist erklärt, warum du gegen einen Baum gerast bist. Dein Auto fängt Feuer, sodass von deinem Körper nicht genug für eine Autopsie übrig sein wird. Dank der Wunder der Technik konnte ich mich ja bereits in dein Auto hacken – da ist es ein Leichtes, es beschleunigen zu lassen und gegen einen Baum zu steuern. Selbst wenn Zweifel bleiben – ich werde mit meinen Artikeln sicherstellen, dass die Öffentlichkeit dich als das Monster sieht, das du bist.«

Ein Schauer lief Alexis den Rücken hinunter, als sie erkannte, wie genau er alles geplant hatte und wie hoch die Wahrscheinlichkeit war, dass er damit durchkam. Ihr Adoptivvater würde nur die Ergebnisse seiner Forschungen bestätigt sehen, und Milbrecht würde ihr keine Träne hinterherweinen. Was war mit Oliver und Karen? Würden sie sich den Rest ihres Lebens fragen, ob ihre Menschenkenntnisse versagt hatten?

In dem Moment hörten sie, wie sich ein Auto näherte. »Denk nicht mal dran«, zischte Erik. »Ab zwischen die Bäume, pass auf, dass ich dich sehen kann.« Mit einem kräftigen Ruck riss er sich das weite Hemd vom Leib. Darunter kamen dunkle Jeans und ein schwarzes Shirt zum Vorschein. Sie sah, wie sich seine kräftigen Armmuskeln anspannten. Wie oft hatte sie nachts in diesen Armen gelegen, hatte sich in seiner Umarmung geborgen gefühlt? Unwillkürlich schüttelte sie sich, fühlte sich beschmutzt. Er hatte sie gesehen, wenn sie am schwächsten war, weinend und zitternd von den nächtlichen Albträumen.

Sie überlegte, sich auf die Straße zu stürzen, sobald das Auto vorbeifuhr, nur um den Gedanken gleich wieder zu verwerfen. Falls sie dabei nicht umkam, würde sie einen Unschuldigen in Gefahr bringen. Und dann war da noch Louise. Durfte sie auf sein Wort vertrauen, dass er sie am Leben lassen würde?

Sie musste ihm nahe kommen, ihn irgendwie aus der Fassung bringen, damit sie ihn überwältigen konnte. Das Auto rauschte vorbei, die Scheinwerfer zuckten über sie hinweg. »Mach dir keine Hoffnung, du wirst heute Nacht sterben. Wenn du dich nicht wehrst, wird es schnell gehen. Geh zu deiner Karre, aber langsam.«

Sie wusste, dass ihr nicht mehr viel Zeit blieb. Wenn sie nur nahe genug an das Heck des Autos käme, könnte sie sich dahinter werfen und Deckung suchen, aber Erik war nicht dumm. Er dirigierte sie zur Fahrertür und ließ sie in einigen Metern Abstand halten. Alexis hielt Ausschau nach etwas, das sich als Waffe benutzen ließe, aber so weit sie in der Dunkelheit erkennen konnte, lag nichts Brauchbares in der Nähe. Keine zersplitterte Glasflasche, kein Radkreuz oder Spritzen, und ihr Messer musste weit weg am Waldrand liegen.

»Dreh dich um.«

Sie standen sich nun gegenüber, und er musterte sie mit Genugtuung. »Ich habe mir diesen Moment oft ausgemalt, aber nie gedacht, dass er so großartig sein würde. Grüß deine Eltern in der Hölle.«

Er hob den Arm, sein Mund zuckte.

»Keinen Schritt weiter«, donnerte eine Stimme durch den Wald. Oliver!

Sie fackelte nicht lange. Während Erik sich nach der neuen Bedrohung umsah, warf sie sich unter das Auto und krabbelte auf die andere Seite, so weit weg von ihm, wie es nur ging. Sie tastete nach einem großen Stein, fand einen und umschloss ihn mit verzweifelt festem Griff. Dann erst sah sie sich um. In der Einmündung von der Straße sah sie zwei Beine. Das musste Oliver sein. »Er weiß, wo Louise ist«, rief sie. »Sie lebt!« Sie kauerte sich neben das Auto, sodass sie ihren Partner sehen konnte und gleichzeitig Deckung vor dem Mann fand, den sie einst ihren Freund Finn genannt hatte.

»Komm zu mir«, rief Oliver, die Waffe auf Erik gerichtet.

Langsam richtete sich Alexis auf. »Sei vorsichtig. Er ist unsere einzige Spur zu Louise.«

»Wenn du auch nur einen Schritt gehst, knalle ich dich ab. Ich fürchte den Tod nicht.«

Der Lauf von Eriks Pistole fuhr zu ihr herum.

»So muss es nicht enden«, sagte Oliver, während er auf ihn zuging. »Man kann dir helfen.«

»Es gibt nur eines, was mir helfen kann«, erwiderte er.

Alexis sah erneut den Wahnsinn, den Hass in seinen Augen. »Deckung«, rief sie und hechtete zum Heck, aber Oliver reagierte nicht schnell genug. So löste sich sein Schuss den Bruchteil einer Sekunde zu spät und verfehlte sein Ziel, während Eriks Waffe zu ihm schwenkte. Er drückte ab, warf sich zugleich auf die Seite.

Alexis sah, wie Oliver von dem Einschlag der Kugel zurückgeworfen wurde, seine Beine nachgaben und er zusammensackte. »Nein«, schrie sie, während sie gleichzeitig versuchte, Erik zu orten. Den Stein hielt sie noch immer umklammert. Er war direkt vor ihr und richtete sich gerade vom Boden auf. Mit einem Aufschrei stürzte sie zu ihm, schleuderte den Stein gegen seinen Kopf, aber er war zu schnell. Zwar traf ihn das Geschoss an der Schläfe, sodass er den Schuss verriss, dennoch spürte sie ein heftiges Brennen am Arm, als die Kugel sie streifte und ein dickes Stück Fleisch herausriss. Sie ließ sich nicht aufhalten. Sie wusste, dass es ihre einzige Chance war. Und Olivers. Und Louises.

Also ignorierte sie das Stechen, warf sich auf ihn und riss ihn zu Boden. Sie keuchte auf, rollte zur Seite. Während er versuchte aufzustehen, gelang es ihr, seine Waffe mit beiden Händen zu umklammern. Er trat nach ihr, traf sie, aber sie ließ nicht los. Mit aller Kraft warf sie sich nach hinten, sah, wie sich seine Finger von der Pistole lösten.

Als sie aufprallte, war ihr ganzer Körper eine einzige Sinfonie der Schmerzen, ihr Arm brannte, als drücke jemand Zigaretten in ihrem Inneren aus. Doch sie hielt die Pistole in den Händen. »Keine Bewegung«, zischte sie.

Er lachte auf und machte einen Schritt auf sie zu.

»Ich meine es ernst. Keinen Schritt weiter oder ich schieße.«

»Dazu fehlt dir der Mut. Du willst dir selbst nicht eingestehen, dass du ebenso ein Monster bist wie deine Eltern.«

»Wer hat denn die Frauen ermordet? Du oder ich?«

Ein weiterer Schritt. Schieß ihm ins Knie, mach ihn bewegungsunfähig, mahnte eine innere Stimme.

»Dein Kumpel blutet wie ein Schwein. Du solltest dich beeilen.« Erik grinste höhnisch. »Was auch immer du tust, du hast verloren. Wen willst du nun retten? Deinen Partner oder die süße Louise?«

Eine zuvor noch nie gekannte Wut stieg in ihr auf. Oliver, der womöglich tot am Boden lag, Britta und all die anderen Frauen, Aaron, die Dinge, die er ihr angetan hatte. Sie hatte nie für möglich gehalten, dass sie einen Menschen so sehr hassen könnte. Der Schmerz benebelte ihre Sinne, sie hatte Angst, das Bewusstsein zu verlieren. Angeschossen oder nicht. Er kannte keine Grenzen, sein Lebensinhalt bestand aus dem Wunsch, sie zu vernichten. Also tat sie etwas, das sie für den Rest ihres Lebens bereuen würde. Sie sah ihm tief in die Augen und drückte ab. Einmal, zweimal.

Später sagte man ihr, dass sie vier Schüsse auf ihn abgefeuert hatte. Bereits der erste war tödlich.

Seine große Gestalt sackte vor ihr zusammen, Überraschung auf dem Gesicht. »Monster«, hauchte er.

Sie rannte zu ihm, überprüfte seinen Puls. Nichts. Trotzdem hielt sie ihre Waffe auf ihn gerichtet, während sie das Handy aus dem Auto holte und den Notruf wählte. Erst dann ging sie zu Oliver. Sie schluchzte erleichtert auf, als sie feststellte, dass er noch lebte. Ein glatter Durchschuss in der Schulter. Sein T-Shirt war von Blut durchnässt. Sie versuchte, die Blutung zu stoppen, so gut es ging. Die Minuten, die sie warten mussten, bis Hilfe eintraf, verschmolzen zu einer Ewigkeit für sie. Schuldgefühle, Angst und Erleichterung wechselten sich ab, und später wusste sie kaum noch, was die nächsten Stunden geschah.

81

Sie sah durch die Glasscheibe, hörte das gedämpfte Piepsen der Geräte, roch die Desinfektionsmittel, die den Geruch nach Tod und Krankheit zu überdecken versuchten, spürte die Schmerzen in ihrem eigenen geschundenen Körper und nahm es doch nicht wirklich wahr. Fakt war, dass sie Angst hatte. Angst, in den Raum zu gehen. Angst, sich Oliver zu stellen.

Er war operiert worden, und sie hatte sich geweigert, das Krankenhaus zu verlassen, bevor sie nicht wusste, dass er über den Berg war. Die Verletzung war nicht schwer, aber er hatte viel Blut verloren. Mit Grauen dachte sie an die langen Minuten, die sie auf den Krankenwagen gewartet hatte, Eriks Leiche nur wenige Meter von ihr entfernt. Neues Futter für ihre Albträume.

Bauwart war zusammen mit Landeaux in ihr Haus gefahren, um ihr ein paar frische Sachen zu holen. Die Spurensicherung war inzwischen fertig, aber sie verspürte kein Bedürfnis, in ihr Haus zurückzukehren, fragte sich, ob sie sich dort jemals wieder wohlfühlen könnte.

Vor zwei Stunden war er das erste Mal zu Bewusstsein gekommen, doch sie hatte es nicht gewagt, zu ihm zu gehen. Nun schlug er die Augen erneut auf, starrte einige Momente orientierungslos an die Decke, bevor er sie entdeckte und zu sich winkte. Nun gab es kein Zurück.

»Wie geht es dir?«, fragte sie unbeholfen und schloss die Tür hinter sich.

»So beschissen, wie du aussiehst«, antwortete er mit einem Lächeln auf den Lippen.

Sie setzte sich zu ihm, legte die Zeitschriften, die sie für ihn besorgt hatte, auf das Nachtschränkchen. Zum Glück lag er alleine in dem Zimmer. »Kann ich dir irgendwas bringen?«

»Morphium, massenweise.« Er versuchte, sich aufzurichten, verzog schmerzhaft das Gesicht.

»Warte.« Sie half ihm, höher zu rutschen, schüttelte sein Kissen auf.

Er stöhnte leise, griff reflexartig nach der Schusswunde, nur um zusammenzuzucken und seine Hand wieder zurückzuziehen. »Du hast einen beschissenen Männergeschmack. Weiß man, warum er es getan hat?«

Alexis fasste kurz zusammen, was sie wusste. Dolce hatte eine genaue Überprüfung veranlasst, um seinen Weg in den letzten Jahren zu verfolgen. Alexis war bereits im Krankenwagen von ihr persönlich vernommen worden. Eine weitere Untersuchung würde durch die Interne Ermittlung erfolgen. Man wusste inzwischen, dass Erik eine neue Identität angenommen hatte und dabei sehr gründlich vorgegangen war. Zuerst ein Sprachtraining, Onlinekurse in Journalismus und eine Menge gefälschter Dokumente, wie Ausweispapiere, Studienabschluss und Führerschein. Sein Ziel war es gewesen, sie in den Wahnsinn zu treiben, indem er sie denken lassen wollte, die Morde selbst begangen zu haben. So wollte er sie vernichten. Laut Dr. Norden sollte sie die Strafe verbüßen, die ihren Eltern nie zuteilgeworden war. Als sein Plan zu scheitern drohte und Alexis begann, die Ereignisse zu hinterfragen, beschloss er, sie zu töten.

Man fand bei ihm eine Reihe verschiedener Drogen, die sämtliche Symptome erklärten, die Alexis erlebt hatte. Angefangen bei Gedächtnisaussetzern bis hin zu den Halluzinationen. Manche machten einen sogar für Einflüsterungen empfänglich. Vermutlich hatte er sie durch seine

Kontakte in der jugendlichen Drogenszene erhalten, über die er einen Artikel geschrieben hatte. Ebenso wie die Software, um sich in die Steuerung von Autos zu hacken.

Alexis' Haus wurde ebenfalls gründlich durchsucht, ihre Lebensmittel an ein Labor geschickt. Es bestand kein Zweifel, dass man in ihnen die entsprechenden Drogen nachweisen würde, aber die Formalitäten mussten erledigt werden.

Was Alexis allerdings am meisten schockierte, war die Tatsache, dass man eine Reihe von winzigen Wanzen in ihrem Wohnzimmer, der Küche, im Schlafzimmer und sogar im Bad entdeckte. Der entsprechende Empfänger befand sich verborgen am Waldrand, wo Erik unbemerkt Zugriff auf ihn gehabt hatte. Sie blieb bei Oliver, bis er müde wurde. Seine Tochter wusste nichts von seiner Verletzung. Eine der wenigen Gelegenheiten, wo er sich mit Fiona einig war. Lene würde ihn erst sehen, wenn es ihm besser ging.

Im Wartebereich kamen ihr Volkers, Bauwart und Landeaux entgegen. Trotz ihrer Erschöpfung beantwortete sie deren Fragen so gut es ging, dann zog sie sich zurück.

Sie versuchte erneut, Karen zu erreichen.

»Du hast sie getötet!« Noch immer hallten ihr Karens Worte durch den Kopf. Ihr letztes Gespräch hatte im Streit geendet, nachdem sie ihr gestanden hatte, Erik erschossen zu haben. Ihre einzige Spur zu Louise. Ihre Freundin würde ihr niemals verzeihen, wenn sie ihre Schwester nicht mehr lebend fanden. Alexis war sich nicht sicher, ob sie sich selbst jemals würde verzeihen können. Landeaux hatte sich bemüht, sie zu beschwichtigen, doch er wusste nicht alles. Hatte keine Ahnung, dass sie eine andere Wahl gehabt hatte. Dass Eriks Tod nur ihrer Angst, ihrem Hass zuzuschreiben war. Kaspar hatte doch recht: Das *kill:gen* machte sie zu einem Monster, und Louise war ihr erstes Opfer.

Schließlich ließ sie sich von Landeaux überreden, sich nach Hause bringen zu lassen. Die Spurensicherung war fertig, und sie durfte es wieder betreten. Der Himmel wandelte sich von nächtlichem Schwarz in das trostlose Grau eines verregneten Tages. »Soll ich bei Ihnen bleiben?«, fragte Landeaux, als sie auf ihrer Auffahrt hielten.

Sie zögerte, überlegte, ob sie nicht in ein Hotel flüchten sollte, doch stattdessen öffnete sie die Autotür. »Danke, aber ich brauche einfach nur Schlaf.«

»Sicher, dass Sie hier sein wollen? Sie können auch gerne mein Hotelzimmer haben. Ich bin den Tag über ohnehin nicht da.«

»Ich denke, es ist wie mit dem Reiten. Man muss so schnell wie möglich wieder in den Sattel.«

Er nickte, stieg aus und brachte sie zur Haustür. »Danke«, sagte er leise.

»Wofür?«

»Dass Sie mir geholfen haben, den Fall zum Abschluss zu bringen. Er hat mich so lange verfolgt, nun kann ich endlich meinen Frieden damit machen.« Er fasste sie sanft unter dem Kinn und zwang sie, ihn anzusehen. »Ich werde weiter nach Ihrer Freundin suchen. Versprochen. Ruhen Sie sich aus.«

»Ich versuche es.« Sie umarmte ihn leicht, dann verabschiedete sie sich und ging ins Haus.

Zuerst wanderte sie trotz der Schmerzen unruhig auf und ab, betrachtete die Verwüstung, die Erik und das

Spurensicherungsteam hinterlassen hatten. Ein einziger Scherbenhaufen, ebenso wie ihr Leben.

Sie zog sich eine weiche Stoffhose und einen weiten Pullover an. Nach langem Zögern streifte sie sich schließlich auch ein paar dicke Socken über und setzte sich auf die Couch. Trotz ihres klopfenden Herzens fiel sie innerhalb von Minuten in einen unruhigen Schlaf.

82

Louise war sich nicht sicher, ob es ein gutes Zeichen war, dass ihr Entführer so lange nicht mehr da gewesen war, oder ob sie sich nun erst recht fürchten sollte. Die Drahtschlinge um ihren Hals wurde immer enger, je stärker ihr wundes Fleisch anschwoll. Sie spürte, wie Wundsekret heraussickerte und ihre Haut verkrustete. Anfangs hatten sie die Schmerzen fast in den Wahnsinn getrieben, mittlerweile nahm sie sie kaum noch wahr – wie das Rauschen eines Radios im Hintergrund. Sie dachte an Karen. Lauerte der Killer auch ihr auf? Sie wusste, in wessen Händen sie sich befand. Es war überall in den Medien, und auch dass es immer zwei Freundinnen erwischte, war bekannt. Sie wusste nicht, ob sie hoffen sollte, dass er inzwischen geschnappt worden war und deshalb nicht zurückkam, oder darauf, dass er noch auf freiem Fuß war, dafür jedoch womöglich ihrer Schwester auflauerte.

Sie schrie erneut, auch wenn sie wusste, dass es nichts brachte und sie sich ihre Kräfte lieber sparen sollte, aber sie ertrug die Tatenlosigkeit nicht, und ihr körperlicher

Verfall nahm rapide zu. Wie lange hatte sie nichts mehr gegessen oder getrunken? Wie lange würde sie noch durchhalten, bis sie ohnmächtig wurde und erstickte? Schon jetzt erwischte sie sich ab und an dabei, wie sie eindöste, nur um durch den Schmerz wieder aufgeweckt zu werden.

Diese Stille. Kein Laut drang zu ihr, als wäre sie der letzte Mensch auf Erden, und mit ihrem letzten Atemzug wäre ihre gesamte Rasse ausgelöscht. Eine einzelne Flamme in der Dunkelheit.

83

Als sie das Kommissariat betrat, fragte sich Alexis, ob es an ihr lag, ob sie sich verändert hatte, oder ob es an der Reaktion der Menschen lag. Sie fühlte sich fremd, als würde sie nicht mehr ganz dazugehören. Mit Eriks Tod galt der Fall offiziell als abgeschlossen. Es mussten nur noch Berichte geschrieben und letzte Untersuchungsergebnisse abgeheftet werden. Die Suche nach Louise lief. Doch je mehr Zeit verging, desto geringer wurde die Chance, dass sie noch lebte.

Alexis stieg in den Aufzug, spürte die Blicke der anderen auf ihr, wie sie über die Schwellungen und Verfärbungen in ihrem Gesicht wanderten hinunter zu dem Verband um ihren Arm. Oliver lag noch immer im Krankenhaus, sodass nur Volkers und Bauwart sie in Empfang nahmen. Der Hüne zog sie in eine erstaunlich sanfte Umarmung. »Gute Arbeit«, flüsterte er. »Lass dir nichts anderes einreden.«

Volkers rang sich immerhin ein anerkennendes Lächeln ab, das ihr beinahe die Tränen in die Augen trieb. Sie wusste nicht, ob es die Tatsache war, dass sie ihr trotz allem noch mit Freundlichkeit begegneten, oder die Schuldgefühle, die erneut in ihr aufbrandeten. Anerkennung für einen Mord. Dafür, dass sie einer Freundin die letzte Chance auf Rettung geraubt hatte. In den paar Stunden, in denen sie in der vergangenen Nacht Ruhe gefunden hatte, quälte sie die Frage, was sie tun sollte. Alles gestehen oder es bei der offiziellen Version der Notwehr belassen?

Ihre Chefin erwartete sie zusammen mit Milbrecht in ihrem Büro. »Wie geht es Ihnen?«

»Den Umständen entsprechend.«

Der Staatsanwalt reichte ihr einige Formulare, die sie gemeinsam durchgingen. »Wir brauchen noch Ihre offizielle Aussage. Sind Sie dazu gekommen, sie zu verfassen?«

Ein ziehendes Gefühl breitete sich entlang ihrer Wirbelsäule aus, als versuche jemand, jede Muskelfaser einzeln herauszuziehen. »Ich gebe sie heute Abend ab.« Bis dahin musste sie sich entscheiden, wie es weitergehen sollte.

»Ihre Suspendierung wird die nächsten Tage aufgehoben. Dennoch wird es zu einem Disziplinarverfahren kommen, aber machen Sie sich keine Sorgen«, sagte Dolce. »Sie dürfen Ihre Marke behalten.«

»Danke«, erwiderte Alexis und zwang ein Lächeln auf ihre Lippen.

Milbrecht verabschiedete sich. Alexis wollte sich ihm anschließen, doch Dolce hielt sie zurück. »Nehmen Sie sich ein paar Tage frei. Sie haben einiges durchgemacht.«

Alexis nickte, entgegnete allerdings: »Ich will bei der Suche nach Hellsterns Schwester mithelfen.«

»Sie sind noch immer suspendiert.«

»Sie ist eine Freundin, und ihr läuft die Zeit davon.«

»Wenn sie überhaupt noch lebt.«

»Ohne Oliver und mich ist die Abteilung unterbesetzt. Lassen Sie mich helfen. Da ihr Entführer tot ist, besteht keine Gefahr, dass es Probleme vor Gericht geben wird.«

»Also gut. Landeaux hat angeboten, länger zu bleiben, um uns bei der Suche zu unterstützen. Wenden Sie sich an ihn.«

Wie sie sich in ihm getäuscht hatte, dachte Alexis. Statt eine Bedrohung zu sein, stand er loyal an ihrer Seite. »Danke.« Sie zögerte.

»Sonst noch etwas?«, fragte Dolce.

Scheiß drauf, dachte sie. Geheimnisse hatten ihr bisher nichts als Leid gebracht. »Ich hätte ihn festnehmen können. Er hätte nicht sterben müssen.«

Ihre Chefin setzte sich hinter ihren Schreibtisch und sah sie schweigend an. »Bevor oder nachdem er auf Zagorny geschossen hat?«

»Danach. Es kam zum Kampf, und ich konnte ihm seine Waffe abnehmen. Er kam auf mich zu, aber anstatt ihn bewegungsunfähig zu machen, erschoss ich ihn.«

»Sie machen sich tatsächlich wegen Ihrer Abstammung sorgen«, stellte Dolce fest.

Alexis hob überrascht eine Augenbraue.

»Magnus Hall, Ihr Onkel, hat mir davon erzählt. Ebenso von seinen Anschuldigungen bezüglich des Todes von seinem Sohn. Ich habe ihm gesagt, er solle dahin gehen, wo der Pfeffer wächst. Ich habe selten eine Beamtin gesehen, die so sehr darauf bedacht ist, alles richtig zu machen. Selbst wenn Ihre Herkunft Einfluss haben sollte, so macht es Sie zu einem besseren Menschen, indem es Sie dazu antreibt, stets über Ihre Handlungen nachzudenken. Mehr brauche ich nicht zu wissen.«

Alexis schwieg einige Sekunden und sah Dolce dankbar an. Ihre Worte hatten sie ein wenig beruhigt.

»Trotzdem habe ich ihn getötet.«

»Wie würden Sie über eine Frau urteilen, die wochenlang gestalkt, unter Drogen gesetzt und mit ihren größten Ängsten konfrontiert wurde? Eine Frau, deren Katze getötet, die in ihrem eigenen Haus überfallen und die mit ansehen musste, wie ihr Partner niedergeschossen wurde? Die selbst angeschossen blutend im Dreck lag und schließlich ihren Peiniger erschoss?«

»Ich fühle mich schuldig.«

»Das sollten Sie auch. Aber zerfleischen Sie sich nicht. Ich hätte kaum anders gehandelt. Aus meiner Sicht und der des Präsidiums würde es nichts ändern, wenn Sie Ihre Aussage umformulieren. Erik Link war ein Monster, und er bleibt tot. Sie hätten ihm nicht helfen können. Niemand wird Sie deshalb ins Gefängnis stecken.«

»Und wenn man ihm doch hätte helfen können?«, fragte Alexis leise. »Was meine Eltern seiner Mutter angetan haben, was er mit ansehen musste, war unbeschreiblich grausam. Er hätte als Kind psychologische Hilfe gebraucht und statt mir adoptiert werden sollen.«

»Das waren Entscheidungen, die außerhalb Ihrer Macht lagen. Sie waren selbst ein traumatisiertes Kind. Es wird immer Menschen geben, die durch das System rutschen, die aus irgendeinem Grund mit dem falschen Fuß ins Leben starten, aber daran tragen nicht Sie die Schuld.«

Ihre Worte halfen, sickerten nur langsam in Alexis ein, aber linderten ein wenig die Schuldgefühle.

»Helfen Sie bei der Suche nach Hellsterns Schwester, und schließen Sie mit der Sache ab. Wir brauchen Sie.«

Mit zwiespältigen Gefühlen verabschiedete sich Alexis. Auf der einen Seite war sie froh, dass es keine weitere Untersuchung von Eriks Todesumständen geben würde, auf der anderen nagte die Frage an ihr, ob das richtig war. Statt Schwarz und Weiß war alles plötzlich zu einem Grau verschwommen.

Sie ging zu Bauwart und Volkers, die mit Packen beschäftigt waren und Stapel von Akten in Kisten einräumten. »Wann kommst du zurück?«, fragte Bauwart.

84

»Meine Suspendierung wird aufgehoben, ich werde bei der Suche nach Louise mithelfen.«

Er nickte. »Wir verwenden jede freie Minute darauf, aber man hat uns mit neuen Fällen eingedeckt. Ohne dich und Oliver sind wir aufgeschmissen. Scheiß System.«

»Gibt es Neuigkeiten?«

»Einiges, aber kaum etwas, das uns weiterbringt.« Er deutete auf eine Tafel. »Wir wissen inzwischen, dass sie im Fitnessstudio entführt wurde. Er hat ihr vermutlich etwas in ihr Sportgetränk getan, woraufhin sie wacklig auf den Beinen wurde. Dann gab er sich als ihr Ehemann aus und brachte sie nach draußen. Von da an verliert sich aber ihre Spur – es gibt keine Überwachungskameras vor dem

Studio. Da ihr Auto aber ebenfalls nicht aufzufinden ist, gehen wir davon aus, dass Erik es genommen hat.«

»Das klingt logisch.« Sie presste ihren Kiefer so fest aufeinander, dass es schmerzte. Sie wollte sich nicht ausmalen, wie Louise sich in dem Moment gefühlt haben musste, so hilflos und ausgeliefert. Und da war sie wieder, die Wut.

»Wir versuchen nun einen anderen Ansatz«, fuhr Bauwart fort. »Statt Louises Schritte nachzuverfolgen, konzentrieren wir uns auf Erik. Wir konnten seinen Tagesablauf bis auf ein paar Lücken nachvollziehen. Sein Versteck kann jedenfalls nicht weit von dem Studio entfernt sein, dafür hätte die Zeit nicht gereicht.«

»Also ist sie irgendwo in Mannheim.«

»Wir gehen davon aus, aber ohne eine frische Spur bringt uns das nichts. Das haben wir übrigens an deinem Auto entdeckt.« Er deutete auf ein in eine Beweismitteltüte eingeschweißtes, kastenförmiges Gerät. »Das hat es ihm ermöglicht, sich in die Steuerungssoftware deines Autos zu hacken.«

»Ich fasse nicht, dass das so einfach möglich ist.«

»Er hat das lange geplant. Scheint, als hätte er seine Verbindungen zu der jugendlichen Drogenszene nach der Veröffentlichung seines Artikels aufrechterhalten, um an die Drogen zu kommen. Wer weiß, was sie ihm da alles beigebracht haben.«

»Perfider Drecksack«, murmelte Volkers. »Und für mich ein Grund mehr, mir keine neumodische Karre zu kaufen. Ich steige auf Oldtimer um.«

Mit einem Gefühl der Frustration verließ Alexis das Gebäude. Wie lange mochte ihre Freundin noch durchhalten? Einige Stunden? Einen Tag? Viel mehr konnte es nicht sein. Wenn sie nicht schon tot war.

Man hatte bei Erik gefälschte Pässe und Flugtickets gefunden. Offiziell hatte er sich für eine Recherchereise abgemeldet. Es sah danach aus, als hätte er sich nach Alexis' Tod absetzen und abwarten wollen, ob die Ermittlungen so verliefen wie von ihm geplant, oder ob er als Schuldiger ausgemacht wurde. Dieses Szenario machte es nahezu ausgeschlossen, dass Karens Schwester noch lebte. Niemals hätte er eine Zeugin am Leben gelassen.

Sie drückte die Wahlwiederholung. Sie konnte nicht zählen, wie oft sie bereits bei Karen angerufen hatte, doch sie ging nicht ran. Genauso wenig wie dieses Mal. Es hatte nur ein kurzes Gespräch gegeben, in dem sie ihr vorgeworfen hatte, dass sie Erik getötet und damit ihre Hoffnung, Louise lebend wiederzusehen, vernichtet hatte. Sie sprach ihr zum wiederholten Mal auf den Anrufbeantworter und probierte es im Labor. Es ging aber nur ihre studentische Hilfskraft ran, die sie kühl abwies. Sie musste ihr Zeit geben, aber es fiel schwer.

Ihr Auto befand sich noch bei der Kriminaltechnik, daher nahm sie die Straßenbahn, um sich bei einer Autovermietung einen Mietwagen zu besorgen. Sie musste nicht lange warten, bis die Bahn kam, stieg ein und fand hinten einen freien Platz. Dann rief sie Landeaux an und verabredete sich mit ihm im angrenzenden Café seines Hotels.

Die Geräusche der Fahrt, das Stimmengewirr und die warme Luft im Waggon wirkten eigentümlich beruhigend auf sie. An der nächsten Haltestelle stieg eine offensichtlich hochschwangere Frau ein, sah sich nach einem Platz um, aber alles war besetzt, und niemand bemühte sich, für sie aufzustehen. Alexis schüttelte den Kopf und winkte sie zu sich. »Nehmen Sie meinen Platz.«

Die Frau lächelte dankbar und sank mit einem Seufzen in das Polster. »Sehr freundlich. Ich erwarte Zwillinge, und manchmal frage ich mich, ob meine Füße überhaupt noch in der Lage sind, mich zu tragen.« Sie deutete auf ihre angeschwollenen Knöchel.

Alexis' Lächeln musste selbst auf die Fremde gekünstelt wirken, als sie sich an Louise und ihren Kinderwunsch erinnerte. »Ich wünsche Ihnen alles Gute«, presste sie hervor. In dem Moment traf sie die Erkenntnis mit der Wucht einer Orkanböe. Hastig wandte sie sich ab und holte ihr Smartphone hervor. Sie blätterte durch die Fotos aus Frankreich, die sie sich auf das Handy gezogen hatte. Bei der Aufnahme von Claudette Marous Bad stieß sie einen leisen, aufgeregten Ruf aus. Dort stand ein Medikament, dem sie bisher keine Beachtung geschenkt hatte. Sie öffnete den Internetbrowser und recherchierte.

Sie schlug ihren Kopf gegen die Scheibe. Warum war ihr das nicht vorher aufgefallen?

85

Mit ihrem silbernen Mietwagen fuhr sie zu Landeaux' Hotel, der bereits im Café auf sie wartete. Sie setzte sich zu ihm, lehnte bei einer heraneilenden Bedienung ab, etwas zu bestellen. Sie beabsichtigte nicht, sich lange aufzuhalten. Die Zeit rannte ihr davon.

Landeaux verzichtete auf die üblichen Floskeln, sah sie nur an und nickte ihr zu. »Sie sehen besser aus.«

»Wäre schön, wenn ich mich auch so fühlen würde.«

»Was kann ich für Sie tun?«

»Haben Sie Kopien der Akten?«

»Oben in meinem Zimmer.«

»Kann ich sie sehen? Ich bin da auf etwas gestoßen, muss es aber erst überprüfen.«

»Ich gehe davon aus, dass Sie immer noch suspendiert sind?«

»Ja, aber ich bin auf Dolces Vorschlag hier.«

Er sah sie prüfend an. »Gut, dann kommen Sie mit.« Er leerte seine Tasse, legte ein paar Münzen auf den Tisch und stand auf. Sie gingen durch die kleine, nach Bohnerwachs riechende Lobby zum Aufzug. »Ich gehe davon aus, dass Sie mir nicht sagen wollen, worum es geht.«

»Erst muss ich mir sicher sein. Sonst halten Sie mich für verrückt.«

Er sah sie ausdruckslos an, nur in seinen Augen erkannte sie die Frage, ob er das nicht ohnehin tat.

Sein Zimmer war sehr rustikal, aber gemütlich eingerichtet. Zahlreiche Lampen spendeten ein warmes Licht, und die hellen Vorhänge glichen die Dunkelheit des Holzes aus.

»Sie packen?«, fragte Alexis mit einem Blick auf die geöffneten Koffer auf dem ordentlich gemachten Bett.

»Ich reise spätestens morgen ab, wenn sich nichts Neues ergibt.«

»Geben Sie Louise so einfach auf?«

Landeaux zuckte zusammen.

»Es tut mir leid«, sagte Alexis. »Das hätte ich nicht sagen dürfen.«

»Ich verstehe, dass Sie das Verschwinden Ihrer Freundin mitnimmt, aber ich habe keine andere Wahl. Ich werde in Brüssel erwartet. Falls wir nicht bald eine Spur haben, besteht keine Hoffnung mehr, sie lebend zu finden. Morgen sind es drei Tage ohne Wasser …«

Er vollendete den Satz nicht, sie wusste auch so, was er sagen wollte. Wenn sie überhaupt noch lebte, würde Louise verdursten.

Er ging zum Zimmersafe, öffnete ihn und holte die Akten heraus. »Bitte.« Alexis setzte sich an den kleinen Schreibtisch und blätterte die Akten durch. »Haben Sie etwas Neues herausgefunden?«

»Leider nicht, aber ich stehe in Kontakt mit Bauwart und Volkers. Ich habe mich bei meiner Suche auf eine Verbindung zwischen ihr und Erik Link konzentriert, ohne Erfolg. Ebenso wenig gab es Hinweise in seiner Wohnung. Ich habe auch nach unbewohnten Häusern und Grundstücken auf seinen Namen gesucht, jedoch nichts gefunden. Verwandtschaft hatte er keine, womit auch diese Option ausfällt.«

Schließlich entdeckte sie in den Akten die Information, die sie gesucht hatte. »Ich muss noch einmal mit dem Mann von Romy Ehrich sprechen. Begleiten Sie mich?«

»Nur wenn Sie mir verraten, um was es geht.«

»Bitte, noch etwas Geduld. Ich möchte, dass Sie es selbst hören.«

»Nun gut, aber ich fahre.«

86

Sowohl Ehrich als auch seine Wohnung sahen dieses Mal zwar besser aus als bei ihrem letzten Besuch, aber die Augenringe und tiefen Furchen in seinem Gesicht räumten bei ihr jeden verbliebenen Zweifel an seiner Unschuld aus. Umso mehr zögerte sie, ihm die Fragen zu stellen, wegen der sie hier war. »Wir wissen von der Affäre«, sagte sie, nachdem sie Landeaux vorgestellt und sich im Wohnzimmer einen Stuhl genommen hatte. »Und wir wissen von der Schwangerschaft. Aber erst heute wurde mir klar, dass sie geplant war, auch wenn Sie nicht der Vater sind. Korrigieren Sie mich bitte, falls ich falsch liege.«

Er schwieg.

Sie sah, wie sich seine Finger in das Polster der Couch bohrten. »Sie haben das mit Ihrer Frau geplant, richtig?«

»Was hat das mit dem Mord an ihr zu tun? Ich dachte, Sie haben den Killer getötet?« Er starrte sie feindselig an.

»Wir müssen dennoch einige Dinge aufklären. Für die Akten«, fügte sie hinzu. Die Erklärung mit dem überflüssigen Papierkram funktionierte immer. »Können Sie bitte meine Frage beantworten?«

Ehrichs Gesichtszüge wurden schlaff. Er lehnte sich zurück. »Sie ahnen es vermutlich. Ich bin unfruchtbar. Deshalb konnten Romy und ich auf natürlichem Weg kein Kind zeugen.«

Landeaux hatte bisher mit gerunzelter Stirn zugehört, nun mischte er sich ein. »Deshalb die Affäre? Sie wollte ein Kind von Dr. Kirn? Warum keine künstliche Befruchtung?«

Er zuckte mit den Schultern. »Wissen Sie, was das kostet? Wir haben nicht schlecht verdient, waren aber beide der Ansicht, dass wir das Geld lieber für die Zukunft unseres Babys anlegen.«

»Das war nicht der einzige Grund, oder?«, hakte Alexis nach.

Er deutete auf das Familienfoto, das Alexis schon bei ihrem ersten Besuch aufgefallen war. »Romys Bruder leidet an dem Norrie-Syndrom, eine schreckliche Erbkrankheit. Seit ihre Mutter gestorben ist, hat Romy sich um ihn gekümmert. Er lebt in einer Pflegeeinrichtung. Meine Frau trug das Gen in sich, und somit bestand das Risiko, dass ihr Kind ebenfalls behindert sein würde.«

»Aber dann hätte eine künstliche Befruchtung doch erst recht Sinn gemacht«, wandte Alexis ein.

»Nur wenn man davon ausgeht, dass man auf keinen Fall ein behindertes Kind möchte. Romy liebte ihren Bruder, und von vornherein alles dafür zu tun, kein Kind mit diesem Syndrom zu bekommen, wäre ihr wie Verrat an ihm vorgekommen.«

»War Dr. Kirn damit einverstanden?« Alexis konnte sich das bei dem Biologen mit seiner Einstellung gegenüber der Degeneration der menschlichen Rasse nicht vorstellen.

Ehrichs Schweigen verriet alles.

Landeaux starrte ihn fassungslos an. »Sie wollten ihm ein Kind anhängen?«

»Er sollte nie davon erfahren. Sobald sie schwanger gewesen wäre, hätte sie die Affäre beendet.«

Alexis strich sich die Haare zurück. »Aber er hat es herausgefunden, oder?«

»Das kann ich mir nicht vorstellen. Romy war immer sehr vorsichtig.«

Sie wechselte einen Blick mit Landeaux.

»Warum haben Sie uns das nicht vorher erzählt?«, fragte er.

»Es erschien mir nicht wichtig. Würden Sie jedem auf die Nase binden, dass Sie mit Platzpatronen schießen?« Er presste die Kieferknochen aufeinander. »Es war nicht einfach für mich, aber für sie war ich bereit, das durchzustehen.«

Alexis stand auf und reichte ihm die Hand. Der Mann litt bereits genug. Kein Grund, ihm noch mehr Schmerz zuzufügen, indem sie ihn mit der Wahrheit konfrontierte. Der Plan, den er mit seiner Frau ausgeheckt hatte, war möglicherweise ihr Todesurteil gewesen. »Danke für Ihre Offenheit. Sie haben uns sehr weitergeholfen.« Dann fiel ihr etwas ein. »Wusste ihre Freundin, Bianca Winkler, davon?«

Die Augen des Mannes verengten sich. »Sie hat uns erst auf diese Idee gebracht. Die beiden hatten keine Geheimnisse voreinander.«

Als sie draußen waren, stellte Landeaux sie zur Rede. »Nun schulden Sie mir wirklich eine Erklärung. Warum wollten Sie das alles von dem armen Kerl wissen?«

»Mir ist auf den Fotos Claudette Marous Badezimmer aufgefallen, dass dort ein bestimmtes Medikament steht. Ich habe mir nichts dabei gedacht, aber heute habe ich es überprüft. Man nimmt es, wenn man ein Bluter ist, um die Blutgerinnung zu stimulieren. Es handelt sich dabei um eine Erbkrankheit. Wie wir eben gehört haben, war Romy Ehrich ebenfalls genetisch vorbelastet. Bei Louise wissen wir, dass sie das Gen für die Ahornsirupkrankheit in sich trägt, an der ihr Baby gestorben ist. Ich habe es für die anderen Opferpaare ebenfalls überprüft. Jeweils eine der Frauen war Trägerin eines defekten Gens und ihre

Nachkommen somit gefährdet, an einer Erbkrankheit zu leiden.«

Zuerst war da nur entsetztes Schweigen, dann keuchte Landeaux. »Sie meinen, dass Erik Link es auf Frauen mit kranken Genen abgesehen hatte?«

»Schlimmer. Ich glaube, dass der Täter noch frei herumläuft. Bei den Opferpaaren gab es zwei Ausnahmen – meine Nachbarin und ihre Freundin. Beide waren genetisch gesund, und zumindest von Britta weiß ich mit Sicherheit, dass sie nicht schwanger werden wollte. Zufällig waren sie die Ersten, die mit der Nagelkrone gezeichnet wurden. Ich gehe davon aus, dass nur diese beiden von Erik getötet wurden, um mich in Verruf zu bringen. Die anderen sind einem weiteren Killer zuzuschreiben.«

Landeaux sah sie fassungslos an. »Nehmen wir mal an, dass der Killer es auf Frauen abgesehen hat, die trotz eines Risikos für Erbkrankheiten eigene Kinder bekommen möchten. Warum tötet er dann auch die Freundinnen?«

»Weil sie genau das waren: gute Freundinnen, die sie bei ihrem Vorhaben unterstützt haben.« Alexis trat unruhig von einem Bein aufs andere. Die Diskussion dauerte ihr viel zu lange. »Herr Ehrich hat bestätigt, dass es sogar Bianca Winklers Idee war. Von Karen wissen wir beispielsweise auch, dass sie hinter Louises Plänen stand, wieder ein Kind zu bekommen. Überprüfen Sie es bei den andern Opfern. Ich wette, dass es bei allen zutrifft. Er will die Welt von schlechten Genen säubern. Und von den Menschen, die in diesen keine Gefahr zu sehen scheinen. Die Morde in Frankreich waren der Auslöser. Claudette Marou und er hatten eine Affäre. Sie wird schwanger und weigert sich abzutreiben. Schlimmer noch, sie hat eine Erbkrankheit, die sie auf das Kind übertragen könnte. Ein Frevel in den Augen des Killers. In seiner narzisstischen Weltanschauung hat er perfekte Gene, und sie wagt es, diese zu verunreinigen. Das bringt ihn zum Ausrasten, und er tötet Marou. Vielleicht hat sie ihm gesagt, dass ihre Freundin, Louanne Delère, sie unterstützen wird, selbst wenn das Kind krank auf die Welt kommen sollte. Möglicherweise gibt es in Delères Vergangenheit auch Hinweise darauf, dass sie eine Abtreibungsgegnerin war. Wie auch immer. Er hatte Gefallen am Töten gefunden, und sein Hass auf sie musste befriedigt werden.«

»Dann zog er nach Deutschland und es gelang ihm, seine Triebe unter Kontrolle zu halten«, spann Landeaux den Faden weiter. »Bis ihm fast dasselbe mit Romy Ehrich und Bianca Winkler passierte.«

»Dieses Mal verfeinerte er sein Vorgehen. Er hatte in den vergangenen Jahren ständig an die Morde gedacht. Niemand tötet auf diese Weise, ohne daran Gefallen zu finden. Er brauchte nur einen Vorwand, um sich seinen Begierden erneut hinzugeben. Ihm geht es nicht nur um das Töten, sondern um das Leid und die Angst seiner Opfer.« Sie sah Landeaux an, hoffte, ihn überzeugen zu können. Sie brauchte seine Hilfe, wenn sie diesen Wahnsinnigen stoppen wollte.

Er zögerte, dann fuhr er fort. »Deshalb entführt er sie zu unterschiedlichen Zeitpunkten. Zuerst holt er sich die mit dem defekten Gen, weil sie in seinen Augen das schlimmste Vergehen begangen hat. Sie muss an der Schlinge sitzen, ihre Qualen dauern viel länger, aber das genügt ihm noch nicht. Wenn sie schon glaubt, es könnte nicht mehr schlimmer werden, zwingt er sie, dabei zuzusehen, wie ihre beste Freundin stirbt.« Er schüttelte den Kopf. »Was für eine kranke Vorstellung.«

»Es passt alles zusammen«, sagte Alexis leise.

»Ich weiß nicht, was ich davon halten soll«, erwiderte Landeaux. »Das scheint mir doch etwas weit hergeholt.«

»Verstehen Sie denn nicht, was das bedeuten könnte?« Alexis ging unruhig auf und ab. »Louise könnte noch leben, wenn es nicht Erik war, der sie entführt hat.«

»Nun gut, dann gehen wir davon aus, dass Sie recht haben. Mit was für einem Menschen haben wir es zu tun? Ein verkappter Nazi?«

Alexis schüttelte den Kopf. »Das glaube ich nicht. Der Gedanke, dass unser Genpool sich durch das Ausschalten der natürlichen Selektion verschlechtert, ist weitverbreitet. Es gibt sogar Forscher, die davon ausgehen, dass wir uns in den nächsten Jahrhunderten in zwei Arten aufspalten werden. Und ich kenne einen.«

»Dr. Kirn.«

Sie nickte. »Wir müssen zu Hellstern ins Labor. Sein Auto wurde untersucht, sie muss sich die Proben noch einmal vornehmen und nach Beweisen suchen.« Die Aufregung ließ ihre Haut kribbeln. »Bisher haben wir nur sein Alibi für die Morde an Britta und ihrer Freundin überprüft, da wir davon ausgingen, dass sie vom selben Menschen getötet wurden. Das war wasserdicht, und somit schied er aus, aber was ist mit den anderen Nächten? Wenn wir genug zusammenhaben, können wir ihn festnehmen und alles durchsuchen lassen.«

»Bei der letzten Hausdurchsuchung wurde auch nichts gefunden.«

Sie stieg ins Auto. »Dann müssen wir dieses Mal gründlicher sein.«

Bereits als sie den Kellerflur zu Karens Labor entlanggingen, ahnte Alexis, dass etwas nicht stimmte. Es war zu still. Natürlich bestand die Möglichkeit, dass Karen unterwegs war, um nach Louise zu suchen, aber das glaubte sie nicht. Ihre Freundin hätte sich vielmehr alle Proben erneut vorgenommen, um nach neuen Hinweisen zu suchen, wo die Frauen bis zu ihrem Tod gefangen gehalten worden waren, anstatt sich auf eine fruchtlose Suche zu begeben. Für Karen hatten die Antworten schon immer in der Wissenschaft gelegen.

Mit einem mulmigen Gefühl öffnete sie die Tür zum Labor, registrierte, dass Landeaux die Hand an der Waffe hatte.

Nur das Summen des Kühlschranks und das Blinken der technischen Geräte empfing sie, ansonsten lag der Raum verlassen vor ihnen. Sie überprüfte den Nebenraum, in dem die Käfer gezüchtet wurden, aber außer dem scharrenden Geräusch der Insekten herrschte Stille.

Sie ging in Karens Labor, überflog das offen daliegende Laborjournal und stutzte. Ihr Herzschlag beschleunigte sich, ihre Haut fing an zu kribbeln. »Wir haben ihn!«, rief sie aufgeregt. »Karen hat in Kirns Auto das Blatt einer Pappel gefunden und daran eine DNA-Analyse vorgenommen. Sie war tatsächlich so verrückt, an allen Fundorten Blätter von dieser Sorte zu sammeln und ebenfalls zu analysieren. Dadurch konnte sie nachweisen, dass das Blatt zu einem Baum gehört, der auf der Reißinsel steht. Kirn war da!«

»Das wird uns vermutlich nicht viel helfen«, sagte Landeaux und reichte ihr einen Umschlag. »Der lag im Labor und ist an Sie adressiert.«

Ihr ganzer Körper verkrampfte sich, als sie entdeckte,

dass es nicht Karens Schrift war. Sie zog Handschuhe an, öffnete den Brief und holte eine Karte hervor. Darauf stand eine Telefonnummer und darunter:

Rufen Sie mich an, wenn Sie Ihre Freundin lebend wiedersehen wollen.

87

Bereits nach dem ersten Läuten nahm er ab. »Kirn«, sagte sie tonlos.

»Nennen Sie mich Nate«, erwiderte er gönnerhaft. »Ich sehe, dass Sie meine Nachricht erhalten haben.«

»Wo ist sie?«

»Ich möchte Ihnen jemand vorstellen.«

Sie hörte ein Rascheln, als das Telefon am anderen Ende an jemandes Ohr gehalten wurde. »Alex?« Es durchfuhr sie wie ein Stromschlag. Karen, sie lebte.

Ein erneutes Knistern in der Leitung. »Sie ist bei mir. Sie und ihr Schwesterchen.«

Alexis fühlte sich wie gefangen in einer zähen Masse, die jede Reaktion verlangsamte. Angst, Hoffnung, Entsetzen? Was beherrschte sie? Sie überraschte sich damit, dass ihre Stimme völlig ruhig klang, als sie sprach. »Sagen Sie mir einfach, wo Sie sind. Ich komme sie holen, und wir beenden es.«

Er lachte. »Es wird ein Ende finden, aber nicht das, auf das Sie hoffen. Glauben Sie ernsthaft, dass ich mich Ihnen einfach ergebe?«

Alexis' Hoffnung schwand. Er hatte nichts mehr zu

verlieren. Die Welt sollte wissen, wer er war und was er getan hatte. Nun brauchte er nur noch sie, um seinen Motiven eine Plattform zu bieten.

Er würde nicht kampflos aufgeben. Nein, er würde versuchen, so viele wie möglich mit in den Tod zu reißen. Sie würde es nicht ertragen, ihre Freundinnen zu verlieren. »Das ist eine Sache zwischen uns beiden.«

»Ich bin in meinem Haus. Die Frauen sind an einem Ort, den nur ich kenne. Sie haben keine Chance, sie rechtzeitig ohne mich zu finden. Hellstern hält vielleicht noch einen, maximal zwei Tage durch. Und ihr Schwesterchen? Nun, sie hört schon die Schritte vom Sensenmann.« Er lachte höhnisch. »Sie haben dreißig Minuten, um zu mir zu kommen. Sind Sie bis dahin nicht da, werde ich mein Messer nehmen und ein paar neue Sachen ausprobieren. Hellstern darf ihrer Schwester beim Sterben zusehen, und wenn Sie dann immer noch nicht da sind … Kommen Sie alleine.« Er legte auf.

Beinahe hätte sie sich übergeben, als sie der Schock erfasste, die die Bestätigung in ihr auslöste, dass er tatsächlich ein Serienmörder war, dass er Karen und Louise in seiner Gewalt hatte. Wie hatte sie so blind sein können? Oder war sie es gar nicht? Hatte das Böse in ihr sein Gegenstück gefunden? Erst Erik und nun Kirn.

Sie hasste sich für diesen Gedanken, aber nach all dem, was in den letzten Wochen geschehen war, konnte sie nicht mehr verleugnen, dass da etwas Dunkles in ihrer Seele lauerte, das danach verlangte, freigelassen zu werden. »Warum?«, fragte sie leise. In diesen Worten lagen all die unausgesprochenen Vorwürfe, das Unverständnis und das Grauen, das sie empfand.

88

Ihr Verstand funktionierte noch. Dafür war Karen dankbar. Anhand der verschiedenen Käfer- und Spinnenarten konnte sie klar erkennen, dass sie sich in einer Art unterirdischem Bunker befanden, dessen Stromversorgung von einem Generator geliefert wurde, der in einer Kammer knatterte.

Sie verfluchte sich dafür, noch einmal zur Reißinsel gefahren zu sein. Sie hatte nicht glauben können, was ihre Untersuchung besagte. Kirn war am Fundort gewesen. Sie hatte noch einmal nach ihren Fallen sehen wollen, mehr Beweise sammeln, anstatt direkt Alexis anzurufen. Da hatte er sie erwischt, und nun konnte sie nicht mehr allein ihrer Freundin die Schuld für Louises Schicksal geben. Sie hatte versagt. Immerhin half ihr der Zorn die Schmerzen zu ignorieren, die von ihrem Hals ausstrahlten. Es gab kein Entkommen vor den Drahtschlingen, und ihre Füße und Beine brannten wie in Feuer getaucht. Was für eine elende Art zu sterben.

Sie sah zu ihrer Schwester, aber im grellen Licht des Scheinwerfers, das sie blendete, konnte sie nicht viel erkennen. Vielleicht war es besser so. »Halt durch, Schwesterchen.« Ihre Worte blieben ohne Antwort. Louise hatte einen schwachen Kreislauf. Sie wusste nicht, wie lange sie durchhalten konnte. »Denk an deinen Mann, die Kinder, die du irgendwann haben wirst.«

»Es ist meine Schuld«, schluchzte Louise. »Wir sind nur wegen mir hier.«

Karen sah sie entsetzt an. War ihr Verstand bereits so vernebelt? »Das ist doch Unsinn.«

»Nein, ich kenne diesen Mann.« Louise stöhnte unter

den Schmerzen, die ihr jedes Wort bereitete. »Ich habe an dieser Studie zur Erforschung von Erbkrankheiten teilgenommen.«

»Ich erinnere mich.« Zumindest vage. Die Erinnerungen an die letzten Tage verschwammen vor Karens Augen, und der Blutverlust aus den tiefen Schnitten, die die Drahtschlinge um ihren Hals verursacht hatte, ließ ihre Gedanken träge werden.

»Man hat mich angerufen, um mir ein paar weitere Fragen zu stellen. Das war dieser Mann. Ich erinnere mich an seine Stimme.«

»Es ist trotzdem nicht deine Schuld. Wenn ich nicht diesen Job hätte ...«

»Sei still. Deine Arbeit ist wichtig.«

Trotz der neuerlichen Schmerzwelle bewegte Karen ihren Kopf etwas, um ihre Schwester besser sehen zu können.

»Ich sterbe, Karen. Wenn man meine Leiche findet, möchte ich, dass jemand wie du alles dafür gibt, diesen Irren zu fassen.«

»Sag so etwas nicht.« Doch sie wusste, dass es die Wahrheit war. Trotz des Lichts, das sie blendete, konnte Karen das Zittern von Louises Körper sehen. Immer wieder kippte sie um, und die Drahtschlinge biss tief in ihren Hals. Sie würde nicht mehr lange durchhalten.

»Es bringt nichts, die Augen vor den Tatsachen zu verschließen, und ich möchte nicht, dass Dinge ungesagt zwischen uns bleiben. Du bist die beste Schwester, die ich mir wünschen konnte. Ich liebe dich.«

»Ich dich auch.« Tränen rannen über Karens Gesicht, ohne dass sie es merkte. Wie gerne wäre sie in diesem Augenblick in der Lage gewesen, Louise zu berühren, sie in ihren letzten Augenblicken in den Arm nehmen zu können, anstatt sie dem Beton und der kalten Drahtschlinge zu überlassen, die sie unerbittlich dem Ende entgegenführte.

89

Alexis steuerte ihren MiTo in Kirns Auffahrt. Alles sah erschreckend normal aus. Vorstadtidylle. Nett. Ruhig. Fern von allem Bösen. Doch wie so oft hatte sich der Fuchs in den Hühnerstall gewagt.

Sie stellte den Motor ab und atmete tief durch, holte die Pistole hervor, die Landeaux ihr gegeben hatte, überprüfte und entsicherte sie. Zum ersten Mal war sie froh, eine in der Hand zu halten. Ihre glatte, kühle Oberfläche an ihren Fingern zu spüren. Eine weitere Waffe trug sie versteckt an ihrem Bein. Eine Walther TPH. Klein, handlich, tödlich.

Landeaux hatte lange protestiert, aber sie hatte ihn einfach ignoriert. Es mochte töricht sein, einfach so zu Kirn zu gehen, aber welche Wahl hatte sie? Sie musste ihre Freundinnen retten.

Sie stieg aus, versteckte den Schlüssel unter dem Sitz und ging zur Haustür. Mit der Linken öffnete sie die Tür, während die Rechte die Waffe umklammerte. Ihr Herz schlug so laut, dass es alles andere übertönte, selbst das Rauschen ihres Blutes in den Adern. »Hier hinten«, hörte sie ihn rufen. Seine Stimme drang aus dem Wohnzimmer. Ihr Atem beschleunigte sich, bis sie sich zur Ruhe zwang.

Sie durfte nicht die Nerven verlieren. Nicht jetzt. Karens und Louises Leben hingen von ihren Entscheidungen ab.

Sie betrat den Raum. Die Pistole schussbereit erhoben. Was sie sah, ließ sie erstarren, und genau das war seine Absicht. Eine Videoübertragung auf einer von einem Beamer projizierten Fläche. Karen, die fast lebensgroß, nackt an einer Drahtschlinge hing. Nur mit den Füßen noch den Boden berührend. Ihre Beine zitternd, das Gesicht verzerrt, in den Augen die Verzweiflung. Das gleißende Licht raubte ihr jeden Rest Würde, offenbarte schonungslos das Blut, das ihren zerfetzten Hals hinunterlief, die Fäkalien zu ihren Füßen.

Wie lange würden sie brauchen, um sie zu finden, wenn sie Kirn einfach erschoss? Einen Tag? Zwei? So lange würde sie niemals durchhalten.

»Sag Hallo zu Alexis«, sprach Kirn in ein Mikrofon.

»Fick dich, du Scheißkerl«, hörte sie Karens vertraute Stimme, die trotz der harten Worte erschöpft klang. Dann hob sie den Kopf, blickte in die Kamera und schien sie direkt anzusehen. Was Alexis da entdeckte, war wilde Entschlossenheit. Sie war noch nicht gebrochen. »Bring ihn um, Alex«, rief sie. »Töte ihn. Egal was mit mir passiert.«

Kirn benutzte eine Fernbedienung, schaltete sie stumm. Er lachte. »Aufmüpfiges Biest. Viel Willenskraft. Das bewundere ich an einer Frau.« Er saß vollkommen entspannt in einem Sessel und hielt ein Messer in der Hand.

Sie hob die Pistole. Es wäre so einfach, ihn jetzt zu erschießen.

»Na, na. Das wollen Sie doch nicht wirklich tun«, sagte er. »Hier, nehmen Sie Platz.« Er deutete auf einen Stuhl. »Bevor Sie etwas tun, das sie nachher bereuen. Damit haben Sie ja schon Erfahrung.« Er zwinkerte ihr zu.

»Was wollen Sie?«, fragte Alexis.

»Mit Ihnen reden. Wir sind sozusagen Artverwandte, finden Sie nicht?«

Sie schnaubte. »Ich wüsste nicht, was ich mit Ihnen gemeinsam habe.«

»Ach nein?« Er kicherte. »Ich fand es äußerst aufschlussreich, von Ihren Eltern und dem *kill:gen* zu erfahren. Ich bin ebenfalls ein Träger. Im Gegensatz zu Ihnen nehme ich an, zu was es mich macht.«

»Sie sind wahnsinnig.«

Er lachte spöttisch. »Ach ja?«

Als sie schwieg, fuhr er fort. »Ihre Eltern haben Ihnen ein Stück Überlegenheit vererbt. Ich erkenne es in Ihnen.«

»Sie waren Monster.« Alexis' Hand, in der sie die Pistole hielt, zitterte. Sie nahm die andere zur Unterstützung.

Kirn machte eine wegwerfende Handbewegung. »Wir sind die Wegbereiter einer neuen Spezies. Wir sind die Zukunft der Menschheit, die Antwort der Natur auf die Degeneration unserer Rasse. Aus diesem Grund breiten sich die Kriegergene aus. Wir sind dazu auserkoren, die menschliche Rasse weiterzuentwickeln, die Schwäche auszumerzen. Das überflüssige Mitleid, das Durchfüttern von Kranken und Schwachen.«

»Ist es das?«, fragte Alexis. »Haben Sie die Frauen deshalb umgebracht? Weil sie es wagten, ihre defekten Gene an Kinder weiterzuvererben?«

»Diese Huren wollten das *kill:gen* verunreinigen!« Für einen Moment verlor er die Fassung. Seine Stimme überschlug sich. »Claudette und Romy, Schlampen mit defekten Genen, wagen es, schwanger von mir zu werden. Meine reine DNA mit ihrer minderwertigen zu vermischen. Das durfte ich nicht zulassen. Die Kriegergene müssen rein bleiben, wenn die Menschheit eine Chance haben soll.«

Alexis zwang ihr Gesicht zur Ausdruckslosigkeit, auch wenn sie sein Toben erschreckte. »Die anderen haben Ihnen nichts getan.«

Er beruhigte sich etwas, machte eine wegwerfende Handbewegung. »Sie waren kein Stück besser. Wissen von ihrer minderwertigen DNA und wollen sie trotzdem weiterverbreiten.«

Die Verächtlichkeit, mit der er über die Frauen sprach, machte Alexis rasend. Wie gerne hätte sie sich einfach auf ihn gestürzt und ihm sein überlegenes Lächeln aus dem Gesicht geschlagen.

»Sie ...«, fuhr er fort. »Sie sind wie ich. Stellen Sie sich vor, was wir zusammen erreichen könnten. Wir könnten zu Adam und Eva 2.0 werden.«

Sie lachte. »Das kann nicht Ihr Ernst sein. Sie glauben, dass ich zulasse, dass Sie meine Freundinnen töten, und anschließend mit Ihnen losziehe, um mich als Zuchtstute zur Verfügung zu stellen?«

»Warum nicht? Ich würde die Frauen sogar gehen lassen, wenn sie Ihnen so viel bedeuten.«

Sie musste Zeit gewinnen. Landeaux Gelegenheit geben, Karen und Louise zu finden. »Dann kam Ihnen Romy Ehrich dazwischen«, schlussfolgerte sie.

»Sie hat mir keine andere Wahl gelassen. Was war sie doch für ein dämliches Flittchen; sie glaubte, sie könnte sich ungestraft von mir schwängern lassen.« Er schüttelte den Kopf. »Fast wäre sie damit durchgekommen, hätte sie den Schwangerschaftstest nicht im Papierkorb vergessen. Sie hatte es nicht anders verdient, und mir wurde klar, dass das meine Aufgabe ist. All die unreinen Gene auszumerzen.«

»Woher hatten Sie die Informationen?«

»Freiwillige für eine meiner Studien. Natürlich anonymisiert, aber mit ein wenig Geld und Wissen kommt man an die Infos. Louise, Romy, Claudette. Alle mit defekten Genen, die sie dennoch verbreiten wollten.«

»Raffiniert«, schmeichelte sie ihm. »Warum bin ich dann hier?«

»Weil wir Wegbereiter für die nächste Evolutionsstufe des Menschen sind. Ich wollte nicht gehen, ohne Ihnen dieses Angebot zu machen. Menschen wie wir sind selten. Noch mögen sie uns fürchten, doch bald werden sie unsere Überlegenheit anerkennen, und wir können die Welt so gestalten, wie wir sie für richtig halten.«

»Gepflastert mit den Leichen junger Frauen?«

Er winkte mit einer schnellen Handbewegung ab. »Sie waren nur ein Zeitvertreib, verdienten Strafe. Manche Wesen sind nicht dazu gedacht, geboren zu werden.«

Alexis schüttelte es innerlich. »Wie können Sie so etwas sagen? Sie sind nicht Gott. Es steht uns nicht zu.«

»Wenn nicht uns, wem dann? Wir sind die biologisch überlegene Spezies, wir dürfen nicht zusehen, wie die Gene, aus denen wir schöpfen, weiter geschwächt werden.«

»Und damit rechtfertigen Sie alles?«, schrie sie ihn an. »Sie haben die Frauen erniedrigt, sie auf brutalste Weise getötet.«

»Sie mussten leiden, büßen für das, was sie getan haben. Was gibt es für diese verweichlichten Kreaturen Schlimmeres, als jemandem, den sie lieben, beim Sterben zuzusehen?«

»Sie waren unschuldig.«

Er verlor wieder die Fassung. Wahnsinn flackerte in seinen Augen auf, als er brüllte: »Diese Miststücke wussten von den Schwangerschaften, haben nichts verhindert, sie sogar dazu ermutigt, ein Kind zu bekommen!«

Er stand auf. Sie wich einen Schritt zurück.

»Legen Sie die Waffe weg.« Er ging langsam auf sie zu. Sie wollte schießen. Sie hatten genug Beweise, das Video. Vielleicht konnten sie Karen und Louise auch ohne ihn finden, aber sie brachte es nicht fertig. Entsetzt stellte sie fest, dass sie sich nicht überwinden konnte, den Abzug zu betätigen. Immer wieder tauchte Eriks sterbendes Gesicht vor ihr auf. Und die Angst, ihre Freundinnen nicht rechtzeitig finden zu können, nahm überhand. Sie sicherte die Pistole, legte sie auf die Seite.

»Und nun einen Schritt zurück.«

Sie gehorchte, hoffte, dass Landeaux zu Hilfe kommen würde, als Kirn die Waffe nahm und ihr einen Becher reichte. »Trinken Sie«, forderte er sie auf.

Sie schüttelte den Kopf.

»Wir haben nicht ewig Zeit. Wenn ich Sie töten wollte, hätte ich es längst getan.«

Also nahm sie einen Schluck der weißlichen Flüssigkeit. Sie schmeckte mehlig und säuerlich. Sie leerte den Becher in einem Zug, spürte sofort, wie ihr schwindlig wurde. »Auf die Couch, da liegt es sich bequemer«, spottete Kirn.

Sie folgte seiner Anweisung, und innerhalb von Sekunden wurde ihr schwarz vor Augen.

90

Sie wachte in dem unterirdischen Raum auf, den sie auf dem Video gesehen hatte. Karen stand halb bewusstlos in der Mitte, und in einer Ecke kauerte Louise in sich zusammengesackt. »Nein«, stöhnte sie. Louise hing mit zerfetztem Hals in der Drahtschlinge, hielt sich mit letzter Kraft aufrecht, der Blick ging ins Leere.

Alexis erbrach sich. Ihr Schädel dröhnte, ihre Hände waren gefesselt. »Nur eine Vorsichtsmaßnahme«, sagte Kirn.

»Vertrauen Sie mir nicht?« Sie zwang sich, ihn anzusehen.

»Ich wäre reichlich dumm, wenn ich das täte.«

»Sie haben gesagt, dass Sie sie gehen lassen, wenn ich mit Ihnen komme.«

»Das war der Plan – für Hellstern kann er immer noch in Erfüllung gehen. Die kleine Louise hat nicht so lange durchgehalten, wie ich gehofft habe.«

»Nehmen Sie ihr wenigstens die Drahtschlinge ab. Wenn sie stirbt, bringe ich Sie um, selbst wenn es mich das Leben kostet.«

Kirn zögerte, gab dann nach. »In Ordnung.«

Alexis suchte Karens Blick, als er sich abwandte.

Er ging zu einem Tisch, der halb verborgen im Dunkeln lag, nahm sich einen kleinen Seitenschneider. »Macht keine Dummheiten«, warnte er, drückte den Lauf in Karens Seite, während er mit der anderen Hand den Draht durchtrennte. Mit einem Seufzen ließ die Biologin sich gegen ihn fallen. Alexis nutzte die Gelegenheit und zog ihre Walther TPH aus ihrem Versteck. Sie ignorierte die Schmerzen, verrenkte sich bis zum Äußersten, um sie hinter ihrem Rücken in den Hosenbund zu stecken. Ihr Herz raste, Schweiß perlte auf ihrer Stirn. »Darf ich aufstehen?«, fragte sie ruhig.

Kirn war noch immer mit Karen beschäftigt. »Langsam, eine hastige Bewegung, und ich knall Ihre Freundin ab.«

»Lassen Sie mich nach ihren Wunden sehen.«

Er erlaubte es ihr, was ihr die Gelegenheit gab, näher zu kommen. Da hörte sie ein leises, quietschendes Geräusch in ihrem Rücken, als würde eine Tür geöffnet. Sie täuschte ein Stolpern vor, um das Geräusch zu überdecken, doch Kirn schien ohnehin nichts bemerkt zu haben. Als sie nahe genug war, gab sie Karen ein Zeichen. Entschlossen stieß diese die Waffe von sich. Ein Schuss löste sich, prallte zischend von der Wand ab, verfehlte Alexis nur um Zentimeter. Sie zückte ihre Waffe, hielt sie ihm an die Schläfe. »Kein Mucks.« Sie wandte sich an Karen. »Nimm seine Pistole, dann geh auf die andere Seite.«

Sie gehorchte, vergaß aber alles, als sie zu ihrer Schwester stürzte. Aufschluchzend befreite sie sie von der Drahtschlinge und bettete ihren Kopf in ihrem Schoß. »Beeil dich, Alex«, rief sie. »Sie stirbt.«

Kirn sah sie mit eisiger Gelassenheit an. »Und nun? Töten Sie mich? Ich kann Ihnen eines versprechen. Machen Sie auch nur einen Fehler, werde ich Sie töten, aber zuerst sehen Sie Ihre Freundinnen schreiend sterben.«

Alexis zitterte am ganzen Leib. Es wäre so einfach. Ein Zucken am Abzug, und die Welt wäre von einem Monster befreit, sie alle außer Gefahr. Aber zu was würde es sie machen? »Du musst aufstehen, Karen«, sagte sie mit krächzender Stimme. »Fessel ihn.«

»Ich kann nicht. Louise …« Sie schluchzte.

Alexis sah zu ihr. Karen war kurz vor dem Wahnsinn, körperlich und psychisch an ihren Grenzen angelangt.

»Es ist simpel«, sagte Kirn beschwörend. »Töten Sie mich. Akzeptieren Sie, was Sie sind. Nehmen Sie Ihr Schicksal an.«

In dem Moment betrat Landeaux den Raum, erfasste sofort die Situation. »Lassen Sie die Waffe fallen«, sagte er ruhig zu Alexis, wandte dabei seinen Blick nicht von Kirn ab. »Wir können ihn verhaften.«

Alexis zögerte, die Hand am Abzug. Sie könnte dieses Ungeheuer vernichten, bevor es noch mehr Verrückte auf seine Seite zog, die seine Theorie der neuen Spezies glaubten. Rache nehmen für das, was er Louise, Karen und all den anderen Frauen angetan hatte. Landeaux würde sie sicher decken, und bei einem Monster wie Kirn würden auch nicht allzu viele Nachforschungen zu seinen Todesumständen erfolgen. Ebenso wenig wie bei Erik. Sie hatte es wortwörtlich in der Hand. Sollte sie das tun, was als offiziell richtig galt, ihn verhaften und dadurch eine mediale Plattform für ihn erschaffen, die er nutzen konnte, um seinen Hass zu säen? Aber es war falsch. Das wusste sie. Ebenso wie es falsch gewesen war, Erik zu töten.

Trotzdem. Ihr Finger zuckte am Abzug.

91

In dem großen, weißen Krankenhausbett, umringt von einem Meer aus Blumen, wirkte Louise noch zerbrechlicher als je zuvor. Karen saß in einem Stuhl neben ihr, den Hals in dicke Verbände gewickelt, die Augen geschlossen. In den drei Tagen, die seit Kirns Verhaftung vergangen waren, war sie ihrer Schwester keinen Moment von der Seite gewichen. Selbst die Versorgung ihrer eigenen Wunden hatten die Ärzte hier vornehmen müssen. Alexis besorgte ihr Kleidung, Waschsachen und Essen, und auch dieses Mal kam sie nicht mit leeren Händen. Pizza mit Rucola und Parmesan, dazu ein Softdrink. Louise legte einen Finger an die Lippen, woraufhin Alexis leise die Tür schloss und ihre Sachen ablegte. Trotzdem wachte Karen auf. Sie blinzelte gegen das grelle Licht der Neonröhre an. »Pizza?«, fragte sie verschlafen.

»Sie ist wie ein Hund«, lachte Louise. »Beim Geruch von Futter wird sie munter.«

Es tat Alexis gut, sie so fröhlich zu sehen. Die Bilder aus dem unterirdischen Bunker, in dem Kirn seine Opfer gequält hatte, ließen sie nicht mehr los. Wie sich später herausstelle, tauchte er in keinem Bebauungsplan auf. Nachbarn sagten aus, dass der Vorbesitzer ein schrulliger alter Mann war, der ihn vermutlich in den Achtzigern heimlich errichtet hatte.

Während Landeaux Kirn in Schach gehalten hatte, hatte sie ihn gefesselt – mit einer Drahtschlinge. Um Louise stand es zu diesem Zeitpunkt nicht gut. Die Zeit, bis endlich der Krankenwagen auftauchte, zog sich in die Unendlichkeit, und sie konnte das Bild von Karen nicht vergessen, die ständig ihren Namen flüsterte, während Tränen über ihr dreckiges, verquollenes Gesicht strömten. Sie alle waren an ihrem persönlichen Abgrund gewesen und fanden nur langsam zurück.

»Wie lange musst du noch hier bleiben?«, fragte sie.

»Ich werde morgen entlassen, soll aber das Bett hüten. Die Schmerzen lassen schon etwas nach, am Hals tut es am meisten weh.« Sie tastete nach dem dicken Verband, der die Fleischwunden verbarg. »Wie geht es Oliver?«

»Blass um die Nase, aber Ende der Woche darf er auch nach Hause. Er wird wieder.« Ebenso wie die angefahrene Katze, die Alexis gefunden hatte. Oliver hatte sie Cookie genannt, und während sie seine Tiere zusammen mit einer Nachbarin versorgte, hatte sie sich ein wenig in den Unglücksraben verliebt. Ohne Aaron fehlte etwas in ihrem Leben, und nun, da sie wusste, dass sie es nicht gewesen war, die ihren Kater getötet hatte, sprach eigentlich nichts dagegen, die Katze aufzunehmen.

»Was ist mit diesem Kirn?«, fragte Louise leise. »Er verfolgt mich jede Nacht in meinen Träumen.«

»Nicht nur dich«, antwortete Karen bitter.

»Er wird den Rest seines Lebens im Gefängnis verbringen«, sagte Alexis.

»Man hört aber doch immer wieder, dass Straftäter früher entlassen werden.«

»Nicht in diesem Fall, dafür werde ich sorgen. Die Beweise sind überwältigend. Nicht nur dass wir ihn auf frischer Tat ertappt haben; dieses Mal wusste die Spurensicherung, wonach sie suchen musste und hat seine Trophäen gefunden.« Alexis schluckte schwer. Im letzten Moment, bevor sie ihn abgeführt hatten, hatte er sich zu ihr vorgebeugt und ihr etwas ins Ohr geflüstert. »Wir sind uns ähnlicher, als du wahrhaben willst.«

Nach einiger Zeit verabschiedete sie sich. Draußen auf dem Flur kamen ihr Markus und Landeaux entgegen. Louises Mann umarmte sie herzlich, während Landeaux ihr nur zunickte.

»Wie geht es ihr?«, fragte Markus.

»Gut.« Sie sah seine Skepsis. »Wirklich. Du musst ihr vertrauen. Manchmal glaube ich, sie ist stärker als wir alle.«

»Aber diese Albträume? Ich ertrage es nicht, sie schreien zu hören.« Sein Kehlkopf zuckte heftig. »Was für ein Mann bin ich, der es nicht schafft, seine Frau zu beschützen?«

»Genau der, den sie braucht.« Sie legte ihm eine Hand auf die Schulter. »Du bist für sie da, das ist alles, was zählt, und mithilfe einer Therapie werden auch die Träume vergehen.«

Er nickte bedächtig. »Du hast recht. Ich muss sie nur irgendwie bremsen. Sie schmiedet so viele Pläne. Dieser Laden, von dem sie uns erzählt hat …«

»Sie muss sich ablenken, der Trubel wird ihr guttun.«

Er gab ihr einen Kuss auf die Wange. »Ich werde dir ewig dankbar sein.« Dann ging er zu Louise ins Zimmer.

»Sie sollten sich nicht schlecht fühlen«, sagte Landeaux, der sich etwas abseits gehalten hatte.

Sie sah ihn überrascht an.

»Man sieht Ihnen Ihre Schuldgefühle an, aber dazu haben Sie keinen Grund.«

»Aber es ist meine Schuld. Hätte ich Erik nicht getötet, hätten wir Louise viel eher finden können.«

»Machen Sie sich doch nichts vor.« Landeaux starrte sie an. »Er hätte niemals eingestanden, sie nicht zu haben. Nicht bevor jede Hilfe zu spät gekommen wäre. Sie haben Ihr Leben riskiert – was ich übrigens immer noch für den reinen Wahnsinn halte.«

Sie lehnte sich an die Wand, schloss die Augen. »Ich trage dieses *kill:gen* in mir.«

»Ist das denn von irgendeiner Bedeutung?«

Alexis nahm sich Zeit mit ihrer Antwort. In dem Bunker hatte sie die richtige Entscheidung getroffen und Kirn nicht getötet. Aber hätte sie das auch ohne Landeaux' Unterstützung geschafft? Machte es überhaupt einen Unterschied? Welcher Mensch hätte in dieser Situation nicht gezögert? Noch kannte sie den Unterschied zwischen gut und böse. »Zumindest für den Augenblick nicht.«

Landeaux nickte bedächtig. »Ihnen wurde Ihr Leben lang eingetrichtert, dass Sie womöglich etwas Böses in sich tragen, aber Sie haben die letzten Tage bewiesen, dass dem nicht so ist. Oder, wenn es Ihnen lieber ist, dass Sie trotzdem Herr Ihrer eigenen Entscheidungen sind.«

»Danke«, sagte sie. Vielleicht hatte ihr Adoptivvater trotz allem recht. Es lag in ihren Händen, was sie aus dem machte, was die Natur ihr mitgegeben hatte. »Ich will Sie nicht länger aufhalten.«

Ein Lächeln erhellte seine Züge. »Jederzeit gerne. Ich bin noch ein oder zwei Tage in der Gegend, um beim abschließenden Papierkram zu helfen. Hätten Sie Lust, mir etwas von der Stadt zu zeigen?«

Sie sah ihn überrascht an und spürte Röte in ihre Wangen steigen. »Morgen hätte ich Zeit. Ich kenne ein nettes Restaurant in der Heidelberger Altstadt, direkt am Neckar gelegen. Das würde sich als Startpunkt anbieten.«

»Dann hole ich Sie um 19 Uhr ab?«

Sie nickte. »Ich freue mich.« Für diesen Abend war sie mit Friedel verabredet. Zumindest ein Faden aus ihrer Vergangenheit, den sie wieder aufnehmen konnte, auch wenn Magnus weiterhin nicht auf ihre Anrufe reagierte.

Zum Schluss schaute sie noch bei Oliver vorbei, der es hasste, ans Krankenhausbett gefesselt zu sein. Nachdem sie ihm von Louise und Karen berichtet hatte, stellte sie die Frage, vor der sie sich schon eine ganze Weile fürchtete. »Alles wieder o.k. zwischen uns?«

Er sah sie mit einem müden Lächeln an. »Nein, aber das wird schon wieder.«

Ein paar abschließende Worte

Ich gehöre zu den Menschen, die immer zuerst das Nachwort oder die Danksagung lesen. Umso erstaunlicher finde ich es, wie schwer es mir fällt, diese abschließenden Worte zu schreiben. Trotzdem will ich mein Glück versuchen und mit einer Feststellung beginnen: Das Buch ist fiktiv, und auch das *kill:gen* ist fiktiv. Allerdings basiert es auf dem real existierenden *warriorgene* (MAO-A), bei dem eine niedrige Genexpression zu einem erhöhten Aggressionspotenzial führt. 2009 wurde dieses Gen erstmals als Argument in einer Gerichtsverhandlung in den USA verwendet, um die drohende Todesstrafe erfolgreich in eine langjährige Gefängnisstrafe umzuwandeln.

Natürlich sind diese »Gene des Bösen« nicht unumstritten. Man darf bei aller Fokussierung auf die Genetik die Umwelteinflüsse nicht vergessen. Aber warum erscheint es uns normal, dass uns Gene anfällig machen für Krebs, Depressionen und Erbkrankheiten, aber nicht für eine höhere Gewaltbereitschaft?

Ein weiteres wichtiges Thema dieses Romans ist die Kriminalbiologie und Biologie im Allgemeinen. Obwohl ich in der Oberstufe Biologie abgewählt und lieber Physik und Mathematik als Leistungskurse belegt habe, entschloss ich mich nach dem Abitur dazu, Biologie zu studieren. Das liegt inzwischen zwar einige Jahre zurück, aber ich verfolge dieses riesige Forschungsfeld immer noch mit Begeisterung. Dementsprechend wichtig ist es mir, dass die wissenschaftlichen Arbeitsmethoden und Fakten korrekt dargestellt werden. Natürlich musste ich Abstriche zugunsten der Dramaturgie machen – es ist immer noch ein Unterhaltungsroman und kein Sachbuch. Manche Untersuchungen lassen sich nicht in wenigen Tagen erledigen, und auch die notwendigen Formalitäten habe ich oft abgekürzt. Die beschriebenen Methoden, ob nun die Untersuchung des Mageninhalts einer Stechmücke, der DNA-Analyse von Blättern oder die Untersuchung von Köcherfliegenlarven, beruhen jedoch auf realen Fällen.

Wen die wissenschaftlichen Hintergründe dieses Romans interessieren (und natürlich auch alle anderen), lade ich herzlich auf meine Webseite www.julia-corbin.de ein. Dort finden Sie weiterführende Links, Blogartikel und Literaturempfehlungen zu diesen Themen.

~

Kommen wir nun zu dem gewaltigen Dankeschön, das ich einer Reihe von Personen schulde. Fangen wir mit Ihnen an. Ja, genau Sie! Vielen Dank, dass Sie mit mir in die Welt von Alexis Hall und Karen Hellstern abgetaucht sind!

Dann möchte ich natürlich meiner Familie danken, die mich stets unterstützt und selbst beim Abendessen noch Diskussionen über verschiedene Verwesungsstadien von Leichen erträgt.

Meinem Lebensgefährten Markus Wetzel danke ich für seine Geduld und die Begleitung zu diversen Recherchefahrten an die Tat- und Fundorte in diesem Roman. Tapfer ertrug er die nervösen Blicke von Passanten, als wir uns an der Reißinsel über Möglichkeiten unterhielten, wie man Leichen möglichst heimlich dorthin transportieren könnte. Mich wundert noch immer, dass keiner die Polizei gerufen hat.

Schrieb ich vorhin, dass es kein Sachbuch ist? In seiner ersten Fassung erinnerte dieser Roman stark an eines, weshalb ich meinem Agenten Bastian Schlück dafür danke, dass er es dennoch gelesen hat und die seitenweisen Abhandlungen über biologische Sachverhalte ertrug.

Natürlich möchte ich auch dem Team vom Diana Verlag danken und dabei ganz besonders Britta Hansen und meiner wundervollen Lektorin Hanna Bauer.

Ebenso bin ich meinen Testlesern zu Dank verpflichtet. Allen voran Katharina Greiffenberg (mein Dank wird dir ewig nachschleichen!), Dennis Jandt, Sebastian und Helgrid Sautter, Tina Skupin und Christian Künne.

Ein Name sollte eigentlich fett gedruckt werden: Sandra Denz. Danke für die Stunden, die du mit dem Korrekturlesen meiner Exposés, Leseproben und Manuskripte verbracht hast!

Den »Jungs«, Jörg Keicher, dem unvergleichlichen Thomas Dauenhauer und Dennis Jandt (nein, es ist kein Lektoratsfehler, dass der Name hier ein zweites Mal erwähnt wird), möchte ich für die vielen Diskussionen, das gemeinsame Brainstormen und die fantastischen Ideen danken, die im Laufe der Jahre zusammengekommen sind. Wenn ich mal im Plot hänge, weiß ich, wen ich fragen muss!

Weiterhin möchte ich dem TiZi-Fantasyautorenforum danken, dessen Mitglieder einem stets mit Rat und Tat zur Seite stehen, und dort ganz besonders den Dirty Stars. Ihr seid klasse!

Zum Abschluss noch ein Dankeschön an alle Buchhändlerinnen und Buchhändler, Vertriebsmitarbeiter und alle Menschen, die in Bibliotheken arbeiten und es uns Leseratten ermöglichen, in Büchern zu schmökern!

Wer mir nach diesem langen Monolog immer noch
schreiben möchte, erreicht mich unter:
corbin@julia-corbin.de.
Ich freue mich über jede Zuschrift!

Auf ein baldiges Wiederlesen
Ihre
Julia Corbin